AF198230

BASTEI
LÜBBE
TASCHENBUCH

Weitere Titel der Autorin:

Ist das Liebe oder kann der weg?

Über die Autorin

Anke Maiberg, geb. 1974 in der Nähe von Hamburg, hat Jura studiert und ist Mutter von drei Töchtern. Die damit einhergehende Vorbildfunktion lässt sie erfolgreich hinter sich, wenn sie am Schreibtisch durchgeknallte Frauen auf romantische Feldversuche schickt. *Vorübergehend verschossen* ist nach *Ist das Liebe oder kann der weg?* ihr zweiter Roman.

Anke Maiberg

VORÜBERGEHEND VERSCHOSSEN

Roman

BASTEI LÜBBE
TASCHENBUCH

BASTEI LÜBBE TASCHENBUCH
Band 17561

Dieser Titel ist auch als E-Book erschienen

Originalausgabe

Dieses Werk wurde vermittelt durch die Agentur Brauer

Copyright © 2017 by Bastei Lübbe AG, Köln
Titelillustration: FAVORITBUERO, München, unter Verwendung
eines Motivs von © shutterstock/Aaron Amat
Umschlaggestaltung: FAVORITBUERO, München
Satz: two-up, Düsseldorf
Gesetzt aus der Albertina

Printed in Germany
ISBN 978-3-404-17561-1

Sie finden uns im Internet unter www.luebbe.de
Bitte beachten Sie auch: www.lesejury.de

Ein verlagsneues Buch kostet in Deutschland und Österreich jeweils überall dasselbe.
Damit die kulturelle Vielfalt erhalten und für die Leser bezahlbar bleibt, gibt es
die gesetzliche Buchpreisbindung. Ob im Internet, in der Großbuchhandlung,
beim lokalen Buchhändler, im Dorf oder in der Großstadt – überall
bekommen Sie Ihre verlagsneuen Bücher zum selben Preis.

MIX
Papier aus verantwortungsvollen Quellen
Paper from responsible sources
FSC® C105338

VORÜBERGEHEND VERSCHOSSEN

PROLOG

Sie ging wie auf Zuckerwatte. Wo war sie? Nelli sah sich um, aber außer dem Hochzeitskleid an ihrem Körper konnte sie nichts erkennen, nur bauschige Wölkchen und ein rosiges Licht, das von fern durch den Nebel schimmerte. Nelli lief darauf zu. Das Leuchten wurde intensiver. Ein kleines Gebäude, eine Art Pförtnerhäuschen, tauchte aus dem Nebel auf. In seinem Fenster prangte ein Schild aus geschwungener pinkfarbener Neonschrift. *Wolke 7*, las Nelli.

Sie stand vor der Anmeldung für den siebten Himmel! Ein kribbeliges Glücksgefühl durchströmte sie. Mit klopfendem Herzen trat sie an das Fenster. Dahinter saß eine Frau. Sie trug Engelsflügel und hatte das Gesicht von Helene Fischer.

Helene Fischer? Nelli blinzelte kurz.

»Dein Traum, nicht meiner«, sagte Helene schulterzuckend und machte eine flirrende Fingerbewegung, die Nelli aus irgendeinem Grund alle Zweifel an Helenes Engelsnatur vergessen ließ. »Wie lange willst du bleiben?«

»Für immer«, sagte Nelli beschwingt.

»M-hm.« Helene zog eine Karteibox zu sich heran. ›Kandidaten‹, war in das Etikett graviert. Helene stöberte ein wenig herum und legte dann eine der Karten in die Durchreiche. »Dann ist das hier der Richtige. Hundert Prozent treu und verlässlich.«

Nelli griff danach. Auf der Karte klebte ein Foto. Nelli sah karamellfarbenes Fell, einen puscheligen Schwanz und eine lilafarbene Zunge.

Das war ein Hund. Wieso ein HUND?! Nelli wollte Helene

um ihren *Mann* fürs Leben bitten, aber das Pförtnerhäuschen war plötzlich verschwunden. Nelli stand ganz allein da. Sie spürte, wie sich die Härchen in ihrem Nacken aufstellten. Allein im siebten Himmel? Das ging nicht! Da hörte sie eine wohlbekannte, dunkle Stimme hinter sich. Gott sei Dank. Sie drehte sich um.

Seine große, breitschultrige Gestalt löste sich aus dem Nebel. »Nelli«, rief er, »ich liebe dich!«

Erleichtert lief sie auf ihn zu. Da lichtete sich mit einem Schlag der Nebel um sie herum. War sie in einem Spiegelkabinett? Überall stand der gleiche Mann, von überall her hielt er ihr die Arme entgegen, von überall her rief er ihren Namen. Sie drehte sich im Kreis, wusste nicht mehr, wer der Richtige war, wirbelte umher, bis alles vor ihren Augen verschwamm. Dann spürte sie seine Hand – *gemein*, dachte Nelli, als der Wecker klingelte, *mitten im schönsten Happy End!*

Obwohl, so schön wie im Leben konnte es im Traum gar nicht sein …

NELLI

»Diesen Schleier habe ich seinerzeit bei meiner Hochzeit getragen. Damit wirst du wie eine Märchenprinzessin aussehen!«, versprach Oma Ilse. Nelli hielt still, während Tims Großmutter ihr den alten Brautschleier auf den Haaren drapierte. Sie stand mit der Oma ihres Bräutigams auf dem Dachboden, wo Ilse schon seit Ewigkeiten ihre Hochzeitssachen aufbewahrte. Als Ilse fertig war, betrachtete sich Nelli im Spiegel.

Sie schluckte. ›Märchenprinzessin‹ war leider nicht das Wort, das ihr zu dem Anblick einfiel. Eher ›explodierter Wäschesack‹. Der störrische Berg aus Tüll stand weit von ihrem Kopf ab, hatte bei genauerem Hinsehen auch noch eine Garnitur aus angegilbten Stofffröschen am Scheitel und kratzte, als habe man ihr einen Topfschwamm aufs Haupt gepinnt. Sie holte tief Luft. Es half nichts. So wollte sie nicht heiraten. Sie setzte zu einem Nein an, da sprach Ilse mit leiser, brüchiger Stimme weiter. »Du würdest mir armer alter Frau eine so unendliche Freude damit machen …«

Oje. Nelli konnte Tims Oma, sie war schon seit vielen Jahren verwitwet, diesen Gefallen nicht verwehren. Und übermorgen war so oder so der schönste Tag in ihrem Leben. Sie würde heiraten, endlich ein richtiges Zuhause haben, für immer und ewig glücklich sein – fiel es da ins Gewicht, was sie für einen Kopfputz trug? Nelli öffnete schon den Mund, um einzuwilligen – aber dann sah sie das berechnende Funkeln in Ilses Augen.

Nelli hielt inne. Ihr kamen die Momente in den Sinn, in denen diese Augen ihr in den vergangenen Monaten strenge Tadel verpasst hatten – weil Ilse sie mit etwas Süßem in der Hand erwischt hatte. Nelli fand zwar, dass es auch einer Braut nicht versagt sein durfte, Busen, Hüfte und einen gesunden Appetit zu haben. Aber Ilse hatte dann stets so einen Fräulein-Rottenmeier-Blick drauf gehabt, als würde Nelli wirklich jedes bisschen Selbstbeherrschung fehlen. *So konnte Ilse nämlich auch!* Ilse Sattler war klug, willensstark … und offenbar bereit zu emotionaler Erpressung. »Wenn du einmal Enkelkinder hast, dann wirst du mich verstehen«, seufzte sie nun auch noch ergriffen und presste sich ihre runzlige Hand aufs Herz.

Jetzt trug sie eindeutig zu dick auf. Kein Tüll-Wischmopp!, entschied Nelli und wappnete sich innerlich. »Danke, Ilse, aber ich kann das nicht annehmen«, sagte sie. »So ein Schleier ist für eine standesamtliche Hochzeit vielleicht doch etwas übertrieben. Und ich hab mein Outfit ja auch schon. Es geht wirklich nur noch um etwas kleines ›Geliehenes‹ für den Hochzeitsbrauch.« Und darum, hier fertig zu werden. Nelli nahm den Schleier ab, um ihn wieder in Ilses alte Hochzeitstruhe zurücklegen zu können. In knapp einer Stunde war ihr Maniküre-Termin. Normalerweise nahm sie es mit der Optik ihrer Hände nicht so genau; ihre tägliche Arbeit im Gärtnereibetrieb hinterließ nun mal ihre Spuren. Aber Tim sollte am Samstag schließlich nicht das Gefühl haben, einer Maulwurfspfote den Ehering überzustreifen. Bevor sie zur Kosmetikerin fuhr, musste sie außerdem noch im Gasthof nachfragen, ob laktosefreie Milch und Sahne vorhanden waren, denn eine ihrer Brautjungfern hatte neuerdings eine Unverträglichkeit. Zwei Unverträglichkeiten, besser gesagt. Die Brautjungfer hatte sich frisch von ihrem Freund getrennt, und nun musste Nelli auch noch die Sitzordnung anpassen. Sie heiratete in einen großen Freundeskreis ein; der Ex, über den sie ihre Brautjungfer kennengelernt hatte, war Tims Fußballkumpel und blieb natürlich ebenfalls eingeladen. Nun musste sie die beiden an unterschiedlichen Tischen unterbringen. Und überhaupt … Es war noch so viel zu tun und so wenig Zeit. Nelli fühlte schon ein nervöses Ziehen in ihrem Bauch.

Tims Oma dagegen hatte komplett die Ruhe weg. Sie nahm Nelli den Schleier aus der Hand, setzte ihn sich selbst auf und betrachtete sich ausgiebig im Spiegel. Dann wandte sie sich um, nahm den Schleier ab und streckte ihn Nelli mit einem strahlenden Lächeln hin. »Aber er ist doch so entzückend. Keine Widerrede, Nelli. Ich borge ihn dir. Du musst nicht so bescheiden sein.«

Nelli nahm all ihren Mut zusammen. Sie wünschte sich, sie wäre mehr wie ihre beste Freundin Erika. Die brachte es bei Konflikten fertig, einfach nur ›Ich will aber nicht‹ zu sagen und sich wegzudrehen. Das lag wahrscheinlich daran, dass Erika in einer Großfamilie aufgewachsen war und bestimmt immer jemanden gefunden hatte, dem sie sich dann zuwenden konnte. Nelli dagegen, dem Einzelkind einer alleinerziehenden Mutter, hatte sich der Sinn für harmonieförderndes Nachgeben tief eingebrannt. Aber nicht jetzt!, ermahnte sie sich. Sie räusperte sich und versuchte, ihrer Stimme einen festen Klang zu geben. »Ilse, das meinte ich anders. Dein Schleier passt leider nicht zu meinem Kleid.«

Tims Oma lächelte. »Vielleicht sollte ich dir mein Kleid noch dazu leihen, so als Ensemble. Dann wärst du schick. Das Problem ist nur, du bist kräftiger als ich.« Nelli biss die Zähne zusammen, als Oma Ilse jetzt mit den Händen an ihrer Taille Maß nahm. »Vielleicht, wenn man an den Nähten viel auslässt …«

Nelli atmete tief durch. »Ist schon gut, Ilse«, sagte sie ruhig und kniete sich rasch vor die Truhe, um möglichst schnell ein unauffälliges Accessoire zu finden. Sie tat das hier Tim zuliebe. Natürlich hatte sie ihre gesamte Brautausstattung längst zusammen. Auf diesen Brauch mit dem ›Geliehenen‹ war Nelli nur gekommen, weil Tim sie gebeten hatte, Ilse doch mit einzubeziehen. Oma hatte ihn wissen lassen, dass sie sich ausgeschlossen fühlte.

Wetten, sie hatte dabei auch das ›Arme alte Frau‹-Argument benutzt? Trotz ihrer Anspannung musste Nelli schmunzeln, als sie sich die Szene zwischen Tim und seiner Oma vorstellte. Tim, der baumgroße, sportgestählte Mann und die zierliche Oma. Aber seine Großmutter wusste genau, dass Tims allergrößter Muskel sein Herz war. Und seine Willensstärke dafür in Ilses Pillendose noch mehr als reichlich Platz fände. Von daher konnte Nelli von Glück sagen, dass Tim heute Nachmittag keine Zeit hatte. *Ihm* hätte Ilse den Schleier garantiert angedreht.

Nelli ertastete Schuhe. Bloß nicht. Auf einen Spruch à la »Du hast klobigere Füße als ich. Wobei vielleicht, wenn du die Schmerzen ignorierst« konnte sie gut verzichten. Sie suchte weiter.

Im nächsten Moment fühlte sie einen weichen Gegenstand mit einem Bügel und einer Schnalle. Offenbar ein Täschchen. *Egal, wie du aussiehst. Notfalls vergesse ich dich im Taxi*, dachte sich Nelli und zog es hervor. Es war eine kleine Tasche aus goldfarbenem Brokatstoff. »Die ist ja zauberhaft!«, rief sie erleichtert. »Hattest du die zum Standesamt mit?«

Neben Nelli fiel der Schleier zu Boden. Sie hörte das Rascheln des Tafts und dazu ein zischendes Geräusch, das offenbar aus Ilses Mund drang. Erschrocken blickte Nelli zu ihr auf.

Tims Oma hielt die Hände vor den Mund gepresst, ihre Augen waren weit aufgerissen. Für ihre mehr als achtzig Jahre war sie immer noch in sehr guter Verfassung, aber in diesem Moment wirkte sie furchtbar zerbrechlich. Nelli ließ die Tasche fallen, sprang auf und ergriff Ilses Arm. »Ist alles in Ordnung?«, frage sie besorgt und sah sich auf dem Dachboden nach einer Sitzgelegenheit um. »Soll ich dir ein Glas Wasser holen?«

»Nein, nein.« Ilse blinzelte noch einmal. Dann entzog sie Nelli ihren Arm und wandte sich mit einem Ruck von der Hochzeitstruhe ab. »Alles in Ordnung. Man muss hier oben einfach mal lüften.« Sie straffte die Schultern und strich mit den Fingern damenhaft über ihre stets tadellos aufgesteckte Chignon-Frisur. »Ich habe unten in meiner Schmuckschatulle hübsche Ringe. Davon leihe ich dir einen.« Aufrechten Ganges stieg sie vor Nelli die Treppe hinab und schlug in der Diele den Weg in Richtung Schlafzimmer ein. Aber Nelli hielt sie zurück. Sie hatte das alte Handtäschchen heimlich mitgenommen. »Ilse, darf ich einfach das hier leihen?«, bat sie.

Ilse schüttelte energisch den Kopf.

»Nur leihen«, versicherte Nelli und inspizierte die Tasche noch einmal. War sie vielleicht beschädigt? Sie ließ den filigranen Verschluss aufschnappen. Cremefarbenes Seidenfutter kam zum Vorschein. Und ein vergilbter Zettel. Ohne ihn auffalten zu müssen, konnte man die Schrift darauf lesen: ›Für Ilse in Liebe von Helmut‹.

»Helmut?« Nelli runzelte die Stirn. Tims Opa hatte doch nicht Helmut geheißen, sondern Werner. »Wer ist Helmut?«

»Der Grund, warum ich dir die Tasche nicht leihe.«

Zehn Minuten später saß Nelli in Ilses Wohnzimmer und bekam am helllichten Tag Eierlikör kredenzt. Nachdem das Geheimnis um diesen Helmut nun einmal gelüftet war, sprudelten die Worte nur so aus Ilse heraus. Ilse Gesichtszüge waren ganz weich geworden, als sie von ihrer Jugendliebe erzählte. Ihre Augen glänzten. Sie blickten weniger Nelli an als durch sie hindurch in eine längst vergangene Zeit. Eine Zeit mit Petticoats, Rock and Roll und einem schmissigen Kerl mit pomadigem Haar.

Nelli hatte die Maniküre abgesagt, wozu gab es schließlich beste Freundinnen, jetzt hörte sie der alten Dame geduldig zu. Ilse musste sich ganz offensichtlich ihre Geschichte vom Herzen reden. Und wieder einmal zeigte sich: Jeder Mensch hat einen weichen Kern. Bei Oma Ilse war das Kern-Schale-Verhältnis zwar vielleicht etwas ungewöhnlich, aber in diesem Moment war sie zumindest einmal richtig sentimental. »Er hat mich auf Händen getragen«, schwärmte sie. »Mich angebetet und mir Liebesbriefe geschrieben. Eines Tages hat er mich dann gefragt, ob ich ihn heiraten will.« Nelli, die statt zum Eierlikör lieber zu Ilses Bonboniere gegriffen hatte, lutschte andächtig ein Sahnetoffee. »Und am vierten Mai 1953 hat er mich vor dem Altar stehen lassen.«

Nellis Mund klappt auf. Der Bonbon rutschte ihr weg, aber statt des zu erwartenden Tadels stand in Ilses Augen nur gläserne Leere. »Ich war schon in der Kirche, im Brautkleid, und alle Gäste …«, flüsterte sie. »Keiner wusste, wo Helmut ist. Der Pfarrer hat eine ganze Stunde gewartet.« Nelli hatte das Gefühl, als wäre die Temperatur im Raum schlagartig gesunken. In ihren Augen begann es zu brennen. Dann fühlte sie auch schon, wie ihr eine Träne über die Wange lief. Verstohlen wischte sie sich mit ihrer freien Hand darüber. Ilse legte den Kopf schief und musterte Nelli. »Ach, Liebes«, sagte sie und tätschelte ihre Hand. »Nimm es dir nicht zu Herzen. Es ist so lange her, das sollte niemanden mehr belasten.« Ilse ging mit gutem Beispiel voran und straffte schon die Schultern. »Auf lange Sicht war es außerdem ein Segen«, versicherte sie dabei. »Der Helmut und ich, wir waren wirklich noch sehr jung gewesen. Wer weiß, wie es mit uns weitergegangen wäre. Jedenfalls wäre ich danach nicht Tims Opa begegnet. Und Werner hat mich wirklich sehr, sehr glücklich gemacht. Fünfzig Jahre lang! Der wunderbarste Ehemann, den du dir vorstellen kannst. Ich bin also eigentlich ganz dankbar, dass Helmut sich verkrümelt hat.« Sie hob ihr neu befülltes Glas und zwinkerte Nelli dabei zu.

Nelli schnäuzte sich. »Und warum hast du das Täschchen dann behalten?«, wandte sie vorsichtig ein.

»Es ist nun mal wirklich schön«, gab Ilse zu. »Du weißt, dass ich auf guten Stil achte. Aber als Glücksbringer ist es morgen vielleicht nicht die erste Wahl.«

›Vielleicht nicht die erste Wahl‹. Das war ja wohl die Untertreibung des Jahrhunderts. Auch nachdem Nelli sich einen dezenten Bernstein-Ring geliehen und auf den Weg zum Gasthof gemacht hatte, ging ihr unentwegt Ilses Geschichte durch den Kopf. Schon wieder spürte sie einen Kloß in ihrem Hals. Sie hatte das starke Bedürfnis, mit Tim darüber zu sprechen. Aber donnerstags hatte er immer bis in die späten Nachmittag hinein Unterricht. Also schrieb sie ihm erstmal nur eine Textnachricht. Sie wusste, es war komplett irrational und ganz anders als geplant, aber am liebsten wäre ihr in diesem Moment, sie könnte von jetzt bis zum Moment der Hochzeit Tim an ihrer Seite haben.

Fünf Stunden später · Husum, Nordsee

NELLI

»Mund auf, Augen zu!« Dem Kommando ihrer Brautjungfern gehorchte Nelli nur zu gern. Weil sie ihre Hände gerade nicht benutzen konnte, wurde sie von ihren Freundinnen gefüttert. Sie hatte für ihren Junggesellinnenabschied eine Art Razzia vor dem Süßigkeitenregal im Supermarkt veranstaltet. Bei der jungen Mutter, die hinter ihr an der Kasse dem angestachelten Kind daraufhin das Prinzip »eine Handvoll am Tag« erklären musste, hatte sie noch entschuldigend die Schultern eingezogen. Aber jetzt genoss sie die Schokokugeln, die die Mädels ihr in den Mund fallen ließen.

Ende gut, alles gut. Nelli lag neben ihren Freundinnen auf der Couch und konnte ein zufriedenes Seufzen nicht unterdrücken. Alles war wieder im Lot. Tim hatte ihre noch aus dem Unterricht heraus – die Frage nach seiner Vorbildfunktion ließ sie mal besser dahingestellt – eine WhatsApp geschrieben, in der es von Herzchen nur so wimmelte. Und jetzt war sie auch wieder im Zeitplan. Ihre Freundinnen hatten für eine Home-made-Maniküre Dutzende von Nagellacken zur Auswahl angeschleppt, und ihre Hände wurden dank eines aufwändigen Honig-Salz-Peelings langsam babyzart.

Ihre für die Hochzeit extra von fern angereiste Studienfreundin Tessa wunderte sich über den trolligen Ausgangszustand ihrer Hände. Nelli musste erklären, dass sie nun einmal nicht wie Tessa für ein Projektentwicklungsbüro arbeitete, sondern für eine Gärtnerei. Und ihr Chef Herr Diedrichsen erzählte seinen Kunden zwar gern, dass sie als seine Landschaftsarchitektin die Gärten individuell konzipiere. Tatsächlich aber ließ er Nelli die Anlagenskizzen husch-husch allesamt nach dem gleichen Schema erstellen und schickte sie dann für ihre restliche Arbeitszeit mit auf die Baustellen. »Dafür bist du überqualifiziert!«, stellte Tessa fest. Sie hockte auf dem Rand des Sofas und suchte nebenbei per Handy nach einer Anleitung für das perfekte Nagelstyling einer Braut. »Warum machst du das mit?«

»Weil ich gern Pflanzen und Erde in den Händen halte«, antwortete Nelli vage. Tessas Frage verursachte bei ihr ein dumpfes Gefühl. Wenn sie weiter darüber nachgedacht hätte, hätte sie es vielleicht als Unbehagen wahrgenommen. Aber Nelli dachte nicht darüber nach. In der Gärtnerei Diedrichsen zogen alle gemeinsam an einem Strang, Nelli war beliebt und von sympathischen Menschen umgeben, und sie war nicht der Typ, der nach dem Haar in der Suppe suchte. Genauso wenig wie Tessa, die sich jetzt voller Konzentration in die Beauty-Tipps vertiefte. Das Thema ›Job‹ musste vertagt werden.

Nelli lehnte sich wieder entspannt zurück und genoss die Handmassage ihrer Trauzeugin Erika. Eine der anderen Brautjungfern reichte ihr den Drink mit Strohhalm an. Junggesellinnenabschiede waren super!

Vor allem hatte Nelli einen Freifahrtschein, so viel über ihren Bräutigam zu schwärmen, wie sie nur wollte. Nachdem Tessa begeistert verkündet hatte, soeben eine genial-einfache Step-by-Step-Anleitung für die schönsten Nägel ever gefunden zu haben, schenkte sie ihr auch wieder ihre volle Aufmerksamkeit und fragte nach, wie Tim und sie sich eigentlich kennengelernt hatten. Die beiden ehemaligen WG-Genossinnen hatten den Kontakt ein wenig schleifen lassen und nun vor der Hochzeit einiges nachzuholen. Nelli freute sich über Tessas Interesse. Es war schön, die Geschichte von Tim und ihr endlich mal wieder einem frischen Gesicht erzählen zu können. Einem ausgesprochen frischen Gesicht. Tessa verbreitete einen gesunden Zahnpastageruch, denn sie ließen gerade Gesichtsmasken einwirken, und Tessa hatte sich für eine Pfefferminzpaste entschieden. Für Nelli hatte Erika ursprünglich eine bitzelnde Pampe aus pürierter Ananas und Schwarzteeblättern vorgesehen. Angeblich bekam man davon Poren wie ein Baby. Aber konnte man wissen, ob der Tee nicht am

Ende Flecken hinterließ? Und sie zwar aussah wie ein Baby, aber das eines Dalmatiners? ›No risk, no fun‹ war nicht gerade Nellis Devise – und schon gar nicht vierzig Stunden vor ihrer Hochzeit. Sie hatte lieber eine Honig-Quark-Packung gewählt. Die konnte, wenn sie wollte, ihre Haut mit Feuchtigkeit versorgen, und wenn nicht, dann schmeckte sie wenigstens. Nelli schleckte sich ein wenig Quark von der Oberlippe und kuschelte sich gemütlich in ihren Bademantel. »Also, Tim und ich«, fing sie dann an. »Es war vor zwei Jahren im Eiscafé. Ich hab Tim schon beim Reinkommen bemerkt.« Sie schloss die Augen und seufzte genießerisch. »Diese niedlichen Strubbelhaare! Wie Robert Pattinson in den *Twilight*-Filmen. Bisschen lockig auch noch. Ich habe mich extra an den Nebentisch gesetzt. Und als ich gerade mein Eis löffeln möchte, höre ich es neben mir röcheln.«

»Hhhhhrrrr-hooooh. Hhhhhrrrr-hooooh«, machte Erika, die mit ihr im Eiscafé gewesen war.

Nelli schmunzelte. »Genau. Ich gucke also, warum plötzlich Darth Vader neben mir sitzt. Und sehe den süßen Typen seinen Hals umklammern. Wespenstich im Mund. Erstickungsgefahr. Große Panik. So einen hilflosen Mann hab ich noch nie gesehen!«

»Bingo«, sagte Tessa und ließ ihre Augen aufblitzen. »Ich würde mal sagen, in dem Moment hast du dein Herz verloren. ›Ein hilfloser Mann‹«, flüsterte sie gespielt ergriffen. Sie blickte sich im Kreis der Brautjungfern um. »Hat Nelli euch schon mal die Geschichte erzählt, wie sie sich im Studium in den Typen mit dem Kreuzbandriss verknallt hat? Ferdinand? Den hat sie sofort in unserer WG einquartiert und aufgepäppelt. Zum Glück hat sie ihn irgendwann mit ihrem ›Ich weiß schon wie unsere Kinder mal heißen werden‹-Blick in die Flucht geschlagen, der hat sich nämlich immer an meiner Schokolade vergriffen.« Tessa, die offenbar die Maske auf ihrer Haut vergessen hatte, fuhr sich mit den Fingern durchs Gesicht, was lange Striemen in der grünen Paste hinterließ.

Nelli musterte sie einen Moment. »Du hast was von einem Dämon«, stellte sie dann fest.

»Weil ich deinen Exfreund schlecht mache? Exlästern gehört zu jedem guten Jungesellinnenabschied!«

Damit hatte Nelli auch überhaupt kein Problem. Aber irgendwie klang es bei Tessa so, als habe sie eher etwas an ihr auszusetzen als an ihrem Ex. »Ich habe ihn nicht in die Flucht geschlagen«, stellte sie richtig. »Er fühlte sich nur noch nicht reif genug für eine erwachsene Beziehung.«

»M-hm.« Tessa verdrehte die Augen. »Weil du an ihm drangehangen bist wie ein Koala am Eukalyptusbaum!«

»Koalas sind süß, und sie mögen ihren Eukalyptus nun mal sehr! Und überhaupt, du tust gerade so, als sei ich gestört, nur weil ich an die Liebe glaube. Man hat doch einen Freund nicht nur, damit sich die breite Matratze lohnt. Ich will einen Partner, dem ich vertrauen kann. Und Vertrauen gibt es nur, wenn du an die Zukunft glaubst. Du kannst doch niemanden lieben, von dem du nicht weißt, ob er morgen noch da ist!«

Tessa lächelte. »Schon gut. Dein Happy End ist ja auch nahe. Dann erzähl doch mal weiter. Er sah also wie Robert Pattinson und hatte eine Wespe im Mund. Und was geschah dann?«

»Ich hab mein Zitroneneis an ihn verfüttert, damit der Hals nicht zuschwillt. Und ihn getröstet. Ich wollte ja schließlich auch mal die Haare anfassen.« Nelli grinste und merkte, wie ihre Quarkmaske allmählich zu bröseln begann. Gut, dass sie Handtücher übers Sofa gelegt hatte, das würde sonst eine ziemliche Sauerei. »Außerdem hat Tim aus Panik ganz viel mit den Wimpern geflattert. Richtig dichten Wimpern. So schöne Augen …« Sie seufzte schwärmerisch.

Erika wandte sich an Tessa. »Zu der Hochzeit kommt übrigens der Zwillingsbruder. Damit das gleich klar ist: Den kriege ich!«

Nelli schüttelte energisch den Kopf. »Erika, das geht wirklich nicht. Du kannst als meine Freundin doch nicht mit einem Mann rummachen, der genauso aussieht wie meiner. Tim sagt außerdem, dass sein Bruder der totale Frauenheld sei, für den wärst du nur eine Nummer. Also Finger weg von Felix.«

»Nelli, ich bin kein Koala. Eine Nummer ist genau, was ich will. Trauzeuginnen haben außerdem ein Recht auf Sex!«

»Nimm einen aus Tims Fußballmannschaft«, riet Nelli, hörte aber sofort das Keuchen der frisch verlassenen Brautjungfer, der mit der Exfreund- und Laktose-Intoleranz. Schnell ergänzte sie: »Aber nicht den von ihr.« Kompliziert, kompliziert. Sie schwenkte lieber wieder zu ihrer Kennlerngeschichte. »Ich habe Tim also mit maximaler Hingabe versorgt. Nicht nur wegen seiner schönen Augen, wir waren wirklich in größter Sorge. Aus Tims Sicht hatte definitiv sein letztes Stündlein geschlagen.«

»Hhhhhrrrr-hoooooh. Hhhhhrrrr-hooooh«, machte der Brautjungfern-Chor. Nelli blickte Tessa an. »Ich hab fast mein gesamtes Eis an ihn verfüttert, und sein Mund schwoll auch wirklich an. Aber ehrlich gesagt nicht die Atemwege, sondern nur die Unterlippe. Lebensgefahr war das definitiv keine. Nur ein bisschen Boxer-Optik. Auf eine gute Art. So ›Edward der Vampir trifft Rocky Balboa‹. Sehr, sehr heiß.« Nelli ließ ihre Augen blitzen. »Ich hatte gleich so eine Fantasie, in der Tim sich für mich prügelt.«

»Und dann?«, fragte Tessa gespannt.

»Mich jedenfalls nicht nur auf seinem Rücken durch einen Wald trägt«, grinste sie. In ihren Fantasien war etwas mehr los als in den *Twilight*-Filmen.

Tessa kicherte. »Ich meinte eigentlich, was du gemacht hast, nachdem du wusstest, dass der Wespenstich gar nicht gefährlich ist.«

»Ach so. Äh. Also, ich habe aufgehört, ihn zu füttern, den letzten Rest Eis selbst vom Löffel geschleckt und ihm gesagt, dass es doch noch nicht um ihn geschehen ist.«

»Und dann?«

Nelli lächelte. »Dann hat er mich ganz lange angesehen. Total intensiv, ging mir richtig durch Mark und Bein.« Nelli hörte die verlassene Brautjungfer seufzen. »Und dann hat er gesagt, ›Ein bisschen doch‹.« Nelli musste jetzt so breit lächeln, dass ihr eine ganze Ladung trockener Quarkmaske aus dem Gesicht fiel.

»Haaaachhhhh«, stimmte jetzt sogar Tessa mit ein.

»Und dann hat er mich ganz vorsichtig geküsst, trotz der dicken Lippe. ›Als Dankeschön für die Lebensrettung‹, hat er gesagt.«

Der nächste chorale Glücksseufzer wurde von Nellis Handyklingeln unterbrochen. Tim, endlich. Sie hatten sich in den letzten Stunden immer wieder gegenseitig verpasst. »Hallo, mein Schatz! Du bist auf laut gestellt, weil ich Quark im Gesicht hab. Wir haben übrigens gerade von dir gesprochen«, verriet sie.

»So ist's recht«, sagte Tim, und sie hörte an seiner Stimme, dass er lachte. Vor ihrem inneren Auge sah sie die niedlichen kleinen Fältchen, die sich dabei an seinen Augenwinkeln bildeten. »Ich will euch Mädels auch gar nicht stören. Klingt ja spannend, mit dem Quark. Aber sag nur kurz – alles okay bei dir, Mäuschen?«

»Ja. Jetzt ist wieder alles bestens«, versicherte sie ihm. »Danke für deine WhatsApp. Ganz ehrlich, als ich heute Nachmittag bei deiner Oma war, war ich schon ziemlich durch den Wind.

Allein die Vorstellung, wie sie vor dem Altar gestanden haben muss …«

»Ja, geht gar nicht … Aber dass sie dir das ausgerechnet zwei Tage vor unserer Hochzeit erzählt, ist trotzdem mieses Timing.«

»Hat sich so ergeben. Erklär ich dir später. Sag mal, hör ich da im Hintergrund Helene Fischer?« Nelli wunderte sich. Tim war für die letzten Tage vor der Hochzeit in die Wohnung eines Kollegen gezogen, um ihren Brautjungfern Platz zu machen. Aber der Kollege lag im Krankenhaus, da konnte Tim doch sein eigenes Fernsehprogramm wählen. Und von Schlagermusik bekam Tim nach eigenem Bekunden Ohrenkrämpfe.

»Ich bin noch mal auf ein Bierchen raus. Die Musik kommt aus 'ner Kneipe.«

»Na, dann würde ich an deiner Stelle woanders hin.«

»Du sprichst mir aus der Seele, mein Schatz.«

Eineinhalb Tage später · Husum, Nordsee

NELLI

»Tim ist verschwunden.«

Zwei Stunden vor der Hochzeit drang die Stimme von Nellis Mutter durch das Telefon. Angelika berichtete, dass Tims Trauzeuge wie verabredet vor einer halben Stunde bei der Wohnung von Tims Kollegen erschienen war. Aber niemand hatte die Tür aufgemacht. Nellis Herz setzte für ein paar Schläge aus.

Seit Donnerstagabend hatte sie keinen Kontakt mehr zu

Tim gehabt. Er war auch nicht mehr ans Handy gegangen. Sie hatte sich damit beruhigt, dass der kleine Schussel nur das Ladegerät von seinem Handy vergessen hatte. Dass es schließlich auch vereinbart war, ihr die Zeit vor der Hochzeit mit ihren Brautjungfern zu lassen. Aber tief in ihr war schon gestern wieder diese schleichende Angst gewachsen, die sie zum ersten Mal in Oma Ilses Wohnzimmer gespürt hatte.

»Soll ich lieber noch bei dir vorbeikommen?«, bot ihre Mutter an. Angelika – sie hatte einen Schmuckstand und betrieb ihn dieses Jahr auf Amrum – war vom Fähranleger direkt zum Schloss gefahren. Nelli musste gestehen, dass sie darüber nicht ganz unglücklich war. Angelikas sorglose Art, Last-Minute-Änderungen vorzunehmen, hatte bei so ziemlich jedem Meilenstein in Nellis Leben ihre Spuren hinterlassen. Verhunzte Schultüte, versaute Schulball-Frisur ... sie wollte ihre Mutter lieber erst beim Trauungssaal treffen. Und ihr Motto ›Dann müssen wir halt improvisieren‹ würde aktuell ohnehin nicht weiterhelfen. Wie improvisierte man eine Hochzeit ohne Bräutigam?

Sie lehnte das Angebot ihrer Mutter ab, verabschiedete sich und sah dann im Spiegel Erika an. Nelli saß in voller Brautmontur beim Frisör und konnte ihre Trauzeugin hinter sich stehen sehen. »Tim ist weg«, wiederholte sie und hörte, wie ihre Stimme zu kippeln begann.

»Quatsch. Der taucht gleich wieder auf. Tim liebt dich.«

Das beruhigte Nelli nicht. »Dieser Helmut hat Ilse bestimmt auch geliebt«, flüsterte sie. Zu allem Überfluss begann der Frisör jetzt auch noch damit, Blüten in ihre Haare zu stecken. »Vielleicht solltest du damit aufhören«, sagte sie traurig. »Es wird keine Hochzeit geben!«

Erika schob den Frisör beiseite, stellte sich hinter Nelli und legte ihr die Hände auf die Schultern. »Ganz ruhig, Nelli. Tim ist nicht dieser Helmut. Tim braucht dich genauso wie du ihn. Auf ihn kannst du dich verlassen. Und ein Bräutigam verschwindet schließlich nicht einfach so.«

Eine Stunde zuvor · B 5 zwischen Heide und Husum

FELIX

»Es gibt da ein Problem, Felix. Ich kriege den Flieger nicht.«

Genau wie früher, dachte Felix Sattler. Seit zwei Stunden war er wieder auf deutschem Boden, und alles war mit einem Mal genau wie früher. Die vertraute Landschaft, die gleichen Stimmen im Radio. Und nun meldete sich auch noch sein Zwillingsbruder Tim mit einem Problem. Früher, wenn Tim ihn damit aus dem Tiefschlaf gerissen hatte, hatte sich sein Kopf auch oft genauso in Watte gepackt angefühlt wie jetzt nach dem zermürbenden Transatlantikflug.

»Alles wird gut«, sagte er erstmal beruhigend. »Welchen Flieger kriegst du nicht? Wolltest du mich etwa am Flughafen abholen?« Sein Bruder war immer so durcheinander. »Ich hab mir doch einen Mietwagen genommen! Sieh du mal zu, dass du dich in Ruhe für deine Hochzeit fertig machst.«

»Ähm. Das ist ja das Problem. Das schaffe ich nicht. Wir verpassen gerade unser Flugzeug.«

Felix fuhr zusammen. »*Euer* Flugzeug?« Die Trägheit, die ihn auf der monotonen Autofahrt eingelullt hatte, war schlagartig verschwunden. »Was ist passiert? Wieso seid ihr nicht in Husum?« Die Hochzeit war in weniger als drei Stunden!

»Na ja.« Tims Stimme klang gequält. »War 'ne ganz spontane Aktion. Sag's bitte keinem.«

»O nein.« Felix stöhnte. Diese Aktionen waren mit Abstand die schlimmsten. ›Spontan‹ hieß bei seinem Bruder nicht ›aus dem Stegreif‹, sondern ›mit ausgeschaltetem Stammhirn‹. Am schlimmsten war bis jetzt die Aktion ›Kornkreise im Maisfeld‹ gewesen. Da hatte Tim mit seinen Freunden so tun wollen, als wären nachts Aliens auf dem Feld von Bauer Lorenzen erschienen. Aber ein im Hochsitz auf der Pirsch sitzender Jäger hatte Tim und seine im Mais herumtrampelnden Freunde nicht für Außerirdische, sondern für Wildschweine gehalten und das Feuer eröffnet. Felix hatte seinen völlig verstörten Bruder in einem Bushaltehäuschen aufgelesen und selbstverständlich versprochen, niemandem etwas zu verraten.

Was heute schwer möglich war. Eine ganze Hochzeitsgesellschaft wartete auf Tim und seine Braut Nelli, die Felix bis jetzt nur von Fotos kannte. Und nun? Sollte er für das Brautpaar die Hochzeit verschieben? Ob das einfach so ging? Wartete ein Standesbeamter stundenlang? »Was hast du getan? Wo seid ihr?«, fragte Felix.

»Erklär ich dir später«, sagte Tim leise.

»Mama wird dir die Hölle heiß machen.«

»Ich weiß«, sagte Tim bedröppelt.

»Oma erstmal.«

»Weiß ich. Aber das ginge ja alles noch. Das Problem ist Nelli. Sie darf es nicht wissen.«

Felix stieg auf die Bremse. »Nelli? Wieso Nelli? Ist sie nicht bei dir?« Die Bundesstraße hatte keinen Standstreifen. Felix lenkte das Auto in die Auffahrt zu einer Weide und hielt abrupt vor dem Gatter. Die Schafe dahinter stoben davon. »Willst du etwa sagen, du versetzt gerade deine Braut?«, rief er.

»M-hm«, murmelte Tim.

Felix konnte es nicht fassen. Hatte dieser Vollidiot etwa eine Panikattacke bekommen? Felix riss sein Handy aus der

Freisprech-Verankerung. »Bist du abgehauen, oder wie?«, schimpfte er.

»Nein! Ich will Nelli doch heiraten. Ich komme nur aus Versehen zu spät.« Tims Stimme klang metallisch. Die Verbindung war schlecht. »Felix, bitte. Du musst mir jetzt helfen. Ich stecke hier fest …«

Felix fiel Tim ins Wort. »Wo ist überhaupt ›hier‹?«

»Erzähl ich dir später. Das Wichtigste ist: Nelli darf nichts erfahren.«

»Das ist ja wohl nicht dein Ernst, Tim!« Die Anspannung surrte durch Felix' Körper. Er stieg aus dem Auto und flankte über den Weidezaun, um Platz zum Herumtigern zu haben. Lautes Geblöke erfüllte die Luft. Genervt sprach Felix lauter, um es zu übertönen. »Wie stellst du dir das vor, ›Nelli darf nichts erfahren‹? Du hättest sie als Allererste anrufen müssen!« ›Määäh‹, kam es von der Seite. Mann. Quatschte das Schaf absichtlich rein? Felix sah sich nach dem Störenfried um. Ein dickes altes Schaf stand dort mit erhobenem Kopf, blickte in seine Richtung und blökte aus voller Kehle. Neben Felix erklang daraufhin ein schwaches Quäken. Er drehte den Kopf. Augenblicklich verflog seine Verärgerung. Im Entwässerungsgraben kauerte ein Lämmchen! Felix sah genauer hin und stellte fest, dass sich seine Hinterläufe verfangen hatten. Die Beine waren wie gefesselt von einer sich am Grabenrand entlangwindenden Schlingpflanze. Felix senkte seine Stimme zu einem Flüstern, um das Tier nicht noch weiter zu verängstigen. »Jetzt rufst du Nelli an, sagst ihr, wo du bist, und dann sehen wir weiter … warte mal kurz …«, wisperte er ins Telefon und stieg dabei in den Graben. Dann legte er das Handy kurz beiseite und beugte sich zu dem kleinen Schäfchen herunter, dessen Flanken wie Espenlaub zitterten. Felix hatte keine Ahnung, wie man sich Tieren näherte. »Deine Augen schimmern wie Sterne«, versicherte er dem Lämmchen mit samtener Stimme, weil das jedenfalls bei Frauen immer zog, griff schnell zu ihm hinab und zerriss die um seine Beine geschlungenen Windenstränge. Das Lamm sprang auf und stob zu seiner Mutter davon. Felix seufzte. Hoffentlich war das Thema ›Feststecken‹ bei Tim auch so leicht zu lösen.

Er nahm das Handy wieder ans Ohr und kletterte aus dem Graben. »Pass auf«, nahm er den Faden wieder auf. »Also, du rufst jetzt erstmal Nelli an und erklärst ihr alles.«

»Geht nicht.« Tims Stimme bebte fast noch schlimmer als die von dem Lämmchen eben. »Das verzeiht sie mir nicht. Sie wird mich nicht mehr heiraten wollen.«

»Tim. Sie liebt dich. Und du hast mir selbst erzählt, dass sie die Flausen in deinem Kopf süß findet und dir alles Mögliche verzeiht. Jetzt sagst du ihr, was passiert ist, und alles wird gut.«

»Das hier nicht.« Und dann begann Tim zu erzählen. Felix hörte zu. Um ihn herum war Frieden eingekehrt. Das Lämmchen schmiegte sich an seine Mutter, über der Wiese schwebten ein paar Vögel dahin. An sich ein idyllisches Bild. Aber als sein Zwillingsbruder ihm jetzt gestand, was geschehen war, kamen ihm die Möwen vor wie Geier.

Zwei Stunden später · Husum, Nordsee

NELLI

Oma Ilse machte ein fürchterliches Theater wegen Tims Outfit, in dem er auf dem Standesamt erschien. »Er hat versprochen, dass er Kummerbund trägt!«, beschwerte sie sich via WhatsApp. Und nun sei Tim in einem Smoking ohne die feierliche Bauchbinde gekommen. Nelli fiel ein Stein vom Herzen. Ihretwegen hätte Tim Lederhose oder ein Kaninchenkostüm tragen können, so wie er es offenbar bei seinem Abiball getan hatte. Hauptsache, er war wieder aufgetaucht!

Die Hiobsbotschaft, dass Tim verschwunden sei, hatte sich glücklicherweise recht bald als Unsinn herausgestellt. Er hatte nur nicht in der Wohnung auf seinen Trauzeugen gewartet, wie es eigentlich ausgemacht gewesen war. Und halt irgendetwas an seinem Outfit geschraubt. Oma Ilse wurde nicht müde zu betonen, dass er total verändert aussehe. Aber was kümmerte Nelli das alles? Ihre Befürchtungen hatten sich als Hirngespinst erwiesen, und seitdem fühlte sie sich so leicht, als hätte man den Ballonrock ihres Brautkleides mit Helium befüllt und ihren Kopf gleich mit. Sie schwebte ein Stück weit über allem. Gleich würde sie den Mann, den sie liebte, heiraten!

Oma Ilse und ihre Schwiegermutter Barbara berichteten zwar laufend, was immer noch alles schief zu gehen drohte, aber das war alles nebensächlich und leicht aufzuklären. Zum Beispiel hatte irgendein Scherzkeks beim Standesamt angerufen und aus ominösen, angeblich wichtigen Gründen um eine Verlegung des Termins gebeten. Und dann hatte der Bräutigam festgestellt, dass er seinen Ausweis vermisste und nicht vor die Standesbeamtin treten konnte. Tim war echt so ein Schussel! Genau deshalb hatte sie ihm auch längst den Ausweis abgenommen. Zur Sicherheit lag der schon seit Tagen mit ihrem gesamten Flitterwochengepäck im Gasthof bereit. Und das Standesamt hatte ohnehin längst eine Kopie ihrer Dokumente.

Nelli wusste, dass der Besiegelung ihres Glücks nun nichts mehr im Wege stehen konnte. Tims und ihres Glücks. Da konnten ihre Freundinnen über ihre romantische Ader frotzeln, wie sie wollten. Mit Tim war es von Anfang an echt gewesen. Die Bilder waren einfach so vor ihrem inneren Auge erschienen: Wie er später mal mit ihren Söhnen aus einer selbstgebauten Indianerhöhle gekrochen oder mit ihrer Tochter auf den Schultern angaloppiert kam, und ihre eigene Stimme aus dem Off: »Meine Racker«, und dann zerstrubbelte sie ihrer Familie die Haare und sah ihnen stolz zu, wie sie sich um den Frühstückstisch setzten. Okay, ihr Unterbewusstsein lehnte sich hier vielleicht etwas stark an Margarine-Werbespots an. Dafür castete ihre Fantasie Tim zum Ausgleich aber auch ab und zu mal für eine Ü16-Sequenz.

Und in diesem Moment für einen Disney-Film. Das Taxi, in dem sie saß, hatte zwar wenig von einer Kürbiskutsche. Aber dafür wusste sie, dass im Schloss ihr Prinz auf sie wartete. Nellis Herz klopfte, als sie die geschwungene Toreinfahrt passierten. Endlich, endlich war es so weit. Flankiert von ihren Brautjungfern betrat sie das Schloss.

Es war ausgemacht, dass Nelli mit Punktlandung zum Termin kam, um einen großen Auftritt im voll besetzten Saal zu haben. Und tatsächlich, die Gäste schienen alle schon oben zu sein. Die Eingangshalle war menschenleer. Als sie die Schlosstreppe emporzusteigen begann, hörte Nelli das zarte Rascheln der Seide. Ihr Kleid bauschte sich unterhalb der engen Korsage in wolkigen Ballonrock-Stufen um ihre Beine und wogte bei jedem Schritt, den sie in Richtung Trauungssaal nahm. Ihr Herz klopfte schneller. Sie nahm die letzte Biegung und sah ihren Bräutigam oben auf dem Treppenabsatz stehen. An seinen sich weitenden Augen erkannte sie, dass sie mit der Wahl des Kleides alles richtig gemacht hatte. Was aber so ziemlich das Einzige war, was sie erkannte. Sie geriet ins Taumeln.

Erika neben ihr stützte sie, und sie nahm die letzten Stufen unversehrt. Irritiert blickte sie den veränderten Mann vor sich an. »Du bist wunderschön«, hörte sie ihn sagen. »Du siehst traumhaft aus. Atemberaubend ...«

Nelli war immer noch so verwirrt, dass sie ihm trotz seiner Komplimente ins Wort fiel. »Was ist denn mit deinen Haaren passiert?«, entschlüpfte es ihr.

Ilse hatte Recht. Tim sah als Bräutigam wirklich anders aus. Seine ansonsten wilden Locken lagen gekürzt und gebändigt an seinem Kopf an. So hatte Nelli ihn noch nie gesehen.

Eine leichte Röte zog über seine Wangen. »Frisör halt«, sagte er.

»Zeig mal«, sagte Nelli und streckte ihre Hand aus. Er zuckte zurück. »Keine Sorge, ich mach nichts kaputt. Nur mal testen, wie es sich anfühlt.« Irgendwie samtig. Sie strich ihm übers Haar und betrachtete ihn noch mal von allen Seiten. Die neue Frisur sah gut aus, aber ... so ordentlich ... so gar nicht nach Tim. Merkwürdig. Irgendwie kam er ihr fremd vor.

»Ich wollte dich mit etwas Feierlichem überraschen, deshalb bin ich heute Morgen heimlich zum Frisör gegangen«, sagte er. »Tut mir leid, ich glaub, ich hab damit irgendwelche Pläne durcheinander gebracht.«

Nelli nickte und konnte nach wie vor den Blick nicht von ihm lassen. »Du siehst völlig verändert aus. Was ist eigentlich aus dem Kummerbund geworden?«

»Vergessen.«

Die Zerknirschtheit in seinem Blick rührte sie. Da war er wieder, der jungenhafte Tollpatsch. Ihr Herz machte einen Hüpfer. Sie trat einen Schritt auf ihren Verlobten zu, um ihm einen letzten vorehelichen Kuss zu geben. Aber da trat ihre Mutter Angelika aus dem Trauzimmer in den Gang. »Die Standesbeamtin hat euch gerade aufgerufen.« Sie eilte auf sie zu, griff Nelli an den Schultern und sah ihr eindringlich in die

Augen. »Ellen, jetzt wird's ernst.« Nelli nickte stumm. Allein schon, dass ihre Mutter sie mit ihrem Taufnamen ansprach, war denkwürdig. Ein feierlicher Moment. Wieder einmal schoss ihr durch den Kopf, wie schön es wäre, wenn auch ihr Vater heute dabei wäre. Wenigstens an dem Tag, an dem seine Tochter heiratete! Nelli spürte einen Stich in ihrem Herzen. Schnell beugte sie sich vor und umarmte ihre Mutter.

Und dann ergriff sie die Hand des Mannes, mit dem sie den Rest ihres Lebens teilen wollte.

FELIX

Felix hatte alles getan, um die Hochzeit zu verzögern. Aber nun war es tatsächlich so weit gekommen. Er stand anstelle seines Zwillingsbruders im Trauungssaal.

Die Standesbeamtin hielt eine Ansprache, von der kein einziges Wort wirklich bei ihm ankam. Ihm war eiskalt. Er hatte Angst, entlarvt zu werden. Er bangte um seinen Bruder. Und er musste sich an Nellis Anblick gewöhnen. Sie sah so anders aus als auf den Fotos, die Tim ihm in den letzten zwei Jahren immer wieder von den beiden geschickt hatte. Klar war Nelli auch auf denen hübsch, mit ihrer Stupsnase und den blauen Kulleraugen … Aber auf so eine goldige ›Mädchen von nebenan‹-Art, mit der Felix einfach nichts anfangen konnte. Das Brautkleid enthüllte nun eine Traumfigur, die sie im Alltag mit allen Mitteln zu verbergen versuchte, so schien es zumindest, und warum sie ihre schönen honigblonden Haare normalerweise nicht auch offen trug, war ihm ein Rätsel. Er warf ihr einen verstohlenen Blick zu. Sie lächelte ihn an. Die Grübchen, die dabei auf ihren Wangen erschienen, waren die gleichen wie auf den Bildern. Oh, wenn doch auch nur der Mann neben ihr der von den Fotos wäre!

Er wünschte, er hätte eine andere Wahl gehabt. Er hätte seinen Bruder vorhin durchs Telefon würgen können. Wenn auf der nach oben offenen Tim-Sattler-Katastrophenskala die Maisfeld-Aktion eine Größenordnung von zehn Punkten besessen hatte, dann war das hier … ach. Zum Teufel mit nach oben offener Skala. Das hier war nicht zu toppen. Aber Tim hatte ihm alles erzählt, und Felix sah es genau wie er. Wenn Nelli die Wahrheit erfuhr, würde sie Tim nicht mehr heiraten. Und auch da gab er seinem Bruder recht: Das durfte nicht passieren. »Lass mich nicht im Stich, Felix!«, hatte Tim ihn angefleht und ihn gebeten, für ihn einzuspringen. Und dieses eine, letzte Mal war Felix es ihm schuldig.

Die Standesbeamtin verstummte, und Felix war augenblicklich zurück im Hier und Jetzt. Er sah sie an. Allein schon die Art, wie sie sich ihm feierlich zuneigte, verursachte bei ihm eine üble Gänsehaut. Jetzt ging es zur Sache! Er versuchte sich an einem Lächeln. Aber nun rächte sich, dass er einer hoch entwickelten Spezies angehörte, die für jede Gesichtsregung dutzende von Muskeln koordinieren musste. Das Lächeln misslang. Er hatte das Gefühl, dass er die brünette Staatsbeamtin gerade anfletschte. Die sagte schnell ihren Satz: »Wollen Sie, Tim Sattler, mit Ihrer hier anwesenden Verlobten Ellen Fritsche die Ehe eingehen? Dann antworten Sie bitte mit ›Ja‹«.

Sein Körper rebellierte gegen den Betrug. Felix fühlte sein Herz in seiner Brust rasen. Sein Mund war trocken. Er spürte Nellis Blick, aber er wagte in diesem Moment nicht, sie anzuschauen. Er schluckte. Seine Zunge fühlte sich an wie aus Schmirgelpapier. Heiße Schauer prickelten seine Wirbelsäule entlang. Sein Zwerchfell versagte seinen Dienst. Nur unter großer Anstrengung brachte er ein heiseres »Ja« hervor.

Die Standesbeamtin lächelte. Sie erinnerte Felix an die alte Mäusedame auf der Beatrice-Potter-Tasse seiner Mutter. Der stand auch so eine lebenserfahrene Nachsichtigkeit ins Gesicht geschrieben. Sie wandte sich an Nelli. »Nun meine Frage auch an Sie, Frau Fritsche – wollen Sie mit dem hier anwesenden Tim Sattler die Ehe eingehen? – Dann antworten Sie bitte ebenfalls mit ›Ja‹.«

Nellis Stimme klang kraftvoll. »Ja«, erklärte sie, und ein breites Strahlen erfüllte dabei ihr Gesicht.

»Dann darf ich gratulieren und feststellen, dass Sie nunmehr kraft Gesetzes rechtmäßig verbundene Eheleute sind«, verkündete die Standesbeamtin. Sie reichte Felix einen goldglänzenden Kugelschreiber. An seinem Rücken spürte er Nellis Hand, die ihn zärtlich streichelte. Schon wieder durchfuhr ihn ein Schauer. Felix versuchte ihn zu ignorieren. Er nahm den Stift entgegen, fälschte wie früher bei ihren Schulstreichen Tims Unterschrift und bemühte sich, nicht daran zu denken, dass das nun als Erwachsener eine Straftat war. Rasch brachte er es hinter sich.

Die Standesbeamtin lächelte schon wieder ihr Spitzmaus-Lächeln. »Sie dürfen nun die Ringe tauschen«, sagte sie und ließ den Trauzeugen herantreten. Felix nahm den Ring aus der Samtschatulle und schob ihn Nelli über den Ringfinger der rechten Hand. Nelli tat bei ihm das Gleiche. Es ruckelte ein wenig. Nelli schob ein bisschen fester, und der Ring rutschte an seinen Platz.

Ein Ehering an seiner Hand! Felix schloss kurz die Augen, um diesen Anblick zu verarbeiten. Dann hob er den Blick und landete damit geradewegs in Nellis Augen. Sie lächelte ihn an. Hielt seine Hand umschlossen, lächelte und – neigte sie sich ihm entgegen? Felix Gedanken begannen zu rasen. Was geschah eigentlich alles bei einer standesamtlichen Trauung? Es war doch ein staatlicher Akt und damit eine eher nüchterne Angelegenheit, oder nicht? Sicherlich würde die Standesbeamtin der Sache nun ein Ende bereiten?

Die Spitzmaus räusperte sich. Erleichtert wandte Felix sich ihr zu. Sie zwinkerte ihn an. »Keine Bange. Gegen einen schönen Hochzeitskuss habe ich selbstverständlich nichts einzuwenden.« Schlagartig erschien sie ihm mehr wie ein Frettchen.

Er fühlte sich wie gelähmt. Sekunden vergingen, in denen die Stille im Raum in seinen Ohren zu dröhnen begann. Bis jetzt waren es quasi nur Formalitäten gewesen. Aber nun … er brachte es einfach nicht fertig. Verdammt, die Braut seines Bruders küssen? Auf was für eine hirnrissige Geschichte hatte er sich nur eingelassen? Er starrte in Nellis Gesicht, ließ unwillkürlich ihre Hand los. Aber Nelli deutete das falsch und legte ihre Arme um seinen Hals.

Da riss Felix sich zusammen. Für Skrupel war es nun zu spät. Nach allem, was er schon getan hatte, hatte er gar keine andere Wahl mehr, als die Sache durchzuziehen.

Zum Glück hatte er viel Erfahrung. Er hatte schon so viele Frauen geküsst. Natürlich war noch nie ein Brautkuss dabei gewesen. Aber ein zarter Kuss, zwei, drei Sekunden Lippenkontakt, etwas romantisches Drumherum – er würde es schon schaffen, Nellis Erwartungen zu erfüllen. Er legte seine Hände auf ihren Rücken. Mit sanftem Druck seiner Finger dirigierte er ihren Körper näher an sich heran.

Er spürte, wie sie sich an ihn schmiegte. Dann reckte sie ihm ihr Gesicht weiter entgegen. Felix wollte ihr noch einmal kurz in die Augen schauen und dann … Er stutzte.

In Nellis Augen lag ein Glanz. Ein eigentümlicher Glanz. Von all den Frauen, die er in seinem Leben geküsst hatte, hatte ihn noch keine so angesehen. Es brachte ihn völlig aus dem Konzept. Er kannte es, wenn die Frau in seinen Armen ihre

Augen schillern ließ, kannte schwelendes Feuer und lockendes Glimmen. Aber der Ausdruck in Nellis Augen war nichts davon. Ihr Blick war sanft. Kein hintergründiges Funkeln. Nur unendliche Tiefe. Er fühlte sich merkwürdig davon angezogen …

Seine Hand legte sich an ihre Wange. Er neigte sich zu ihr, und als er sah, wie sich ihre Lider schlossen, senkte er behutsam seine Lippen auf ihre.

Er wusste nicht, ob es das war, was Nelli erwartet hatte. Was mit *ihm* geschah, als ihre Lippen sich berührten, hatte er jedenfalls nicht erwartet.

NELLI

»Nelli Sattler. Nelli Sattler. Nelli Sattler.« Leise sprach sie ihren neuen Namen vor sich hin. Nelli freute sich schon darauf, sich erstmals mit ihrem Ehenamen irgendwo vorzustellen oder am Telefon zu melden. Fast schade, dass ihr Handy nicht klingelte. Sie überlegte ernsthaft, ob sie ihre Mutter bitten sollte, sie anzurufen. Aber Angelika, die nur zwanzig Meter von ihr entfernt stand, war offensichtlich zu beschäftigt. Sie war in ein Wortgefecht mit Oma Ilse verwickelt. Die Damen waren so laut, dass Nelli sie bis zu sich rüber zum Schlossportal hören konnte. Sie fragte sich, ob sie kurz rübergehen und den Streit schlichten sollte. (›Nelli Sattler mein Name. Hört auf zu streiten‹ Oder doch besser ›Hört auf zu streiten, sonst werde ich sauer, so wahr ich Nelli Sattler heiße‹?) Gerade zickte Oma Ilse wieder los. »Ich sage es Ihnen. Mit Schleier wäre besser gewesen.«

»Und ich sage Ihnen, wir sind nicht mehr in den Fünfzigern«, meckerte Angelika zurück. »Es ist ja nicht so, als würde heutzutage noch irgendwer als Jungfrau in die Ehe gehen.« Angelika hätte sie mal mit auf Ilses Dachboden nehmen sollen! Nicht nur Erika, auch ihre Mutter war wesentlich kompromissloser als Nelli. Manchmal bedauerte Nelli, dass sie ihr so wenig ähnelte. Andererseits – dafür stand Angelika heute auch ohne Partner hier. Kompromisslos und allein. Nein danke. Nellis Blick wanderte zu Tims Eltern, die gerade die Blumenkinder für ihre gute Arbeit lobten. Tims Vater Gerhard wurde bald sechzig und nannte seine Frau selbst vor anderen Leuten ›Schnuffi‹. Nelli seufzte. Als sie ihren eigenen Vater das letzte Mal gesehen hatte, war der noch keine vierzig gewesen, und an Kosenamen unter ihren Eltern konnte sie sich beim besten Willen nicht erinnern. Nur an das Gezanke, das der Scheidung vorausgegangen war.

Na, wenigstens vertrugen sich Angelika und Ilse jetzt wieder. Sie hatten einander sogar untergehakt und waren zu den Jugendlichen aus Tims Schülerband hinübergeschlendert, die gerade ihre Instrumente stimmten.

Nelli widmete ihre Aufmerksamkeit wieder ihren Gratulanten. Sie nahm die Glückwünsche ihres Chefs entgegen und bedankte sich artig bei Herrn Diedrichsen dafür, dass er den Schlosshof extra für sie mit Zitronenbäumchen dekoriert hatte. Sie hatte sich zwar eigentlich Rosengirlanden gewünscht. Aber Tim schien es sehr zu gefallen, und sie wollte sich an diesem Tag über nichts ärgern, auch nicht über ihren Chef. Wie süß, Tim drückte Herrn Diedrichsen richtig an sich.

FELIX

Felix küsste jetzt einfach alle. Bis auf die Mitglieder seiner eigenen Familie hatte er schließlich keine Ahnung, wer ihm da gratulierte. Er bekam aber schnell raus, dass eine überschwängliche Begrüßung besser aufgenommen wurde als eine zurückhaltende. Also drückte er sich alle an die Brust und verteilte Wangenküsschen an die Damen. Während er sich durch das Gratulationsvolk herzte, schmiegte sich auch Nelli hin und wieder an ihn und hauchte ihm ins Ohr, wie wundervoll er sei. Selbstverständlich umarmte er dann auch sie.

Die Verwirrung des Brautkusses hatte er hinter sich gelassen. Ihm war dabei ganz komisch geworden. Kribbelig im Bauch. Das Gefühl war fremd ... oder doch nicht? Etwas in ihm war aufgeflackert. Aber wie ein Reflex hatte er die Erinnerung im Keim erstickt, die Augen aufgeschlagen und sich besonnen. Er war einfach so übermüdet, dass ihm schwindelig wurde, wenn er die Augen schloss.

Er hoffte, dass Tim bald kam. Wie lange war er schon überfällig? Zeitgefühl hatte Felix keines mehr. Seine Uhr, die ihn womöglich enttarnt hätte, lag im Handschuhfach des Mietwagens. Ihm schwirrte komplett der Kopf, und das nicht nur wegen des Schlafmangels. Er versuchte, sich die Namen und Gesichter der wichtigsten Hochzeitsgäste zu merken. ›Seine‹ Schwiegermutter Angelika, die hatte er ja schon vor der Trauung kennengelernt, trug eine glitzernde Robe zum knallroten Haar sowie viel Schmuck. Die konnte man wirklich nicht verwechseln. ›Seinen‹ Trauzeugen Torsten kannte er zum Glück schon von früher, er war in Tims Band gewesen und mit ihnen beiden zur Schule gegangen. Aber zum Beispiel Nellis Trauzeugin … von der hatte er den Namen sofort wieder vergessen. Außerdem begegneten ihm die Leute teilweise mit vertrauensvollen Bemerkungen, die er nicht zu deuten wusste. Bei der Begrüßung und so kurz nach der Trauung nahm ihm wohl kaum einer übel, wenn er hin und wieder nicht ganz passend reagierte. Doch im Verlauf des Nachmittags konnte es noch heikel werden – am besten gar nicht erst in lange Gespräche verwickeln lassen, nahm er sich vor.

Am gefährlichsten jedoch war seine Oma. Kurz vor der Trauung hatte sie sich von der Überwachung durch seine Mutter losgerissen und war noch einmal auf den Schlossgang herausgekommen, wo er mit seinem Vater auf Nelli gewartet hatte. Manchmal war er sich nicht sicher, ob Oma nicht nur aus Eitelkeit keine Brille trug. Aber als sie ihn in diesem Moment musterte, sah sie ihm bis in die Seele. »Das ist doch *der Felix*!«, hatte sie festgestellt und prüfend sein Gesicht in ihre Hände genommen. Ihm war fast das Herz stehen geblieben, und er hatte keinen Ton herausgebracht. Oma hatte sich entrüstet an seinen Vater gewandt. »Gerhard, was soll das? Der *Tim* heiratet heute! Wo ist er?«

»Mutti.« Sein Vater hatte Oma zum Glück nicht ernst genommen. »Du hast Recht. Der Tim heiratet heute, und weil das ein ganz besonderer Tag ist, hat er sich ausnahmsweise Mal so ordentlich zurechtgemacht wie sonst nur der Felix. Und der Felix, der kommt erst später nach, weil er seinen Flug verpasst hat.« Gerhard hatte ganz langsam gesprochen und sie milde angelächelt, wie man das bei tüddeligen alten Damen macht. Damit war er bei Oma an der falschen Adresse. Sie hatte die Augen zusammengekniffen und Felix noch einmal kritisch angesehen. Ihr forschender Blick brannte in seinem Gesicht. In dem Moment war eine der Brautjungfern, die im Schlosshof auf Nelli gewartet hatte, angelaufen gekommen und hatte vermeldet, dass das Taxi mit Nelli eingetroffen war. Oma hatte ihn noch einmal wissend angeblitzt, sich dann aber an Gerhards Arm fortführen lassen. Das letzte Wort war hier sicher noch nicht gesprochen.

Aber im Moment war Oma zu sehr in Partystimmung. Während Felix die letzten Gratulationen entgegennahm, beobachtete er, wie sie und die Hippie-Schwiegermutter die Musiker ansprachen. Sein Bruder Tim war ein beliebter Lehrer – war ja auch leicht, mit der Fächerkombination Erdkunde und Musik –, und die von ihm geleitete Schülerband war im Schlosshof angerückt, um dem Brautpaar ein Ständchen zu spielen.

Als die letzten Gratulanten sich von ihnen entfernten, legte Nelli ihre Hand in seine, streichelte seine Handfläche und ließ ihren Blick über sein Gesicht wandern. Felix überlegte fieberhaft, was er als Alternative zum Küssen anzubieten hatte. Er zwinkerte ihr zu.

Nelli prustete los.

»Was?«, fragte Felix, lachte aber vorsichtshalber mit.

»Mach das noch mal.«

Felix zwinkerte.

Nelli kicherte. »Genau so stell ich mir deinen Bruder vor. ›Hey, Püppi!‹« Sie machte ihn nach, drückte das Auge aber viel betonter zu und schob sich machohaft die Zunge in die Wangentasche.

Felix lachte. »*So* stellst du dir meinen Bruder vor?«

»Ein Mann der Frauen«, grinste Nelli.

»Das stimmt. Aber denk bitte mehr an James Bond als an Atze Schröder«, bat er sie. »Er ist ein kultivierter Charmeur, kein prolliger Chauvinist.«

»Oh. Meinst du, ich verletze sonst seine Gefühle?« Sie klimperte unschuldig mit den Wimpern. »Ach nein, geht nicht.«

Sie schlug sich mit der Hand an die Stirn, als habe sie etwas Wichtiges übersehen, und es war klar, dass sie diese Geste von Anfang an mit eingeplant hatte. »Er hat ja gar keine!«

Felix musste grinsen. Er gönnte den gefühlsduseligen Menschen dieser Welt ihre romantische Ader, aber umgekehrt war das selten der Fall. Wenn er Nelli sein Prinzip der Affäre auf Augenhöhe erklärte, würde sie wahrscheinlich nur das Etikett ›beziehungsunfähig‹ auspacken. Dabei kam es nie zu Interessenkonflikten, weil seine Partnerinnen gar nicht von ihm erwarteten, dass er mit Gefühlen um sich schmiss. Zum Glück waren Frauen vom Schlage Nellis nicht sein Typ.

NELLI

Nelli hatte mit vielem gerechnet. Barry White. Justin Timberlake ... Aber nicht mit Roy Black. »Schön ist es, auf der Welt zu sein«, musizierte das kleine Schulorchester. Dem unbeholfenen Quietschen der Instrumente, vor allem aber dem inbrünstigen Gesang von Ilse und Angelika nach zu urteilen, war diese Einlage nicht Tims Idee, sondern spontan auf dem Mist der beiden Damen gewachsen.

Der Fotograf, der hochzeitsmäßig wahrscheinlich schon alles erlebt hatte, sang das Lied über die Biene und das Stachelschwein textsicher mit und begleitete Nelli und Felix dabei für einen Satz Hochzeitsfotos in den Schlosspark. Vor dem Stamm einer alten Eiche bat er den Bräutigam, Nelli in den Arm zu nehmen und zu küssen. Dann mussten sie unbewegt verharren, bis sie perfekt in Position gerückt waren. Nelli war stolz auf Tim, wie gut er die Prozedur mitmachte. Statt herumzukaspern, ließ er sich wie eine Schaufensterpuppe zurechtdrehen. »So ausdauernd haben wir uns schon lange nicht mehr geküsst«, nuschelte sie mit möglichst unbewegten Lippen, während der Assistent des Fotografen an ihr herumdrapierte. »Mmm-hhhm«, nuschelte er zurück, und sie spürte ein leichtes Kribbeln auf ihrem Mund von der Vibration seiner Lippen. Nelli öffnete die Lippen ein bisschen und berührte mit ihrer Zungenspitze seinen Mund. Er zuckte zusammen.

»Beherrscht euch!«, ging der Fotograf leider sofort dazwischen. »Bei wildem Rumgeknutsche verrutschen der Braut die Wangen- und Halskonturen. Und nachträgliche Bildbearbeitung habt ihr nicht mitgebucht.«

Sechs Stunden später · Las Vegas, Nevada

TIM

Tim wachte allmählich auf. Sein Schädel fühlte sich an, als ob seine Mutter ihren therapeutischen Trommelkurs darauf absolviert hätte. Außerdem war sein Mund wie ausgedörrt. Die Zunge fühlte sich an wie ein Stück Holz.

Er musste zu viel getrunken haben. Was? Wo? Seine Gedanken gingen träge, er kam nicht richtig durch den Nebel, der sich vor seine Erinnerung gelegt hatte. Er öffnete die Augen, sah grelles Licht und davor einen schwarzen Umriss. Er streckte die Hand nach Nelli aus. Da begann der Umriss zu sprechen. »Schöner Scheiß, oder?« Es war nicht Nellis Stimme.

Entsetzt fuhr er hoch. Die Nerven in seinem Kopf beschwerten sich mit bohrendem Schmerz. »Was – was machst du hier? Was machen *wir* hier? Haben wir etwa …?«, stotterte er und starrte auf die Konturen der Frau unter der Bettdecke. War sie nackt?

»… miteinander geschlafen? Nein.« Sie grunzte, als hielte sie allein schon die Vorstellung für einen Witz, und machte eine wegwerfende Handbewegung. Tim sah, dass sie einen abartig protzigen, klobigen Plastikring trug. Er streckte die Hand danach aus und sah in dem Moment, dass er den gleichen am Ringfinger hatte. Seine Augen weiteten sich.

Offenbar sah sie das Entsetzen darin. »Ach so. Ja. Geheiratet«, sagte sie ganz abgeklärt. »Das schon.«

Fünf Stunden zuvor · Husum, Nordsee

FELIX

Mit dem blumengeschmückten Mercedes seiner Eltern fuhren sie in einem langen Autokorso zum Feiern. Tim und Nelli hatten einen Landgasthof ausgewählt, der mit seinem Reetdach und den blau gestrichenen Sprossenfenstern eine schöne Kulisse für weitere Fotos bot. Dann bot Felix Nelli seinen Arm. Oma kam an seine andere Seite und betrat zusammen mit dem Brautpaar das Gasthaus. Sie warf Felix dabei einen vielsagenden Blick zu. »Das hier wäre doch mal ein nettes Hotel für den Felix, oder?«

Er wusste natürlich, worum es Oma in Wahrheit ging. Sie wollte ihn spüren lassen, dass sie ihn durchschaut hatte und er eigentlich Felix war. Aber ob sie es nun meinte oder nicht: teilweise stimmte es. Ihm gefiel der Landgasthof. Privat sagte ihm die behagliche Atmosphäre hier weit mehr zu als der glatte Marmorlook der amerikanischen Hotelkette, deren Hotel in Miami Beach er leitete. Aber es war natürlich kein Vergleich, ob man zwanzig Zimmer mit Blick auf Kuhwiese oder vierhundert Betten am Strand von Florida verwaltete. Als größte vorstellbare Auszeichnung hingen hier an der Wand gerahmte Urkunden von deutschen Automobilclubs. Felix erschauderte. »In Felix' Hotel hat die Cousine von Beyoncé geheiratet!«, wies er seine Oma in ihre Schranken.

»Und hier heiratest du!« Sie lächelte ihn süßlich an, griff zu dem von einer Kellnerin vorbeigetragenen Sekttablett und versorgte sich und ihre neue Freundin Angelika. »Wir wollen zusammensitzen!«, verkündete sie dabei.

Neben Felix grummelte Nelli. »Ich hatte die Sitzordnung so sorgfältig geplant, aber so langsam denke ich, wir hätten sie auch gleich auswürfeln können.« Sie zuckte mit den Schultern. »Na ja. Dein Bruder ist ja auch noch nicht da.« Felix hatte – als er selbst – angerufen, dass er seinen Flug verpasst hatte. Beim Lügen sollte man ja immer möglichst nahe an der Wahrheit bleiben.

»Dann kann doch Oma so lange seinen Platz haben, oder?«

»Ja, bestimmt.«

»Wir wollen auch zusammensitzen.« Die beiden Kinder, die vor dem Standesamt Blumen gestreut hatten, bauten sich vor ihnen auf. »Und wir heiraten später auch mal.«

»Wie süß«, flüsterte Nelli Felix zu, »sie wollen es uns nachmachen!« *Na ja*, dachte Felix. Er erkannte Lukas, den Sohn seiner Cousine Verena und Tilda, die Tochter seines Cousins. Die Kids waren miteinander verwandt! Sollte er denen mal kurz was erklären?

»Spinnst du?«, fragte Lukas da aber auch schon das kleine Mädchen. »Onkel Felix in Amerika sagt, wer heiratet, hat ein Problem!«

Felix schluckte. Das hatte er tatsächlich gesagt. Als Lukas mit seinen Eltern letztes Jahr in Florida vorbeigekommen waren, hatte er gerade ein schreckliches Wochenende lang eine Hochzeit mitplanen müssen, bei der der Bräutigam fürchterlich von seiner Braut herumkommandiert worden war. Aber für die Ohren seiner Schwägerin, und dann auch noch am Tag ihrer Hochzeit, war der Satz natürlich nicht bestimmt gewesen.

Aus Nellis Augen schossen prompt eisige Blitze. »So, so«, sagte sie frostig und beugte sich zu Lukas hinunter. »Hat dein netter Onkel sonst noch was gesagt?«

Felix schüttelte hinter Nellis Rücken eindringlich den Kopf. Aber Lukas versetzte sich konzentriert in das Gespräch zurück. »Ja«, erklärte er gedankenvoll. »Er hat gesagt, dass er kein Hund ist, der sich an die Leine legen lässt.«

Die kleine Tilda guckte verwirrt. »Wieso Hund?«

»Ach, Süße. Das war nur ein Vergleich«, erklärte Nelli und ging wie eine Kindergärtnerin vor Tilda in die Knie. »Dein Onkel Felix meinte damit, dass es bei Erwachsenen verschiedene Arten gibt, wie bei Tieren. Er selber ist wohl mehr wie eine Katze.« Sie hob den Blick und sah ihn scharf an, als nähme sie ihren frisch Angetrauten in Sippenhaft für dessen Bruder. »Oder vielleicht auch Beutelratte.« Oha. Jetzt hatte er bei ihr vollkommen verschissen. ›Beutelratte‹ war hart. Auch wenn es irgendwie süß war, dass Nelli dabei die Hände zu Pfötchen formte. Ihre Hände standen nie still, sondern formten immer synchron zu ihren Worten Bilder und Gesten. »Katzen stromern so durch die Gegend, ohne irgendjemanden richtig lieb zu haben«, erklärte sie der verwirrten Tilda jetzt wieder. »Aber es gibt auch Hundemenschen. Das sind die, die ein Leben lang ganz treue Begleiter sein wollen. *Die* glauben ans Heiraten. So wie dein Onkel Tim und ich.«

»Ich auch«, sagte Tilda treuherzig, »ich will, wenn ich groß bin, auch ein Hund sein. Am liebsten ein Labradoodle, die sind süß. Was bist du?«

Nelli warf Felix einen ratlosen Blick zu.

»Schäferhund«, sagte er.

Nelli schaute enttäuscht.

»Flauschiger?«, fragte er.

»Ja bitte.«

»Chow-Chow?«

»Sind das die mit der lila Zunge?«

Felix nickte.

Nelli öffnete den Mund und hechelte zufrieden. Felix musste lachen. Er mochte es, dass Nelli Spaß vor Eitelkeit stellte. Die Kinder waren auch gleich Feuer und Flamme, gingen auf alle Viere und sprangen als Hunde davon. Felix legte einen Arm um Nelli und ging mit ihr zu der Stellwand, auf der sie die Sitzordnung angebracht hatten. Mit viel Wucht – es war mehr ein Pfählen als ein Pinnen – versetzte sie Felix' Kärtchen an den Rand, arrangierte die Schilder von Ilse und Angelika neu und ließ dann den Blick über die gesamte Tafel wandern. »Weißt du, wer auch nicht gekommen ist?«, fiel ihr dabei auf. »Deine beste Freundin von früher. Dabei hätte ich die wirklich gern kennengelernt.«

Felix lief ein Schauer über den Rücken. »Doro?« Er versuchte, ganz unbeteiligt zu klingen.

»Genau. Die, mit der du angeblich immer so viel Quatsch gemacht hast. Die ist noch nicht aufgetaucht. Oder meinst du, sie hält sich versteckt, weil sie noch irgendeinen unheilvollen Streich für uns auf Lager hat?«

Felix drückte Nellis Hand. »Unheilvolle Ideen sind ihre Spezialität.« Er schluckte. »Aber ich bin sicher, dass Doro hier nicht mit einer um die Ecke kommen wird.« *Hier* nicht … zum

Glück wusste Nelli nicht, was Doro anderswo bereits angerichtet hatte.

Fünf Stunden später · Las Vegas, Nevada

TIM

Tim saß auf dem Hotelbett in Las Vegas und starrte auf den
billigen Plastik-»Ehe«-Ring, den er am Finger trug. Schlagartig
kam die Erinnerung zurück. Was für ein Alptraum.

Alles hatte so lustig angefangen. Am Donnerstag. Er wusste
wieder, wie er am Abend mit Nelli telefoniert hatte. Er hatte
ihr gesagt, dass dieser Helene-Fischer-Song aus einer Kneipe
kam. Das stimmte so weit. Was er ihr allerdings verschwiegen
hatte war, dass die Kneipe auf der Reeperbahn lag.

Er war mit Doro unterwegs gewesen. Doro, seine beste
Freundin aus Schulzeiten. Er hatte nie was mit ihr gehabt, und
natürlich konnte Nelli alles wissen, was er mit Doro tat. Nur
halt eben nicht diesen spontanen Junggesellen-Trip. A) Hatte
er vor, dafür am nächsten Morgen Schule zu schwänzen und
B) hätte Nelli, die sich immer so um ihn sorgte, womöglich
Angst um ihn. St. Pauli war schließlich ein heißes Pflaster.
Vorsichtshalber hatte er seinen Pass eingesteckt, damit er sich
im Fall von Polizeikontrollen ausweisen konnte.

Sein Personalausweis war schon beim Flitterwochengepäck,
und der große Reisepass passte nicht in sein Portemonnaie,
deshalb hatte er Doro gebeten, ihn mit in ihre Handtasche zu
stecken. Doro hatte daraufhin wissend gegrinst. »Na klar, im
Fall von *Razzien*«, hatte sie dann gesagt, ihm für seine große
Umsicht gedankt und mit viel Aufhebens ihren noch dazu

gepackt. Sie hatten sich in den letzten Jahren aus den Augen verloren, deshalb konnte er ihr Verhalten nicht mehr so deuten wie früher. Früher hätte er gedacht, dass sie ihn veräppeln wollte.

Und siehe da, genau das hatte sie getan. Von wegen ›Razzien‹. Die Sittenpolizei war nicht zu erwarten. Nachdem er das Telefonat mit Nelli beendet hatte, ließ er seinen Blick noch einmal schweifen. Die überdrehte Junggesellenabschieds-Gruppe, die vor dem Eingang eines Strip-Clubs herumstand, hatte ihren Spaß. Ebenso wie die ganzen älteren Herrschaften auf Städteurlaub. Schon drängte sich wieder eine Gruppe Touristen mit Wetterjäckchen an ihnen vorbei. »Die Heleeene!«, jubelte ein schwergewichtiger Mann, als er die Musik aus der Kneipe hörte, und begann im Gehen zu tanzen. Tim verdrehte die Augen. Dann sah er Doro vorwurfsvoll an. »Du hast es gewusst«, maulte er. Er zeigte auf das Schlager-Tanzbärchen, dessen XXL-Taille von einer Gürteltasche geziert wurde. »Der hat da bestimmt auch seinen Pass drin. Ob dem auch jemand was von Razzien erzählt hat? Vielen Dank, dass du mich so verarscht hast.«

»Nur mit den Razzien. Und ich finde, die Geschmackspolizei könnte hier durchaus mal vorbeischauen.«

»Und dafür bin ich extra nach Hamburg gekommen.«

»Das ist ja reizend von dir.« Doros Stimme klang plötzlich scharf. »Ich freue mich auch, dich zu sehen.«

Tim schoss zurück. »O-Ton Doro, als ich dich zu meinem Junggesellenabschied letzte Woche eingeladen habe: ›Das ist was für Jungs. Lass uns mal besser zusammen was auf der Reeperbahn machen.‹ Aber weißt du was? Sogar der Freesbüller Minigolfplatz ist wilder als das hier! Ich dachte, du wärst so cool.« Doro. Berufsmusikerin. Hamburger-Szene-Insider. Hatte er zumindest gedacht.

»Bin ich auch.« Doro blickte sich finster um. Die Herren aus der Windbreaker-Gang tätigten schäkernd einen Großeinkauf beim nächsten Junggesellinnen-Bauchladenverkauf. Doro legte den Kopf schief.

Als sie Tim wieder anblickte, waren ihre Augen schmal. »Ja, ich bin cool. Und du? Du willst also lieber eine *richtige* Junggesellenverabschiedung?«, fragte sie. In ihrer Stimme lag Herausforderung. »Das volle Programm? Eine Nacht, die du nie vergisst?«

Und er Idiot hatte »Ja« gesagt.

Das war vor zwei Tagen gewesen. Und jetzt saß er hier.

Drei Stunden zuvor · Husum, Nordsee

NELLI

Der erste Gang des Hochzeitsmenüs wurde von diversen Trinksprüchen der Gäste unterbrochen. Nelli sah mit wachsender Besorgnis, welch tiefe Schlucke ihre Schwiegeroma bei der Gelegenheit stets nahm. Gut, vorgestern Nachmittag bei ihrer Helmut-Erzählung hatte sie auch drei Eierlikörchen gezwitschert. Aber da hatte sie sich in einer vorübergehenden seelischen Notlage befunden. Jetzt dagegen befand sie sich in Gesellschaft von Angelika. Und die sah es als Ausdruck von Emanzipation an, Männer unter den Tisch trinken zu können. Nach drei Gläsern war da nicht Schluss. Nelli zog Angelika am Ärmel und neigte sich zu ihr rüber. »Mama, habt ihr das im Griff mit dem Alkohol?«, flüsterte sie ihr zu, als ihr Onkel seine Glückwünsche beendet hatte.

»Bleib ganz locker, mein Kind«, antwortete Angelika und ließ mal wieder mit Ilse die Gläser klingen, »du musst nicht auf uns aufpassen.«

»Wenn Ilse einen Schleiertanz aufführt, bist du schuld.« Ilse hatte ihr nämlich am Morgen eine WhatsApp geschickt, dass sie ›Für alle Fälle‹ den Brautschleier mit dabeihatte.

Angelika zuckte mit den Schultern.

Und dann stand Oma auf. »Ich muss auch noch etwas sagen!«, rief sie. Irgendwie, fand Nelli, wirkte sie seltsam anklagend. »Der Felix …«, begann sie, stützte sich dabei mit einer Hand auf dem Tisch ab und zeigte mit der anderen auf den Bräutigam.

»… kommt später, Omi«, fiel er ihr ins Wort. »Der hat doch sein Flugzeug verpasst. Aber später hat er seinen Platz an deiner Seite. Bis dahin, das verspreche ich, werde *ich* mich besonders gut um dich kümmern. Wir tanzen ganz viel, ja?«

»Gern!« Ilse zwinkerte jetzt plötzlich wieder vergnügt. »Ich wollte auch nur sagen, dass der Felix wirklich Pech hat, diese wundervolle Hochzeit zu verpassen. Auf das Brautpaar!« Alle erhoben ihr Glas.

FELIX

Sein Vater tat ihm ein wenig leid. Gerhard hatte eine launige Rede darüber vorbereitet, wie Tim aufgewachsen war, und dabei immer wieder auf die Verwechslungsgefahr bei den beiden Brüdern eingehen wollen. Und jetzt fehlte ihm eines der beiden Anschauungsobjekte. Er hielt trotzdem das Manuskript fest in der Hand, das er mit Felix am Telefon durchgegangen war.

»Lieber Tim«, fing er an. »Für dich ändern sich nun ein paar Dinge. Nelli ist ab sofort deine bessere Hälfte. Du weißt, als dein Vater muss ich dir ein paar gute Tipps mit auf den Weg geben. Also hör gut zu. Erstens: Liebe und ehre deine Frau. Zweitens: Benutze niemals ihren Führerschein.«

An den Tischen mit Nellis Verwandtschaft wurden befremdete Blicke getauscht. »Äh, also. Ich muss erklären«, schob Gerhard hastig nach, »wer das nicht weiß, also, Tim hat einen eineiigen Zwillingsbruder, der bis jetzt Tims bessere Hälfte war. Und als Tim mal seine Pappe verloren hatte, da …«

»Aaaah.« Vereinzelt fiel der Groschen.

»Ich habe da auch den einen oder anderen Verdacht, was eure Schulzeit angeht.« Gerhard hob den Blick von seinem Manuskript und sah seinen Sohn verschmitzt an. »Hand aufs Herz, Junge. Sag es heute mal ganz ehrlich. Dieses Biologiereferat, in dem du diese sagenhafte Eins hattest … wer von euch stand da wirklich vor der Klasse?«

»Ich«, sagte Felix wahrheitsgemäß.

»Äh, ach so. Und ich dachte wirklich, es wäre der Felix gewesen.«

Felix sah aus den Augenwinkeln, wie seine Oma vielsagend mit den Augen rollte. Ja, Oma hatte ihr Doppelgängerspiel durchschaut. Und hiermit wusste sie wohl auch, dass Felix seinem Bruder zu der Bio-Eins verholfen hatte. Was auch sie aber sicher nicht wusste, war, in welchem Umfang Tim damals auf Felix' Hilfe angewiesen war. Ohne Felix wäre Tim nie durchs Abi gekommen. Am liebsten hätte Felix sich Oma geschnappt, sie mit sich nach draußen gezogen und ihr erklärt, was Sache war. Wenn Oma wüsste, dass Tim nach Felix' Umzug nach Amerika beinahe sein Studium nicht geschafft hätte und alles nur Nelli zu verdanken war, dann würde sie verstehen, warum Felix den Zwillingstausch mitmachte. Nelli war in Tims Leben getreten, hatte sein Examen organisiert und sorgte nun schon seit zwei Jahren verlässlich dafür, dass sein Leben im Lot blieb. Tim *musste* Nelli einfach heiraten. Felix hatte ein megaschlechtes Gewissen dafür, dass er seine Karriere vor die Verantwortung für seinen Bruder gestellt hatte, und diese Hochzeit zu retten war das Mindeste, was er jetzt für ihn tun konnte. Er wünschte, er könnte es seiner Oma erklären. Aber die Gefahr, dass sie ihn – aus moralischen Gründen oder auch nur, weil Angelika sie ganz schön mit Sekt abfüllte – verriet, war ihm zu groß.

Gerhard fuhr mit seiner Ansprache fort und erklärte den Gästen, wie es zu der Bio-Eins hatte kommen können. »Die Jungs sehen sich so ähnlich, dass wir ihnen früher unterschiedliche Frisuren verpassen mussten, damit man sie auseinanderhalten konnte. Der Felix hat zwar ein Muttermal, das Tim nicht hat, aber man kann die Jungs schließlich nicht einfach ausziehen, um sie erkennen zu können. Also, wir Eltern sehen den Unterschied natürlich. Aber zum Beispiel unsere Omi hier, die hat den Tim vorhin für Felix gehalten. Prost, Mutti. Macht nichts.« Gerhard prostete seiner Mutter gönnerhaft zu. Felix' Herz rutschte nun endgültig eine Etage tiefer, aber Oma meldete sich Gott sei Dank nicht zu Wort. ›Du schuldest mir was‹, sagte ihr Blick allerdings, und er machte sich auf viele, viele Tänzchen gefasst. Wenigstens kürzte sein Vater jetzt seine Rede ab. Er griff zu seinem Glas. »Nelli, dass du mir niemals den falschen Zwilling küsst! Auf das Brautpaar!«

Tja, mit diesem Rat kam Gerhard wohl zu spät.

NELLI

Nelli hatte nicht vor, sich zu verküssen. Und schon gar nicht mit diesem Zwillingsbruder, den sie live und in Farbe garantiert auch von Tim unterscheiden könnte. Allerdings musste sie, als sie die Diashow von Tims Trauzeugen verfolgte, tatsächlich teilweise kapitulieren. Auf den Fotos ging sie wirklich am besten nach den Frisuren. Oder danach, wer was im Arm hatte: Tim in der Regel seine Gitarre, Felix ein Mädchen. Unterschiedliche Mädchen. Felix schien wirklich nichts anbrennen lassen zu haben. Sie schüttelte noch mal den Kopf, als sie an den blöden Spruch mit der Hundeleine dachte. Dass Zwillinge so unterschiedlich sein konnten! Aber dann verbannte sie den Gedanken an den Bruder und konzentrierte sich auf die Bilder von ihrem Mann. Auf der Leinwand vor ihr wechselten sich Bilder aus Tims Kindheit und Jugend ab, mit seiner Familie, der Band, seinen Freunden. Freunden, die heute hier waren und die er zum Teil schon seit Sandkasten-Zeiten hatte. Nelli griff nach seiner Hand. Die Dia-Show machte sie seltsam sentimental. Nellis älteste Freundin war Erika. Sie hatte in der Nachbarschaft gewohnt, als Nelli und Angelika nach Husum gezogen waren. Da war Nelli schon fast erwachsen gewesen. Erst wegen Nellis Ausbildungsplatz bei der Gärtnerei hatte Angelika ihre Gewohnheit aufgeben müssen, ihren Schmuckstand nach so ziemlich jeder zweiten Saison an einem neuen Ort aufzubauen. Wyk auf Föhr, Westerland, Büsum, Sankt Peter-Ording, Niebüll … Nelli war so ziemlich überall in Norddeutschland zur Schule gegangen. Langjährige Freundschaften, die sich in einer Dia-Show bei der Hochzeit niederschlagen konnten, hatten sich so nicht entwickeln können. Umso glücklicher war sie, dass Tims eingeschworener Freundeskreis sie mit aufgenommen hatte. Sie drückte Tims Hand und hauchte ihm einen Kuss auf die Wange.

Da hob der Trauzeuge zu einem Toast an. »Nelli«, sagte er mit wichtiger Stimme, »nach allem, was wir eben gesehen haben, würde der unbefangene Beobachter dir an dieser Stelle wohl gratulieren wollen. Du hast dir einen charmanten, lebensfrohen, gutaussehenden Mann geangelt.« Der Saal applaudierte. Torsten hob eine Hand, um zu zeigen, dass dieser Beifall verfrüht war. »Aber als Insider muss ich dich fragen: Bist du noch ganz bei Trost?« Alle lachten. Torsten fuhr fort. »Du hast den Typen jetzt seit zwei Jahren an der Backe. Hast du nichts gemerkt? *Den* willst du für den Rest des Lebens haben?« Torsten klickte sich noch mal durch die Bilder. Plötzlich tauchten auf allen Dias neonfarbene Kringel auf, die Details betonten: eine herumfliegende Erdnussflips-Tüte hier, ein falsch geknöpftes Shirt da, Flecken, verstreute Hefte, offene Schnürsenkel. »Nelli, du bist doch so ein ordentlicher Mensch. Und Tim ist so ein …«, Torsten breitete in gespielter Verzweiflung die Arme auseinander, »… Dösbaddel! Der vergisst immer alles! Träumt rum. Man muss ihm alles hinterherräumen!«

Nelli schmunzelte und setzte ein gespielt leidendes Gesicht auf.

»Hoffentlich hast du ihn im Griff?«

Nelli wackelte in Na-ja-Manier mit dem Kopf, und Torsten sprach weiter. »Ich weiß noch, als wir in der Band waren. Da hat Doro Tim zum Beispiel jedes Mal eine Kopfnuss gegeben, wenn er die Noten einzupacken vergessen hatte. Ich wollte sie eigentlich bitten, dir noch ein paar Erziehungstipps mit auf den Weg zu geben, aber Doro ist heute leider nicht gekommen. Also, wie gesagt, ich rate zu Gewalt. Nahrungsmittelentzug vielleicht noch. Ein leerer Kühlschrank diszipliniert uns Männer ungemein.«

»Bringt nichts, Tim hat die Adresse vom Pizzadienst auf Kurzwahl«, fiel Nelli ihm lachend ins Wort. »Und jetzt mach mir meinen Mann nicht länger madig, sonst tanze ich gleich nicht mit dir.«

Torsten hob beschwichtigend die Hände. »Das kann ich natürlich auf keinen Fall riskieren. Also dann, was ich ja auch eigentlich nur sagen wollte: Tim. Du Glückspilz. Du hast die schönste Braut der Welt. Auf euch!«

Zwei Stunden später · Las Vegas, Nevada

TIM

›*Eine richtige Junggesellenverabschiedung. Das volle Programm. Eine Nacht, die du nicht vergisst.*‹

Tim verzog das Gesicht in Erinnerung daran, wie genial er Doros Idee gefunden hatte: Last Minute nach Las Vegas.

Schon kurz nach dem Reinfall auf der Reeperbahn hatten sie im Flieger gesessen. Yeah! Der Plan war so simpel wie genial. Ankunft in Vegas am Freitag um 18.25; die Partynacht der Nächte feiern, Samstag um 5.05 in den Flieger zurück steigen, an Bord schlafen und dank Zeitverschiebung am Samstag lange vor der Hochzeit wieder in Fuhlsbüttel landen. Wie lässig war das denn? Natürlich war er unterwegs auf den langen Flügen für Nelli nicht erreichbar, was ihm einen Stich versetzte. Aber Nelli wollte sich in den Tagen vor der Hochzeit sowieso an ihre Brautjungfern halten. Das war auch ganz sicher eine gute Idee. Was hatte sie am Telefon gesagt? Quark?

Im Gesicht? Das machten die Frauen wirklich besser unter sich aus. Er konnte ohne schlechtes Gewissen noch einmal verschwinden.

Und dann waren sie in Las Vegas gelandet. *First stop*: Casino. Wie im Kino. Rentner an den einarmigen Banditen, Sexbomben in den Armen der Big Spender. Tim und Doro probierten Roulette, Black Jack und Poker, und dann bummelten sie gut gelaunt den Las Vegas Boulevard entlang, in die von tausenden von Lichtern taghell erleuchtete Nacht. Das Bellagio – er erkannte es aus *Ocean's Eleven*. Gegenüber das Paris Las Vegas. Der Wahnsinn, da stand wirklich der Eiffelturm! Sie liefen weiter, den Strip runter, alles blinkte, glitzerte, war riesengroß. Sie kamen an einer nachgebauten New York-Skyline vorbei und zu einem Hotel, das aussah wie eine Ritterburg. »Hier kann man mit der Hochbahn zum Luxor fahren!«, rief er und freute sich darauf, die Sphinx zu sehen. Aber Doro hielt ihn zurück. Sie winkte ein Taxi heran und flüsterte mit dem Fahrer. »Ich hab noch eine Überraschung für dich«, sagte sie und grinste.

Der Wagen brachte sie vom Las Vegas Boulevard fort. Sofort wurde die Nacht dunkler. Was die Beleuchtung ihres Zielortes umso effektvoller erscheinen ließ. Eine Welle pinkfarbener Lichter verlief an der Wand des Gebäudes entlang in Richtung des Eingangs. Der erstrahlte nach jedem Intervall in einem großen herzförmigen Rahmen. Tim warf Doro einen skeptischen Blick zu. »Nicht dein Ernst, oder?«

»Und ob. Das hier ist einer der angesagtesten Clubs der Stadt.« Sie zwinkerte ihm zu. »Und du bist herzlich eingeladen! Wir haben nur nicht so viel Zeit, also genieße jeden Augenblick!«

Lachend zog Doro Tim hinter sich her. Bullige Typen in

dunklen Anzügen bewachten den Eingang. Durch den Samtvorhang drangen dröhnende Beats zu ihnen heraus. Vielleicht war es ja nur eine Disco? Tim lächelte die Türsteher unsicher an. Die Typen standen breitbeinig da, ignorierten ihn und zogen, nachdem Doro bezahlt hatte, den Vorhang beiseite.

Der Anblick verschlug Tim für einen kurzen Moment die Sprache. »Lustige Disco«, sagte er dann zu Doro. »So viele süße kleine Tanzflächen.« Er räusperte sich. »Aber dass sich die Mädchen da drauf mal nicht verkühlen.«

Doro rollte mit den Augen und schubste ihn weiter hinein. In den Strip-Club.

Auf kreisrunden Podesten verbogen sich ein halbes Dutzend Stripperinnen an ihren Pole-Dance-Stangen. Nackte Haut, High Heels, Tangas. Manche der Frauen trugen aufreizende BHs. Andere noch nicht mal das, sondern nur grelle Aufkleber auf den Brustspitzen. Tim schluckte, als er aus sicherer Entfernung dabei zusah, wie Männer den Mädchen mit Geldscheinen winkten und sie ihnen unter die Tangas schoben. Er warf Doro einen zweifelnden Blick zu.

»Dafür sind wir hier«, stellte sie fest und hakte ihn unter. Eine ebenfalls halbnackte Kellnerin führte sie zu zwei freien Plätzen.

Nur ein schmaler Getränketresen trennte sie von der Bühne. Dicht vor ihnen verrenkte sich die Stripperin und schob immer wieder ihre sekundären Geschlechtsmerkmale direkt an Tims Kopf vorbei. Die hatten hier wohl noch nie was von ›mein Tanzbereich, dein Tanzbereich‹ gehört. Tim wusste nicht, wo er hinschauen sollte. Er vertiefte sich in die Getränkekarte. Aber Doro nahm sein Kinn in ihre Hand und schob seinen Kopf in Richtung der Stripperin. »Du darfst das jetzt zum letzten Mal in deinem Leben. Also sieh hin!«, kommandierte sie. Tim hob den Kopf und bekam prompt eins gewischt.

Die Stripperin war eine von denen, die auf ihren Brustwarzen Aufkleber trug. Und nicht nur irgendwelche Sticker. Es hingen Fransen dran. Die hatte sie ihm gerade durchs Gesicht gezogen. Jetzt räkelte sie sich wieder an ihrer Pole-Dance-Stange und ließ dort ihre Nippel-Quasten kreisen. Die Brüste bewegten sich dabei kaum. Wenn da kein Silikon-Doc dran gewesen war, hatte der liebe Gott bei diesem Mädchen aus Versehen die Kniescheiben in die Brust gesetzt. Zum Schmusen taugten die bestimmt nicht. Uh, und anfassen hätte er sie auch nicht mögen. Tim sah, dass ihr Körper vor Schweiß glänzte. Oder hatte sie sich eingeölt? Jetzt spitzte sie ihren Mund und blickte den Mann links neben Doro unter ihren langen falschen Wimpern hervor an. Dann beugte sie sich vor, machte vor seinem Gesicht das Nippel-Karussell und drehte sich, um ihm ihren Po entgegenzurecken. Der Mann öffnete seine Faust, in der er ein Bündel Geldscheine hielt, und steckte der Stripperin Dollar-Noten in die Kordel ihres Tangas. Tims Blick fiel auf Doros Hand. Sie hatte auch welche! Er stupste sie an und warf einen fragenden Blick auf die Scheine. »Die sind nicht echt«, sagte sie. »Musste ich vorhin an der Kasse gegen zehn echte Dollars wechseln.«

»Und jetzt?«

Doro legte das Spielgeld vor ihn hin und grinste. »Viel Spaß!«

Spaß? Wenn er gern glitschig glänzende Körper anfasste, würde er Nacktschnecken streicheln. Außerdem dachte Tim an Nelli und die bevorstehende Hochzeit. Aber er wollte sich vor Doro auch nicht die Blöße geben, ein Schlappschwanz zu sein.

»Erst du«, raunte er heiser, als die Stripperin Kurs auf sie beide nahm. Doro nahm eine Dollarnote vom Stapel, und die Tänzerin ging vor ihr in die Knie und machte den Propeller.

Doro hielt der Annäherung stand. Wie ein Auto in der Waschanlage wurde ihre Nase von den Titti-Troddeln bearbeitet. Dann drehte ihr die Tänzerin den Hintern zu. Doro beugte sich vor, bugsierte einen Schein an den Rand des Tangas und blickte Tim herausfordernd an.

Es war der gleiche Blick wie bei ihren alten ›Wetten, du traust dich nicht‹-Spielchen. Egal, ob Wattwürmer fangen oder Bungeesprünge, Doro hatte sich immer getraut. Tim hatte keinen Zweifel, dass sie die Stripperin anfassen würde. Aber ehe sie sich wieder der Tänzerin zuwandte, griff sie nach seinem Handgelenk. Mit aufgerissenen Augen drehte sie die Uhr in sein Gesichtsfeld. »Mist, wir müssen los!«, rief sie, ließ das Spielgeld auf die Bühne fallen und zog den erleichterten Tim von seinem Platz.

Sie waren wieder auf die Straße hinausgestolpert und hatten ein Taxi angehalten, das sie zum Flughafen bringen sollte.

Das war nun einen halben Tag her. Der letzte Moment, in dem für ihn die Welt noch in Ordnung gewesen war.

Eine Stunde zuvor · Husum, Nordsee

NELLI

Nelli lag in den Armen ihres Bräutigams. Sie schwebten geradezu über das Parkett. Ihr Kleid bauschte sich bei den Walzerdrehungen, als wäre sie auf dem Wiener Opernball. »Hast du heimlich geübt?«, fragte sie. »Du hattest doch gesagt, dass du früher nur einen halben Tanzkurs überstanden hast.« Er lächelte ihr verschwörerisch zu. Nelli fühlte sich ganz beschwingt. Sie nahm ihre Hand von seiner Schulter, um prinzessinnenhaft mit nur einer Hand zu tanzen und mit der anderen graziös ihr Kleid zu fassen. Uppsala. Nicht ganz so leicht wie gedacht. Nelli verlor das Gleichgewicht. Aber noch ehe ihr Taumeln zum Sturz werden konnte, spürte sie seine starke Hand in ihrem Rücken, die sie stützte. »Ach Franzl«, hauchte Nelli dankbar.

Er grinste. »Warst du gerade Sissi?«, fragte er belustigt.

Nelli kicherte. »Ich glaub, deine Frisur ist mit Schuld.« Sie strich ihm über die glänzenden Haare. »Genau wie beim Franzl.«

Er schmunzelte und deutete dann mit dem Kopf eine hofgerechte Verbeugung an. »Habe die Ehre.«

Nelli genoss jede Sekunde. Den Flirt mit ihrem eigenen Mann, die Musik, die Walzer-Drehungen. Sie tanzten, dass ihr fast schwindelig wurde, und sie war richtig wehmütig, als die letzten Takte des Walzers verklangen, denn der zweite Tanz war den Schwiegereltern gewidmet. Ihr ›Franzl‹ verbeugte sich leicht und ging für den zweiten Tanz mit einer Geste wie zur Entschuldigung … an Angelika vorbei! Auch Gerhard, der Nelli bereits den Arm geboten hatte, sah seinem Sohn verblüfft hinterher. Da entdeckte Nelli an der Bar Oma Ilse, die ihren Enkelsohn zu sich heranwinkte.

Und er führte sie tatsächlich brav aufs Parkett.

»Mutti!«, maßregelte Gerhard sie. »Das ist der Tanz der Brautmutter!«

»Ich weiß. Aber Angelika und ich haben getauscht. Alter vor Schönheit! Und ich hatte noch etwas gut bei deinem Sohn.« Ilse lachte und nahm auch schon Tanzposition ein.

Nelli sah, wie ein Ausdruck der Erschöpfung über das Gesicht ihres Mannes glitt. »Ich halte das nicht mehr lange durch«, sagten seine Augen. »Kenn ich«, dachte Nelli.

Sie konnte ja nicht wissen, dass es keineswegs um die Unverfrorenheit ihrer Schwiegeroma ging.

Eine halbe Stunde später · Las Vegas, Nevada

TIM

STAU. Tim erinnerte sich. Mit dem Stau hatte es angefangen.

Sie waren aus dem Strip-Club heraus in ein Taxi gestiegen und nur noch ein paar Meilen vom Flughafen entfernt gewesen, als der Verkehr wegen eines Unfalls zum Erliegen gekommen war.

Als klar wurde, dass sie den Flieger nicht mehr erwischen konnten, hatte er das erste Mal gedacht, alles sei verloren.

Dann hatte er Felix dazu überreden können, ihn zu retten. Ein Stein fiel ihm vom Herzen, und er wollte einen Ersatzflug buchen. Und dann war wirklich alles verloren.

Doro fiel es als Erstes auf. Sie legte die Zeigefingerspitze auf sein Handydisplay. Dort, wo die Zeiten der schnellsten Flugverbindung vermerkt waren. *Abflug: Samstag, 3. Juni, 6 Uhr. Ankunft: Sonntag, 4. Juni, 13 Uhr.*

Sonntag?

SONNTAG??

Tim blieb für eine Schrecksekunde der Mund offen stehen. Dann schrie er los. »FUUUUCK!!! FUCK, FUCK, FUCK!« Tim starrte auf das Datum. »Wir kommen erst am Sonntag an!« Er riss das ursprüngliche Ticket aus seiner Hosentasche. Und tatsächlich: Auch dort stand als Ankunftsdatum der 4. Juni. Sie hatten sich die ganze Zeit über getäuscht.

»Die Zeitverschiebung«, murmelte Doro.

Natürlich, jetzt wurde es ihm klar. Sie hatten sich vertan. Die Zeit-Verschiebung zählte auf dem Rückflug gegen sie: neun Stunden, die sie drauf rechnen mussten, nicht abziehen. Er tat es mit der aktuellen Zeit. Es war in Las Vegas Samstagnacht, 3.45 Uhr. Dann war es in Deutschland: 12.45 Uhr. Samstagmittag. Keine drei Stunden vor der Hochzeit. Und er saß in einem Taxi in Las Vegas.

Tims Herz hatte kurz ausgesetzt, als die Erkenntnis ihn kalt überspülte. Er verpasste seine gesamte Hochzeit. Egal, ob er den teuersten, direktesten, pünktlichsten Flug der Welt nahm: Wenn er in Hamburg landete, wäre die Hochzeit lange vorbei. Nicht mal zum Flug in die Flitterwochen könnte er rechtzeitig da sein.

»Nizza!«, rief Tim. »Doro, ich muss sofort nach Nizza!«

Doro reagierte nicht. Sie massierte sich die Stirn und kniff dann die Augen zusammen. »Vielleicht solltest du erst mal warten, wie die Hochzeit läuft«, sagte sie dann vorsichtig.

Tim starrte sie an. »Meinst du etwa, Felix fliegt auf? O Gott, Felix muss die *ganze* Hochzeit übernehmen. Und er muss mit nach Nizza. Meinst du, er schafft das?«

Doro zuckte hilflos mit den Schultern. »Ich meine gar nichts. Außer, dass du nicht schon wieder planlos in der Weltgeschichte herumfliegen solltest. Was du sowieso nicht könntest, weil wir im Stau stehen«, ergänzte sie genervt. »Los, raus hier!« Während sie das sagte, drückte sie dem Fahrer auch schon einen Schein in die Hand.

Vorbei an den stehenden, hupenden Autos und vom Freeway runter steuerten Doro und Tim geradewegs ins erstbeste Café für eine vernünftige Manöverbesprechung. Und dort trafen sie nach einer halben Tasse von dem abgestandenen bitteren Filterkaffee die folgenschwere Entscheidung, ihr Problem nicht weiter damit, sondern mit Bourbon Whisky zu verdünnen. Hilflos betranken sie sich, bis die Bar sie für eine frühmorgendliche Reinigungsstunde herauswarf.

Und dann war ihnen Elvis erschienen.

Sie waren auf dem Weg zur nächstbesten Kneipe, da kam er die Straße heruntergelaufen. Eine auffällige Erscheinung. Der weiße, mit Strass besetzte Overall. Die schwarze Haartolle und die Koteletten, die aufgeworfenen Lippen, der Schlafzimmerblick …

Doro war stehen geblieben und hatte Tim am Ärmel gezogen. Und Elvis hatte sie angesprochen, mit tiefem Bass und noch tieferem Südstaaten-Akzent. »Na, wollt ihr mich etwas fragen?«

Doro hatte gekichert. O ja, sie hatten mächtig einen sitzen gehabt. »Bist du der echte Elvis?«

»Klar bin ich der echte Elvis. Ich arbeite jetzt in einer Hochzeitskapelle«, sagte er und musterte sie beiden von oben bis unten. »Ihr zwei *lovebirds* könnt mich gern begleiten.«

Doro hatte sich vor Lachen halb verschluckt. Ist das noch Galgenhumor oder klopft schon der Wahnsinn an?, fragte sich Tim. Aber er fand es irgendwie auch komisch. Eine bittersüße Ironie, einer schrägen Las-Vegas-Zeremonie zuzugucken, während zeitgleich seine eigene Hochzeit stattfand.

Elvis nahm sie mit. Er musste nur noch kurz im ›Regional Justice Center‹ bei seinem Kumpel Ray vorbei, der dort für die Hochzeitslizenzen zuständig war. Sie tappten neben Elvis in das Verwaltungsgebäude. Es war acht Uhr morgens, und mit ihnen betraten Brautpaare in voller Montur die Schalterhalle und reihten sich brav in eine Warteschlange ein. Ray hatte noch nicht mal ein Büro, sondern eher so etwas wie einen Postschalter. Er winkte Elvis und sie zu sich heran. Er sei so etwas wie Amor mit Beglaubigungsstempeln, erklärte er ihnen, aber nur ganz wenigen davon. In Las Vegas brauche man zum Heiraten nämlich keine Urkunden, nur die Reisepässe. Er zwinkerte ihnen zu, ließ sich ihre Pässe zeigen und füllte ihnen zum Spaß eine Hochzeitslizenz aus. Dann ging es ein paar Häuserblocks weiter zu Elvis' Kapelle.

Halleluja. Das Gebäude sah von außen wie ein Alpen-Kirchlein aus, innen jedoch waren so viele Kitsch-Details miteinander kombiniert, wie nur in einen Raum passten. Stuck, Gold-Quasten und geraffte Satin-Vorhänge, Kandelaber und funkelnde Kronleuchter. »Keine weißen Tauben?«, fragte Doro trocken, und Elvis versicherte, dass das auf Bestellung auf jeden Fall auch möglich sei. Tim hörte nur mit halbem Ohr zu. Seine vom Whisky berauschten Gedanken kreisten jetzt nur noch um *seine* in diesem Moment stattfindende Hochzeit. Hatte Felix es im Griff? Merkte Nelli etwas? Er fühlte sich so machtlos. Die drohende Katastrophe war wie ein schwarzes Loch. Je mehr er daran dachte, was alles passieren konnte, desto stärker zog kalte Hoffnungslosigkeit ihn in ihren Bann. Er verlor halb den Verstand. Verzweifelt klammerte er sich an die sich ihm bietende Ablenkung. Elvis verschwand in einem Seitenraum. Holte der Typ jetzt Tauben?

Doro bekam einen weiteren Lachanfall. »Guck mal den Altar an!« Sie ging zum Kopfende des Raumes. Hier standen zwei griechische Säulen mit überbordenden Blumengestecken. »Reines Plastik«, berichtete sie und nahm sich den davor stehenden Mikrofonständer vor. »Ob das auch nur eine Attrappe ist?« Sie klopfte gegen den silbernen Siebziger-Jahre-Aufsatz. Dumpf wurden ihre Schläge von den Lautsprechern im Raum übertragen. Es knisterte kurz. Dann erklang plötzlich der Hochzeitsmarsch. Doro quietsche erschrocken auf, als sich der Raum verdunkelte. Die Musik ebbte ab. Ein Spot richtete sich auf eine in der Wand versteckte Tür. Elvis trat hindurch.

Er griff nach dem Mikro, streckte den Arm aus und vollführte einen Hüftschwung. »*Viva las Vegas!*«, schmetterte er.

»Wann kommt das erste Brautpaar?«, fragte Doro glucksend.

»Aber ihr seid doch schon da«, schnurrte er ins Mikro und grinste dabei sein schiefes Elvis-Grinsen.

»W-Was?« Tim und Doro sahen sich perplex an. »Wieso wir?«

»Das läuft bei uns so!«, erklärte Elvis und schwang noch mal die Hüfte. »*Come on! It's fun!*«

»Also nur aus Spaß? Oder in echt?«, fragte Tim irritiert.

»Aus Spaß, in echt … in Las Vegas ist das alles das Gleiche«, antwortete Elvis, und Tim konnte ihm, ehrlich gesagt, nicht ganz folgen. Aber er konnte auch nicht mehr nachfragen, denn Elvis hatte schon »*It's now or never!*« angestimmt. Dann hatte er ihnen die ›Ehegelübde‹ abgenommen, die Ringe gegeben und sie zu Mann und Frau erklärt. Und geküsst hatten sie sich auch noch. Zwar nur so, als wären sie Schauspieler in einer Seifenoper. Aber jetzt, einige Stunden später beim Aufwachen in dem billigen Hotel, in dem sie kurz nach der ›Hochzeit‹ völlig erschöpft ein Zimmer genommen hatten, bekam Tim es trotzdem nicht mehr auf die Reihe, wie es dazu hatte kommen können.

Er setzte sich wieder aufrecht hin. Das Hotelbett machte dabei ein quietschendes Geräusch, und Doro neben ihm hielt sich leidend die Ohren zu. Tim versuchte fieberhaft, trotz des Restalkohols im Blut klare Gedanken zu fassen. Wie ernst war die Sache? Hatten sie richtig geheiratet, oder war das nur ein Scherz gewesen? Er begutachtete den Ring an seinem Finger. In dieser Hinsicht: definitiv Scherz. Der breite ›Goldring‹ mit dem aufgesetzten ›Diamanten‹ war original Kaugummi-

Automaten-Qualität. Man sah die billige Pressnaht, und der ›Edelstein‹ zum vorgeblichen Beweis der Liebe zu einer anderen Frau als Nelli brach zwar sein Herz, aber mit seinem stumpfen, billigen Schliff ganz bestimmt nicht das Licht.

»Meinst du, Elvis hat das ernst gemeint?«, fragte er Doro vorsichtig. Sie hatte eben doch so sachlich geantwortet. Als er beim Aufwachen die Ringe gesehen hatte. »Geheiratet. Das schon«, hatte sie gesagt. Glaubte sie, dass die Trauung echt war?

Doro blies sich eine Haarsträhne aus der Stirn. Sie hatte, als sie sich in Hamburg getroffen hatten, einen Teil ihrer langen Haare Amy Winehouse-mäßig auf dem Kopf getürmt. Jetzt hatte sich alles aufgelöst und die Haare hingen ihr ins Gesicht. Sie griff neben sich auf den Nachttisch und legte wortlos ein Blatt Papier zwischen sich und Tim. Tim nahm es in die Hand.

›State of Nevada. Marriage Certificate‹ stand dort in großen, geschwungenen Lettern. Darunter ihre Namen. Außerdem noch ein gewisser Steven Tucker als ›witness‹. Und ein Reverend Kevin Prescott.

Kevin Prescott war wohl Elvis' bürgerlicher Name. Dass Elvis nicht echt war, hatte Tim tatsächlich von Anfang an gewusst. Aber sonst … der Rest war ihm definitiv entglitten. Er hatte offenbar so einiges nicht gewusst, richtig eingeordnet oder in Erinnerung. Zum Beispiel: »Wer ist Steven Tucker?«

»Da war doch noch so ein Typ, der hinten im Saal Staub gewischt hat.«

»Und das ist der … der ›witness‹?«

Doro nickte. »Unser Trauzeuge.«

Ein Trauzeuge. Wie bei einer echten Hochzeit … einer echten Hochzeit. Tim konnte es nicht fassen. »Wir haben IN ECHT GEHEIRATET?«

»Jep.«

Tim schloss wieder die Augen.

FELIX

Um 23.30 Uhr bekam Felix endlich eine Nachricht von Tim. ›*Hat alles geklappt? Du, Felix. Ich kann noch nicht nach Hause, muss erst was annullieren lassen. Bitte, Du musst mit Nelli in die Flitterwochen vorfliegen. Ich mach, so schnell ich kann!*‹

Felix rannte nach draußen und umrundete den Teich im Hotelgarten, um auf jeden Fall außer Hörweite der Hochzeitsgäste zu sein. Dann wählte er Tims Nummer.

»Das ist nicht dein Ernst, oder?«, fragte Felix aufgebracht.

Tim schwieg.

»Du musst ›was annullieren lassen‹?« Felix' Stimme hörte sich an wie ein Donnergrollen. »Wehe, du sagst jetzt ›eine Ehe‹. *Wehe*, du sagst, du hast Doro geheiratet!«

Tim schwieg wieder.

»Tim?«

Nichts.

»TIM? Hast du geheiratet??!!!!«

»Ja. Und wie war's bei euch?«

Felix brach zusammen.

Er hatte heute Nachmittag Tims Braut geheiratet. Vorhin den Brauttanz mit ihr getanzt. Tim sogar dabei vertreten, seine Frau zu küssen. Und Tim, für den er hier in die Bresche gesprungen war? Heiratete im selben Moment eine andere!

Sein Bruder hatte seine Sprache wiedergefunden. Er redete jetzt sehr schnell und gleichzeitig sehr schuldbewusst auf ihn ein. Er versuchte zu erklären, was für widrige Umstände, Missgeschicke, Versehen, dumme Späße und Whiskyflaschen zusammengekommen waren. Aber Felix wollte das alles nicht hören. »Mir reicht's«, erklärte er. »Ich mach das nicht mehr mit!« Sein Finger ging zum ›Hörer auflegen‹-Symbol. »Und Nelli?«, hörte er Tim noch hilflos fragen, bevor er das Gespräch beendete.

Felix ließ das Handy sinken. Ja, tatsächlich. Er schloss die Augen. Was war mit Nelli, wenn er ausstieg? Er konnte doch nicht wieder reingehen und der Braut sagen: »Tut mir leid, stell dir vor, ich bin eigentlich der Felix. War nett, dich kennenzulernen!« Das konnte man niemandem antun. Und ganz bestimmt nicht Nelli, die er in den vergangenen Stunden als eine wirklich liebenswerte Frau kennengelernt hatte. Lustige, liebenswerte Frau. Lebhafte, lustige, liebenswerte Frau. Aaah! Sein Kopf ließ sich im Moment offenbar gern Wörter mit ›l‹ einfallen. Solange es nicht ›Lösung‹ war, konnte er sie nicht gebrauchen! Während er grübelnd um den Teich marschierte, erschien Nellis Trauzeugin auf der Terrasse. Sie erblickte ihn und kam auf ihn zugeeilt. »Tim, da bist du ja. Wir alle suchen dich schon! Was machst du hier, so allein?«

Felix wusste, eigentlich hätte er hier und jetzt den Lügen ein Ende bereiten müssen. Aber er brachte es nicht über sich. »Ich hab nachgefragt, wo mein Bruder bleibt«, sagte er also nur und hob erklärend sein Handy. »Er schafft es wohl nicht mehr.«

»Menno. Ich hab mich so gefreut. Du hast gesagt, er tanzt so gut.«

»Dann tanz ich mit dir.«

Sie hakte sich bei ihm unter, lachte und zog ihn Richtung Hotelterrasse mit sich mit. »Das würde ich gern. Aber ich fürchte, deine Oma lässt mich nicht. Die sucht nämlich schon nach dir. Hat ein volles Tanzkärtchen, was?« Felix zuckte ergeben mit den Schultern und ließ sich ins Haus bringen.

Las Vegas, Nevada

DORO

Sie hätte sich in den Hintern beißen können. Sie hatte ihn geheiratet! Sie Idiotin!!!

Doro hatte Tim auf den Flur hinausgeschickt, wo selbst in dem billigen Hotel, in dem sie gelandet waren, eine Eiswürfelmaschine zu finden war. Sie hatte sich schon vor einer halben Stunde aus einem Kissenbezug einen Eisbeutel gebastelt und drückte ihn sich jetzt wieder auf den schmerzenden Kopf. Solange Tim nicht im Raum war, konnte sie wenigstens mal für ein paar Minuten die coole Maske fallen lassen, die sie ihm gegenüber trug. Das ›Na und?‹-Gesicht, das ihm die Hochzeit als wenig aufregende Schnapsidee verkaufen sollte. O Mann. Sie gestattete sich, einmal laut aufzustöhnen. *Sie hatte ihn geheiratet.* Wie bescheuert konnte man sein? Sie hatte Jahre gebraucht, um sich Tim aus dem Kopf zu schlagen. Und jetzt war sie mit ihm in eine Hochzeitskapelle gegangen? Sie war so eine dämliche Kuh!

Es hatte mal eine Zeit gegeben, als sie gehofft hatte, Tim bräuchte nur einen kleinen Schubs. Als sie heimlich in ihn verliebt gewesen war. Damals, als sie in der Band waren und sie mit ansehen konnte, wie er von den weiblichen Fans vergeblich angeschmachtet wurde. Keine schien eine Chance zu haben. Tim heizte den Mädels mit seiner Bühnenshow zwar ordentlich ein und entlockte ihnen eindeutige Angebote, weshalb die Hardcore-Groupies von Doro mit Namen wie ›Oh, Tim‹-Leonie, ›Ja, Tim‹-Fiona und ›Alles, was du willst-Tim‹-Nina betitelt worden waren. Aber tatsächlich konnten die Barbies mit den Wimpern klimpern, bis sie davon Gicht in den Augenlidern bekamen. Tim ließ sie alle abblitzen. Und Doro verstieg sich in der Interpretation, dass das als Zeichen an sie gedacht war.

Irgendwann hatte sie sich ein Herz gefasst. In der Zeit nach den Abiprüfungen, als die ganze Stufe jede Nacht ausgelassene Partys am See gefeiert hatte, schlug sie zu. Sie forderte Tim zu einem Spaziergang auf und steuerte wie zufällig auf die Trauerweide zu, unter deren Blätterdach sich die Pärchen immer versteckten. Als er sie nicht von selbst zu dem Baum führte, griff sie auf Plan B zurück: Hemmschwelle senken, indem sie es als Spaß verpackte. »Komm, wir verarschen alle und tun so, als würden wir knutschen gehen«, hatte sie gesagt und auf die Leute am anderen Seeufer gezeigt, die immer interessiert beobachteten, wer mit wem was anfing. Und es funktionierte. Tim ließ seine Augen aufblitzen, zog sie mit großer Geste zu dem Baum und hielt ihre Hand, bis der Blättervorhang sich hinter ihnen schloss.

Sie ging zu dem Stamm. »Wenn jetzt jemand kommt«, sagte sie und bemühte sich um das Funkeln in ihren Augen, mit dem sie immer ihre Ideen für Streiche präsentierte, »dann kannst du mich so total filmmäßig abknutschen.«

Tim hob fragend die Augenbrauen.

»Ich gucke viel fern«, sagte Doro. Von ihrem Kopfkino ganz zu schweigen, in dem sie die Kussszenen mit Tim schon tausendfach durchgespielt hatte. »Pass auf. Ich lehne dann so hier am Stamm …«

Sie drapierte sich.

»… und du stützt dich mit dem Arm an den Baum …« Sie zog ihn heran. Sie sah seinen angespannten Bizeps und spürte die Nähe seines Körpers. Er hatte sie zwischen sich und dem Baumstamm eingekeilt. Ein Prickeln lief über ihre Haut.

»Mit der anderen Hand umfasst du meine Hüfte.«

Sie spürte seinen warmen, kräftigen Griff auf ihrer Haut. Doro musste kurz schlucken, ehe sie weitersprach.

»Dann kommst du ganz eng an mich ran …«

Er drückte seine Leiste an ihren Schritt. Ach du lieber Himmel! Ein warmes Gefühl durchzog ihren Körper. Ihr Herz schlug laut in ihrer Brust. Sie riss sich zusammen, um in ruhigem Ton weiterzusprechen.

»… und dann küsst du mich.«

Tim grinste sie nur an.

Sie grinste provozierend zurück.

Und dann tat er es.

Er senkte seinen Kopf zu ihrem. Sie spürte seine Lippen. Ihr Magen begann zu flattern. Tim küsste sie! Doro wurde von einer heißen Welle überspült. Sie legte ihre Arme um ihn, zog ihn noch dichter heran. Sie öffnete die Lippen und ließ ihn ihre Gefühle spüren. Sie sank in diesen Kuss …

Und dann lachte er. Sein Kopf entfernte sich von ihr. »Ey, Doro, du solltest echt nicht Musik studieren, sondern lieber Schauspielerei«, sagte er, hob anerkennend die Daumen und stieß sich von ihr und dem Baum ab. »Aber mir ist gerade eingefallen, dass das eher unpraktisch ist, wenn wir die Leute drüben reinlegen. Ich hab vorhin gesehen, dass Mia aus meinem Erdkunde-Grundkurs heute da ist. Weißt du was, Doro? Die finde ich total süß. Ich weiß nur nicht, wie ich an sie rankommen soll.« Er angelte sich einen der um sie herabhängenden Äste und spielte versonnen daran herum. Plötzlich sah er Doro an, als habe er eine geniale Eingebung. »Hey! Das hier!

Was wir gerade aus Spaß gemacht haben! Das mache ich mit Mia, damit wir ganz unverfänglich am Knutschbaum landen!«

Doro hätte sich am liebsten im Baggersee ertränkt. Oder noch lieber Mia. Und Tim, für seine DUMMHEIT! Aber sie hatte sich brav an die Rechtsordnung gehalten, Tim wieder zurück zur Gruppe begleitet und miterlebt, wie Mia noch am selben Abend zu Tims Freundin geworden war.

Danach hatte Doro die Reißleine gezogen. Sie war mit Absicht zum Studium nicht mit den anderen nach Kiel, sondern nach Hamburg gezogen und war irgendwann zu dem tröstlichen Schluss gekommen, dass ihre Verknalltheit in Tim nur eine Phase gewesen war.

Aber jetzt, vierzehn Jahre später, holte sie alles wieder ein. Diese Las-Vegas-Tour hatte doch nur ein Spaß sein sollen. Den Vorschlag für den Trip hatte sie ohnehin nur gemacht, weil sie sich von Tim provoziert gefühlt hatte. Wenn sie nicht cool genug war, weil sie nur die Reeperbahn zu bieten hatte, dann konnte sie auch anders. Aber bei ›Las Vegas‹ hatte sie nur an Casinos und Stripperinnen gedacht, nicht an Hochzeitskapellen und auch nicht an einen Elvis, der singend und tanzend vor ihnen stehen und ihnen das Gefühl geben würde, dass sie ja wohl humorlose Deutsche wären, wenn sie sich jetzt vor dem Hochzeitskuss drückten.

Und es war wieder genauso gewesen. Doro stöhnte und presste sich den durchgeweichten Eisbeutel an den Kopf, bis ihr das durch den Stoff sickernde kalte Wasser den Hals hinunterlief.

Schlagartig war alles wieder da gewesen. In dem Moment, als seine Lippen sie berührten. Die Schmetterlinge im Bauch. Der Schwindel, das Herzklopfen. Dieses Gefühl, als gäbe es nichts außer ihnen beiden. Sie hatte so nie mehr gefühlt, bei keinem der anderen Männer, die sie inzwischen geküsst hatte. Sie hatte den Druck seiner Lippen erwidert und sich gewünscht, dass der Kuss ewig dauern würde.

Aber er hatte nur gedauert, bis Elvis *Love me tender* angestimmt hatte. Da hatte Tim den zärtlichen Kuss zu einem lauten Schmatzer werden lassen, sich wieder gerade hingestellt und die Miene eines Sachverständigen aufgesetzt, der gerade Zeuge einer besonders überzeugenden Darbietung hatte werden dürfen. »Doro. Du hast es voll drauf!«, hatte er gesagt und wieder dieses Lachen gelacht. Dieses Lachen, das nicht begriff, was gerade mit ihr geschehen war. Doro war mit einem Schlag nüchtern gewesen. Und um das zu verwinden, hatte sie die Flasche klebrigen Sekts, die Elvis ihnen mit in ihre »Flitterwochen« gab, dann so ziemlich im Alleingang hinuntergekippt. Als sie daran zurückdachte, drückte sie sich das Eis umso fester gegen den Kopf und gab sich einen Moment lang ihrem Schmerz hin. Doch dann kam Tim zurück ins Hotelzimmer, jetzt mit einem eigenen selbstgebastelten Eisbeutel in der Hand.

»Doro, das war echt nicht lustig«, stellte er fest, balancierte den Eisbeutel auf dem Kopf und zog sich den albernen Plastik-Ehering vom Finger. Doro tat es ihm nach und straffte sich.

»Ich stimme dir zu«, sagte sie und legte den Ring auf die Urkunde, die immer noch auf dem Bett lag. »Du bist jetzt ein Bigamist. Aber Kopf hoch. Das kriegen wir wieder hin. Ich würde sagen, wir gehen gleich mal zu Elvis.«

FELIX

»Jetzt müsst ihr euch aber langsam mal reisefertig machen«, mahnte seine Mutter morgens um fünf Uhr. Felix überlegte ein letztes Mal, ob er es wagen sollte, Nelli reinen Wein einzuschenken. Aber was ihn stets davon abhielt, war die Gewissheit, damit die Beziehung seines Bruders und Nellis Seelenfrieden zu vernichten. Ein weiterer Gedanke gesellte sich dazu: Was würde Nelli dann über ihn, Felix, denken? ›Du bist so ein selbstgerechtes Arschloch‹, schimpfte ihn seine innere Stimme dafür. ›Es kommt nicht darauf an, dass Nelli *dich* mag. Sondern nur, dass sie Tim weiterhin liebt.‹

›Ja, aber‹, rechtfertigte er sich innerlich, ›ich bin halt normalerweise nicht der Typ, der Frauen hinters Licht führt. Ich spiele nie Gefühle vor.‹

›Genießt du es deshalb gerade so?‹, ätzte seine innere Stimme, und Felix lockerte den Griff seiner Hand, mit der er Nellis Finger umschlossen hielt. O Gott. Waren das noch innere Monologe, oder halluzinierte er schon? Felix fühlte sich total neben der Spur. Er konnte schon gar nicht mehr zählen, wie viele Stunden am Stück er inzwischen wach war. Sicher mehr, als das Tierschutzgesetz selbst für Labormäuse zuließ. Er hatte in den vergangenen Stunden reihenweise Espressos getrunken, um halbwegs wach zu bleiben. Das Ergebnis war eine mit einer gewissen Fahrigkeit gepaarte verzerrte Wahrnehmung, bei der er sich selbst ein bisschen wie ferngesteuert vorkam. Die Verbindung zwischen Willen und Muskeln funktionierte auch nicht mehr einwandfrei. Zum Beispiel jetzt im Angesicht seiner Mutter. Lachte er Barbara gerade an, oder hatte er sich nur vorgenommen, sie anzulachen, und starrte stattdessen vor sich hin? Sie benahm sich jedenfalls so, als starre er.

»Tim? Tim!«, kommandierte sie und nahm sein Kinn in die Hand, um sich seiner Aufmerksamkeit sicher zu sein. »Du bist jetzt ein Ehemann. Dass du mir immer gut auf deine Frau aufpasst!«

Jetzt gesellte sich Angelika dazu, hakte sich bei ihm ein und schlug Barbara im Spaß auf die Hand. »Nicht nötig, Barbara. Meine Tochter wird schon *auf ihn* aufpassen.« Sie knuffte Felix in die Seite. »Lass dich nicht unterkriegen! Leiste Widerstand, wenn sie dich im sicheren Hafen zu sehr festdocken will. Setze dich zum Beispiel mindestens einmal pro Woche mit Straßenhose aufs Bett!«

»Ha-ha.« Nelli hatte das gehört und fand es offenbar alles andere als komisch. Sie hakte sich von der anderen Seite bei Felix ein und guckte an ihm vorbei zu ihrer Mutter. »Mit Straßenhose auf dem Bett ist eklig. Aber du tust ja gerade so, als hätte ich einen Putzfimmel.«

Angelika grinste. »Putzfimmel nicht. Nur ab und zu eine kleine Spaßbremse. Aber wir halten dagegen. Ich sage nur ›Guerilla-Chipskrümeln‹ auf dem Sofa!« Sie zog ihren Arm aus Felix' und hielt ihm die Hand zum Abklatschen hin.

»Ach, ihr.« Nelli ließ Felix ebenfalls los. »Wahrscheinlich fände ich eure Fernsehabende auch netter, wenn ich nicht immer der Depp wäre, dem ihr dann das Saubermachen überlasst.«

Die Trauzeugen kamen Arm im Arm zu ihnen geschlendert. Vorhin beim Teich hatte Erika ihr Interesse an dem Zwillingsbruder aus Amerika durchklingen lassen. Aber das Mädchen war wohl flexibel und hatte schon umdisponiert. Sie kuschelte sich an Torstens Schulter und sah Felix fragend an. Offenbar hatte sie die letzten schneidenden Worte der Braut gehört. Es herrschte dicke Luft, so viel war klar. Felix konzentrierte sich, um sein Espresso-Schlafentzugs-Zittern zu unterdrücken, und strich Nelli vorsichtig eine Haarsträhne hinters Ohr. »Du bist kein Depp. Und auch keine Spaßbremse«, sagte er. »Du hast völlig recht. In Straßenhose Chips im Bett essen ist eklig.«

»Da. Es fängt schon an«, meckerte Angelika in seinem Rücken. »Er mutiert. Wer bist du, Fremder?«

»Tim«, sagte Felix und hoffte, dass er eben nicht zu weit gegangen war. Gott sei Dank war Oma seit zwei Stunden im Bett, sonst wäre er womöglich doch noch aufgeflogen. »Ich bin und bleibe Tim. Natürlich werde ich mich nicht ändern.«

NELLI

Fast ein bisschen schade, dachte Nelli, schüttelte den Gedanken aber sofort wieder ab. Natürlich sollte Tim sich nicht ändern. Es war halt nur nervig, wenn er und ihre Mutter sich gegen sie verbündeten.

Schön, dass es offenbar auch anders ging.

Tim und Nelli zogen sich um, verabschiedeten sich von ihren Gästen und machten sich auf den Weg zum Flughafen. Erschöpft ließ Nelli sich auf die Rückbank des Taxis sinken. Sie war hundemüde, und ihr taten vom vielen Tanzen fürchterlich die Füße weh. Aller Schönheit zum Trotz war sie wirklich froh gewesen, als sie vorhin die Satinpumps gegen ein Paar Turnschuhe hatte austauschen können. Hohe Schuhe kamen wahrscheinlich für den Rest der Flitterwochen nicht mehr in Frage, da saß sie fast in einem Boot mit Oma Ilse. Die hatte am Rande der Tanzfläche erklärt, sich nach dem nächsten Stelldichein mit ihrem Fußpfleger zu sehnen. Nelli grinste. Bei ihr täten es sicher Blasenpflaster. Aber auch auf sie wartete ein ›Stelldichein‹, auf das sie sich ungeduldig freute … was Tim wohl zu dem hauchfeinen Negligé sagen würde, das sie extra für die Hochzeitsnacht besorgt hatte?

Vier Stunden zuvor · Las Vegas, Nevada

TIM

Um sechzehn Uhr sahen sie Elvis wieder. Zwei Elvisse, sogar. Ein neuer im gleichen Kostüm, aber mit noch etwas mehr Bauch, war gerade mit einer Hochzeitsgesellschaft im Trauungsraum der Hochzeitskapelle verschwunden. Tim wollte schon zu fluchen anfangen. Aber da trat aus einer Seitentür ›ihr‹ Elvis ins Foyer heraus. »Hallo!«, rief Tim und stürzte auf ihn zu.

Elvis sah ihn und Doro müde an. »Hallo Leute«, murmelte er und schloss die Tür hinter sich ab. Er hatte zwar immer noch seine Elvis-Frisur, aber trug jetzt nicht mehr den weißen Fransen-Overall, sondern Jeans und ein T-Shirt mit Neon-Aufdruck. Elvis nach Dienstschluss. Irgendwie enttäuschend. Tim entschloss sich, ihn mit seinem echten Namen anzusprechen.

»Kevin, richtig?« Tim machte eine kurze Pause und grinste Kevin verschwörerisch an, aber es kam keine Reaktion. Vielmehr wandte Kevin sich zum Gehen. Tim griff ihn am Arm. »Kevin, du hast uns nicht *wirklich* verheiratet, oder? Also, nicht *in echt*?«

Kevin guckte ihn emotionslos an. »Doch. Klar.«

»Das wollten wir aber nicht!«

Kevin hob die Augenbrauen. Nicht staunend. Eher kaltblütig ›Tja, Pech gehabt‹-mäßig. So hätte der echte Elvis nie geguckt.

Doro baute sich neben ihm auf. »Es war nur Spaß, Elvis. Hast du selbst gesagt!«

»Ich habe gesagt: ›Es macht Spaß‹. Nicht: ›Es ist nur Spaß‹.« Er schüttelte verständnislos den Kopf. »Weiß doch jeder, dass man in Vegas in echt heiratet. Sorry, Leute. Geld zurück gibt's nicht.« Kevin ging weiter in Richtung Ausgang.

Tim lief neben ihm her. »Das ist egal. Aber du darfst die Urkunde nicht einreichen! Wir wollen nicht verheiratet sein!«

»Zu spät. Ist alles schon amtlich.« Kevin öffnete schon die Tür zur Kapelle. Tim hielt ihn am Ärmel zurück. »Und jetzt?«

Kevin zeigte auf das Gebäude gegenüber. Ein heruntergekommener Bürobungalow mit grünen Plastikmarkisen. ›Annulments‹ stand in großen Lettern darauf. »Lasst die Ehe annullieren«, sagte Kevin gelangweilt und machte sich von Tims Griff los.

DORO

Wenn man es positiv sehen wollte – und ihr neuer Anwalt hatte definitiv diese amerikanische ›Daumen hoch! Alles bestens!‹-Mentalität –, waren sie wenigstens ein klarer Fall. Sie hatten sogar gleich mehrere Annullierungsgründe zur Auswahl: Trunkenheit. Fehlender Heiratswille. Und sogar Nichtigkeit, weil Tim schon verheiratet war. In diesem Punkt war der Anwalt sogar regelrecht beeindruckt.

»Ich habe öfters Mandanten, die in Vegas heiraten, obwohl

sie eigentlich schon einen Gatten haben«, sagte Marcus Cooper und rieb sich seine pockennarbige Wange. »Aber dass einer sogar am selben Tag mit einer zweiten Braut vor dem Altar stand, das ist mir noch nicht untergekommen.« Er musterte Tim. »Und ich verstehe es auch nicht richtig. Ihre eigentliche Ehefrau ist in Deutschland? Und Sie sind hier? Wie soll das gehen?«

»Das wäre jetzt zu kompliziert zu erklären«, fuhr Doro dazwischen. Sie war sich nicht sicher, ob Tim für seine Doppelehe nicht Schwierigkeiten drohten. Sowohl die deutschen als auch die amerikanischen Behörden würden sich für Tims Hochzeitsspirenzchen der letzten vierundzwanzig Stunden womöglich zu interessieren beginnen, wenn sie das aktenkundig machten. »Wir nehmen das mit der Trunkenheit und dem Irrtum«, erklärte Doro daher schnell und hinderte Tim daran, noch mehr zu den verfänglichen Umständen seiner Hochzeit zu erzählen. Der Anwalt nickte zufrieden und erklärte den beiden das Prozedere. Und netterweise ließ er Tim während dieser Zeit das Handy an sein Ladekabel anschließen. So konnte er sich endlich mal ausführlicher bei Felix melden.

Zwölf Stunden später · Flughafen Schiphol, Amsterdam

FELIX

›Sie schnarcht.‹

Diesen Punkt hätte Tim sich in seinem Nelli-Almanach sparen können.

Während Nelli an seine Brust gekuschelt auf den Wartebänken des Flughafen-Transitbereichs schlummerte – und dabei in der Tat wie ein erkältetes Zwergkaninchen vor sich hin rüffelte –, erfuhr Felix in Tims E-Mail außerdem, dass das Annullierungsverfahren je nach Fleiß des zuständigen Richters ein paar Tage dauern konnte. Tim entschuldigte sich nach jedem zweiten Satz. Er wusste, was er seinem Bruder abverlangte. Und er wusste natürlich auch, dass Nelli in der Zweisamkeit der Flitterwochen erst recht hinter ihr Geheimnis kommen konnte. Deshalb hatte er Felix so viele Fakten wie möglich über seine Frau zusammengestellt, vom Lebenslauf über den Lieblingsdrink bis hin zu Kosenamen und Schlafgewohnheiten. Felix schwirrte der Kopf. Das konnte er sich nicht alles merken. Und selbst wenn, dann kam halt etwas anderes auf, das nicht auf der Liste stand. Im Notfall würde er wohl eine Amnesie vortäuschen müssen. Amnesie, was für eine verlockende Vorstellung. Wenn man einfach den Stöpsel im Hirn ziehen könnte … nichts als fluffige Leere … Felix ließ zu, dass ihm die Augen zufielen, und versank augenblicklich in einen erschöpften Schlaf.

Fünf Stunden später · Nizza, Côte d'Azur

NELLI

»O Tim, wie schön!« Das Taxi bog in die Auffahrt eines prunkvollen Sandsteinbaus ein. Als sie aus dem Auto stiegen, kam sofort ein Hotelpage mit einem messingglänzenden Gepäckwagen herbeigeeilt und nahm ihnen die Koffer ab. Ihr Mann trat neben Nelli. Statt wie sonst tatendurstig loszustürmen, bot er ihr seinen Arm und geleitete sie formvollendet über den roten Teppich des Portals in die weitläufige Hotellobby. Zwischen mannshohen Palmen waren stilvolle Ledersessel angeordnet. Kristall-Lüster, Blumenarrangements und riesige Spiegel, im Hintergrund Shops, eine Bar und eine Vielzahl von Aufzügen, die die hereinflanierenden Gäste zu ihren Zimmern beförderten. Er führte Nelli zu einer Sitzgruppe und bat sie zu warten, während er die Anreiseformalitäten erledigte. Zufrieden ließ sich Nelli in einen bequemen Sessel sinken, bediente sich an dem vor ihr stehenden Teller mit Gebäck und ließ die Atmosphäre des Hotels auf sich wirken. Wenn das kein guter Start in die Flitterwochen war. Hier würden sie nun eine Woche lang wohnen. Nein, residieren! Sie lächelte und betrachtete die anderen Gäste in der Lobby.

Plötzlich beugte sich ein Mann in einem schwarzen Anzug zu ihr herunter. »Madame?« Nelli zuckte zusammen. Hatte sie etwas falsch gemacht? Kosteten die Kekse etwas? Sie spannte unwillkürlich ihre Muskeln an, um gerader zu sitzen, da stellte der Mann ein Martiniglas vor ihr ab. Ihr Lieblingsgetränk. »*Avec salutations de votre mari, Madame*«, sagte der Mann. »Mit Gruß von Ihrem Herrn Gemahl.« Er lächelte verbindlich und entfernte sich dann wieder. Nelli nahm staunend das Glas in die Hand und suchte dabei mit ihren Blicken nach ihrem »Herrn Gemahl«. Er lehnte am dunklen Holztresen des Empfangschefs. Sie prostete ihm zu, und als er ihre Geste mit einer kleinen Verbeugung erwiderte, wurde ihr ganz warm ums Herz.

FELIX

»Das Meer! Ach Tim, wie wunderschön es hier ist!« Nelli war durch das Hotelzimmer zum Balkon gestürmt, der auf die vor ihnen liegende Engelsbucht hinausging. Felix folgte ihr nicht nach, davon hielt ihn seine Höhenangst ab. Und er war von seinem Hotel in Florida den Meerblick natürlich gewöhnt. Sein Bruder und dessen Braut hatten sich für ihre Flitterwochen aber in der Tat ein Hotel in grandioser Lage ausgesucht, und Nellis unverbrauchte Begeisterung war fast schon rührend. »Man heiratet ja nur einmal«, hatte Tim zu ihm gesagt, als er ihn um Empfehlungen im oberen Preissegment gebeten hatte. Autsch. Das stimmte so schon nicht mehr. Felix schüttelte den Kopf, als er an seinen Bruder dachte. Er hatte vorhin am Flughafen von Nizza, als Nelli sich frisch machen war, noch einmal mit ihm telefoniert. Tim hatte ihm diese durchgeknallte Las-Vegas-Geschichte erneut zu erklären versucht, und Felix hatte davon abgesehen, seinen Bruder noch weiter zu kritisieren. Der war schon gestraft genug mit der verpassten Hochzeit und dem ganzen Ärger mit der Annullierung.

Felix' Handy klingelte leise. Omas Bild erschien als Anrufer.

»Hallo Oma«, sagte er überrascht.

»Junge. Seid ihr schon in Nizza? Wie ist das Hotel?«

»Wir sind gerade angekommen. Nelli lässt sich gerade auf dem Balkon die Meeresluft um die Nase wehen. Unser Hotel liegt direkt an der Bucht.«

»Wie geht's euch?«

»Ganz gut. Wir sind nur noch ein bisschen müde.«

»War ja auch anstrengend«, sagte Oma ganz gelassen. »Den ganzen Abend so zu tun, als wärst du dein Bruder.«

»Oma! Ich bin …«

»Hiermit überführt. Ich habe *deine* Handynummer angerufen, Felix!« Felix stockte der Atem.

»Tim?«, rief da Nelli vom Balkon.

»Du musst das Handy verschwinden lassen, sonst merkt sie was«, hörte er seine Oma sagen. »Und melde dich, wenn die Luft rein ist. *Over and out.*«

Oma hatte recht. Die Handys konnten sie verraten. Daran hatten weder er noch Tim gedacht. Schnell stellte er es auf lautlos und schob es unter das Bett.

»Tim, was ist los?«, fragte Nelli, die vom Balkon in den Raum zurückkam. »Du bist ganz blass!«

»War nur der Kreislauf«, murmelte er. »Wir sollten die Klimaanlage justieren. Sehr kalt hier.«

Nelli stellte sich direkt vor ihn. »*Ich* kann auch machen, dass dir heiß wird«, sagte sie. Sie setzte ein verschmitztes Grinsen auf und legte ihre Hände auf seine Schultern. Mit einer leichten Gewichtsverlagerung schob sie seinen Oberkörper zurück. Er fiel rücklings aufs Bett. Und sie auf ihn. »Flitterwochen«, flüsterte sie und schmiegte ihren Körper an seinen. Er spürte ihre Beine. Ihre Hüfte. Ihren ganzen Körper. Sie schloss die Augen, senkte ihren Kopf und begann, ihn zu küssen. Sie hatte nicht zu viel versprochen, ihm wurde siedend heiß. Die Situation überforderte ihn. Nelli wollte … er spürte ihre Zungenspitze, die ihren Weg in seinen Mund suchte, und er konnte nicht anders, als sie gewähren zu lassen … sie wollte … er fühlte ihr Becken, das sich auf seines presste … sie wollte mit ihm schlafen.

Nelli wollte Sex. Felix versuchte, seine Gedanken in nüchterne Bahnen zu lenken. Aber Nelli küsste ihn immer leidenschaftlicher, und o Gott, sie küsste so gut! Felix geriet in eine fürchterliche Lage. Bei ihm regte sich etwas. Auch Nelli schien das zu merken. »O Tim«, seufzte sie und begann, sein

Shirt aus der Hose zu ziehen. Dann wanderte ihre Hand in Richtung seines Gürtels. Was sollte er nur tun? Er konnte doch nicht mit der Frau seines Bruders schlafen! Sein Kopf suchte verzweifelt nach einem Ausweg, während sein Körper Nellis Reizen bereits erlegen war. Sein Blut pulsierte, sein Magen kribbelte …

Das war es! Felix fuhr hoch. Nelli plumpste zur Seite und blickte ihn erschrocken an. »Mein Magen!«, rief Felix und rannte ins Badezimmer.

Vier Stunden später · Las Vegas, Nevada

TIM

Dreitausend Euro für die zusätzlichen Flüge. Tausend Dollar wegen der Hochzeit beziehungsweise ihrer Annullierung … Tims Ersparnisse waren eigentlich schon für seine richtige Hochzeit draufgegangen. Das hier waren Zusatzkosten, für die er überhaupt nichts mehr auf der hohen Kante liegen hatte. Den Last-Minute-Trip war er noch lässig angegangen und hatte kurz überlegt, dass er das mit Kreditkarte und anschließendem Verkauf alter Surfsachen schon hinbekäme. Aber allmählich wurde die Sache brenzlig. Tim und Doro achteten deshalb sehr darauf, möglichst wenig zusätzliches Geld auszugeben. Tim ließ sich in einem Seitenstraßen-Barber-Shop nach Vorlage eines Fotos von Felix die Haare schneiden. Dann kauften sie ein paar billige Klamotten und Lebensmittel und gingen zurück zu ihrem Hotel.

DORO

Als sie die Lobby betraten, hob der Rezeptionist den Blick von seinem Fernseher. »Hi, Mr. und Mrs. Sattler!«, rief er und grinste breit hinter seinem Fenster aus wahrscheinlich kugelsicherem Glas hervor. Doro bezweifelte, dass er sich bei allen Hotelgästen die Mühe machte, sie mit Namen zu grüßen. Aber er hatte auch gestern Mittag Dienst gehabt und die Heiratsurkunde in ihrer Hand gesehen, als sie sich das Zimmer genommen hatten. Doro spürte mal wieder ein Flattern im Bauch. Seit diesem Kuss in der Hochzeitskapelle war sie vollkommen neben der Spur, und sie hatte Angst, dass Tim etwas bemerkte. Jetzt zum Beispiel spürte Doro eine verräterische Hitze auf ihren Wangen, weil der Portier sie mit Tims Namen angesprochen hatte. Sie hoffte, möglichst schnell fortzukommen. Der Typ ließ sich leider Zeit. Gemächlich langte er nach dem Zimmerschlüssel und schob ihn in Zeitlupe in die Durchreiche. »Wie gefällt Ihnen unsere Honeymoon-Suite?«, erkundigte er sich dabei. Doro nahm an, dass er das ironisch meinte. Er konnte zwar nicht wissen, dass das mit den Flitterwochen nicht ernst war. Aber das schäbige Zimmer mit Fenster zum Freeway, rotzgrünen ausgeblichenen Tapeten und Brandlöchern im Teppich eine ›Suite‹ zu nennen, musste ja wohl ein Witz sein.

»Passt wunderbar zum Anlass«, entgegnete Doro trocken, griff nach dem Schlüssel und machte, dass sie weg kam.

Im Zimmer angekommen, ging Doro erst einmal zum Fenster, um trotz des sogleich einsetzenden Höllenlärms vom vierspurigen Freeway ein bisschen frische Luft hereinzulassen und ihr Gesicht zum Kühlen in den Wind zu halten. Als sie sich wieder beruhigt hatte, wandte sie sich zu Tim um, der aus dem Bad, einer Miniatur-Nasszelle, gekommen war. Jetzt stand er neben dem Bett – und ließ gerade seine Jeans herunter.

Doro stockte der Atem.

Ihr Herz schlug ihr gegen die Rippen. Schauspielerte sie wirklich so schlecht? Hatte Tim sie durchschaut? Wollte er etwa …? Aber nein! Er war mit Nelli zusammen. Tim war kein Charakterschwein, er wollte ganz sicher nicht gleichzeitig mit ihr ins Bett. Oder wollte er sie nur ärgern? Wahrscheinlich. Sie schaffte es, ihrer Stimme einen harten Klang zu geben. »Was machst du da?«, fragte sie schroff.

»Hier gibt's keine Stühle. Und ich wollte nicht mit Straßenhose aufs Bett.«

»*Nicht mit Straßenhose aufs Bett*«, wiederholte Doro und starrte ihn an.

TIM

Tim fuhr sich unsicher durch die Haare. Für einen Moment stand er mit runtergelassener Jeans da und kam sich selten dämlich vor. Dann lachte er laut auf. »O Mann, Doro. Ich bin einfach inzwischen zu gut erzogen!« Er bückte sich und zog die Hose wieder hoch. Dann ließ er sich aufs Bett fallen und klopfte einladend neben sich. »Bei Nelli ist es eine Todsünde, wenn man mit Straßenhose das Bett berührt. Wegen der ganzen Keime, in die man sich ihrer Meinung nach draußen reingesetzt hat.«

Doro grinste schief und gesellte sich zu ihm. »Wenn ich mich in unserer ›Suite‹ so umgucke, fürchte ich, wir müssten unsere Hosen eher ausziehen, wenn wir uns damit nachher *draußen* irgendwo hinsetzen wollen. Dafür können wir hier hemmungslos ins Bett krümeln.«

»Und aus der Flasche trinken«, ergänzte Tim. Gläser gab es nämlich keine. Für Minibar oder Zahnputzbecher hatte es auch in der ›Honeymoon-Suite‹ nicht gereicht.

»Und Krach machen«, sagte Doro. Selbst wenn man den Fernseher noch so laut stellte, verglichen mit dem Lärm vom Freeway konnte das keiner als Belästigung ansehen.

»Ich find's eigentlich ganz schön hier«, stellte Tim fest und schlug die Beine übereinander.

»Ich auch«, sagte Doro und schloss die Augen.

Sieben Stunden später · Nizza, Côte d'Azur

FELIX

Felix war in aller Herrgottsfrühe aufgestanden, um sich nachzurösten. Sein Florida-Braun reichte ihm nämlich nur bis zu den Ärmeln seines T-Shirts. Tim dagegen, der viel surfte, ging die Bräune bis zur Badehose und Felix musste noch etwas nachbessern. Es war alles so kompliziert! Tausend kleine Sachen, an die er denken musste. Und eine große: die Hochzeitsnacht.

Beziehungsweise, er musste dafür sorgen, dass keiner daran dachte. Also, Nelli nicht. Er sowieso nicht. Von dieser körperlichen Kurzschluss-Reaktion im Nahkampf am Abend zuvor einmal abgesehen, hatte er definitiv keine Lust, mit Nelli zu schlafen. Das war ja völlig absurd. Sie war Tims Frau, und sie war außerdem nicht sein Typ.

Tim stieg zwischen die blau leuchtenden Glasdeckel der

Sonnenbank im Fitnessbereich des Hotels und begann, sich Gedanken über seine Schwägerin zu machen. Im Großen und Ganzen war sie so, wie er es erwartet hatte: niedlich. Hübsch, aber nicht aufregend. Dafür war sie zu tapsig. Zu uneitel und zu albern. Diese Sissi-Nummer! Beinahe wäre sie bei ihrem eigenen Hochzeitstanz achtkantig auf die Nase geflogen. Obwohl es schon wirklich lustig gewesen war. Sie schien einen guten Sinn für Humor zu haben. Ihn mit Karl-Heinz Böhm alias Kaiser Franz Joseph zu vergleichen, darauf war allerdings noch nie jemand gekommen. Aber normalerweise tanzte er auch nicht mit Frauen, die Chow-Chow-Gesichter und Beutelratten-Pfötchen machten. Seine Frauen waren außerdem mondän, nicht mopsig. Na gut, das war Nelli auch nicht. Aber schon ihre Reisegarderobe hatte wieder diesen Gemütlich-Effekt, bei dem es so *aussah*, als müsse sie ihren Körper verbergen. Seinem Nervensystem blieb aber nichts von ihrer Traumfigur verborgen, schon gar nicht wenn sie sich im Bett auf ihn warf. Aaargh! Gott sei Dank war ihm gestern die Sache mit dem Magenproblem eingefallen. Er war ins Bad gerannt und hatte Nelli durch die verschlossene Tür hindurch Märchen vom dubiosen Essen im Flugzeug erzählt, das sie verschlafen hätte. Sie hatte sich sehr liebevoll um ihn gekümmert, als er mit leidender Miene aus dem Bad zurückgekehrt war. Ihm eine Wärmflasche bestellt und den Rest des Abends seinen Rücken gekrault. Das hatte das letzte Mal vor bestimmt fünfzehn Jahren seine Mutter bei ihm gemacht. Er hatte ganz vergessen, was für ein wohliges Gefühl das war. Neben einem mitfühlenden Wesen verfügte Nelli aber leider auch über eine sehr gut sortierte Reiseapotheke, und die Nummer mit der Magenverstimmung konnte er nicht länger durchziehen, wenn er es nicht auf einen Arztbesuch hinauslaufen lassen wollte.

Als Felix ein Fünfzehn-Minuten-Intervall auf der glitschigen Sonnenbank überstanden hatte und seine Haut schon komisch roch, ging er duschen. Dann rief er seine Großmutter an. Dass sie ihn offenbar nicht verpfeifen wollte, war ein großes Glück. Im Gegenteil, sie schien die Sache für ein großes, spannendes Abenteuer zu halten. Was hatte sie gestern gesagt? ›Over and out‹? Als wären sie bei den ›drei Fragezeichen‹! Dann machte es ihr wahrscheinlich auch nichts aus, wenn er sie schon um sieben Uhr morgens anrief. »Hallo, Oma«, meldete er sich. »Bist du schon wach?«

»Guten Morgen, mein Junge. Na klar, was meinst du, warum im Fernsehen morgens Werbung für Herztropfen kommt. Alte Leute sind früh auf. Kannst du denn frei sprechen?«

»Ja. Ich bin allein.«

»Ich habe inzwischen mit deinem Bruder telefoniert. Der hat also in Vegas die kleine freche Doro aus seiner Band geheiratet.«

Felix seufzte bestätigend.

»Und du hältst mal wieder für ihn den Kopf hin und bist jetzt mit Nelli in den Flitterwochen«, stellte Oma fest.

Felix seufzte wieder und erklärte ihr die Sache etwas ausführlicher.

»Und? Wie ist der Sex?«, fragte sie dann.

»OMA!« Felix konnte es nicht fassen.

»Na ja.« Oma schlug ihren renitenten ›Man wird ja wohl noch fragen dürfen‹-Tonfall an. »Zu meiner Zeit hat man die Flitterwochen mit einer Hochzeitsnacht begonnen.«

»Oma, ich schlafe doch nicht mit Tims Frau.«

»Und was sagt die dazu?«

»Offiziell hatte ich mir gestern den Magen verdorben. An der Ausrede für heute arbeite ich noch. Ich dachte mir, ich sage was von Kopfweh.«

»Tssss. Da müsste ein Mann schon eine Hirnblutung haben, wenn er mir mit Kopfweh plausibel eine Hochzeitsnacht ausreden wollte. Außerdem hat Nelli, wie ich sie kenne, Aspirin dabei.«

»Das stimmt. Hast du eine bessere Idee?«

»Lass mal überlegen ...«

NELLI

»Ich habe eine Chlorallergie«, sagte er. Nelli sah ihren Mann im Bademantel in der Hoteltür stehen. Sie wunderte sich, dass er schon zu so früher Stunde schwimmen gewesen war. Und dass er neuerdings eine Allergie hatte.

»Wir besorgen dir eine Schwimmbrille.« Sie räkelte sich ein bisschen. Er schloss die Zimmertür und wollte ins Bad gehen. »Nicht so schnell«, hielt sie ihn auf. »Ich habe noch eine Überraschung für dich!« Sie zog die Bettdecke beiseite. Im Brautmodengeschäft war sie sich noch etwas töricht vorgekommen, als sie sich für die Flitterwochen ein hauchfeines Nachthemdchen aus Seide zugelegt hatte. Aber als sie jetzt seinen Blick auf sich spürte, war sie von der Investition schlagartig überzeugt. Tim hatte sie schon tausend Mal in weit weniger als einem Hemdchen gesehen. Aber so, wie er jetzt vor ihr stand und sie anblickte, konnte man meinen, es sei das erste Mal. »Gefällt dir, was du siehst?« Sie probierte sich an einer säuselnden Stimme und strich mit der Hand lasziv über den glatten Stoff. Er guckte wie hypnotisiert. Nelli streckte die Hand nach ihm aus. Er gehorchte, und sie zog ihn zu sich auf die Bettkante. Reglos starrte er sie an. Nelli genoss seinen Blick. Ab sofort häufiger teure Dessous! Sie legte seine Hand auf ihre Brust. Die Wärme seiner Haut drang durch den dünnen Seidenstoff. Ein Kribbeln durchfuhr sie. Sie spürte, wie ihre Brustspitzen unter seiner Hand fest wurden. Genießerisch bog sie sich ihm entgegen. Aber er wich vor ihr zurück.

»Die Allergie«, stieß er hervor.

»Was?«

»Meine Haut. Es ist ganz schrecklich. Ich kann nichts berühren!«

Nelli richtete sich auf und musterte ihn besorgt. »Ich dachte, Chlorallergie geht nur auf die Augen. Aber deine sind noch nicht mal rot. Wo tut es denn weh?«

»Überall. Aber hier ist es besonders schlimm.« Er zog seinen Bademantel auseinander. Auf seiner Brust prangte ein großer dunkelroter Fleck.

FELIX

Puh. Sein Muttermal hatte ihn gerettet!

Felix setzte sich auf den Klodeckel und schrieb seiner Oma per Textnachricht, dass der Plan aufgegangen war. Sie hatten sich bei Tim rückversichert, dass Nelli keine Einzelheiten zu Felix' Muttermal wusste. Es war keine Pigmentstörung, sondern ein faustgroßer Fleck aus einer angeborenen Häufung von Blutgefäßen. Die wenigsten Menschen brachten diese rote Stelle auf seiner Brust mit dem Begriff ›Muttermal‹ zusammen. Nelli war fürchterlich erschrocken und hatte sich schnell etwas angezogen, um an der Rezeption nach einer Cortisoncreme zu fragen, während er sich noch mal abduschen sollte. Nelli war so fürsorglich.

Und so sexy.

Felix schloss die Augen. Wie sie ihn in diesem Negligé empfangen hatte … verdammt! Konnte diese Frau sich nicht nachts so wie tagsüber kleiden? Oder typgerecht, irgendein Schlafshirt mit Pandas drauf oder puscheligen Häschen? Mit goldig konnte er umgehen. Aber nicht mit ihrer Schönheit. Seine Sinne gehorchten ihm einfach nicht. Felix zog den Bademantel aus, trat in die Dusche und stellte sie auf sehr, sehr kalt.

Sechs Stunden zuvor · Las Vegas, Nevada

TIM

»Ich bin ab sofort euer Rund-um-die-Uhr-Liebesnotdienst«, sagte Oma.

»Klingt wie 'ne Porno-Nummer.«

»Tim!«, schimpfte Oma indigniert. Aber ihre Begeisterung klang trotzdem durch. Sie hatte triumphierend angerufen, um Tim mitzuteilen, dass sie die Jungs durchschaut hatte. Aber auch, dass sie ihnen ab sofort mit Rat und Tat zur Seite stand. Sie sagte, dass Felix und sie das Kind schon schaukeln würden. Sie gab Tim recht, dass er selbst nichts anderes machen konnte als zu warten, dass die Mühlen der amerikanischen Verwaltung seinen Annullierungsantrag bearbeiteten.

Tim dankte seiner Oma für ihre Diskretion. Als er sich verabschiedete, fuhr Doro die Lautstärke des Fernsehers wieder hoch. Sie hockten seit Stunden auf dem Bett und schauten grottiges Daytime-TV.

»Eigentlich müssen wir jetzt mal langsam Kulturprogramm machen«, stellte Tim fest.

»Sind wir doch bei«, sagte Doro und zeigte auf den Bildschirm. »Dieser Mann dort hat ein Faible für Ganzkörper-Lederanzüge und seine Schwägerin verbietet ihm, darin zur Bar Mitzwa ihres Sohnes zu gehen. Das ist eine Lehrstunde in religiösen Bräuchen, familiären Umgangsregeln …«

»… Fetischformen …«, Tim grinste. »Nee, hast recht. Ist ja auch nicht so, als hätten wir einen Sightseeing-Stundenplan im Gepäck.«

»Ist das etwa sonst so?« Doro runzelte die Augenbrauen.

Tim schämte sich. Hatte es jetzt so geklungen, als würde er Nelli kritisieren? »Ähm. Wir planen halt voraus. Sonst hat man ja nichts von seiner Reise.«

»Das ist ja auch richtig so«, sagte Doro hastig. »Ich bin auch dafür, dass wir uns etwas ansehen. Das Problem in Las Vegas ist nur, dass ›Kultur‹ hier vorwiegend aus Casinos und Shows besteht, für die wir kein Geld haben. Wollen wir einfach mal 'ne Runde spazieren gehen?«

Sie stellten sicher, dass sie ein aufgeladenes Handy dabei hatten, um für Felix, Oma und den Anwalt erreichbar zu bleiben, und machten sich etwas später auf den Weg, um sich den Las Vegas Strip noch einmal bei Tag anzusehen. Ihr Hotel war rund zwei Kilometer von der Glitzermeile entfernt. Sie beschlossen, den Weg in die City hinein zu laufen.

Tim war froh, dass sie die Annullierung einem Anwalt übergeben hatten und sein Problem damit in professionellen Händen lag. Teilweise. Der andere Teil in den Händen des Oma-Felix-»Rund-um-die-Uhr-Liebesnotdienstes« war weitaus kniffeliger, und das schlechte Gewissen gegenüber Nelli nagte an ihm. Aber er schaffte es, so viel Ruhe in seine Gedanken zu bringen, dass er nun auch einmal Doros Perspektive einnehmen konnte. Die war schließlich auch gestrandet. »Was für ein Glück, dass du gerade Zeit hast, oder?«, stellte er fest. »Stell dir vor, du hättest heute in Hamburg einen Auftritt gehabt oder so was.«

»Ja. Das ist echt Glück. Keine Auftritte zu haben. Das Glück habe ich oft.« Doro klang bitter. Wenn man nicht gerade ein Star war, konnte das Musikerleben sicher manchmal ein Kampf sein. Aber trotzdem! Tim sah sie an. »Weißt du, dass ich dich beneide, Doro?«

»Tim.« Doro fuhr sich mit den Händen durch die Haare. »Ich glaube, du siehst meinen Job irgendwie zu verklärt.«

»Nein!«, protestierte Tim. »Ich glaube, du weißt gar nicht, wie gut du es hast. Du lebst doch den Traum, Doro! Als Einzige von uns! Weißt du noch? Wir wollten alle nur vorsichtshalber studieren, um ›was Richtiges‹ in der Hinterhand zu haben. Und jetzt sieh uns an. Du bist tatsächlich Profimusikerin, und Torsten, Flo und ich sind alle als Lehrer zurück an unsere alte Schule gegangen. Albtraum, oder?« Er grinste sie schief an.

»Na ja. Für eure Schüler wahrscheinlich schon«, gab sie zurück. »Ansonsten ist so ein regelmäßiges Einkommen wirklich nicht das Schlechteste. Und außerdem, was hält euch davon ab, nebenher Musik zu machen?«

Tim sah eine leere Coladose vor sich auf dem Weg liegen. Die haben halt kein Dosenpfand hier, dachte er und gab der Dose einen beherzten Tritt. »Machen wir ja. Ich leite die Schulband. Aber es ist nicht dasselbe.«

»Spielst du selber mit?«

»Nein. Ich sorge dafür, dass die Schüler die Töne treffen und im Takt bleiben.« Schwer genug …

»Und was spielt ihr so?«

»Charts-Hits.«

Doro zuckte mit den Achseln. »Wir haben damals auch

gecovert. Erinnerst du dich? Unsere Red-Hot-Chili-Peppers-Nummer?«

»Ja.« Tim grinste. »Das war cool. Aber am besten fand ich immer, wenn wir was Eigenes komponiert haben. Du und ich, für die Crabs. Aber ich hab's nicht mehr hingekriegt. Nicht für mich allein. Und für die Kids aus der Schule sowieso nicht, die wollen das auch nicht. Es ist wohl vorbei.« Tim hob die Schultern. Normalerweise versuchte er gar nicht, anderen sein Verhältnis zur Musik weiter zu erklären. Songs zu komponieren, das war für die meisten so etwas wie Skateboard-Tricks einzuüben. Machte man in der Jugend und hörte damit als Erwachsener automatisch wieder auf. Dass die Musik für ihn etwas Größeres war, blieb in der Regel unerklärt. Aber Doros Augen ruhten forschend auf seinem Gesicht. Sie erwartete, dass er weitersprach. Und etwas in ihrem Blick sagte ihm, dass sie ihn verstehen würde. »Weißt du«, fuhr er zögerlich fort, »mit den Crabs war die Musik für mich ... irgendwie ein Ventil. Mit unseren Songs habe ich mich ausgedrückt. Ich hab mich dadurch selbst besser verstanden.« Doro nickte, und er gab zu: »Das fehlt mir. Aber ich kann es nicht mehr abrufen. Immer wenn ich mich hingesetzt hab, um einen Song zu komponieren, kam einfach nichts. Weißt du, wie frustrierend das ist? Ehrlich gesagt hab ich meine Gitarre schon ewig nicht mehr rausgeholt.«

»Vielleicht waren wir nur zusammen gut.« Doro sagte das ganz beiläufig.

Tim seufzte. »Das hab ich auch schon oft gedacht.«

FELIX

Felix war von Kopf bis Fuß mit einer scharf riechenden Lotion gegen seine angebliche Chlorallergie einbalsamiert. Nun führte er Nelli zum Frühstück auf die Hotelterrasse. Der Kellner geleitete sie zwischen Palmen und Pflanzkübeln mit blühendem Oleander zu einem der Marmortische. »*Très français*, was?«, fragte Nelli und strich mit der Hand über das Rattan-Geflecht ihres Stuhls.

Felix hatte wieder Oberwasser. Nelli war zurück im Relax-Modus. Sie trug eine weite Tunika-Bluse, die ihre Figur verhüllte. Ihre Haare türmten sich in einer merkwürdig verstrubbelten Haargummi-Konstruktion auf ihrem Kopf. Das machte sie zur einzigen Frau auf der Terrasse, die nicht ihre Sonnenbrille als Haarstyling-Accessoire benutzte. Sie war garantiert auch die Einzige, die den Kellner herzlich anlächelte, als er sie nach ihren Getränkewünschen befragte, und ihm dann auch noch anvertraute, dass sie ohne ihren Kaffee am Morgen nicht richtig in die Gänge kam. Damit dürfte sie bei allen Umsitzenden unten durch sein. Wusste sie nicht, dass man sich in teuren Hotels benahm, als habe man gerade eine Zeitreise nach Downton Abbey unternommen? Frostige Ignoranz gegenüber dem niederen Personal war ein Zeichen von Klasse. Felix spürte geradezu, wie sich die Augen der Tischnachbarn nun neugierig auf ihn richteten.

Fast unsichtbar zuckte er mit den Schultern. Was sollte es. Er war mit Nelli hier. Wenn er sich anders als sie benahm, würde er sie bloßstellen. Langsam nahm er seine Sonnenbrille aus seinen Haaren und legte sie vor sich ab. Dann schaltete er ein Hundert-Watt-Lächeln ein und bedachte damit den Kellner. »Für mich bitte auch einen Café au lait. Finden Sie nicht auch, dass so ein Café am Morgen der schönste Luxus ist? Ganz herzlichen Dank!« Aus den Augenwinkeln nahm Felix wahr, wie die Frau am Nachbartisch, eine attraktive Brünette mit Michael-Kors-Top, die ihm beim Platznehmen noch interessierte Blicke gewidmet hatte, die Nase rümpfte.

Felix holte tief Luft. Dann sah er Nelli an. Ab jetzt galt es, besonders wachsam zu sein. Er hatte nicht mehr den Trubel der Feier oder die Erschöpfung der durchtanzten Nacht auf seiner Seite, um Achtlosigkeiten abzufedern oder Gesprächen aus dem Weg zu gehen. Allerdings war er inzwischen auch besser vorbereitet. Dank Tims Listen kannte er Nellis kulinarische Vorlieben. Und ihren Kosenamen. »Mäuschen«, probierte er ihn aus, »bleib du mal ruhig sitzen. Ich bringe dir was vom Buffet mit, ja?« Er wollte aufstehen, aber Nelli legte ihre Hand auf seinen Unterarm. »Du bist echt ein toller Ehemann! So fürsorglich kenne ich dich überhaupt nicht.«

Mist! Das ging ja gut los. »Das ist, äh, die Flitterwochen-Spezialbehandlung«, stotterte Felix. »Damit du mich nicht während der Umtauschfrist zurückgibst.«

»Ah, okay.« Sie lachte. »Dann muss ich das möglichst ausnutzen. Nur vielleicht nicht gerade in diesem Moment. Ich komme mit, ich bin doch viel zu neugierig auf das Buffet. Meinst du, es gibt Omeletts? Oder Waffeln? French Toasts? Würstchen? Speck? Rührei? Melone?«, fragte sie mit vor Aufregung lauter Stimme. Ihre Augen weiteten sich. Die der fassungslosen Brünetten am Nebentisch auch.

Felix zwang sich, nicht mehr hinüberzusehen. »Und wenn?«, fragte er mit einem Lächeln. »Wirst du es dann alles essen?«

Nelli zwinkerte ihm zu. »Ich werd's versuchen. Und wir machen ein Foto für deine Oma. Womöglich hält Ilse mich dann für schwanger.«

Das wohl eher nicht, dachte Felix, und sein Lächeln erstarb, als er schuldbewusst schlucken musste. Oma wusste weit besser über die Umstände dieser Flitterwochen Bescheid, als Nelli jemals ahnen würde. Felix stand rasch auf und kümmerte sich darum, Nelli einen frisch gepressten Orangensaft zu besorgen.

Als er damit zurück auf die Terrasse trat, war Nelli schon da. Gerade stellte sie eine Schale mit Obstsalat ab – aber am falschen Tisch. Offenbar hatte sie sich um eine Reihe vertan. Neben ihnen war ein Tisch frei geworden, den Nelli nun angesteuert hatte. Ohne das weiter zu thematisieren, stellte Felix die Getränke auf ihren neuen Tisch und griff diskret zum Nachbarplatz, um die inzwischen gebrachten Milchkaffees herüberzuholen. Nelli sah ihn verständnislos an. »Was machst du da?«, fragte sie.

»Oh, Mäuschen. Ich glaube, das waren unsere Getränke. Der Kellner muss sie an den falschen Tisch gebracht haben.« Er stellte sich hinter ihren Stuhl, um ihn ihr beim Hinsetzen zurechtrücken zu können. Jetzt guckte sie noch verständnisloser. Oh, verdammt! Das waren seine Hoteliers-Manieren gewesen. Tim machte das sicher nicht. Felix setzte eine absichtlich geschauspielerte Miene auf. »*Madame Sattler. S'il vous plaît*«, erklärte er affektiert.

»*Merci, Monsieur Sattler. Très charmant.* Aber, ähm. Erstens will ich noch mal zum Buffet. Und zweitens: Wir sitzen doch da drüben?« Sie warf ihm einen verwunderten Blick zu und ließ ihre Augen dann zum Nachbartisch wandern.

Ja. Das wusste er auch. Dass sie links von der Brünetten saßen und nicht zwei Reihen weiter. Aber – warum stellte Nelli dann *hier* ihren Obstsalat ab? Es war beileibe nicht so, als wäre ihr Tisch zu klein für ihr Frühstück, selbst wenn Nelli sich wirklich durch alles durchfuttern wollte. Egal. Er stellte die Getränke zurück auf den richtigen Tisch. Nelli half. Aber ihren Obstsalat ließ sie stehen. Felix verkniff es sich, nachzufragen.

Nelli machte tatsächlich einen auf kleine Raupe Nimmersatt. Unter den geringschätzigen Blicken der Brünetten, aber von einem begeistert wirkenden Kellner assistiert, schleppte Nelli tellerweise kalorienreiche Köstlichkeiten an. Felix' Laune, die von dem guten französischen Café in seiner Hand noch beflügelt worden war, sank. Sie würden ewig hier sitzen. Felix war zwar ein souveräner Plauderer, aber ob er genug gemeinsame Themen finden würde, um mit Nelli über fünf Gänge Mehl- und Eierspeisen im Gespräch zu bleiben? Immerhin hatten sie die Hochzeit.

»Was fandst du gestern am Lustigsten?«, fing er an.

»Torsten und Erika«, sagte Nelli, biss genüsslich ein Stück von ihrer Brioche ab und grinste ihn an.

»Unsere Trauzeugen?«, wunderte sich Felix. Er hatte mit einem der Hochzeitsspiele gerechnet oder der Männerballett-Showeinlage von Tims Fußballkumpels.

»Hast du die nicht tanzen sehen?«

Jetzt erinnerte er sich wieder. Er schmunzelte. »Du meinst, ›Gangnam-Style‹ ist gar kein Klammer-Blues?« Er machte mit seinen Händen nach, wie Erika und Torsten sich bei dem Song angenähert hatten. Nelli prustete los. Sie öffnete den Mund weit, lachte in lauten Salven, und hin und wieder kam am Ende ein kleiner Grunzer dazu. Felix ertappte sich bei dem Gedanken, dass er Nelli möglichst gut unterhalten wollte, um diesen Grunzer noch einmal zu hören. Er erzählte, wie er beim Tanzen mit seiner kleingewachsenen Oma in die Knie hatte gehen müssen, und sie waren sich einig, dass ›in die Knie zwingen‹ eine von Ilses Spezialitäten war. Nelli erzählte ihm daraufhin von ihrer Selbstbehauptungsprobe vor Ilses Hochzeitstruhe. Auch, dass Ilse sie ›kräftig‹ genannt hatte.

Das Bild von ihr im Seidennachthemd flackerte vor Felix auf. »Du bist doch nicht kräftig!«, entrüstete er sich. »Du hast einfach nur Rundungen an den richtigen Stellen!« Erstaunlicherweise, bei dem Appetit. Vielleicht war auch nur Neid der Grund dafür gewesen, dass die Brünette sie so säuerlich beäugt hatte. Er warf einen Blick hinüber und stellte zu seiner Verwunderung fest, dass dort niemand mehr saß. Komisch, er hatte ihren Aufbruch gar nicht bemerkt. Und es war auch ganz schön viel Zeit vergangen.

Er bot Nelli an, ihr ein weiteres Omelett braten zu lassen, und sprintete unterwegs unbemerkt in ihrem Stockwerk vorbei. So unerwartet leicht das Zusammensein mit Nelli auch verlief – für Momente der Zweisamkeit musste er tricksen. Gerade auch, weil die Erinnerung an ihre Traumfigur in diesem Nachthemdchen einfach nicht aus seinen Gedanken verschwinden wollte. Das Zimmermädchen schaute verwundert, als er seinen Wunsch formulierte. Aber sie nahm das saftige Trinkgeld gern entgegen.

Sechs Stunden zuvor · Las Vegas, Nevada

Sie näherten sich dem Las Vegas Strip von Osten. »So ein bisschen ist es ja doch wie in Husum«, stellte Tim fest.

Doro lachte. »Okay, ich verstehe, dass du die ganze Zeit an zu Hause denkst. Aber was ist hieran bitteschön wie in Husum?«

»Na ja, wie beim Kino. Vorn zur Neustadt hin befindet sich der schöne Eingang, die Plakate, Marmor, Beleuchtung. Aber wenn du von der Rückseite kommst, siehst du nur die riesigen schmucklosen Kästen, wo die Kinosäle drin sind.«

»Und wo früher Kuhställe waren. Das können wir in Vegas wohl ausschließen. Mann, habe ich einen Durst. Ist echt Wüstenklima hier.« Doro nahm einen Schluck aus ihrer Wasserflasche und wischte sich mit dem Handrücken den Schweiß von der Stirn.

Sie betraten die schmale Gasse zwischen zwei hohen fensterlosen Gebäuden. Hier staute sich die Hitze auch noch. Die Luft fühlte sich drückend an. Es drang kein Sonnenstrahl hinein; im staubigen Halbdunkel konnte man das Ende der Gasse nicht mal mehr erkennen. Der Gestank von Mülltonnen schlug ihnen entgegen. »Sollen wir hier wirklich durchgehen?«, fragte Doro zweifelnd und verlangsamte ihre Schritte. »Sicher, dass am Ende wirklich der Las Vegas Boulevard kommt?« Je weiter sie kamen, desto zwielichtiger und muffiger wurde es. Kisten und ausgediente, halb zerschlagene Stühle stapelten sich zwischen zerbeulten Mülltonnen. Über ihren Köpfen baumelten die untersten Treppenglieder stählerner Fluchttreppen und zwangen sie, die Köpfe einzuziehen. Auch Tim fühlte sich nicht mehr an zu Hause erinnert. Eher an einen dieser amerikanischen Gangsterfilme, in denen der Verfolgte am Ende seiner Flucht in einer solchen Gasse landete.

»Eigentlich müsste jetzt gleich so ein alter schwarzer Straßenkreuzer erscheinen und uns den Rückweg versperren«, sagte er.

Doro wusste gleich, was er meinte. »Männer mit gestreiften Anzügen, Gamaschen und Hüten steigen aus …«

Tim tat so, als hielte er eines dieser Mafia-Gewehre mit kreisrundem Trommelmagazin in den Händen und feuere eine Salve ab. »Die hab ich erledigt«, sagte er dann gönnerhaft.

Sie lachten und pirschten sich mit neuer Abenteuerlust

weiter in der Gasse vor. Plötzlich hörten sie laute Musik. Einige Meter vor ihnen war eine Tür aufgestoßen worden. Eine Frau mit üppigem Kopfputz trat heraus und klopfte sich eine Zigarette aus einem silbernen Etui. »Ein Revue-Girl«, wisperte Doro. Die Frau hatte eine Art perlenbestickten Badeanzug an, von dem am Po eine Schleppe herabhing, außerdem trug sie High Heels, Netzstrumpfhose und eben diesen riesigen Aufbau aus Marabufedern auf dem Kopf. Sie näherten sich ehrfürchtig.

»Hi«, sagte Tim.

Die Frau war ungeschminkt. Ihr sommersprossiges Gesicht mit den durchscheinenden Wimpern und ihre blassen Lippen standen in einem merkwürdigen Kontrast zu ihrem spektakulären Outfit. Sie lächelte sie freundlich an. »Habt ihr vielleicht Feuer?«, fragte sie auf Englisch. Tim klopfte seinen Körper ab, dabei wusste er natürlich schon, dass er kein Feuerzeug dabei hatte. Aber er zog etwas anderes aus seiner Tasche und bot es ihr an.

Die Frau quiekte entzückt. »Gummibärchen! Sind das echte deutsche?« Begeistert riss sie die kleine Tüte auf und fing an zu futtern. »Guckt bitte, ob jemand kommt. Ich darf mich nicht von Marvin beim Naschen erwischen lassen.«

»Ach was. In Gummibärchen ist kein Fett.« Tim zwinkerte ihr zu. »Wer ist Marvin?«

»Marvin ist unser Choreograph. Wir proben eine neue Show, und er findet, dass ein paar von uns noch zu dick sind. Nächste Woche ist Premiere. Seid ihr dann noch da?«

Tim dachte an Nelli und schüttelte energisch den Kopf. »Wir wollen sehr bald wieder hier weg sein.«

»Schade. Die Show wird super. Aber wisst ihr was? Kommt doch mit rein und guckt euch die Probe an. Ich sag Marvin, ihr seid meine … äh …«

»Cousins …«, bot Doro an.

»Sehr gut. Meine Cousins. Aus Deutschland. Cool. Ich bin übrigens Melody. Solltet ihr schließlich besser wissen, als Familie.«

Sie stellten sich Melody ebenfalls vor. Wobei Doro sich die Freiheit nahm, sich neue Namen auszudenken. Tim fragte sich die ganze Revue über, wie Doro nur immer auf so einen Quatsch kam.

Sechs Stunden später · Nizza, Côte d'Azur

NELLI

»Wenn sie gleich auch noch anfängt, Fenster zu putzen, schubse ich sie vom Balkon«, wisperte Nelli in sein Ohr. Musste dieses Zimmermädchen derart gemächlich und ausgerechnet jetzt in ihrem Zimmer herumwurschteln? Normalerweise war sie ja sehr für Sauberkeit und frische Bettwäsche. Aber nicht jetzt! Sie waren nun schon seit zehn Minuten vom Frühstück zurück, mit gestilltem Hunger, aber größtem Appetit auf etwas anderes. Irgendetwas machte die Ehe mit ihr. Tim und sie waren schon seit zwei Jahren zusammen, und die Leidenschaft und Lust der ersten Verliebtheit hatte begonnen sich zu wandeln. Hatte sie gedacht. Aber seit er sie am Morgen so gebannt angesehen und seine Berührung ihr durch das Negligé hindurch Stromstöße verpasst hatte, fühlte sie sich fast schon wie ein läufiges Erdmännchen. Und nun wollte dieses Zimmermädchen einfach nicht verschwinden! Ihr Mann strich ihr besänftigend durchs Haar.

»Meine Salbe muss auch noch einwirken«, sagte er. »Und für

einen Spaziergang ist es sogar besser, wenn wir nicht in der Mittagshitze unterwegs sind.«

»Na gut.« Sie seufzte, warf noch einen letzten bedauernden Blick aufs Bett und schnappte sich das Betthupferl, das das Zimmermädchen immerhin schon platziert hatte. »Aber nur, weil wir die Mittagshitze dann anders nutzen können.« Sie grinste zweideutig und schob, weil er nicht reagierte, noch eine geflüsterte Erklärung in sein Ohr nach. »Mittagshitze. Hitze. Du weißt schon. Uns wird *heiß* werden!« Sie kniff ihn in den Po. Er sah auch irgendwie extrem gut aus im Moment. Die kürzeren Haare gefielen ihr. Und sie hatte sehr genossen, wie liebevoll er sie beim Frühstück umsorgt hatte. Flitterwochen waren eben etwas anderes als Alltag, wo man sich viel zu schnell mit Handy, Tablet oder Ähnlichem ablenkte. Wie gern würde sie jetzt einfach noch im Hotelzimmer bleiben und … Nelli ließ ihre Hand unter Tims Hosenbund wandern.

»Also los, erst mal spazieren gehen«, sagte Tim und lächelte etwas schief. »Wir könnten mit dem Burgberg anfangen. Keine Sorge, sind nur hundert Meter. Es wird keine Bergbesteigung. Du solltest aber lieber Sneakers statt Flipflops anziehen.«

Nelli lachte erstaunt auf. »Schatz, du hast den Reiseführer gelesen!«

»Lag auf deinem Nachttisch. Selber schuld, wenn du so lange schläfst.« Er guckte sie verschmitzt an. »Es heißt Burgberg, weil es dort mal eine Festung gab, aber Ludwig XIV. hat sie wegsprengen lassen, als er Nizza besetzt hielt. Wir sehen da höchstens noch ein paar Mauerreste.«

»War dir so langweilig? Ungewohnt, kein Handy zu haben, was?«, sagte Nelli. Tim hatte sein Handy auf der Hochzeitsparty vergessen. Er hatte schon im Gasthof nachgefragt, wo man es wohl beim Aufräumen gefunden hatte. Sie strubbelte ihm durch die Haare. Dafür waren sie noch lang genug, und er hatte heute auch kein Gel mehr drin. Nach wie vor gab ihm die veränderte Frisur aber ein erstaunlich anderes Aussehen. Sie musste an Gerhards Hochzeitsrede denken, als er von den verschiedenen Frisuren der Zwillinge erzählt hatte. Ob er jetzt so aussah wie sein Bruder? Auf den hatte sie nach wie vor einen kleinen Hass. Bindungsunfähiger Frauenheld. Seinen Bruder beim wichtigsten Tag in seinem Leben versetzen, aber dumme Sprüche übers Heiraten klopfen. Trotzig lehnte sie sich zu ihrem Mann rüber.

Sie suchte seinen Mund und küsste ihn. Es sollte ein langer, liebevoller So-glücklich-sind-nur-Ehepaare-Kuss werden. Das konnte auch das Zimmermädchen gern sehen. Am besten *filmte* die das und schickte es diesem stänkernden Felix!

Nelli schmiegte sich an ihren Mann.

Aber irgendwie schmiegte er sich nicht an sie.

Nelli öffnete ihre Lippen.

Er nicht.

Sie strich ihm mit der Zungenspitze über die Lippen.

Nichts.

Irgendwas schien er zu haben. War er ihr nicht gestern bei der Hochzeit auch manchmal ausgewichen? Nelli löste sich wieder von ihm und nahm sich vor, der Sache bei der nächsten, nicht von Zimmermädchen bezeugten Gelegenheit auf den Grund zu gehen.

Jetzt schnürte sie sich erstmal ihre Sneaker, packte für jeden eine kleine Flasche Wasser in den Rucksack und gab dem Zimmermädchen ein Trinkgeld. »Vielen Dank«, flüsterte sie im Hinausgehen auf Französisch und kramte in ihrem Kopf nach weiteren Vokabeln. »Morgen reichen fünf Minuten für den Roomservice, okay?«

TIM

»›Trudi und Anton Krautmoser aus Oberhupflfing‹?« Tim bemühte sich, den bayerischen Tonfall nachzuahmen, mit dem
Doro ihre falsche Identität abgerundet hatte.

»Opferhupflfing *am See*«, korrigierte Doro und grinste. »Ein
bisschen mussten wir ihnen für unseren freien Eintritt ja
auch bieten. Die Amis lieben alles, was Bayerisch klingt.« Sie
traten – diesmal durch den Vordereingang – aus dem Revue-
theater hinaus und blinzelten auf den Boulevard. Das Theater
war von vorn prunkvoll aufgemotzt. Über ihnen prangte ein
majestätischer Baldachin, und vor ihnen erstreckte sich eine
breite, mit eingelassenen Lichtern versehene Treppe. Doro
versuchte, die Stufen ähnlich sexy zu nehmen wie Melody
vorhin die Showtreppe. Sie breitete die Arme aus und stol-
zierte hüftschwingend vor Tim her. In Tims Kopf flackerte
kurz die Erinnerung auf, wie Nelli bei ihnen im Treppenhaus
den Auszug aus dem Husumer Schloss geübt hatte. Die Re-
vue-Variante hatte sie natürlich nur spaßeshalber durchexer-
ziert. Er wusste von ihren Andeutungen, dass sie ein sehr
romantisches Brautkleid gewählt hatte. Wahrscheinlich war
sie wie eine Prinzessin die Schlosstreppe hinuntergeschwebt.
Und er hatte es nicht gesehen. Er schluckte.

Doro klatschte in die Hände und riss ihn ins Hier und Jetzt
zurück. Sie stand schon unten auf dem Boulevard und wartete auf ihn. Das Klatschen war ihre Entschlossenheitsgeste.
Tim lächelte. Doro hatte sich seit dem Abi so wenig verändert.
Er erinnerte sich an alles. Auch an ihren Gang. Wie sie jetzt
ihm voran den Boulevard hinunterschritt, das war so typisch.
Doro ging wahnsinnig schnell. Sie schlenderte nie. Weil sie

immer ein Ziel hatte, nahm Tim an. Doro war ein Mensch, der ständig Ideen im Kopf hatte. Tim schloss zu ihr auf.

»Was machen wir denn jetzt?«

»Wir fahren zu einer Pfandleihe.«

Tim blieb stehen und sah an sich runter und wieder hoch. »Also, ich besitze nichts Wertvolles. Du?« Er musterte Doro. Das war ihr offenbar unangenehm, denn sie nahm sofort sein Kinn in die Hand und richtete seinen Blick auf ihr Gesicht aus.

»Ich hab nur geguckt, ob du teuren Schmuck hast. Ich wollte dich nicht abchecken«, wehrte er sich.

»Ich weiß«, sagte Doro kratzbürstig.

Tim wunderte sich. Doro sah doch ganz normal aus, oder? Warum war sie so empfindlich? Er riskierte einen weiteren Blick nach unten, um zu gucken, ob er irgendetwas Besonderes übersehen hatte. Nein, alles wie immer. Doros schmale Taille in einer dunklen Jeans, dazu ein buntes Shirt, das über ihrer Brust vielleicht ein wenig spannte.

Doro räusperte sich vernehmlich. Tim schaute ihr wieder ins Gesicht. »Jetzt hab ich dich doch abgecheckt«, grinste er.

»Und?«

»Dein T-Shirt ist zu eng.«

Doro guckte ihn unverwandt an.

»Oder dein Busen zu groß. Wie man's nimmt.« Er duckte sich in Erwartung einer Kopfnuss. Aber Doro schielte nur genervt. »Wir müssen zwei Blocks laufen. Schaffst du es, dabei die Klappe zu halten?«

Der Pfandleiher fand Doros Brüste nicht zu groß. Tim stellte mit einer gewissen Entrüstung fest, dass der Typ sie sogar mit ziemlich unverhohlenem Vergnügen anstarrte. Am liebsten hätte er Doro einen Arm auf die Schultern gelegt, um den Kerl in seine Schranken zu verweisen. Aber das stand ihm natürlich nicht zu. Stattdessen schaute er hilflos zu, wie Doro sich dem Kerl sogar noch entgegenlehnte, um ihm etwas zuzuflüstern. Dann verschwand sie mit ihm in einem Hinterzimmer und ließ Tim einfach stehen.

Sechs Stunden später · Nizza, Côte d'Azur

FELIX

»Ich muss mit dir über deinen Bruder sprechen.«

Felix geriet ins Stolpern. Sie flanierten gerade die Bucht entlang dem Burgberg entgegen. Eben hatte Nelli ihm erklärt, dass die azurblaue Wasserfarbe an den kleinen Kieseln lag, die das Licht hier anders reflektierten als normale Sandstrände. Nichts hatte darauf hingedeutet, dass sie irgendeinen Verdacht hegte. Und jetzt das!

Er fing sich und sah sie abwartend an. Was wusste sie?

»Halte mich bitte nicht für nachtragend. Aber ich bin irgendwie noch sauer wegen gestern. Ich weiß, ihr steht euch sehr nahe. Aber meinst du nicht, es ist komisch, dass Felix erst ätzende Dinge übers Heiraten sagt und dann anruft, dass er seinen Flug verpasst? Meinst du, er *wollte* vielleicht nicht kommen?«

»Doch.« Darum ging es also. »Er wollte ganz sicher kommen, Nelli. So einer ist er nicht. Glaub mir, er wünscht uns nur das Beste.«

»Woher willst du das wissen? Wenn er doch die Ehe so schrecklich findet. Alle sagen, dass Felix Frauen häufiger wechselt als Frau Clausen ihre Inkontinenzvorlagen!«

»Das sagt ja wohl nur meine Oma.«

»Stimmt.« Ein kleines Lächeln huschte über Nellis Gesicht. Felix war sicher zu wissen, was sie gerade dachte: Hoffentlich wusste Oma Ilses Nachbarin nicht, dass Ilse mit ihrem Sanitärbedarf hausieren ging. »Aber unbestritten«, fuhr Nelli fort, »ist er ein Womanizer. Wie kommt das? Ihr könnt doch nicht derart verschieden sein. Wieso ist der so bindungsscheu?«

Felix zuckte mit den Achseln.

»Hatte dein Bruder denn noch nie eine richtige Beziehung?«

Felix runzelte die Stirn. »Vor Jahren mal«, antwortete er kurz angebunden.

»Aha!« Nelli – typisch – machte eine entsprechende Geste. Streckte ihren Zeigefinger in die Luft, als wäre sie auf einer heißen Fährte. Aber dieses Mal fand Felix ihre Gestikuliererei nicht niedlich. Er fand gerade gar nichts niedlich. Konnte sie ihn nicht in Ruhe lassen?

»Erzähl mir von der Freundin!«, forderte sie da auch schon.

Er beschleunigte seine Schritte, als könne er damit auch das Thema abschütteln. Am liebsten hätte er ihr gesagt, dass genau das das Problem war, das er mit Beziehungen hatte. Dieses Rumstochern. Diese Schrankenlosigkeit. Aber Nelli erwartete offenbar, dass Tim ihr offen Auskunft gab. Sie blieb an ihm dran und warf ihm von der Seite inquisitorische Blicke zu. Resigniert blieb Felix stehen. Er fuhr sich mit beiden Händen durch die Haare und heftete den Blick auf die Bucht. »Sie hieß Lara«, sagte er dann und konnte nicht anders, als nach dem Aussprechen ihres Namens hart zu schlucken. Verdammt, er wollte dieses Gespräch nicht führen!

»Und?«

»Nichts ›und‹«, sagte Felix verschlossen.

Nelli verdrehte die Augen. »Wann war das?«

»Schulzeit.«

»Wie lange waren sie zusammen?«

»Zwei Jahre. Bis zum Abi.«

»Und dann?«

»Waren sie es nicht mehr.« Er zuckte mit den Schultern, um zu zeigen, dass das die ganze Geschichte war.

»Ach, Tim«, seufzte Nelli und griff nach seiner Hand. »Siehst du nicht, dass das der Schlüssel ist? Dein Bruder hat doch seit seiner Jugendliebe ganz offensichtlich ein gestörtes Verhältnis zu Frauen. Diese Lara muss der Grund dafür sein!«

Lara war gar nichts. Er hatte den Namen, das Gesicht und alles, was dazu gehörte, seit vielen Jahren im hintersten Winkel seiner Erinnerungen weggesperrt. Wirklich, er hatte ewig nicht an sie gedacht. Nicht an das Bild von ihr in ihrem blauen Sommerkleid, das er zwei Jahre lang in seinem Portemonnaie gehabt hatte. Nicht an ihr Lachen. Nicht an ihre weichen, langen Haare, die er sich um die Finger wickelte, wenn sie im Gras lagen und redeten … Verdammt, Nelli hatte die Tür aufgestoßen. Konnte sie es nicht gut sein lassen? Aber sie bohrte unerbittlich weiter. »Wieso haben sie sich getrennt?«, forschte sie.

»Sie ist nach dem Abi für ein Jahr ins Ausland gegangen.«

»Aber deswegen trennt man sich doch nicht. Dann muss es vorher schon gekriselt haben.«

»Nein«, sagte er und biss heftig die Zähne zusammen. Er spürte diesen Knoten in seinem Inneren. Alle seine Muskeln verkrampften sich. Nelli schien das zu spüren. Sie strich mit dem Daumen über die Innenfläche seiner Hand. Sanft und ermutigend. Ihr Blick hielt seinen fest und zeigte ihm, dass sie nicht aus Neugier, sondern aus Sorge fragte. Und irgendetwas in ihm löste sich. »Felix hatte keine Ahnung«, brach es aus ihm heraus. »Er glaubte, sie wären füreinander bestimmt. Felix hat alles mit ihr geteilt. Sie kannte ihn so gut wie kein anderer Mensch. Und er sie. Dachte er jedenfalls. Er dachte auch, ihr Auslandsjahr wäre überhaupt kein Problem! Er hatte schon Pläne, sie zu besuchen. Und für danach … dieser Idiot, er hatte sich schon ihre ganze Zukunft ausgemalt. Zum Abschied hat er ihr eine Kette machen lassen. Mit einer Kornblume …«

»… dem Zeichen für Treue und Beständigkeit!« Nelli legte sich ergriffen eine Hand ans Gesicht.

»Er wollte sie ihr mit auf die Reise geben. Aber dann hat sie vorher Schluss gemacht.«

»Warum?«

Felix spürte ein Brennen in seiner Brust. »Weil sie etwas erleben wollte«, sagte er bitter. »Ohne ›Klotz am Bein‹.« Er merkte, dass seine Stimme bebte. »Lara hat gesagt, dass man immer für den Moment leben muss.«

Nelli streckte die Hand nach ihm aus und strich ihm über die Wange. »Dir geht das auch nahe, oder?«, fragte sie und blinzelte selbst, als wolle sie Tränen vermeiden. »Der arme Felix!«

Felix wandte den Kopf ab. Es war zu viel. Er musste sich schleunigst zusammenreißen. Was war nur mit ihm los? Als Nächstes nahm er noch Nelli in die Arme und ließ sich von ihr trösten! So war er doch überhaupt nicht! Wie Nelli am Vortag so treffend gesagt hatte: Er hatte ja gar keine Gefühle! Er räusperte sich vernehmlich. »Ach, was soll's«, sagte er dann möglichst leichthin und nahm den Spaziergang wieder auf. »Felix hat Lara längst vergessen. Ist doch schon ewig her. Eine Jugendliebe. So was kann doch nicht für immer sein.«

»M-hm«, machte sie nachdenklich. Er spürte ihren Blick auf seinem Gesicht. »›Klotz am Bein‹ und ›Hundeleine‹. Findest du nicht auch, dass das verdächtig ähnlich klingt?«

»Felix denkt eben, er hätte seine Lektion gelernt.«

»Dann sollte er dringend umschulen. Er hatte einfach nur die falsche Lehrerin.«

NELLI

Sie hatten, vorbei an einem grandiosen Wasserfall, den kurzen Aufstieg den Burgberg hinauf gemeistert. Nun genossen sie den Blick auf die glitzernde Bucht von Nizza und die roten Dächer der Altstadt. Ihr Schatz, der den Reiseführer zu Nellis großem Erstaunen nicht nur überhaupt, sondern dann auch noch ausführlich studiert zu haben schien, zeigte auf einige der Gebäude und erklärte die Bewandtnis. Dann deutete er auf die riesigen Kakteen, die den Hang unterhalb des Aussichtspunkts säumten. »Im Reiseführer stand auch, dass es hier auf dem Burgberg tolle Gartenanlagen gäbe. Ich dachte, die wären etwas für dich. Aber ich fürchte, hiermit wirst du zu Hause nicht punkten können.«

»Ach, ich mag Kakteen. Und die knorrigen Bäume hier. Aber du hast recht, Herr Diedrichsen wäre weniger begeistert.« Sie zog das Kinn an, um ihren ziemlich übergewichtigen Chef zu imitieren: »*Nelli, unsere Kunden wollen Gärten, um die die Nachbarn sie beneiden. Nicht die Kulisse von ›Spiel mir das Lied vom Tod‹.*«

Sie schmiegte sich in seinen Arm und seufzte. »Aber wenn wir zur Villa Rothschild fahren und ich da ein paar inspirierende Bilder von den Marmor-Statuen mache, würde er sich bestimmt freuen. Du weißt ja, was ich für einen hardcore ›Riviera-Garten‹ neulich beim Thomsen-Neubau machen musste! Die hatten sich echt die komplette ›Serie Genua‹ aufschwatzen lassen.« Sie schüttelte sich. ›Serie Genua‹ waren kostspielige Gartenfiguren der Sorte ›nackter Bube mit Instrument‹. Sie zählte sie an den Fingern ab. »Mandoline, Harfe, Tamburin, Geige und mein persönlicher Liebling, der fette Engel mit der Panflöte. Und das fünfzig Kilometer südlich der dänischen Grenze! Grässlich. Ich habe langsam echt keine Lust mehr. Oh …« Nelli unterbrach sich selbst und schielte zu ihrem Mann hoch. »Vergiss es. Damit wollte ich dich gar nicht belasten.« Tim sagte immer, sie solle ihren Job lockerer sehen. So wie er, wenn ihm Schüler wieder mal den Unterricht torpediert hatten. Dass das immer wieder vorkam, damit hatte er sich inzwischen abgefunden und schüttelte es möglichst noch auf dem Nachhauseweg ab. Und er hatte damit auch recht. Stöhnen half nicht. Sie verschonte ihn deshalb normalerweise mit Berichten von den Schattenseiten ihres Jobs.

Aber diesmal drückte er sie sanft. »Nelli, du belastet mich doch nicht«, versicherte er ihr. »Sprechen hilft ja manchmal, um sich über Dinge klarer zu werden.«

»Na ja.« Sie runzelte kurz die Stirn. Sollte sie wirklich ausgerechnet in den Flitterwochen von ihrem Job anfangen? Aber er blickte sie so aufmerksam an. Also fuhr sie vorsichtig fort. »Herr Diedrichsen hat sich doch mittlerweile voll auf den ›Riviera-Stil‹ spezialisiert.« Sie konnte ihrem Mann ansehen, dass er ihr nicht ganz folgen konnte. Sie hatten wirklich selten über ihre Arbeit gesprochen. »Mediterranes Garten-Flair bei Ihnen zu Hause«, wiederholte sie Herrn Diedrichsens Werbespruch. »Frau Thomsen hat ja noch Geschmack bewiesen, dass sie sich bei den Putten nicht für ›Serie Rapallo‹ entschieden hat. Da räkeln sich die Engelchen wie kleine adipöse Pinups auf ihren Marmorsockeln und halten sich Trauben ins Gesicht.«

»Die kleinen Früchtchen«, sagte er und grinste. »So vielleicht?« Er imitierte das Lukullus-Gemälde, das bei seinem Lieblingsgriechen an der Wand hing.

Nelli gluckste. »Nee, so!«, rief sie und ging die Posen durch. Für die liegende Figur ›Primavera‹ lief sie zu einer Sitzbank, überstreckte den Rücken und ließ sich eine imaginäre Weinrebe in den Mund hängen. Ihr Mann applaudierte. Zwei andere Männer auch, aber die wurden von ihren Frauen schnell weiter gezogen.

Nelli kam zum Aussichtspunkt zurück. »Also, an den Putten ist jeder letztlich selbst schuld. Aber bei den Pflanzen habe ich unseren Kunden gegenüber ein schlechtes Gewissen. Sie verlassen sich schließlich auf meinen Sachverstand! Und ich finde, der ›Riviera-Stil‹ passt weder in unsere Region, noch lässt er Raum für Kreativität. Für Herrn Diedrichsen ist es natürlich praktisch, weil er die Pflanzen zum Überwintern bei sich einlagert und jährlich weiter abkassiert. Aber ich sehe überhaupt keinen Sinn darin, alte heimische Rosensträucher, die gesund und üppig blühen, herauszurupfen und durch Kübel voller Bougainvillea zu ersetzen.« Sie ließ ihren Blick über die Bucht schweifen. »Also, hier im Süden finde ich die Pflanzen toll. Aber was sollen die bei uns in Norddeutschland, wo sie das Klima gar nicht vertragen?«

Er nickte bestätigend. »Ich finde, Nordfriesland braucht auch gar kein *make over*«, sagte er. »Es ist doch so schön bei uns!«

»Eben!« Sie fühlte sich verstanden. »Wir haben doch unsere eigene Gartentradition. Die Friesenwälle mit den Rosen. Oder die riesigen alten Rhododendronbüsche. Mir blutet immer das Herz, wenn ich so was ausbuddeln muss. Weißt du noch, der Dorfkrug draußen in Freesbüll? Das reetgedeckte, schnuckelige Ding, das leider ein bisschen zu klein war für unsere Hochzeit? Der wird jetzt verkauft, und Herr Diedrichsen bringt sich in Stellung, um den potenziellen Käufern ein Gartenkonzept anzubieten. Das muss ich dann wieder unterschreiben, weil ich offiziell die Landschaftsarchitektin im Betrieb bin. Aber wenn ich wirklich für das Konzept verantwortlich wäre, würde ich den Charme der Anlage erhalten. Wetten, Herr Diedrichsen holt wieder sein ›Riviera‹-Ding aus der Schublade?« Sie stützte die Ellbogen auf das Geländer des Aussichtspunkts und raufte sich die Haare. »O Gott, stell dir das mal vor. Reetdach *meets* Wasserspeier-Springbrunnen. Jetzt echt. Wenn ich diesen Garten platt machen soll, dann streike ich.«

FELIX

»Mach das doch«, sagte Felix.

»Wie bitte?«

»Streiken.«

Nelli strich sich die Haare glatt. »Das hab ich doch nur so gesagt.«

»Ich weiß.« Felix hatte das Gefühl, inzwischen sehr, sehr viel über Nelli zu wissen. Er dachte an die beim Abschied von der Hochzeitsfeier zur Sprache gekommenen ›Guerilla-Chipskrümelaktionen‹ von Tim und Angelika, denen Nelli offenbar schicksalsergeben hinterherputzte. Und daran, wie sie vor drei Tagen im größten Hochzeitsstress einen ganzen Nachmittag für seine Oma geopfert hatte. Und an das zärtliche Rückenkraulen, als er ihr die Magenverstimmung vorgespielt hatte. Eine Woge der Zuneigung überkam ihn. Selbst um ihn, Felix, hatte sie sich vorhin am Strand Gedanken gemacht, obwohl sie ihn noch nicht mal kannte. Oder zumindest dachte, sie würde ihn nicht kennen. Jetzt konnte er sich für ihre Fürsorge revanchieren.

Er legte ihr die Hände auf die Schultern und sah sie eindringlich an. »Nelli, wie wäre es, wenn du wirklich einfach mal streikst?«

Sie zuckte zurück. »Aber … nein!« Sie riss die Augen weit auf. »Tim! Wirklich. Keine Sorge. So schlimm ist es nicht. Es ist halt mein Job.«

»Ist es das? Was steht in deinem Arbeitsvertrag?«

»Na ja. ›Konzeptionierung von Gartenplänen‹.«

»Und was machst du?«

»Beete pflanzen.«

Felix legte den Kopf schief.

»Aber es macht mir ja trotzdem Spaß!«, sagte Nelli hastig und verschränkte die Arme vor der Brust. »Ich arbeite gern in den Gärten.«

Felix hörte an ihrer Stimme, dass das nicht die ganze Wahrheit war. Kein Wunder. Tim hatte ihm im Rahmen seiner Hochzeits-Background-E-Mails Nellis beruflichen Werdegang geschildert. Sie war bei diesem Herrn Diedrichsen schon in die Lehre gegangen. Dann hatte sie ein Studium zur Landschaftsarchitektin oben draufgesattelt und war anschließend in den Betrieb zurückgekehrt. Felix forschte in Nellis Augen. »Warum hast du dann noch studiert?« fragte er. »Zum Beetebepflanzen hätte die Gärtnereiausbildung doch gereicht.«

Nelli blieb eine Weile unbewegt stehen. An ihrem Gesicht konnte Felix sehen, dass es in ihr arbeitete. Ein unsicheres Flackern stand in ihren Augen. Ihre Körperhaltung allerdings drückte weiterhin Abwehr aus. Und langsam verschloss sich ihr Blick.

Felix wusste genau, was Nelli gerade tat. Sie wich ihren eigenen Gedanken aus. Aber er würde sie nicht davonkommen lassen. Sie hatte mehr verdient. Vorsichtig löste er die Verschränkung ihrer Arme, griff nach ihren Händen und drückte sie ermutigend. Nelli seufzte. Schwieg weiterhin, betrachtete ihre miteinander verbundenen Hände und seufzte noch einmal. »Du hast recht«, sagte sie dann. »Wenn ich ganz ehrlich bin: Ich glaube, ich hätte eigentlich Lust, die Planung zu übernehmen.« Sofort kam wieder ein Seufzer, und sie löste ihre Hände aus seinen. »Aber Herr Diedrichsen lässt sich eben nicht gern reinreden. Ich kenne ihn doch schon, seit ich siebzehn bin. Irgendwie bin ich halt immer noch ›die Kleine‹ im Laden. Und du weißt genau, dass ich mich nicht so gut durchsetzen kann.« Sie gab ihm einen frustrierten Knuff.

Felix spannte den Bauch an. »Dann üb ein bisschen«, sagte er und deutete einladend auf seine Bauchmuskeln. Nelli lachte und boxte ein bisschen fester zu. Links, links, rechts, links.

»Du musst halt auch mal … uff, warte, jetzt nicht mehr, ich kann sonst nicht sprechen«, er hielt Nellis Fäuste vorsichtshalber fest, es schien ihr zu großen Spaß zu machen, »du musst auch einfach mal ›Nein‹ sagen.«

Nellis Arme verloren ihre Spannung. »Ich kann mich doch nicht einfach verweigern«, sagte sie mit traurigen Augen. »Was, wenn er mir kündigt?«

»Erstens wird man nicht gefeuert, weil man mal den Mund aufmacht.« Felix lächelte ihr ermutigend zu. »Und zweitens: Wenn er das tut, ist ihm wirklich nicht mehr zu helfen. Wer will dich schon verlieren. Und Nelli, du hast das studiert! Du musst nicht bloß Blumenzwiebeln einbuddeln. Notfalls machst du dich halt selbstständig. Meldest ein Gewerbe an und stellst denen von diesem Gasthof selbst ein Konzept vor.«

Er sah, wie Nellis Blick versteinerte. »Tim, auf keinen Fall«, sagte sie und wandte sich ruckartig ab.

NELLI

Nelli blickte auf den steilen Abhang vor sich. Warum sagte Tim so etwas? Das hier waren ihre Flitterwochen. Das ›Happy Ever After‹, nicht das ›Ich ziehe dir den Boden unter den Füßen weg‹!. Ihren Job riskieren, das tat sie auf keinen Fall. Sie war endlich da, wo sie im Leben sein wollte. Alle Schäfchen im Trockenen. Beruflich und privat. Sicherheit, das war ihr das Wichtigste, das wusste er ganz genau! Auch wenn sie dafür ein paar Abstriche hinnehmen musste. Lieber würde sie den Thomsens eine ganze Oleanderplantage hinstellen, als sich selbst den Gefahren der Selbstständigkeit auszusetzen. Nie zu wissen, was morgen ist … sie erschauderte allein schon bei dem Gedanken. Aber er hatte es bestimmt nicht so gemeint. Oder sie hatte zu sehr dramatisiert. »Ich will doch gar nichts ändern. Mir ging es nur um diesen Landgasthof«, erklärte sie und beeilte sich, das Thema zu wechseln. »Aber du, bei dem alten Dorfkrug habe ich übrigens noch eine andere Idee. Wo wir vorhin von deinem Bruder sprachen …« Während sie redete, lehnte Nelli sich ein bisschen über die Brüstung des Aussichtspunkts, um ihre Finger probeweise nach einer der dicken Kaktusstacheln auszustrecken. Da spürte sie seine Hände, die ihre Hüfte packten und sie fest umschlossen hielten. »Ich pass schon auf«, lachte sie. »Du bist doch derjenige von uns, der über Geländer stürzt.« Er reagierte nicht. »In Sankt Peter-Ording, beim Robbenbecken«, ergänzte sie und runzelte die Stirn, während sie ihm über ihre Schulter einen Blick zuwarf. »Warum sagst du nichts?«

Wenn sie Tim damit aufzog, wie er bei der Fütterung der Seehunde ins Tierbecken geplumpst war, rechtfertigte er sich normalerweise jedes Mal damit, dass das Kind hinter ihm ihn geschubst habe. Jetzt war sein Gesicht so leer, als könne er sich noch nicht einmal daran erinnern. Ein Windstoß fuhr über die Aussichtsplattform. Obwohl es ein warmer Wind war, fröstelte sie kurz. Da war es wieder, das seltsame Gefühl, das sie seit der Hochzeit immer wieder beschlich. Als stimme etwas an Tim nicht. Es war doch merkwürdig, dass ihn manches Gewohnte völlig überraschte, zum Beispiel auch am Morgen, als er den Trick mit dem Obstsalat nicht mehr zu kennen schien. Und dann war da noch die Sache mit den lahmen Küssen …

»Weil ich deine Gedanken nicht unterbrechen wollte. Du hattest gerade eine Idee«, sagte er nur.

»Gleich. Erst muss ich noch etwas testen.« Sie drehte sich ganz zu ihm um und legte ihm die Arme um den Hals. »Küss mich. Küss mich richtig!«

Sieben Stunden zuvor · Las Vegas, Nevada

TIM

Über eine Viertelstunde lang blieb Doro mit dem schmierigen Typen im Hinterzimmer der Pfandleihe. Tim kämpfte mit sich selbst, was er tun sollte. Nach dem Rechten sehen? Aber was würde Doro ihm unterstellen?

Gerade, als er sich ein Herz gefasst hatte, dass es doch wirklich eindeutig eine Sicherheits- und keine vermeintliche Eifersuchts-Frage war, kamen sie wieder zum Vorschein. Und Doro trug eine Gitarre unter dem Arm. Eine coole, schwarz lackierte Fender-Strat-E-Gitarre. »Die hab ich gerade gekauft«, erklärte sie mit blitzenden Augen und marschierte aus dem Laden. Tim war baff. Was auch immer er gedacht hatte – das hätte er nicht vermutet. »Mach dir keine Gedanken, die verkauf ich in Hamburg für das Doppelte weiter«, sagte sie leichthin und hielt ihm vor dem Laden das Instrument hin. »Wir haben heute Nachmittag so viel über Musik geredet. Lass es uns einfach tun!« Tim konnte es gar nicht erwarten, zurück ins Hotel zu kommen.

Lass es uns einfach tun … – ›Just do it‹ hatte auch einer ihrer Lieblingssongs geheißen. Na gut, den Titel hatten sie damals beim Komponieren ehrlich gesagt nur von Tims Sport-T-Shirt übernommen. Aber er drückte auch sehr gut ihr Lebensgefühl aus. Als sie beide einfach über Nacht ein paar Sachen in ihren Fiat Panda gepackt und am nächsten Morgen in Amsterdam gefrühstückt hatten. Oder als sie mit ihrer »Kaninchenkostüm zum Abiball«-Idee in die Annalen ihres Gymnasiums eingegangen waren.

Tim und Doro spielten den Song. Ihr gemeinsames Timing war auf Anhieb wieder da, und nach kurzer Zeit hatten sich seine Finger an das neue Instrument gewöhnt. Er tauchte ein in die Erinnerungen, die die Musik in ihm wachrief. Es machte ihn glücklich. Aber auch ein wenig wehmütig.

Im Rückblick kam es ihm so vor, als wäre die Abizeit der Höhepunkt seines Lebens gewesen. Schon an der Uni waren die Leute nicht mehr so spontan drauf. Und inzwischen blieb ihm nur noch Nelli. Sie hatte es süß gefunden, dass er ihr das leider unvollendete »Nelli, ich lie…« auf den Verkehrskreisel gesprüht hatte. Aber so weit zu gehen, dass sie bei seinen Aktionen mitmachte, tat sie nicht. Na ja, das war aber auch gut so. Sie konnte ihn schließlich schlecht aus seinem Schlamassel herausziehen, wenn sie mit drin steckte. Er lächelte in Gedanken daran, wie Nelli ihn nach der Graffiti-Aktion bei der Polizei herausgepaukt hatte. Noch in derselben Nacht waren sie verlobt gewesen.

»Wenn du heute einen Song schreiben würdest. Wie würde der heißen?«, fragte Doro in seine Gedanken hinein.

»*Party like it's 1999*«, sagte Tim. Dann grinste er. »Ups. Das hat ja Prince schon gemacht. Und deiner? Sorry, Doro. Ich bin irgendwie total schlecht informiert. Was hast du eigentlich genau für eine Band? Was spielt ihr so? Rock? Punk? Funk?«

Doro sah ihm einen Moment lang stumm in die Augen. Schließlich zuckte sie mit den Schultern. »*Smooth Operator. I will always love you. Unbreak my heart.* Den meisten Kram von Adele …«

Tims Augen weiteten sich. »Schnulzen??«

Doro nickte ergeben mit dem Kopf. »Jepp.« Sie verzog das Gesicht. »Wir sagen ›Balladen‹ dazu. Dann tut es nicht ganz so weh.«

Tim schlug sich die Hände vors Gesicht. »Was ist das für eine Band???«

»Die einzige, mit der ich meine Rechnungen bezahlen kann.« Doro kehrte resigniert die Handflächen nach oben. »Meine sogenannte ›Band‹ sind vier andere abgehalfterte Musiker und ich, die bei Messen und Firmenfeiern das immer gleiche Programm herunterdudeln. Wenn ich Glück habe, kriege ich ab und zu außerdem noch einen Studiojob, wo ich wahlweise Backgroundgesang für Schlagermusik oder Werbejingles einspiele.« Sie begann zu singen. »*So-ho lecker, so-ho lecker, Holgis Brot schmeckt wie vom Bäcker*«.

»O mein Gott.«

»Kennste?«

»M-hm.« Tim wusste nicht, was er sagen sollte. So hatte er sich Doros Leben nicht vorgestellt. »Ich wusste, dass du nicht direkt berühmt bist. Aber …«

»… dass ich der Star mit dem Holgi-Brot bin, das hättest du nicht gedacht, was? Ich geb damit normal nicht an. Weißt du, sonst hat man gleich wieder diese ganzen falschen Freunde an der Backe.« Doro grinste. Ihr Mund war so groß wie der von Julia Roberts und ihre Lachen normalerweise genauso unbeschwert. Aber dieses Mal lächelten ihre Augen nicht mit, sondern sahen ihn traurig an.

Er wollte sie trösten. Aber Doro war wahrscheinlich zu tough dafür. Er gab ihr nur einen kumpelhaften Knuff und versuchte das Gefühl zu ignorieren, dass er sie eigentlich lieber in den Arm genommen hätte.

Fünf Stunden später · Nizza, Côte d'Azur

FELIX

Felix erschrak. »Küss mich richtig!«, hatte Nelli gefordert.

Er erinnerte sich an die Warnung, die seine Oma morgens am Telefon ausgesprochen hatte. Sie hatten erst gemeinsam die Finte mit der Chlorallergie ausgeheckt, damit Felix Intimität verhindern konnte. Aber dann hatte sie ihn sich noch zur Brust genommen. Omas Moral, stellte sich heraus, hatte einen sehr praktischen Anstrich. Es sei zwar ehrenwert, wenn er die Verlobte seines Bruders nicht anrühren wolle. Aber eine Frau in den Flitterwochen abzuweisen, sei höchst verdächtig.

Oma hatte ihm geraten, notfalls mitzuspielen. »Du hilfst deinem Bruder nicht, wenn du auffliegst. Wenn keine Ausrede mehr zieht, musst du tun, was Tim täte!«, hatte sie ihm eingeschärft.

Und jetzt war der Ernstfall eingetreten. Er konnte Nelli nach dieser Aufforderung nicht mit einem Küsschen abspeisen. Felix musste sie richtig küssen. Die Frage war also: Was würde Tim tun?

Tim würde in Nellis Augen blicken.

Felix begegnete Nellis erwartungsvollem Blick.

Und auf ihre Lippen.

Er ließ seine Augen wandern. Sein Herz klopfte schneller, aber Nervosität war jetzt auch normal.

Tim würde sie berühren.

Felix strich mit dem Daumen über Nellis Wangen und atmete tief ein. Ein leichter Schwindel ergriff ihn. Zu viel Sauerstoff?

Tim würde Nelli jetzt küssen.

Felix hielt Nellis Gesicht zwischen seinen Händen und näherte sich ihr. Er schloss die Augen. Dann berührte er ihren Mund. Er spürte Nellis Lippen. Ihre Lippen unter seinen. Sie öffneten sich ihm.

Und plötzlich reduzierte sich seine Wahrnehmung auf diesen einen Punkt. Auf Nellis Mund, ihre Berührungen. In seinem Kopf begann das Blut zu rauschen. Er zog Nelli enger an sich heran. Ein drängendes Gefühl ergriff von ihm Besitz. Er umfasste sie noch fester, küsste sie heftiger. Sie gab sich ihm hin. Er fühlte sie, liebkoste sie. Sie presste sich an ihn. Felix grub seine Hände in Nellis Haut und küsste sie atemlos.

»O l'amour!«, drang da ein hohes Stimmchen an ihn heran, gefolgt von vielstimmigem Kichern. Nelli und er hielten inne. Um sie herum stand eine Gruppe von Kindern, die sie interessiert anguckten. Verlegen löste Felix sich von Nelli. Er ergriff ihre Hand und zog sie mit sich auf den Spazierweg fort.

NELLI

Nelli lächelte. Was auch immer sie für Zweifel gehabt hatte, sie musste sich geirrt haben. Diese diffuse Angst, dass er sich verändert haben könnte, war vollkommen unbegründet gewesen. An diesem Mann stimmte alles!

Sie spürte, dass die Blicke der neugierigen Kindergruppe ihnen nach wie vor folgten. Also riss sie sich zusammen und zog ihn nicht für einen weiteren Kuss beiseite, auch wenn sie das ganz schön Kraft kostete. »Äh, wo waren wir stehen geblieben?«, fragte sie noch halb atemlos. Sie runzelte die Stirn. Dann fiel es ihr wieder ein. Sie hob den Zeigefinger und deutete auf ihren Mann. »Wir sprachen über Felix.«

Er zuckte zusammen. Sie lächelte. Er hatte es offenbar auch vergessen.

»Beziehungsweise über den kleinen Gasthof. Dein Bruder ist doch Hotelfachmann«, rekapitulierte sie ihren Einfall. »Und deine ganze Familie will, dass er wieder nach Deutschland zurückkommt. Können wir ihn nicht dazu bringen, den alten Dorfkrug zu kaufen? So teuer kann der nicht sein, die Immobilienpreise da draußen auf dem Land sind total niedrig. Was meinst du? Glaubst du, wir sollten ihm das vorschlagen?« Sie schaute unsicher zu ihm auf. »Oder ist er in Amerika glücklich?«

Er zögerte kurz. »Ich bin mir nicht sicher«, gab er dann zu.

FELIX

›Bräutigam bringt Braut Surfen bei.‹ Jedenfalls nach Nellis Flitterwochenagenda. Felix schätzte eine gute Urlaubsorganisation. Dumm nur, dass er im Gegensatz zu Tim nicht surfen konnte.

Grundsätzlich war er für jede Art von Aktivität. Für alles, was Nelli müde machte und sie von näherem Körperkontakt abhielt. Und vom Reden. Er wusste nicht, wie sie es tat, aber Nelli drückte alle seine Knöpfe. Er hatte beim Abstieg vom Burgberg schon viel zu viel erzählt. Dabei war er eigentlich gut darin, sich bedeckt zu halten. Er war sehr stolz darauf, die Leitung eines Luxushotels innezuhaben und war noch nie in die Verlegenheit gekommen, die Schattenseiten seines Berufs offenlegen zu müssen. Die knallharte Firmendoktrin, die ihn dazu zwang, die einfachen Angestellten unter unmöglichen Arbeitsbedingungen schuften zu lassen. Das für seinen Geschmack hässliche Design der Anlage, an dem er als Teil einer Hotelkette aber nichts verändern lassen durfte. Und die Oberflächlichkeit der Menschen. Das hatte ihn bis jetzt noch nicht mal besonders gestört, aber Nelli kitzelte den Unmut darüber irgendwie aus ihm heraus.

Das ging so nicht weiter. Er musste für ein paar Tage das Double seines Bruders sein, und er hatte nicht vor, davon die Grundpfeiler seiner Existenz erschüttern zu lassen.

Er musste Abstand zu Nelli gewinnen. Sie irgendwie auslaugen, damit sie ihm nicht länger auf den Zahn fühlen konnte. Schade, dass Nizza in dieser Woche keinen Marathon veranstaltete. Wassersport war insofern eigentlich eine gute Idee. Aber Windsurfen musste er verhindern.

Die schlechten Windverhältnisse spielten in seine Hände. Nizza war ohnehin kein Surfer-Paradies, und an diesem Tag herrschte beinahe Flaute. »So bleibt es auch den Rest der Woche«, gab Felix nach einem Telefonat mit der Windsurf-Station in Saint-Laurent-du-Var an Nelli weiter. Das war zwar gelogen, aber von guten Lügen bekam Felix im Moment eher Endorphinschübe als Gewissensbisse. »Was wir machen können, ist Stand-up-Paddling. Dafür müssen wir auch gar nicht so weit weg, die Bretter kann man sich unten am Strand leihen. Wir müssen uns nur beeilen, damit nicht alle schon ausgeliehen sind.« Und so konnte Nelli sich vorher nicht noch ausgiebig um seine Chlorallergie und vermeintliche ehemännliche Bedürfnisse kümmern. Ihren Hinweis auf die »Mittagshitze« hatte er nicht vergessen. Jeder Blick auf ihre Lippen rief ihn ihm zusätzlich ins Bewusstsein. Also, nichts wie aufs Meer raus. Er tat so, als höre er ihren Protest nicht, und stürmte aus dem Zimmer, wo sie gerade erst den Rucksack vom morgendlichen Ausflug abgelegt hatten.

Stand-up-Paddling hatte Felix, genau wie Windsurfen, noch nie gemacht. Aber er hatte von seinen Hotelgästen gehört, dass es ohne Aufwand zu erlernen sei. Ein ultrabreites Surfbrett, so dick und mit so viel Auftrieb, dass es quasi nicht kentern konnte. Dazu ein Paddel. Sonst nix. Das war schön überschaubar. Und bei Flaute und damit wenig Wellen ließ sich das bestimmt im Griff haben. Jedenfalls besser als Nelli und was sie mit ihm machte, wenn sie allein im Hotelzimmer blieben.

Sie trugen ihre Bretter über die kleinen grauen Kieselsteine des Strandes und setzten sie im Wasser ab. Felix hielt Nellis Brett, als sie aufstieg, und schon stach sie in See. Ihr Ziel war die Yacht, die am Ende der Bucht vor Anker lag. Eine riesige Luxusyacht, wie man sie nur aus Hochglanzmagazinen kannte, mit mehreren Decks und bestimmt sechzig oder siebzig Metern Länge. Die wollten sie sich mal aus der Nähe angucken.

Das Paddeln war tatsächlich nicht schwer. Man zog einfach ganz gemächlich übers Wasser. Felix genoss die Ruhe des Sports. Keine ruckartigen Bewegungen, keine schwierigen Manöver, keine unerwarteten ... *Plotsch*. Felix, der gerade versonnen das Stadtpanorama genossen hatte, war pudelnass. Er stand zwar noch. Aber er hatte soeben eine ordentliche Portion Wasser ins Gesicht bekommen. »Manchmal erwischt es einen, wenn man am wenigsten daran denkt!«, rief Nelli vergnügt. Sie hatte ihn mit voller Absicht nass gespritzt! Irritiert kniff er die Augen zusammen.

»Wie du guckst!«, freute Nelli sich und spritze eine neue Ladung.

»Lass das!«, rief er. Felix fand es nicht lustig. Er hasste es, nassgespritzt zu werden. Erst recht mit Meerwasser. Aber Nelli dachte gar nicht daran, aufzuhören. Sie fing gerade erst an. Schon hatte sie wieder das Paddel eingetaucht und auf ihn gezielt.

»Nelli, hör auf!« Felix streckte sein Paddel aus, um ihres damit in Schach zu halten. Aber Nelli legte jetzt den Rückwärtsgang ein. »Fang mich doch, fang mich doch!«, rief sie und gab ihm noch mal eine Dusche mit.

Das Salzwasser brannte in seinen Augen. Felix wischte sich mit dem Handrücken über das Gesicht und sog scharf die Luft ein. Sollte das ein Spiel sein? Er hatte keine Lust mehr auf Spielchen. Nicht noch eins. Er tat es doch schon die ganze Zeit, spielte unentwegt nach fremden Regeln, beherrschte sich, hielt seine Impulse in Schach. Er spürte, wie seine Muskeln sich verhärteten. Wann konnte er endlich wieder er selbst sein? Er hätte gern erklärt, dass er Wasserschlachten hasste. Aber konnte er sicher sein, dass Nelli und Tim das nicht schon hundertmal gespielt hatten? Wut stieg in ihm auf. Felix musste alles mitmachen, mitspielen und sich gleichzeitig beherrschen. Das Bild von Nelli in ihrem Negligé schoss ihm durch den Kopf. Sie tat alles, um ihn zu verführen und war dabei unwiderstehlich, aber er durfte ihrem Begehren nicht nachgeben! Er warf Nelli einen wütenden Blick zu. Sie stand voller Körperspannung auf ihrem Brett, trug einen bunten Bikini, und Felix sah das Blumenmuster, aber auch ihre wundervoll geschwungenen Hüften, den flachen Bauch, die Wölbung ihrer Brust, auf der ein paar Wassertropfen glitzerten. Etwas Heißes ballte sich in ihm zusammen, eine Kraft, die sich ihren Weg bahnen wollte. »Komm schon, worauf wartest du?«, rief sie, tauchte ihr Paddel ein, spritzte noch mal zu ihm herüber und setzte sich in Bewegung. Felix spürte sein Herz pumpen. Seine Hände umschlossen fest den Griff seines Paddels. *Also gut*, dachte er grimmig. Wasserschlacht. Konnte sie haben. Er stieß das Paddel hart ins Wasser. Dann zog kräftig er durch. Er bekam wesentlich mehr Fahrt drauf als Nelli. Nach wenigen Stößen war er bei ihrem Brett. Und rammte es. Nelli verlor das Gleichgewicht. »Tim!«, rief sie hilfesuchend. Sie riss die Arme hoch. Aber es war zu spät. Ihr Körperschwerpunkt lag viel zu seitlich. Sie stürzte ins Wasser. Das Brett, von ihrer Gewichtsverlagerung instabil geworden, kippte ebenfalls weg.

Felix hörte Nellis Schrei, als das Brett auf sie fiel. Dann ging sie unter. Entsetzt sah er die Stelle, an der Nellis Brett und Paddel im aufgewühlten Wasser trieben. Von Nelli keine Spur.

DORO

Knuff. Für einen kurzen Moment hatte sie schon gedacht, Tim wolle sie umarmen. Aber dann gab es doch nur wieder den guten alten Crawling-Crabs-Freundschaftsknuff. Manche Dinge änderten sich nie.

Sie hatte kurz überlegt, als er sie nach ihrer Band gefragt hatte. Sollte sie zugeben, dass sie gar nicht so erfolgreich war, wie er offenbar dachte? Ihr Selbstwertgefühl war angeschlagen, weil Tim ihre Gefühle nie erwidert hatte. Sein Respekt vor ihrer Arbeit taugte wenigstens ansatzweise als Ausgleich dafür. Aber dann hatte sie sich doch für Ehrlichkeit entschieden. Sie waren schließlich Freunde. Freunde machten einander nichts vor. Und nun stellte sie fest, dass es sie sogar erleichtert hatte, sich ihr musikalisches Versagen von der Seele zu reden.

»Weißt du, du hast trotzdem mehr drauf als wir anderen«, tröstete er sie, während sie sich verstohlen den Arm rieb. Diese Knuffs hatten es in sich. »Besonders als ich«, ergänzte er. »Du hast doch sogar dein Examen noch gemacht, bevor du ins Musikgeschäft gegangen bist, oder? Ich habe fünf Jahre länger gebraucht. Und ich wäre sogar beinahe noch durchgefallen, wenn ich Nelli nicht getroffen hätte. Wer ist hier also der Loser?«

»Gib mal nicht so an.« Sie lächelte schief. »Wenn du einen Wettkampf willst, wer besser im Versagen ist, hast du gegen mich keine Chance. Ich habe den Lehrerjob schließlich großspurig ausgeschlagen, weil ich die ›Musik zu meinem Leben‹ machen wollte. Und jetzt bin ich eine Kuschelrock-Minna und habe damit offenbar meine Muse vergrätzt. Ich habe schon ewig nichts Gescheites mehr komponiert.« Doro spreizte mit verdrießlichem Gesicht Zeige- und Mittelfinger zum Victory-Zeichen.

»Nein, nein, ich bin schlimmer.« Tim klopfte sich siegesgewiss auf die Brust. »Du stehst wenigstens selbst auf der Bühne. Meine einzige Band sind ein paar Teenager, denen ich simple Songs in noch simplere Akkorde umschreibe. Songs von …«, er machte eine Kunstpause und hob einen Finger, um zu zeigen, dass der Knaller noch käme, »… *Justin Bieber!*«

»Justin Bieber.« Und das als ehemaliger Gitarrist einer Band, die dem kommerziellen Pop leidenschaftlich den Kampf angesagt hatte. Doro nickte anerkennend. »Na gut. Das gibt viele Punkte. Ich komme aber trotzdem drüber.«

»Vergiss es.«

»Ich sagte ja schon, ich singe Whitney Houston und Adele. Aber das war nicht alles.«

»*Justin Bieber*, Doro. Du kannst mich nicht schlagen.«

Sie schaute ihn selbstbewusst an.

Tim schüttelte überheblich den Kopf.

Da fing Doro an zu singen. Ganz leise. »*A-tem-los …*«

»Schlager!« Tims Augen weiteten sich. »Wow. Doro, altes Haus. Du gewinnst!« Er holte aus.

»Bitte nicht schon wieder knuffen«, rief Doro und hielt sich schützend die Hände vor den Körper. »Offen gestanden tut das ganz schön weh.«

Tim hielt erstaunt inne. »Aber das hab ich doch schon immer so gemacht.«

»Ich weiß. Hat auch immer schon echt wehgetan.«

»Deine Kopfnüsse ehrlich gesagt auch.«

»Oh.« Sie mussten beide lachen.

»Warum hast du nie was gesagt?«, fragte Tim. »Ich hätte dich auch in den Arm nehmen statt verhauen können.«

»In den Arm nehmen? Das haben deine Groupies auch immer vergeblich versucht. Ich wollte mich da nicht einreihen.« Doro schnitt eine Grimasse und dachte an ›Oh, Tim‹-Leonie, ›Ja, Tim‹-Fiona und ›Alles, was du willst, Tim‹-Nina.

»Ich glaube, wir müssen dringend etwas ändern. Im Umgang miteinander und an unserer Musik.«

Sie grinsten einander an. Tim zog sich wieder seine Gitarre heran und begann zu spielen.

»Was ist das für eine Melodie?«, fragte Doro.

»Oh, gar nichts. Ich klimpere nur ein bisschen herum.«

»Gefällt mir.« In Doros Kopf spukten immer noch Tims Verehrerinnen herum. Wie von selbst verwandelten sich ihre ›Kose-Beinamen‹ in eine Liedzeile, die sie zu Tims Melodie sang. »*Oh, baby, yeah, baby, anything you want, baby …*«

»Was ist das für ein Text?«

»Och, gar nichts. Ist mir nur eben so eingefallen«, murmelte Doro. Sie bezweifelte, dass Tim das Geläster über die Mädels damals mitbekommen hatte. Sie hütete sich, das jetzt noch offen zu legen.

»Nicht schlecht für einen Refrain.« Tim wiederholte den Teil und blickte sich dabei im Hotelzimmer um. »*Oh, baby, yeah, baby, anything you want, baby …*« Sein Blick fiel auf den Nachttisch mit seinem grässlichen Las-Vegas-Ehering, und er führte die Melodie fort, »*but I don't want this diamond ring …*«.

Doro dachte an ihre Heiratszeremonie und Kevins Gesangseinlage. Sie übernahm von Tim. »*… It's now or never, love me tender, just forget that wedding thing!*«

»Wir haben einen Refrain!«, jubelte Tim.

»Hätten wir mal besser gestern schon Musik gemacht, statt Elvis auf den Leim zu gehen.«

Ihre Kreativitätsblockaden waren wie weggefegt. Sie machten die ganze Nacht weiter mit dem Song und fingen darin die ganze verkorkste Las-Vegas-Hochzeit ein. Doro konnte sich nicht erinnern, wann das Leben das letzte Mal so leicht und gleichzeitig erfüllt gewesen war.

Zwei Stunden später · Nizza, Côte d'Azur

FELIX

Felix warf sein Paddel beiseite und sprang ins Meer. An der Stelle, wo Nelli eben untergegangen war, tauchte er nach ihr. Da. Ein Stück unter der Wasseroberfläche bekam er sie zu fassen. Mit einem Arm umschlang er Nellis Körper, mit dem anderen schob er Nellis Brett über ihren Köpfen weg. Felix schlug kräftig mit den Beinen. Sie tauchten auf. Er hielt Nelli über seinem Körper und hörte, wie sie nach Luft schnappte. Mit der freien Hand griff er nach dem Brett und zog es dichter heran.

Hustend legte Nelli ihre Arme darüber. Felix half ihr, sich heraufzuziehen, schob sie, bis sie ausgestreckt auf dem Brett lag. Sie hustete immer noch. Felix kletterte zu ihr und passte auf, dass das Brett dabei im Gleichgewicht blieb. Vorsichtig kniete er sich über sie und sah besorgt auf sie herab. Sie atmete stoßweise, dazwischen hustete sie krampfartig. Felix stützte Nellis Kopf, damit er bei ihren Hustenanfällen nicht auf das harte Plastikbrett schlug.

Minutenlang keuchte sie und kämpfte damit, das verschluckte Wasser aus ihren Atemwegen zu bekommen. Dann wurde sie langsam ruhiger. Der Husten hörte auf. Ihre Atmung war wieder normal. Aber Felix nicht. Bei ihm war ganz und gar nichts normal. Er schämte sich schrecklich und hatte große Angst um Nelli gehabt. Was hatte er da bloß getan?

»Nelli«, sagte er eindringlich. »Es tut mir so leid! Das wollte ich nicht!« Er strich ihr die nassen Haare aus dem Gesicht und blickte ihr in die Augen. Ihre azurblauen Augen. So blau wie das Meer um sie herum. Und so tief …

Ein Jet-Ski-Fahrer zischte in einiger Entfernung an ihnen vorbei. Kleine Wellen schlugen bis zu ihnen herüber und brachten das Brett zum Schaukeln. Felix, der mit einer Hand immer noch Nellis Nacken hielt, musste sich stabilisieren und stützte sich mit dem anderen Unterarm neben Nellis Kopf ab. Ihre Gesichter waren jetzt nur noch eine halbe Armlänge voneinander entfernt. Nelli legte eine Hand an Felix' Wange.

Er spürte sein Herz pochen. Die körperliche Anstrengung der letzten Minuten, er hatte sie bis jetzt gar nicht gemerkt. Er sah, dass Nellis Blick sich von seinem löste und sein Gesicht herunterwanderte. Ihre Fingerspitzen glitten von seiner Wange zu seinem Mund und strichen über seine Lippen. »Das war doch nur ein Unfall. Aber du hast mich gerettet«, flüsterte sie. »Küss mich, mein Held!«

Sie zog seinen Kopf nah zu sich heran. Felix schloss die Augen und gehorchte. Er spürte ihren Atem, schmeckte das Salz auf ihren Lippen. Felix' unerklärliche Wut von vorhin war bei ihrem Sturz zerstoben. Aber jetzt übermannte ihn etwas anderes. Etwas ebenso Mächtiges. Etwas, das ihn zu ihr zog. Er wollte Nelli geborgen halten, sie spüren … Ohne weiter nachzudenken, gab er nach. Er fühlte Nellis weichen Körper, ihren Mund, küsste sie erst zart und dann leidenschaftlicher, spürte sein Verlangen wachsen …

Um Himmels willen! Felix riss die Augen wieder auf. Er drückte sich von Nellis Körper weg. Das Brett schaukelte. »Das ist gefährlich!«, stieß er hervor.

DORO

Sie hatten den Vegas-Song fertig komponiert.

Auch den halben Cola-Vorrat aus dem Automaten im Flur leergetrunken, was Tims Blick eine irre Mischung aus glasig und fiebrig bescherte. Aber sie selbst guckte bestimmt nicht anders. Tim spielte den letzten Akkord. Dann ließ er die Gitarre sinken und sah ihr lange in die Augen.

»Blinzelst du zwischendrin noch mal oder bist du schon im Wachkoma?«, fragte sie nach einer Weile.

»Alles gut«, sagte er. Seine Lippen kräuselten sich. Müde, aber sehr, sehr zufrieden. Wie bei einem Baby, das im Schlaf lächelte. »Doro, wir sind wieder da, wo wir hingehören.« Er legte die Gitarre behutsam beiseite und ließ sich auf den Rücken fallen.

Sie tat das Gleiche.

Es war schön, dass sie Tim wiedergefunden hatte. Nicht nur etwas zusammen zu unternehmen, sondern wieder als echte Freunde vereint zu sein. Ehrlich zu ihm zu sein war die richtige Entscheidung gewesen. Sie fühlte sich auch nicht mehr wie ein Versager. Im Gegenteil. Mit Tim hatte das Musik machen ihr zum ersten Mal seit ewiger Zeit wieder etwas bedeutet. Sie hatten einen Song geschrieben. Etwas, das ihr allein ewig nicht gelungen war. Es musste an dem besonderen Draht liegen, den Tim und sie zueinander hatten.

Doro hatte die Augen schon geschlossen. Sie fühlte, wie die Müdigkeit begann, ihre Gedanken zu entschleunigen. Träge dachte sie, dass diese Reise doch eine gute Seite hatte. Von diesem blöden ›Hochzeits‹-Kuss mal abgesehen, über den sie ja wohl wieder hinwegkommen würde. Aber ihre Freundschaft würde sie ab jetzt bewahren. Sie öffnete noch einmal die Augen und wandte Tim den Kopf zu. »Tim«, sagte sie. Ihre Stimme war schon ganz matt, aber sie wollte es noch in Worte fassen. »Ich glaube, du bist mein Seelenverwandter. Weißt du, dass ich nie einen so guten Freund hatte wie dich?«

Er wandte ihr den Kopf zu. »Geht mir genauso.«

Sie lächelten einander noch einmal an. Dann schloss Doro wieder die Augen.

»Ich hab noch nicht Zähne geputzt«, hörte sie ihn noch sagen. »Nelli würde schimpfen.« Aber soweit sie das noch mitbekam, stand er nicht mehr auf.

Nizza, Côte d'Azur

FELIX

Felix ließ sich vom Brett hinabgleiten und schwamm der restlichen Paddelausrüstung hinterher. Sie war ein ganzes Stück abgetrieben worden und schaukelte jetzt in der Nähe der Luxusyacht, die das Ziel ihres Paddelausflugs hatte werden sollen. Mit kräftigen Schwimmbewegungen erreichte Felix die Sachen und paddelte damit weiter auf die Yacht zu. Mit etwas Glück war an Bord jemand, der ihm ein Glas Wasser für Nelli geben konnte. Vielleicht waren die Leute von der Yacht sogar so nett, sie mit dem Beiboot zurück an Land zu bringen.

Aber auf dem Schiff war niemand auszumachen. Keine Menschenseele. Keine *Menschen*seele. Tierseele schon. Ein Hund hatte offenbar seine Rufe gehört. Felix hörte ihn die Reling entlanglaufen und aufgeregt bellen. Es musste ein ziemlich kleines Tier sein. Eher Marke Schoß- als Wachhund, denn das Kläffen klang mehr putzig als bedrohlich, die Laufgeräusche nach Trippeln, und außerdem sah Felix den Vierbeiner einfach nicht, obwohl die Reling wirklich nicht sehr hoch eingefasst war. Er paddelte um das Schiff herum. »Aurora«, stand in geschwungenen Lettern am Heck, bevor die Reling in ein flaches Badedeck überging. Und dort erschien nun ein Yorkshire-Terrier. Sein aufgestellter Schwanz wippte aufgeregt hin und her. Die Öhrchen gespannt aufgestellt, stand der Hund auf der Plattform und bellte Felix interessiert an.

»Hol mal Herrchen!«, forderte Felix ihn auf. Der Hund sprang entzückt in die Luft. »Oder Frauchen!«

»Wuff!«, machte der Hund, lief einmal von links nach rechts über die Plattform und stellte sich wieder vor Felix. Felix sah, dass die Badeleiter eingeholt und die Tür zum Salon geschlossen war. Der Hund war offensichtlich allein an Bord. »Schade, mein Kleiner«, sagte Felix enttäuscht. Der Hund hatte offenbar ein Ohr für Tonfälle. Er kläffte einmal kurz und legte sich dann winselnd zu Boden. »Nein, du hast doch keine Schuld! Bist ein ganz Feiner. Komm, sei nicht traurig.« Aufmunternd klatschte Felix in die Hände. Der Hund war sofort wieder happy. Er sprang auf die Beine. Felix musste lächeln und klatschte nochmal. Da nahm der Hund Anlauf und … sprang zu ihm ins Wasser.

»O nein.« Felix kniete sich auf sein Brett und fischte das Hündchen, das tatendurstig um ihn herum schwamm, aus dem Meer. »Da haben wir uns wohl falsch verstanden.« Dem kleinen Terrier klebte das Fell nass am Körper. Aber es machte ihm nichts aus. Er schüttelte sich einfach und verpasste Felix eine Dusche, die ihm noch unangenehmer war als das Nassspritzen durch Nelli vorhin. Bei dem Gedanken daran durchlief es Felix heiß. Er schämte sich so. Nelli hatte doch nur Spaß gemacht. Und er rammte gleich ihr Brett. Klar, er hatte sie nur einholen wollen. Eine Kollision war nicht geplant. Aber trotzdem. Er hatte vollkommen überreagiert, als er wütend auf sie zugesteuert war. Und dann, als er mit Nelli auf dem Brett gelegen hatte. Was war da mit ihm los gewesen?

»Nichts!«, sagte Felix laut.

Der Hund spitzte interessiert die Ohren.

»Nelli ist noch nicht mal mein Typ«, erklärte Felix ihm.

Der Hund legte den Kopf schief.

»Mein Typ sind Frauen, die nicht so viel reden.«

Der Hund schien nicht überzeugt. Gut, mit Nelli zu reden gefiel Felix erstaunlicherweise sehr gut. Da war sie tatsächlich eine Ausnahme. Sie machte sich wirklich Gedanken und plapperte nicht nur herum. »Aber du müsstest mal ihr Lachen hören. Sie klingt dabei ein bisschen wie ein Trüffelschwein«, sagte er zu dem Hund und unterschlug dabei, wie gut ihm die kleinen freudigen Grunzer von Nelli eigentlich gefielen. Gesellschaftsfähig waren die jedenfalls nicht. »Außerdem schnarcht sie wie ein Zwergkaninchen, und *mich* nennt sie eine Beutelratte!« Felix winkelte automatisch die Hände zu Pfötchen an.

Lachte der Hund jetzt etwa? Er streckte die Zunge raus und hechelte.

»Na gut. Sie ist ganz lustig«, räumte Felix ein. »Aber das ist nicht der Punkt.«

Der Hund winselte. Felix schüttelte den Kopf. »Ach, du verstehst mich einfach nicht. Ich bin halt kein Hundetyp.« Als er das Wort ausgesprochen hatte, kam ihm automatisch die Erinnerung an seine Unterhaltung mit Nelli. ›Klotz am Bein‹ und ›Hundeleine‹. *Findest du nicht auch, dass das verdächtig ähnlich klingt?* Nelli fand ihn beziehungsgestört und führte das auf seine Enttäuschung mit Lara zurück. Felix sah den Hund ernst an. Der Hund schaute treu zurück. »Ja, ja. Ich hatte früher mal

Gefühle«, gab Felix zu. »Möglicherweise bin ich kein *geborener* James Bond.«

Der Hund regte sich nicht.

»Aber ich bin gut darin. Basta.« Felix richtete sich auf und hob das Hündchen hoch. »Komm, geh nach Hause.« Er versuchte, ihn zurück auf das Badedeck zu heben. Aber es misslang. Er kam einfach nicht dicht genug heran. Schließlich setzte er den Hund wieder auf seinem Paddelbrett ab. Dabei spürte er unter dem nassen Nackenfell eine Verdickung. Felix tastete weiter. Die Verdickung war ein Halsband. Und daran hing eine kleine messingfarbene Kapsel.

NELLI

»Du siehst ja aus wie Pink!« Nelli lachte, als er näher herangepaddelt kam. Sie hatte seine Hunde-Rettungs-Aktion aus der Ferne beobachtet. Und nun kamen sie auf sie zu. Ein großer muskulöser Mann. Und vorn auf dem Brett ein kleiner aufgeregter Hund. Was für ein niedlicher Anblick.

»Pink?«

»Ja. Die Sängerin. Die geht auch immer mit ihrem Hund paddeln.«

»Die weiß halt, was Spaß macht. Fifi hier ist ein super erster Maat.«

Er paddelte behutsam die letzten Züge auf Nelli zu und streckte ihr dann sein Paddel hin, damit sie ihn neben sich ziehen konnte. »Fifi, das hier ist Nelli.« Nelli streckte den Arm aus und ließ den Hund schnuppern. Dann streichelte sie ihn zwischen den Ohren. Sie beratschlagten, was sie jetzt tun sollten. Nelli hatte sich wieder erholt und fühlte sich vollkommen fit. Es war ja auch kein schlimmer Unfall gewesen. Sie hatte nur unglücklich das Brett auf den Kopf bekommen, bei dem Schreck die Orientierung verloren und sich am Meerwasser verschluckt. Aber das Brett war nicht schwer. Sie hatte sicher keine Gehirnerschütterung oder so etwas, und sie war schließlich nicht zimperlich. Ihr Schatz bestand trotzdem darauf, ihr Brett mit seinem zu vertäuen und sie an den Strand zurückzuziehen. Bereitwillig setzte sie sich hin und kraulte das Hündchen, das fröhlich zu ihr an Bord gesprungen war.

»Ein wunderschöner Ausblick!«, rief sie und meinte damit sowohl das Panorama Nizzas als auch den muskulösen Körper ihres Mannes. Mit kräftigen Schlägen tauchte er sein Paddel ins Wasser und zog sie dem Land entgegen. Nelli seufzte genießerisch. Er umsorgte sie in ihren Flitterwochen wirklich vorzüglich. Wenn man mal von diesem einen Moment am Mittag absah. Sie dachte noch einmal daran, wie er ihr dazu geraten hatte, im Job den Aufstand zu proben. Zu streiken und notfalls zu kündigen, so eine Schnapsidee! Sie war sogar ein wenig böse auf ihn geworden. Klar, Tim war so einer, der immer gleich alles hinschmiss. Aber das funktionierte schließlich nur, weil sie die Besonnene von ihnen beiden war, und das wusste er ganz genau. *Sie* konnte nicht auch noch anfangen, sich kindisch zu benehmen. Auf der anderen Seite … während sie die Szene auf dem Burgberg Revue passieren ließ, kam ihr wieder in den Sinn, wie aufmerksam er ihr zugehört hatte. Und seine Fragen waren ihr zwar unangenehm gewesen … aber eigentlich nicht ganz unberechtigt. Nelli grub ihre Fingerspitzen in das Fell des Hündchens und kraulte es ordentlich durch. Ja, manchmal neigte sie wohl dazu, ihren eigenen Mann zu unterschätzen. Sie hatte sich so darauf eingeschossen, dass er der Unbekümmerte und sie die Verantwortungsvolle war, dass sie ihm zu wenig Tiefgang zugestand. Dabei besaß er die Sensibilität, bei ihr verborgene Wünsche zu erspüren. Und sein Rat war eigentlich auch nicht gewesen, alles hinzuwerfen, sondern zu kämpfen. Zu kämpfen und notfalls ihr eigenes Ding zu machen. Sie schüttelte den Kopf und spielte dem Hund an den Ohren herum. Der Teil war natürlich Quatsch. Tim wusste genau, dass Nelli nicht der Typ dafür war. Aber es war trotzdem schön zu wissen, dass ihr Mann es ihr zutraute.

Erst als sie an Land waren, wagten sie, die Kapsel des Hundehalsbands zu öffnen. Ein kleiner Plastikstreifen steckte darin, mit Edding beschriftet. »Jack«, stand da, und eine Handynummer mit deutscher Vorwahl. Der Hund reagierte hellauf begeistert, als sie ihn mit seinem Namen ansprachen. Er kläffte und sprang Pirouetten. »Na, Jack, dann werden wir mal zusehen, dass wir Herrchen und Frauchen Bescheid sagen!«, erklärte Nelli ihm. Sie gaben die Bretter und Paddel beim Verleih zurück und holten ihre Sachen aus der Verwahrung. Dann wählte ihr Mann mit Nellis Handy die Nummer, die auf Jacks Namenszettel stand. »Sattler mein Name, guten Tag!«, sagte er ins Telefon. »Ich habe hier Ihren Hund. Es geht ihm gut. Sag was, Jack!« Er ging in die Hocke und ließ den Hund ins Handy bellen. »Ich melde mich später wieder.« Er drückte die Taste mit dem roten Hörer und sah Nelli enttäuscht an. »War nur der Anrufbeantworter.«

Nelli schlug sich mit der Hand vor den Mund. »Ruf sofort noch mal an!«, sagte sie und fing an zu glucksen.

»Glaubst du, jetzt geht einer ran?«

»Ich glaube, sonst umschwirrt uns gleich ein Hubschrauber-Geschwader. Du hast original geklungen wie ein Entführer!« Nelli kicherte. »Ich habe hier Ihren Hund. Es geht ihm gut«, wiederholte sie seine Worte und ließ ihre Stimme dabei bedrohlich klingen.

»Und dann hab ich ihn auch noch ins Telefon bellen lassen!« Er fiel in ihr Lachen mit ein. *»Wenn Sie Jack jemals wieder lebend sehen wollen, bringen Sie fünfhunderttausend Euro in kleinen Scheinen ... –* ähm, wohin?« Er sah Nelli an. Seine Augen blitzten vergnügt. Ganz anders als vorhin ... Nelli dachte daran, wie er sie angesehen hatte, als sie auf dem Paddelbrett gelegen hatte. Ernst, besorgt. Und wahnsinnig intensiv. Ihr Herzschlag beschleunigte sich, als sie an den Kuss dachte, der diesem Blick gefolgt war. Sie spürte wieder die Wärme, die sich dabei in ihrem Körper ausgebreitet hatte.

»Ins Bett«, brachte sie hervor.

»Du willst das Lösegeld ins Bett gelegt bekommen? Das ist, glaube ich, unprofessionell.«

»Nicht das Lösegeld. Dich«, sagte Nelli und fand es sehr niedlich, dass er daraufhin rot anlief. Hier in Frankreich konnte sie doch keiner der Leute um sie herum verstehen. »Ich will dich in unserem Bett«, wiederholte sie daher noch einmal mit Nachdruck. »Und zwar dringend.«

FELIX

Alarmstufe rot.

Nelli wollte mit ihm ins Bett. ›Dringend‹ mit ihm ins Bett. Felix zerbrach sich den Kopf, mit welchen noch dringenderen Ausflüchten er das jetzt noch verhindern konnte.

Als sie, den freudig hechelnden Hund auf dem Arm, die Hotel-Lobby betraten, steuerte Felix auf den Concierge zu. Per Zimmerservice orderte er eine Schale Wasser und eine Portion Fleisch, um den Hund zu versorgen. So konnte er den Sex zumindest für ein paar Minuten aufschieben.

Nelli verschwand im Bad, um sich das Salzwasser abzuspülen. Sobald er das Geräusch der Dusche hörte, holte Felix sein Handy aus seinem Versteck im Kleiderschrank und rief seine Oma an.

»Oma, sie will mit mir schlafen«, begann er grußlos das Gespräch.

»Ich weiß«, sagte Oma ungerührt. »Und die Chlorallergie?«

»Zieht jetzt nicht mehr. Sie hat eine Salbe aufgetrieben, und es ist wie mit dem Magen-Darm-Ding. Wenn ich es übertreibe, schickt sie mich ins Krankenhaus.«

»Ein Schlaganfall.«

»Dann ja wohl erst recht.«

»Nein. Ich meine, du könntest sagen, *ich* hätte einen Schlaganfall gehabt.«

»Nicht schlecht.« Felix überlegte. »Aber dann müssen wir auch Mama und Papa in unser Theater einweihen. Das ist nicht so gut.«

»Dann können wir auch gleich beim Radio anrufen«, pflichtete Oma ihm bei. »Wie läuft es denn insgesamt? Hat sie tatsächlich noch nichts gemerkt?«

Felix dachte an die Situation auf dem Burgberg zurück. Als Nelli ihn auf die Probe gestellt hatte. Er schluckte. »Nein. Allerdings musste ich sie dafür küssen«, gab er zu.

»Das war klar«, stellte Oma lakonisch fest. »So viel wird eine Braut schon erwarten dürfen. Außerdem habt ihr das auf der Hochzeit auch die ganze Zeit getan.«

»Das war etwas anderes.« Felix biss sich auf die Lippen. Diese Worte waren ihm entschlüpft, noch ehe er sie zu Ende gedacht hatte.

»Wie meinst du das?«, fragte Oma da auch schon nach.

Ja. Wie meinte er das? Er erinnerte sich daran, was auf dem Burgberg geschehen war. Und auf dem Paddelbrett. Nellis Berührungen und seine Reaktion darauf … Oma musste das gar nicht so genau wissen.

Aber da begann sie auch schon zu lachen. »Es hat dir gefallen«, stellte sie fest.

Felix holte vernehmlich Luft.

»Ach Junge. Manche Dinge hat die Natur so eingerichtet! Mach dir nicht solche Gedanken. Du bist ein gesunder junger Mann. Nelli ist eine hübsche Frau. Du brauchst dich nicht dafür zu schämen, dass es dir gefällt, sie zu küssen. Du hast schließlich Hormone. Dafür kann dir keiner den Kopf abreißen!«

»Okay.« Felix wollte das wirklich nicht länger diskutieren. Nicht mit Oma, und vor allem nicht mit der leisen Stimme aus seinem Innern, die sich nun auch noch ins Gespräch einklinkte. Sie begann zu flüstern, dass seine Empfindungen nicht so unkompliziert auf biochemischen Prozessen beruhten, wie Oma ihm gerade erklärte. Aber ausnahmsweise wollte er lieber mal auf seine Großmutter hören. Die schärfte ihm noch mal ein, dass Mitspielen notfalls der einzige Weg war, die Ehe seines Bruders zu retten.

Felix drängte sie, ihn besser mit neuen Vermeidungsstrategien zu beraten. Oma fiel dazu sogar einiges ein. Chloroform. Extreme Mengen Alkohol. Und Bettwanzen. Wobei Felix sich bei der Wanzen-Ausrede auf ein Ausweichen an den Strand gefasst zu machen habe und das nach Omas Erfahrung sehr unbequem sein konnte.

»Großeltern sind auch nicht mehr, was sie mal waren«, beschwerte sich Felix, dem das Bild von Ilse am Strand nicht gefiel. »Du sollst deine Weisheit weitergeben. Nicht deine Liebesabenteuer!«

»*Du* rufst ständig an und willst über diese Dinge reden«, gab Ilse zurück. »Ich kann dir aber auch gern erklären, wie man Fenster schlierenfrei putzt. Vielleicht lässt sich die Lust auf Sex ja auch aus Nelli herauslangweilen. Oder du machst einen auf impotent.« Felix bemerkte, dass nebenan das Rauschen der Dusche aufgehört hatte. Er verabschiedete sich schnell von seiner Großmutter und versteckte sein Telefon.

Nelli kam aus dem Bad. Sie hatte das Handtuch um ihren Körper geschlungen, und ihren funkelnden Augen nach zu urteilen war sie dazu bereit, es jeden Moment fallen zu lassen. Sie blieb im Türrahmen stehen und sah Felix mit einem verführerischen Lächeln an. Er konnte den Blick nicht abwenden. Sie hob ihre Hände in Richtung der ineinander gesteckten Handtuchbahnen … da klopfte es an der Tür. Zeitgleich klingelte ihr Handy. Felix hätte beinahe erleichtert geseufzt. »Jacks Herrchen«, sagt Nelli und versteckte sich hinter der Zimmertür, solange Felix vom Zimmerservice das Fressen für Jack entgegennahm. Dann reichte sie ihm das Handy.

Es fiel Felix nicht leicht, sich auf das Gespräch mit Jacks Besitzer zu konzentrieren. Nelli machte sich einen Spaß daraus, ihn abzulenken. Sie wusste genau, dass sie ihn verrückt machte. Aufreizend drehte sie sich vor seinen Augen hin und her. Dann ließ sie ganz langsam das Handtuch fallen.

Verzweifelt suchte Felix nach einem anderen Ziel für seinen Blick. Jack stand in der Ecke vor seinem Napf und kümmerte sich um nichts anderes als sein Fressen. Von ihm konnte er sich kein Ablenkungsmanöver erhoffen.

Nelli fing Felix' Blick wieder ein. Sie ging aufreizend nahe an ihm vorbei zum Bett und rekelte sich nun ungeniert auf dem Laken, ohne ihn aus den Augen zu lassen.

Kalte Dusche. Herpes. Nacktmulle. Felix versuchte, sich die abtörnendsten Sachen der Welt vorzustellen. Er gab Nelli ein

Zeichen, dass er für einen besseren Empfang auf den Balkon musste. Höhenangst war jetzt sein kleinstes Problem. Eng an die Hotelwand gepresst führte er sein Gespräch mit Jacks Besitzer zu Ende. Der Mann, ein Herr Robert Riedenburg, war sehr dankbar über Jacks Rettung und lud Nelli und ihn für den Abend zu einer Cocktailparty an Bord seiner Yacht ein. *Wunderbar*, dachte Felix und zog den Tipp seiner Oma mit dem Betrunkenmachen in Betracht. Was aber im Moment, wo Nelli bereits entblößt, aber noch nüchtern auf dem Bett lag, wenig half. Blieb nur die Masche mit der Impotenz …

Als Felix in den Raum zurückkam und Nelli schon eine Hand nach ihm ausstreckte, setzte er ein verschämtes Gesicht auf. »Mäuschen«, sagte er, »wenn der Hund zuguckt, kann ich nicht!«

Nelli ließ das nicht gelten. »Ich glaube, Jack möchte sich gern mal in Ruhe unser schönes Badezimmer ansehen.«

Sieben Stunden später · Las Vegas, Nevada

TIM

»Hallo Oma?«

»Hallo? Es ist zwei Uhr nachts.«

»Du hast gesagt ›Rund-um–die-Uhr‹. Das ist auch nachts.«

Ilse stöhnte. »Musst du mich denn immer beim Wort nehmen, Tim. Ooh…« Das langgezogene ›oh‹ klang mit einem Mal viel wacher. »Oder rufst du etwa an, weil …? Hat Felix mit Nelli …?«

»Die sind auf 'ner Party. Ich habe eine WhatsApp-Nachricht gekriegt. Sie sind auf eine Yacht eingeladen worden.«

»Ach so. Ja, das. Das weiß ich auch.«

»Was dachtest du denn?«

»Öhm …« Oma sprach nicht weiter.

Er hätte sie vielleicht doch nicht anrufen dürfen, überlegte Tim. Sie wirkte sehr verwirrt.

»… wieder angelegt«, sagte sie endlich. »Ich meinte, ›Hat Felix mit Nelli nach der Party auf der Yacht schon wieder angelegt‹? Also, ähm, sind sie wieder an Land?«

»Nein. Ich hab noch nichts gehört.«

»Warum rufst du dann an? Wie gesagt, es ist …«

»… mitten in der Nacht. Ja. Du Oma. Ich habe eine wichtige Frage. Wenn du eine Frau liebst …«

»… hab ich nie.«

Tim seufzte. »Wenn du einen Mann liebst. Und gleichzeitig eine gute Freundschaft zu jemand anderem entwickelst … Ist das schlimm?«

»Hast du mit diesem guten Freund geschlafen?«, fragte Oma kurz angebunden.

»Nein!«

»Dann lass mich in Frieden.« Oma legte auf.

Fünf Stunden zuvor · Nizza, Côte d'Azur

NELLI

Schon wieder keine Hochzeitsnacht. Gott sei Dank war sie keine Frau aus den Fünfzigern und hatte wenigstens schon Sex VOR der Ehe haben können! Denn sie hatte zwar kurz darüber nachgedacht, es dann aber doch nicht über sich gebracht, Jack ins Bad zu verbannen. Einen unschuldigen Vierbeiner in ein fensterloses Zimmer zu sperren, um sich selbst wie eine rollige Katze zu benehmen? Außerdem wollte sie den ersten Sex als Ehefrau nicht im Schnelldurchlauf vor der Soundkulisse eines womöglich winselnden Hundes erleben.

Dafür verhalf ihr Jack beziehungsweise sein Herrchen nun zu einem ungeahnt glamourösen Abend. Herr Riedenburg hatte in den Hotelboutiquen unlimitierten Kredit für sie einräumen lassen. Jetzt trug sie ein elegantes grünes Chiffon-Kleid, bei dem die Frau in der Reinigung wahrscheinlich einen fünfzehnminütigen Monolog darüber halten würde, für welche der filigranen Elemente sie alles keine Haftung übernehmen könne. Tim hatte gelacht, weil Nelli sich von der Verkäuferin auch erst noch ihre Bedenken wegen der eingenähten Korsettstäbchen hatte ausreden lassen müssen, die ihren Busen zwar sehr vorteilhaft puschten, aber ihr gleichzeitig etwas die Luft zum Atmen nahmen. »Das gehört zum Grace-Kelly-Feeling«, hatte die Frau gesagt. Und so fühlte Nelli sich nun auch. Wahnsinn. Sie war unterwegs zu einer Yacht-Party an der Côte d'Azur! Sie saßen in einem kleinen Motorboot, das sie vom Pier zur Aurora brachte. Jack schmiegte sich auf Nellis Schoß. Sie kraulte ihn zwischen den Ohren. »Ich freue mich ja, dass Tim und ich nachher ungestört unsere Hochzeitsnacht verbringen können«, flüsterte sie ihm zu. »Aber trotzdem finde ich es schade, dass wir dich wieder abgeben müssen.« Sie hob den Blick und sah ihren Mann erklärend an. »Ein Boot ist doch wirklich kein Platz für einen Hund. Selbst so eine Yacht nicht. Da hast du doch gar keinen Auslauf!«

Tim legte zärtlich einen Arm um sie. »Du bist so süß. Wie du dir immer um alle Gedanken machst!« Er drückte sie an sich und strich mit der freien Hand ebenfalls über Jacks Fell.

›Fast wie eine Familie‹, kam es ihr in den Sinn. Sie kuschelte sich in seinen Arm und genoss den Moment der Dreisamkeit.

Die Aurora strahlte in hellem Glanz. Lichterketten und Fackeln beleuchteten die Decks, auf denen sich Dutzende von Menschen drängten. Je dichter sie herankamen, desto mehr konnte Nelli von den Gästen erkennen. Es waren Leute, die in der Klatschpresse wahrscheinlich als »Jet-Set-Connection« beschrieben würden. Sie standen in glitzernden Kleidern und Smokings in Grüppchen beisammen. Nelli spürte, wie das wohlige Glücksgefühl sie verließ und einer nervösen Anspannung Platz machte. Sie vergrub ihre Finger in Jacks Fell und hielt den Blick auf das Schiff gerichtet. Aus der Entfernung sahen die Frauen an Bord alle aus wie Barbie.

Aus der Nähe auch. Der Steuermann des Motorbootes half ihr an Bord. Nelli trat auf die zum Empfangsbereich umgerüstete Badeplattform und sah sich um. Unwohlsein kroch in ihr hoch. Offenbar hatten diese Leute alle den Ehrgeiz und das Geld, einem ganz bestimmten Schönheitsideal zu entsprechen. Gleiches Make-up, gleiche Frisur … Unwillkürlich griff sie sich an den Kopf. Sie hatte sich bis eben noch attraktiv gefühlt. Aber ihre ausnahmsweise sorgsam geföhnten Haare waren nichts gegen die glänzenden, vollen Mähnen, die die Gesichter der Damen an Bord umkränzten. Klar, deren Stylisten hatten ganz andere Sachen in ihren Trickkisten als nur eine Rundbürste. Nelli wusste, dass es möglich war, sich zusätzliches Volumen ankleben, -stecken und -schweißen zu lassen. Genau, wie man mit Hilfe der richtigen Ärzte umgekehrt überschüssiges Volumen von Nasenrücken, Oberschenkeln und Hüfte abtragen lassen konnte. Von all diesen Möglichkeiten schien die Gesellschaft hier an Bord rege Gebrauch gemacht zu haben.

»Wuff!« Nach ihrem Selbstvertrauen verließ sie nun auch noch Jack. Er freute sich offenbar, wieder zu Hause zu sein, und hüpfte von Nellis Arm. Eifrig wieselte er los und beschnupperte jeden. Seine feuchte Nase und der eifrig wedelnde Schwanz streiften ein goldbronzefarbenes Bein nach dem anderen. Die Frauen warfen ihm giftige Blicke zu. Was, hatten die Angst, dass Jack ihnen den Spray-Tan ableckte? Die gebräunten Füße wurden feindselig angewinkelt. Spitze Absätze ragten auf, und Jacks Kennenlern-Runde wurde zum wahrsten Spießrutenlauf. Nelli sah ihm mitleidig zu, wie er sich immer wieder ängstlich wegzuckend durchs feindliche Beinedickicht kämpfte, bis er aus ihrem Blickfeld verschwand.

Und irgendwie hatte sie das Gefühl, dass mit ihr das Gleiche geschah wie mit Jack. Die Leute musterten sie von Kopf bis Fuß, und ihre geringschätzigen Blicke sagten ihr deutlich, dass sie besser daran tat, sich ihnen nicht weiter zu nähern. All ihre Vorfreude auf den Abend war verpufft. Sie wollte nur noch fort.

FELIX

Während Nelli mit dem ungeduldigen Jack vorging, klärte Felix mit dem Motorboot-Kapitän noch schnell die Rückfahrtmodalitäten. Dann betrat er das Deck.

Felix atmete auf. Er war wieder in seinem Element.

Seine Lippen umspielte ein zufriedenes Lächeln. Einen Arm lässig an der Reling, die andere Hand locker in der Hosentasche, ließ er seinen Blick über das Bootsdeck gleiten. Sofort sah er, wie die Frauen auf ihn reagierten. Wie sie sich durch die Haare strichen, den Körper streckten, ihre Augen sprechen ließen. Eine langbeinige Schönheit mit glänzenden, vollen Haaren ging sogar so weit, sich mit einem Finger über die Lippen zu streichen. Dann wandte sie sich kokett ab und blinzelte ihm doch gleich darauf über die Schulter wieder zu. So hatte es schon öfters begonnen … aber irgendwie blieb das Knistern dieses Mal aus.

Die Frau war vielleicht doch nicht sein Typ. Er ließ seinen Blick schweifen. Eine Frau war glamouröser als die andere. Kleider, Körper, Haltung … Die Party von Herrn Riedenburg hatte Format. Felix hatte für seine Hotelveranstaltungen selbst Agenturen an der Hand, die hochkalibrige Gästelisten zusammenstellen konnten. Das hier war definitiv ein 1A-Event. Felix genoss normalerweise die Begegnungen, die sich bei solchen Gelegenheiten ergaben. Aber heute blieb sein Blick nirgends haften. Aller Schönheit zum Trotz weckte keine der Frauen sein Interesse. Bis sich neben ihm ein Grüppchen auflöste und den Blick auf ein grünes Chiffonkleid freigab. Felix' Herz machte einen freudigen Hüpfer.

NELLI

Endlich. Ihr Mann trat zu ihr. »Na, wie gefällt es dir?«, fragte er und legte liebevoll einen Arm um ihre Schultern.

»Gar nicht«, wisperte sie. »Wollen wir zurück ins Hotel?«

»Aber du hast dich doch so auf die Party gefreut! Es gibt bestimmt köstliches Essen. Wir können tanzen …«

»Aber guck doch nur. Die anderen sehen mich alle an wie das hässliche junge Entlein. Gleich hacken sie mir die Augen aus.«

Er hob mit der Hand ihr Kinn und sah ihr fest in die Augen. »Nelli. Du bist wunderschön.« Wie zum Beweis ließ er einmal den Blick um sich herum wandern und sah sie dann wieder eindringlich an. »Du bist definitiv die Schönste hier! Die anderen sind nur neidisch.«

»Nee. Guck doch nur. Ich wette, die waren alle heute den ganzen Nachmittag beim Visagisten. Ich nur beim Paddeln. Guck mal. Die sehen alle aus, als wären sie Photoshop entsprungen!«

»Was meinst du, wie viel lieber die Spaß gehabt hätten, als auf ihren Beauty-Pritschen zu dösen?«

Nellis Schultern hingen missmutig herunter. »Dafür sieht man mir jetzt an, dass ich ein Landei bin. Ich habe hier nichts verloren.«

»Und ob. Von denen reicht keine an dich heran. Komm, wir zeigen ihnen, wer hier echte Klasse hat.« Mit einem angriffslustigen Lächeln hakte er sich bei ihr unter.

Auweia. Wenn sie nicht sofort zum Motorboot gingen, das schon bereit für seine nächste Pendelfahrt war, würden sie mindestens eine halbe Stunde lang hier festsitzen. Und sich komplett lächerlich machen. Nelli versuchte, ihren Mann zu bremsen, aber der führte sie zielstrebig vom Motorboot-Einstieg weg in Richtung Deckmitte. Genau zu der Gruppe mit den arrogantesten Goldschenkel-Hühnern.

Nelli trieb es die Schamesröte ins Gesicht. Tim konnte manchmal ziemlich respektlos sein. Egal wie ritterlich es von ihm war, sie verteidigen zu wollen … »Komm, wir machen uns mal mit den anderen bekannt!«, sagte er da aber auch schon und bugsierte sie zu der Gruppe. O nein. Was hatte er vor? »Tim …«, protestierte sie auf den letzten Metern leise.

Er fing ihren nervösen Blick ein und flüsterte ihr zuversichtlich ins Ohr. »Sei einfach ganz du selbst, Liebes.«

Aber du bitte nicht!, dachte sie und zog ihn noch einmal an seinem Jackett zu sich heran. »Sei nett«, bat sie ihn hilflos.

»Was denkst du denn von mir?«

»Dass du denen ihren Sekt in den Ausschnitt schubst«, riet Nelli und kniff bange die Augen zusammen. »Oder einer nach der anderen die Manolo Blahniks zertrampelst.«

Er lächelte. »Keine Sorge. Ich kümmere mich einfach nur darum, dass du dich wohlfühlst.«

Und er verblüffte sie.

»Mademoiselle.« Er trat auf die jüngste der Society-Schnepfen zu. »Wie ich sehe, ist Ihr Glas fast leer, und das Ihrer Schwester. Darf ich den Damen etwas Nachschub besorgen?«

›Ihrer Schwester‹. Nelli musste ein Lachen unterdrücken. Die ›Schwester‹ war eindeutig die Mutter vom Goldschenkel-Küken. Oder sogar die Großmama. Wenn sie sich anscheinend auch gegen das Alter hatte operieren lassen, von Kopf bis Fuß. Da waren offensichtlich Haare ergänzt, Gesichtsteile nach hinten gezogen, Lippen und Brüste aufgepumpt und Krampfadern gezogen worden. Nelli fand das riskant. Musste man bei so einem undefinierbar jugendlichen Aussehen nicht immer bangen, dass die Leute einem am Ende einen zu hohen Aufschlag fürs Wegoperieren gaben? ›Sieht aus wie fünfunddreißig, wäre ohne OP doch bestimmt schon sechzig‹ oder so etwas, dann war man als Endvierzigerin doch gekniffen. Und fühlte man sich bei der ›Schwester‹-Anrede nicht als Botox-Junkie entlarvt? Aber da kannte sie die entrückte Selbstwahrnehmung der Damen nicht so gut wie ihr Mann. Die Frau lächelte ihn tatsächlich verzückt an, nachdem er das mit der ›Schwester‹ gesagt hatte. Er stellte ihnen Nelli vor, die nun wesentlich huldvoller als noch eine Minute zuvor angesehen wurde. Dann dirigierte er mit lässiger Geste einen Kellner herbei.

151

Kurz darauf erschien Jacks Herrchen, um sich bei ihnen für die Rettung zu bedanken. Jack hatte ihn auf einem anderen Deck aufgespürt und nun schnuppernd zu seinen Kurzzeit-Pflegeeltern geführt. Ihr Mann übernahm den Small Talk und gab die Anekdote zum Besten, wie Jack zu ihm ins Wasser gehopst war. Nelli kam es so vor, als wären plötzlich zusätzliche Lichter angegangen. Das lag vielleicht aber nur an den grellweiß aufpolierten Zähnen, mit denen ihre neuen Bekannten sie jetzt anstrahlten. Auch Jack erfreute sich plötzlich einer ganz neuen Beliebtheit. Nun, da er sich als Hund des Gastgebers entpuppt hatte, waren die Frauen plötzlich zuckersüß und wollten ihm die Öhrchen kraulen. Jack, nicht nachtragend, schlabberte die sich ihm entgegenreckenden Finger ab. Ihr Mann folgte Nellis Blick und neigte sich zu ihr. »Ich glaube, das liegt am Nagellack«, flüsterte er. Tatsächlich, die hatten sich alle die Nägel komisch fleischfarben maniküret.

»Das ist bestimmt der neueste Farbton von Chanel«, raunte sie zurück.

»Chanel, Chappi ... liegt halt alles nah beieinander«, sagte er. Sie grinste und drückte ihm ein Küsschen auf die Lippen, ehe sie ihn sich wieder dem Small Talk widmen ließ.

Eine Viertelstunde später hatte ihr Schatz ihr schon den zweiten Champagner in Folge organisiert. Ständig stieß sie mit neuen Menschen an. Sie bekam Komplimente für ihr Kleid und wurde mit Flutlichtlachen bestrahlt, als sie zum Besten gab, wie ihr Mann mit Jack als erstem Maat auf dem Surfbrett herangepaddelt gekommen war. Nelli war mit einem Mal sehr entspannt. Möglicherweise lag es an dem Alkohol auf leeren Magen. Oder es lag an ihrem Mann. Er hatte alles im Griff, und sie konnte sich ganz unbeschwert treiben lassen. Das war ungewohnt. Aber sehr schön.

Nelli blickte ihn versonnen an. Smart sah er aus in seinem weißen Smoking. Auch der war neu gekauft, auf Einladung von Jacks Herrchen, denn Nelli hatte Tim so etwas Förmliches wie einen Anzug gar nicht erst in den Koffer gepackt. Sie wollte ihn nicht gleich nach der Hochzeit ein zweites Mal um ein solches Zurechtmachen bitten. Und jetzt waren sie sogar superschick auf einem Empfang an Bord einer Luxusyacht! »Wenn du willst, darfst du auch gern noch mal die Hochzeitsfrisur tragen«, raunte sie ihm zu, »Sah sehr gut aus.«

Er schmunzelte. »Nur zu gern«, antwortete er und bot ihr den Arm, um die weiteren Decks erkunden zu können.

Nelli lächelte und erinnerte sich an seinen Spruch am Morgen, als er auch schon so galant gewesen war. ›Das ist die Flitterwochen-Spezialbehandlung. Damit du mich nicht während der Umtauschfrist zurückgibst.‹ Sie konnte sich wirklich dran gewöhnen.

FELIX

Sie hatten sich etwas vom Buffet geholt und standen jetzt an einem Stehtischchen, zu dem sich zwei weitere Gäste gesellten. »Ich kann einfach nicht verstehen, wie man sich mit diesen Schuhen aus dem Haus trauen kann«, sagte die eine der Frauen gerade. Sie hatte ihre Lautstärke genau so weit runtergedimmt, dass alle in der Runde sie noch gut hören konnten, aber nicht das Objekt ihrer Lästerei. Es ging ganz offensichtlich um die Frau, die ein paar Meter weiter mit Herrn Riedenburg plauderte. »Die Absätze sind doch total *last season*! Und die Brüste, die sehen so was von gemacht aus. Wie Robert es mit *der* nur aushalten kann.«

Felix musterte die Frau, die sich so taktlos über die Begleitung ihres Gastgebers ausließ. Er konnte sich irren, aber seiner Meinung nach hatte auch sie zum Thema ›gemacht‹ einiges beizutragen. Die Hälfte der Haare, die sich in üppigen Wellen über ihre Schultern ergoss, war sicherlich ursprünglich mal auf einem weniger wohlhabenden indischen Kopf gewachsen. Nelli sah das offenbar auch. Sie reckte sich zu Felix' Ohr empor. »Wer im Glashaus sitzt, sollte nicht mit Steinen werfen«, flüsterte sie ihm zu. »Oder mit Lachsschaum-Bällchen.« Die Extensionszicke und ihre Freundin – weniger Haare, aber auch weniger Mimik, was wahrscheinlich Botox zu verdanken war – hatten ausschließlich kohlehydratfreie Häppchen auf ihren Tellern platziert. Dorthin griffen sie allerdings wesentlich seltener als zu ihrem Champagnerglas. Nelli dagegen widmete sich schon ihrem dritten Teller vom Buffet. Felix hätte eigentlich darauf achten müssen, dass sie weniger feste Grundlage zu sich nahm, sein Plan war schließlich ein alkoholbedingter K. o. vor der Hochzeitsnacht. Immerhin hatte sie erklärt, dass ihr der Champagner zu sauer sei, und sich einen Cocktail mixen lassen, was ein paar Prozent Alkohol mehr versprach. Felix musste in Erinnerung an Nellis Bestellung an der Bar grinsen. Sie hatte sich extra viel Deko gewünscht, und der Barkeeper hatte mit leidender Miene in seiner Ausrüstung nach längst nicht mehr angesagten Papierschirmchen gesucht. Und einen ganzen Spieß voller Maraschino-Kirschen aufgefädelt. Wenn er allerdings Nelli dabei sehen könnte, wie sie die jetzt genussvoll abknabberte, wäre der Mann bestimmt für Nellis Stilbruch entschädigt. Felix jedenfalls ging das Herz auf. Er sah ihr so gern beim Essen zu. Während um ihn herum die vom Zuckermangel biestig gewordenen Jet-Setterinnen über andere Gäste herfielen, widmete Nelli sich lieber gut gelaunt Pastetchen und Schokomousse. Sie genoss auch ein Schälchen mit Obststücken, das sie ausnahmsweise nicht auf dem Nachbartisch platziert hatte. Inzwischen hatte er herausbekommen, warum sie das beim Frühstück getan hatte. Es war kein Spleen oder gar eine Psychose, sondern nur eine weitere Facette ihrer Sorge um seinen Bruder, dem sie damit die Wespen vom Leib hielt. Weil hier auf dem offenen Meer keine Insekten drohten, aß Nelli das Obst diesmal selbst, statt es als Ablenkstation für ihren empfindlichen Mann aufzubauen. »Schatz, ich bin echt froh, dass ich mal nicht auf dich aufpassen muss!«, stellte sie vergnügt fest und spießte sich eine Erdbeere auf.

Die Frau mit den Wallelocken blickte sie verdrießlich an. »Ich an Ihrer Stelle würde wachsam bleiben«, sagte sie und klang dabei irgendwie schnippisch. »Was meinen Sie, wie viele Frauen hier an Bord schon ein Auge auf Ihren Mann geworfen haben.«

»Da haben die alle Pech«, sagte Felix und legte einen Arm um Nelli. »Ich habe ja schon die schönste Frau an Bord.« Er gab Nelli einen Kuss auf die Wange. Die Frau reckte leicht pikiert das Kinn. Da kam Jack schwanzwedelnd über das Deck gelaufen und schickte sich an, an ihren Beinen hochzuspringen. Sofort bekam er einen bösen Blick zugeworfen. Nelli fürchtete eine weitere Absatzattacke, ging in die Knie und hob den Hund zu sich empor. Jack zappelte ein wenig und wollte offenbar nach wie vor lieber zu der anderen Frau. Aber die drehte ihnen schwungvoll den Rücken zu, peitschte dabei mit ihren angeklöppelten Haaren durch Jacks Gesicht und stöckelte davon. Sofort beugte sich die Botox-Frau vertraulich herüber. »Sie müssen wissen, das war mal ihr Hund. Sie ist Roberts Ex«, tuschelte sie und hielt sich dabei affektiert die Fingerspitzen an die Wange. »Als er den Hund angeschafft hat, hat sie sich schon in Sicherheit gewogen. Alice dachte, ein gemeinsamer Hund sei die Vorstufe zum Verlobungsring. Aber jetzt gehören Hund und Herrchen Fabienne da drüben.« Sie lachte mit unüberhörbarer Genugtuung.

Nelli betrachtete den Hund auf ihrem Arm, der mit einem leisen Winseln seinem alten Frauchen hinterherschaute. »Dann bist du ja auch ein Scheidungskind«, sagte sie mitfühlend. »Vergiss sie! Extensions sind sowieso total *last season*.« Sie setzte Jack wieder auf dem Boden ab und sah ihn Kurs auf Herrn Riedenburg nehmen. Der fütterte ihm sein Parmaschinken-Häppchen. Sein »Stief-Frauchen« Fabienne verzog angewidert den Mund. »Jetzt weiß ich auch, warum Jack heute Mittag allein an Bord bleiben musste«, stellte Nelli traurig fest. »Ihn will ja keiner mehr.« Sie seufzte und blickte sich freudlos in der Partygesellschaft um. »Schatz, wollen wir uns mal ein ruhiges Plätzchen suchen?«

Felix begleitete Nelli über das Deck in Richtung der Salontür. An der Seite des Schiffes sah er die langbeinige Frau stehen, die ihn bei seiner Ankunft angeflirtet hatte. Ein Mann näherte sich ihr gerade, zwei Champagnergläser in der Hand. Er bewegte sich geschmeidig zwischen den Umstehenden hindurch und bedachte die Frau mit schmunzelnd-selbstbewussten Blicken. Felix wusste, was dort nun kommen würde. Er hörte förmlich innerlich die Sätze, die gleich fielen. Und er stellte sich vor, wie er bei Nelli damit baden gehen würde.

›Madame, Sie sehen durstig aus.‹

›Echt? Ich hab eher Hunger.‹

›Oh. Äh … darf ich Ihnen trotzdem ein Glas Champagner anbieten?‹

›Ist mir zu sauer, kann ich eine Piña Colada haben? Mit Schirmchen, bitte.‹

›Was für eine wunderbare Nacht. Sehen Sie nur, der Mond. Und Ihre Augen schimmern dazu wie Sterne.‹

Felix musste grinsen. Das war sein verlässlichster Anmachspruch. Aber Nelli würde einem fremden Mann, der sie so ansprach, dafür garantiert nicht in die Arme sinken. Eher auslachen.

Und sie hätte komplett recht.

Während ihm das bewusst wurde, drehte er den Kopf zu der Frau an seiner Seite. Felix betrachtete Nellis Profil, ihre weichen Schultern, ihren unaffektierten Gang, und seine Hand schloss sich unwillkürlich fester um ihre. Dann drehte er sich ein letztes Mal um. Er sah noch einmal das Pärchen an der Schiffsseite. Er wusste, er hätte derjenige sein können, dessen Hand sich jetzt auf den Rücken der Langbeinigen legte. Derjenige, dem sie kokett ins Ohr flüsterte. Aber Gott sei Dank war er es nicht.

Er beschleunigte seine Schritte, zog Nelli sanft hinter sich durch den Salon und eine Treppe hinauf, wo er am Ende eine Tür nach draußen aufstieß.

Nelli betrat hinter ihm das verlassene Deck und wandte sich ihm zu. Ihr Satz, den sie ihm beim Paddeln zugerufen hatte, schoss ihm durch den Kopf. ›Manchmal erwischt es einen, wenn man am wenigsten daran denkt.‹ Felix spürte, wie sich die Härchen in seinem Nacken aufstellten.

NELLI

Nelli merkte, dass bei ihrem Mann etwas nicht stimmte. Sie blickte ihm fragend ins Gesicht. Sie hatten gerade ein Deck am Bug des Schiffes betreten. Das Licht des Mondes, der hier die einzige Beleuchtung war, zeichnete seine Züge weich. Trotzdem sah sie zwischen seinen Augen eine senkrechte Falte, die ihm einen verstörten Ausdruck gab. Aber dann verschwand die Furche.

»Mir ist gerade etwas klar geworden«, sagte er, nahm ihr das Cocktailglas aus der Hand und setzte es auf dem Boden ab. Hier standen nicht wie überall sonst Stehtische für die Partygäste herum. Das Deck wurde für die Dauer der Party offenbar als Abstellfläche genutzt. Nelli erkannte Plastikkisten mit der Plakette eines Catering-Betriebes und aufeinandergestapelte Sonnenliegen. »Ich glaube auch, dass wir uns verlaufen haben.« Nelli lächelte. »Dieses Deck ist wohl gar nicht für die Party vorgesehen. Sollen wir wieder gehen?«

»Gleich.« Er ergriff ihre Hand und führte sie an die Reling. »Ich möchte es noch kurz genießen.« Er stellte sich hinter sie. Nelli spürte, wie er die Arme um sie legte und schmiegte sich an ihn. Nach der Flaute am Nachmittag war zum Abend hin eine leichte Brise aufgekommen. Der Wind streichelte warm Nellis Gesicht. Leise Pianomusik klang von einem anderen Deck zu ihnen herüber. Nelli sah die Lichter der Stadt und das Mondlicht, das sich in den tanzenden Wellen spiegelte. Sie spürte, wie das Schiff sanft unter ihren Füßen schaukelte, aber sie hatte das Gefühl, noch nie so sicher gestanden zu haben wie jetzt. Sie spürte die Arme ihres Mannes um ihren Körper, seine breite Brust in ihrem Rücken und hatte das Gefühl, es mit der ganzen Welt aufnehmen zu können.

»Ich bin so glücklich«, seufzte sie. »Ich wünschte, diese Flitterwochen würden nie vergehen.«

»Ich auch«, sagte er. Seine Stimme klang merkwürdig belegt. Dann spürte sie, wie er seine Hände auf ihre Schultern legte. Er drehte sie zu sich um.

»Nelli«, sagte er leise. Seine Stimme war rau. »Ich möchte, dass du etwas weißt.« Er klang so ernst, als folge ein Geständnis. Dann ergriff er ihre Hände. »Ich müsste dir so vieles sagen ... aber wichtig ist nur eins.« Sein Blick war eigenartig intensiv. In seinen Augen lag eine ungekannte Feierlichkeit. Die Zärtlichkeit in seinem Blick traf sie mitten ins Herz. Langsam, behutsam beugte er sich herab und nahm ihr Gesicht in seine Hände.

»Ich liebe dich«, flüsterte er.

Und dann küsste er sie.

Es war, als küsse er sie zum ersten Mal. Sie fühlte sich wie eine Prinzessin, die von ihrem Prinzen gefunden wird, so zart, so gefühlvoll war sein Kuss. Eine einzige Liebeserklärung.

Nellis Herz weitete sich. Ihre Liebe hatte eine neue Dimension gefunden. Sie hatte nicht gewusst, dass ihnen vorher etwas gefehlt hatte. Aber jetzt kam es ihr vor, als wären sie durch die Hochzeit noch enger verbunden ... ein Seufzen vor Glück entwich ihr. Er hielt kurz inne und zog den Kopf ein paar Zentimeter weit zurück, ohne die Hände von ihrem Gesicht zu nehmen. Sie sah in seine Augen. Tief verschmolzen ihre Blicke ineinander. »Wenn ich könnte, würde ich für immer mit dir hier bleiben«, sagte er. »Für immer du und ich. So wie jetzt.«

»Ja«, hauchte sie, »für immer du und ich.«

Er umfasste ihren Körper und zog sie an sich. Und dann küsste er sie wieder. Erst zart, aber dann bald vorbehaltloser. So als würde er sie nie wieder loslassen. Ihr wurde heiß. Sie ergab sich seinem Mund, spürte seine Arme und seine Hände, die sich verlangend auf ihre Hüften pressten. Durch seine Kleidung hindurch fühlte sie seinen festen, muskulösen Oberkörper. Eine Welle der Erregung flutete durch sie hindurch. Sie genoss das hungrige Gefühl, das in ihr aufflammte, presste sich an ihn, küsste ihn voller Begehren. Mit einem Stöhnen löste er sich von ihr.

»Wir müssen ins Hotel«, stieß er hervor. »Jetzt!«

Er nahm ihre Hand und zog sie zum wartenden Wassertaxi.

Sie küssten einander den ganzen Weg über. Und als sie im Hotel waren und die Zimmertür hinter ihnen ins Schloss fiel, liebten sie sich wie noch nie. Vertrauen, Glück und etwas Ursprünglicheres, Glühendes, alles vermischte sich in einem betörenden Zauber. Nelli genoss die Hingabe, spürte seine und ihre Erregung. Sie keuchte und hörte ihn stöhnen, sie fühlte die Lust in sich anschwellen, spürte, wie in ihr eine Spannung stieg, eine köstliche Spannung. Sie hielt sich an ihm fest, sog den Duft seiner Haut ein, küsste ihn. Die Spannung wurde unerträglich, und er rief ihren Namen, sie sah in seine Augen, sah seine Liebe und Erfüllung, und im selben Moment erschauderte auch sie, wie sie noch nie vor Erregung erschaudert war.

DORO

Sie standen unter Strom. Ihre Gitarre leider nicht, wenn sie das Zimmer verließen. Das war der Nachteil bei E-Gitarren. Sonst wären sie damit euphorisch auf den Boulevard hinausgelaufen und hätten dort gespielt. Es drängte Tim und Doro, vor Publikum zu stehen. Endlich waren sie wieder das, was sie sein wollten. Sie hatten sich zurückerobert, was ihnen so lange gefehlt hatte. Doro versuchte dabei auszuklammern, dass es auch ihre Gefühle für Tim waren, die sie so berauschten. Das war nachrangig und geheim. Aber völlig offensichtlich, und ohne Schuldgefühle, waren sie ein geniales Team! Sie hatten diesen geilen Song geschrieben, sie hatten ihre alten Crabs-Songs, und sie waren so gut zusammen! Sie mussten raus damit. Musik brauchte Publikum. Ihre Songs a cappella zu singen war ihnen aber nur mäßig verlockend vorgekommen. Sie waren keine Blumenkinder, sie waren Rocker. Verstärker und Mikro mussten sein. Also hatten sie sich als Notlösung eine Karaokebar gesucht.

Der Typ, an dessen Rechner man die Playbacks auswählte, hatte nach zwei Runden AC/DC allerdings den Kopf geschüttelt. Entweder, sie machten etwas Mehrheitsfähiges, oder für sie wäre erstmal Schluss. Tim hatte sich gebeugt. Aber Doro hatte sein diabolisches Grinsen gesehen und sofort gewusst, dass Tim nicht einfach nur so Mainstream singen würde.

Jetzt stand Doro im Publikum und schüttelte nur noch den Kopf. Tim. Der Typ war einfach so irre. Er hatte sich den Titelsong von *Fifty Shades of Grey* ausgesucht. Wenn sie gedacht hatte, dass Elli Goulding dabei maximal entrückt gurren konnte, dann wurde sie jetzt von Tim eines Besseren belehrt. Tim war in seinem Element. So wie er ins Mikro schmachtete, das war Stimmenporno. Gleichzeitig machte er mit seinen Bewegungen der Stripperin von neulich Nacht Konkurrenz. Ihm war einfach nichts peinlich.

Aber Tim konnte das bringen. Er hatte etwas an sich, dass diese Aktion, so albern sie vielleicht gedacht war, tatsächlich unglaublich sexy machte. Das fand nicht nur Doro. Eine Gruppe junger Frauen drängte sich immer näher an die Bühne. Das kannte Doro noch von früher, als Tim seine Band-Groupies gehabt hatte. Und dieses neue selbstironische Funkeln in seine Augen machte ihn noch viel anziehender als den coolen Typen, der er damals gewesen war. Die Mädels neben ihr sahen diese Feinheiten wahrscheinlich nicht. Sie sahen nur Tims samtig braune Augen und den Mund mit den sinnlich weichen Lippen. Aber sie wussten nicht, wie er sich anfühlte … Doro ertappte sich dabei, dass sie sich über ihre Lippen strich. Sie schloss kurz die Augen. Zu allem Überfluss war Tim gerade bei der sexyesten Stelle des Songs. Heiser sang er, nicht gerade denken zu können vor Sehnsucht … Doros Gedanken wanderten ungefragt zu dem Kuss in der Hochzeitskapelle. Als sie in Tims Armen gelegen hatte. Als seine Lippen auf ihren lagen. Gleichzeitig hörte sie Tims Stimme zu ihr dringen. Wie er mit benommenem Stöhnen seine Lust auf Berührungen beschrieb, sein Verlangen. Seine Stimme floss in ihren Kopf. Ihren Bauch. Doro versank in ihrer Fantasie. Sie stellte sich vor, wie Tim sie an sich drückte. Wie seine Hände sie fordernd berührten und er sie atemlos küsste …

»WHAT ARE YOU WAITING FOR?« Um sie herum kreischten die Frauen. Doro öffnete die Augen und fand mit taumelndem Blick ins Geschehen zurück. Tim rieb sich gerade mit verhangenem Blick an seinem Mikrofon-Ständer. Dann grinste er mit einem verführerisch angehobenen Mundwinkel ins Publikum und genoss es, wie die Leute vor ihm ausrasteten. Er hob einen Zeigefinger. Dann deutete er auf Doro.

Ihre Augen weiteten sich erschrocken. Sie schüttelte den Kopf. Aber Tim lockte sie mit seinem Finger, als müsse sie gehorchen. Seine Augen blitzten.

Wenn sie jetzt nicht mitmachte, würde er denken, dass sie auf einmal keinen Spaß mehr verstand. Ihr war flau im Bauch. Aber sie hatte keine Wahl. Mit zittrigen Beinen trat sie zu Tim an die Bühne. Die Männer johlten, die Mädels bedachten sie mit neidischen Blicken. Tim umschloss ihr Handgelenk und zog sie zu sich hinauf. »Das hier ist für *Mr. Grey*!«, rief er, drückte ihr das Mikro in die Hand und trat hinter sie. »Sing!«, befahl er ihr. Sein Tonfall war streng. *Fifty Shades of Grey*-streng. Das Publikum jubelte. Doro gehorchte. Sie übernahm den Vocal-Part. Tim presste sie an sich. Sie spürte sein Becken an ihrem Po. Er umfasste mit einem Arm ihren Oberkörper. Sie spürte den Druck seiner Hand an ihrem Schlüsselbein. Mit aller Konzentration, die sie als Profi aufbringen konnte, sang sie weiter, bat Tim mit den englischen Liedzeilen, sie zu lieben, sie zu berühren ... Tim erhöhte den Druck seines Körpers und umfasste mit der freien Hand ihr linkes Handgelenk. Als wäre sie seine Marionette, übernahm er die Gewalt über ihren Körper. Er führte ihre Hand über ihre Hüfte. Hinauf zur Brust. Sanfter am Hals, fast zärtlich über ihr Gesicht. Es war ihre eigene Hand, die sie auf ihrer Haut spürte. Aber sie hatte keine Kontrolle über diese Bewegungen. Er steuerte sie, und es fühlte sich an, als kämen die Berührungen von ihm. Gleichzeitig spürte sie seinen Atem an ihrem Ohr. Sein Becken, das sich an ihrem rieb. Sie war völlig von Tim umschlossen, er war überall, nahm ihr die Sinne. Doro zwang sich, weiterzusingen. Die Töne kamen atemlos. Tim legte ihre Hand auf ihre Brust. Sie spürte ihren Herzschlag wie Paukenhiebe. Ob er es auch fühlten konnte? »*Give us more, Mr. Grey!*«, schrie jemand aus dem Publikum und wurde mit Gejohle unterstützt.

Tim riss sie herum. Nun stand sie vor ihm. Er ließ ihre Hand los und packte ihre Hüften. Hilflos weitersingend ließ sie zu, dass er sie hochhob und an den Rand der Bühne trug. Er drückte sie an die Wand. Sie musste ihre Beine um seine Hüfte schlingen, um nicht wegzurutschen. Sie spürte ihn an ihrem Becken. Mit einem Grinsen griff er nach einem ihrer Arme und presste ihn über ihrem Kopf an die Wand. Seine andere Hand wanderte ihren Po entlang, grub sich in ihren Oberschenkel.

Doro ließ alles zu. Sie schloss die Augen. Der Song entströmte ihrem Mund wie aus ihrem tiefsten Inneren. Sie spürte Tims Körper und ihre Wehrlosigkeit, ihre Sehnsucht und das Verlangen, das seine Berührungen in ihr auslösten. Ihre Stimme schwoll an. Sie hörte wie durch Watte, dass die Leute im Raum den Song mitsangen. Aber sie selbst sang ihn nur für Tim. Sie war wie in Ekstase. Schwer atmend sang sie die Sehnsucht nach ihm heraus. Im Song fragte sie ihn, worauf er wartete. Sie spürte, wie er den Kopf an ihren Hals beugte. Seine Lippen konnten nur Millimeter von ihrer Haut entfernt sein. Er wanderte ihren Hals entlang, zu ihrem Gesicht. Sie spürte seinen Atem. Es fühlte sich an, als lege er eine Spur aus Feuer. Sie spreizte die Finger der Hand, die Tim an die Wand gedrückt hielt und spürte, wie er seine Hand darüberlegte. Das hier war der beste Sex, den sie nie haben würden. Sie litt Höllenqualen.

TIM

»Wir waren so geil!«, rief Tim. »Das war wie früher, oder? Wir zwei auf der Bühne! Wie du gesungen hast! Du hast sogar deine Stimme so sexy kippeln lassen. Und hast so voll entrückt getan. Du bist echt eine Rampensau!«

»Gelernt ist halt gelernt.« Doro warf ihm einen nüchternen Blick zu und zuckte mit den Schultern. Sie hatte beim Gehen die Hände in den Hosentaschen vergraben und schlurfte neben ihm her zum Hotel zurück. Tim war noch nicht fertig. »Diese *Fifty Shades of Grey*-Nummer war auch gut, oder? Die Mädels im Publikum sind voll abgegangen.«

»Na ja. Ist halt Vegas.«

»Mann, Doro!« Tim war enttäuscht, dass Doro die Sache so abtat. »Du bist das vielleicht gewohnt. Aber für mich war das total geil, mal wieder auf 'ner Bühne zu stehen! Wie fandst du meine Show?«

Doro blieb abgeklärt. »Den Chippendale-Teil würde ich vielleicht mit deiner Schülerband nicht übernehmen.« Sie hob einen Mundwinkel und sah ihn süffisant an. »Sonst kommst du noch ins Gefängnis.«

Tim fasste Doro am Ellbogen und zwang sie, stehen zu bleiben. »Doro, ohne Quatsch. Wie fandst du mich?« Er sah in ihre Augen. Klar, Doro war ein Profi. Dass sie von ihrer gemeinsamen Performance nicht so überwältigt war wie er, war ihm schon klar. Für sie war das alltäglich. Er hingegen war nach wie vor total hibbelig. Er fühlte sich, als hätte er Unmengen an Zucker gegessen. Er war energiegeladen. Und vor allem war er – glücklich. So unbeschreiblich glücklich! Er hatte es vergessen, dieses Gefühl. Es war so berauschend! Auf der Bühne zu stehen. Musik zu machen, zu spüren und das

Publikum damit zu begeistern. Aber er musste wissen, ob es echt war. War er wirklich so gut gewesen, wie er sich gefühlt hatte? Oder waren es nur die Las-Vegas-Tanzeinlage und der Alkoholpegel des Publikums gewesen, die es zum Jubeln gebracht hatten? Tim forschte in Doros Augen. Sie waren unergründlich. »Doro«, versuchte er es noch einmal. »Bitte sag es mir ganz ehrlich. Wie habe ich gesungen?«

Da breitete sich ein Lächeln über ihr Gesicht. »Gut«, sagte sie endlich, und auch ihre Augen sprachen wieder mit ihm. Sie blitzten ihn anerkennend an. »Du hast richtig gut gesungen, Tim.«

Tim atmete tief ein. »Doro«, erklärte er. »Ich gründe eine Band.«

Zwei Stunden zuvor · Nizza, Côte d'Azur

FELIX

Gütiger Himmel. Felix stand, aller Höhenangst zum Trotz, in der offenen Tür des Balkons und fragte sich, wie es weitergehen sollte. Er hatte sich in Nelli verliebt! In die Frau seines Bruders!

Und er hatte mit ihr geschlafen.

Er ließ den Sauerstoff in seine Lunge strömen und hoffte, davon klarer zu werden. Vor ihm funkelte das glitzernde Wasser der Bucht mit dem Sternenhimmel um die Wette. Eine perfekte Sommernacht mit der Frau seiner Träume … Wenn ihm das noch vor ein paar Tagen jemand gesagt hätte – er hätte ihn für verrückt erklärt.

Er hatte sich hinreißen lassen. Und mit Omas ›Erlaubnis‹, notfalls alle Register zu ziehen, hatte das nichts zu tun. Er hatte nicht um Tims Willen mit Nelli geschlafen. Und er hatte es auch nicht nur deshalb genossen, weil – wie Oma das nannte – ›der liebe Gott das bei Männern so eingerichtet‹ hatte. Er hatte mit Nelli geschlafen, weil er sie wollte. Weil er sie brauchte. Für sich. Er, *Felix*, hatte mit Nelli geschlafen.

Und sie mit ihm.

Das war es, was ihn die ganze Zeit über gelenkt hatte. An der Reling der Yacht, auf dem Motorboot, auf dem Weg ins Hotelzimmer, und als sie dann miteinander aufs Bett gesunken waren. Er hatte es in ihren Augen gesehen, in ihren Küssen gespürt. Diese Nacht hatte ihnen beiden gehört, Felix und ihr.

Sicher, sie wusste nicht, dass er Felix war. Aber da war dieses Band zwischen ihnen. Die Anziehung, die Zärtlichkeit, das Begehren. Das alles war real gewesen! Nelli hatte in dieser Nacht nicht seinen tausende Kilometer weit entfernten Bruder geliebt, sondern den Mann, der vor ihr stand. Und er, Felix, hatte ihr seine Gefühle gezeigt. Gefühle, für die sie die Ursache war.

Er atmete die klare Nachtluft ein und schüttelte ungläubig den Kopf. Ausgerechnet Nelli. Ja, sie hatte recht gehabt, als sie in seiner Vergangenheit gebohrt hatte. Er war verletzt worden, und er hatte wohl mehr oder weniger unbewusst Maßnahmen ergriffen, damit ihm niemals wieder jemand so wehtun konnte wie damals Lara. Normalerweise hielt er die Frauen auf Abstand. Nelli hatte ihm nur deshalb nahe kommen können, weil er bei ihr seinen Panzer abgelegt hatte. Weil sie schließlich die Frau seines Bruders war. Und weil er gedacht hatte, sie nicht zu wollen. War das nicht absurd? Er hatte gedacht, ihre Natürlichkeit und ihre Empfindsamkeit würden ihn von ihr fernhalten. Aber stattdessen waren sie ihm unter die Haut gegangen. Und in sein Herz.

Das hatte er jetzt davon.

Felix stöhnte. Was half ihm die Erkenntnis, dass er eigentlich ein Mann war, der zur Liebe fähig war? Am liebsten hätte er laut geschrien. Den bekloppten Liebesgott herbeizitiert, sich zur Brust genommen und zur Rede gestellt. VERDAMMT! WARUM AUSGERECHNET NELLI?

Verzweifelt presste er sich die Fäuste an die Stirn. Er liebte Nelli. Und gleichzeitig wünschte er, sie wären sich niemals begegnet. Sie war Tims Frau.

Felix sah im Osten einen ersten bleichen Streifen den Horizont erhellen. Es war vorbei. Er wusste, dass diese Liebe den neuen Tag nicht mehr erleben durfte. Er hatte eine Nacht lang nicht die Kraft gehabt, seinen Gefühlen zu widerstehen. Aber er würde die Stärke haben, die Ehe seines Bruders zu respektieren. Mit bitterer Entschlossenheit wandte er sich zurück ins Hotelzimmer. Diese Flitterwochen würden heute aufhören. Mussten heute aufhören.

Zwei Stunden später

NELLI

Nelli erwachte langsam aus ihren Träumen. Sie spürte das Laken auf ihrem nackten Körper. Mit geschlossenen Augen drehte sie sich genüsslich auf den Rücken und erinnerte sich an die vergangene Nacht. Halb war ihr, als fühle sie es noch. Seinen Körper auf ihrem. Seine Hände, seine Küsse. Seine Bewegungen, das Gewicht seines Körpers, sein erregtes Atmen. Das Ziehen in ihrem Körper und die heißen Wellen, die durch sie hindurch geflossen waren. Sie hatten sich aneinander festgehalten, hatten es gemeinsam gespürt. Es war die perfekte Hochzeitsnacht gewesen. Sie breitete die Arme aus, um nach Tims Körper zu tasten. Seine Bettseite war leer. Nelli schlug die Augen auf. Da drang ein lauter Schrei zu ihr.

Sie fuhr aus dem Bett hoch und stürzte dahin, von wo er gekommen war. Tim saß, splitterfasernackt, auf dem überfluteten Badezimmerboden.

»Ich bin ausgerutscht«, stöhnte er.

»Alles in Ordnung?«, fragte sie. Aber sein Gesicht war schmerzverzerrt. »Nein«, sagte er. Seine Stimme klang gepresst. »Ich bin im Fallen ans Waschbecken gestoßen. Ich glaube, ich habe mir was gequetscht.«

»Wo?« Nelli ließ ihren Blick über Tims Körper wandern. Der rote Fleck auf seiner Brust war immer noch da, von dieser dubiosen Chlorallergie. Aber sonst sah sie nichts.

»Da unten.« Tim deutete mit dem Kopf auf seine Leistengegend. Er hatte die Hände davor verschränkt.

Sie trat vorsichtig an Tim heran. »Eine Quetschung?« Sie kniete sich zu ihm auf den Boden. Behutsam zog sie Tims Hände beiseite.

»Man sieht nichts«, stellte sie fest und streckte die Finger ihrer rechten Hand aus.

»Bitte nicht«, ächzte er. »Nicht anfassen!«

Er machte einen wirklich mitgenommenen Eindruck. Sie sah, dass er die Fingernägel in seinen Handflächen vergrub. »Würdest – würdest du etwas Eis holen gehen?«, fragte er unter Schmerzen.

DORO

Doro beschloss, dem Anwalt einen Besuch abzustatten. Es war jetzt Dienstag. Die ›Hochzeit‹ war drei Tage her. Und sie hielt es nicht aus, noch länger mit Tim hier zu sein.

Sie öffnete die Tür zu dem schäbigen Raum, der die Bezeichnung ›Kanzlei‹ eigentlich nicht verdient hatte. Mr. Cooper saß an seinem Tisch. Und neben ihm, wo ein zweiter Tisch wohl den Posten einer Sekretärin vorgaukeln sollte, saß …

»Elvis!«, rief Doro perplex, fing sich aber schnell wieder. »Ich meine, Kevin. Was machst du denn hier?«, fragte sie erstaunt.

»Ich frühstücke mit meinem Freund Marcus«, sagte Kevin ungerührt. Zum Beweis biss er in einen Donut. Puderzucker rieselte auf seinen Elvis-Anzug. »An Wochentagen läuft das Geschäft nicht so gut. Da komm ich manchmal auf einen Kaffee rüber. Willst du einen Donut?« Er hielt ihr eine Pappschachtel hin. Die kringeligen Fettflecken deuteten darauf hin, dass es mal eine Neuner-Packung gewesen war. Nun waren noch drei Stück drin. Kein Wunder, dass Kevin sich für den Look der späten Elvis-Jahre entschieden hatte. Donut-Orgien waren sicher eine exzellente Methode, um sich einen kräftigen Körperbau zu erhalten. Doro lehnte dankend ab. »Ich bin wegen der Annullierung hier«, sagte sie. »Mr. Cooper, wie weit sind Sie?«

»Mal sehen.« Der Anwalt griff zu seiner Computermaus und klickte ein bisschen rum. »Salinger … Sainsbury … ah. Sattler. Hier ist es ja.«

Kevin beugte sich rüber und legte eine Hand auf die von Mr. Cooper. »Warte eine Minute«, forderte er seinen Freund auf. Dann erhob er sich und trat zu Doro. Er war eine ziemlich imposante Gestalt. Nicht nur beleibt, sondern auch groß. Er blickte auf sie herab und nahm ihr Kinn in seine Hand. Seine Augen musterten sie forschend. Sie fühlte sich wie ein Schulkind. »Ich habe dich beobachtet«, sagte Kevin, der jetzt irgendwie wieder Elvis war. Er hatte plötzlich so eine Autorität. »Ich weiß genau, wie du dich fühlst.«

Doro schluckte.

»Ich weiß, dass dein Mann die Sache nicht richtig kapiert hatte. Die meisten Paare, die ich morgens auf der Straße aufgable, sind schon zu weggetreten, um die Sache mit der Hochzeit richtig ernst zu nehmen.«

Doro runzelte die Stirn. »Warum machst du es dann?«

»Ist mein Job. Und Marcus' hier.«

Doro warf dem Anwalt einen Blick zu. Ihr schwante etwas. Jetzt verstand sie, warum Kevin ihre Unterlagen so schnell bei der Stadt eingereicht hatte, dass sie die Hochzeit schon am selben Nachmittag nicht mehr hatten rückgängig machen können. Zumal doch Samstag gewesen war. »Ihr seid ein Team«, stellte sie fest. »Du lockst Leute, die das nüchtern nie tun würden, vor deinen Traualtar, und dann schickst du sie zu deinem Kumpel Marcus rüber, damit er bei der Annullierung abkassieren kann!«

Kevin zuckte mit den Schultern. »Ist ja trotzdem nicht so, als wäre ich es nicht wert.« Und er stimmte noch mal den Song an, den er bei ihrer Trauung gesungen hatte. Doro schlug ihm auf den Arm. Kevin grinste sie an. »Letztes Mal hat es dir so gut gefallen!«, stellte er fest. Sein Blick wurde ernst. »Dir hat so einiges gefallen. Mal ganz ehrlich, Kleines – willst du diese Annullierung wirklich?« Er blickte noch mal zu seinem Anwaltsfreund herüber, der sich einem weiteren Donut gewidmet hatte und kauend das Gespräch verfolgte. »Diesen Hochzeitskuss hättest du sehen müssen, Marcus. Wenn dieses Mädchen hier nicht verliebt ist, dann weiß ich auch nicht. Und sie sind so ein schönes Paar. Ich finde, die zwei sollten verheiratet bleiben.«

Der Anwalt wischte sich mit dem Handrücken Zuckerglasur vom Mund. »War es aber nicht so, dass dein Mann schon eine andere Frau hat? So eine ganz schräge Nummer, richtig frisch verheiratet und so?«

Doro seufzte und nickte.

»Aber du liebst ihn?«, hakte Kevin nach.

Doro seufzte noch mal. Und nickte wieder.

Kevin hielt ihr erneut die Donut-Box hin. Diesmal griff sie zu.

Zwölf Stunden zuvor · Nizza, Côte d'Azur

FELIX

Notfalls ließe er sich ins Krankenhaus einweisen. Lieber eine Woche in der Urologie mit einer gespielten Hodenquetschung als noch einen Tag im selben Hotelzimmer mit Nelli. Felix hatte zu Recht darauf spekuliert, dass Nelli in ihrer umsichtigen Art sofort den Rückflug nach Deutschland organisieren und ihm keinerlei Vorhaltungen machen würde. Es tat ihm allerdings extrem leid, dass er nicht nur ihre Flitterwochen versaute, sondern ihr nun auch noch solche Sorgen bereitete. Er lag mit einem Eispack an der Lende auf dem Bett und sah zu, wie Nelli ihre Sachen packte. Gleichzeitig telefonierte sie, das Handy zwischen Kopf und Schulter geklemmt, mit Angelika. »Nein, Mama. Ich bin nicht übervorsichtig«, hörte er sie sich rechtfertigen. »Wer weiß, was das für Folgen haben kann, wenn man nicht richtig therapiert! Außerdem würden wir die französischen Ärzte gar nicht richtig verstehen. Oder weißt du etwa, was ›Hoden‹ auf Französisch bedeutet?«

Aus dem Handy drang unverständlich Angelikas Stimme. »Oaah, Mama!«, regte Nelli sich daraufhin auf. »Die Frage war rhetorisch. Okay, du weißt also, was es bedeutet. Wie schön für dich, dass du so viel rumgekommen bist, aber ich möchte keine Details.« Nelli drückte auf Lautsprecher, um das Telefon auf dem Bett ablegen und besser nebenher packen zu können. Felix hörte Angelika plappern. »… oder, warte mal, warte mal, ›les couilles‹ ist vielleicht zu umgangssprachlich. Jacques hat immer so zu seinen Eiern gesagt, ach, der Jacques. Es stimmt ja, was man über die Franzosen sagt, das sind vielleicht Liebhaber, oh, là, là! Wenn dir ›Eier‹ zu peinlich ist, musst du vielleicht noch mal googeln, wie ein Arzt sagen würde. Aber ich denke, notfalls geht das schon. Also: COU…«

»Mama, nein! Nein! Erstens will ich nie wieder was von Jacques und seinen Eiern hören. Und zweitens will ich es auch nicht buchstabiert kriegen. Wie gesagt, wir fliegen in zwei Stunden nach Hause!«

»Lass mich mal mit Tim reden.«

»Hallo Angelika!«, rief Felix freundlich und hörte sich eine distanzlose Nachfrage von Nellis Mutter an. »Nein, Angelika, es war kein Sexunfall«, antwortete er dann betont nüchtern. Nelli verdrehte die Augen. Aber Angelika fand das Thema spannend. »Lass unsere kleine Nelli mal in Ruhe packen«, schlug sie vor, »wir regeln das. Ich habe hier schon den Laptop auf dem Schoß. Ach so, übrigens, hier hab ich's auf 'ner Übersetzungsseite, ›le testicule‹ für ›der Hoden‹. Also, wir machen jetzt mal eine Ferndiagnose. Warte, ich suche nach ›Hodenquetschung‹, Moment … Uhhh. Schlimme Bilder. Wie ist es bei dir? Ist es blau geworden?«

»Ähm.« Felix hatte es schon unangenehm genug gefunden, sich vorhin vor Nelli mit angeblich ramponierten Genitalien inszenieren zu müssen. Er hatte keinen anderen Ausweg gesehen, als sein bestes Stück angeblich außer Gefecht zu setzen. Aber das jetzt auch noch mit Nellis Mutter diskutieren zu müssen, ging wirklich zu weit.

»Oder rot?«, bohrte sie weiter.

»Ähm.«

»Lila?«

»Angelika, ganz ehrlich. Außer an Ostern will ich mit dir keine Eierfarben diskutieren.«

»Spießer. Was ist los? Und wie soll ich euch sonst helfen?«

»Musst du gar nicht«, sagte er trocken. »Wir haben alles im Griff.«

»Nur weil du dir wahrscheinlich gerade an dein bestes Stück fasst, heißt das nicht, dass du ›alles im Griff‹ hast. Ist ein ganz elementarer Denkfehler bei euch Kerlen«, versetzte Angelika. »Und willst du echt, dass Nelli euch die Flitterwochen versaut, weil sie in ihrer übervorsichtigen Art gleich den Rückflug nach Deutschland anordnet?«

Nelli, die das alles mit anhören musste, stopfte mit finsterer Miene Schmutzwäsche in den Koffer. »Du bist auf Lautsprecher, Mama!«, rief sie verärgert. Felix angelte nach ihrer Hand und hielt sie fest. »Angelika, deine Tochter ist nicht ›übervorsichtig‹, sondern fürsorglich. Und ich finde, dass wir ihr lieber dankbar dafür sein sollten, als sie damit auch noch zu ärgern.«

»Ja, ja«, grummelte Angelika. »Bringt mir wenigstens was Schönes mit. Und keine Sorge, Mr. Spießer. Ich werde dich diesmal nicht um ein neues Stück für meine Hotelhandtuch-Sammlung bitten.« Sie legte auf.

Nelli küsste Felix' Hand. »Ich glaube, du hast sie hart getroffen«, sagte sie grinsend. »Ein Handtuch hast du ihr doch bis jetzt immer mitgeschmuggelt. Aber ich hab gerade alle im Kampf gegen die Bad-Überschwemmung benutzt.« *Kein Wunder*, dachte Felix. Er hatte eine ganze Rolle Klopapier in den Dusch-Abfluss gestopft, um ihn zu blockieren und sein Ausrutschen im gefluteten Bad vorspielen zu können.

»Sollen wir einfach an der Rezeption eins kaufen?«, schlug er vor.

Nelli überlegte. »Ach weißt du, Schatz … ich finde, Mama kann endlich mal erwachsen werden. Du hast es schließlich auch geschafft.« Sie legte sich zu ihm aufs Bett und griff nach seiner Hand. »Irgendwie hat das Heiraten dich reifer gemacht. Du bist ein ganz anderer Mann geworden. Und weißt du was?« Sie sah ihn verschmitzt an. »Ich würde nicht mehr tauschen wollen.«

Eineinhalb Tage später · Husum, Nordsee

TIM

Tim stellte sich der Oberschwester als Felix Sattler vor. Die Besuchszeit im Krankenhaus war längst vorüber, aber Tims hilfloses Augenplinkern und die Schilderung seines sorgenvollen, durchwachten Übernachtflugs aus Amerika verfehlten ihre Wirkung nicht. Sie ließ ihn zu seinem Zwillingsbruder durch.

Vor dem Zimmer atmete Tim noch einmal tief durch. Dann öffnete er die Tür. Felix hatte ein Doppelzimmer für sich allein. Er saß auf seinem Bett am Fenster und las. Als er Tim sah, erhob er sich.

Tim hielt den Kopf gesenkt. Die Erwartung der Standpauke,

die Felix sich garantiert für ihr Wiedersehen zurechtgelegt hatte, lähmte seine Schritte. Zögerlich betrat er den Raum. Aber Felix kam schnellen Schrittes ums Bett herum. Er breitete die Arme aus und zog Tim an seine Brust. Dabei sagte er kein Wort. Stattdessen hielt er ihn in einer festen, innigen Umarmung an sich gedrückt.

Erleichtert erwiderte Tim die Geste. »Es tut mir leid, Felix«, seufzte er dann, als sie einander wieder losließen. »So einen Mist habe ich wirklich noch nie gebaut.«

»Ist schon gut. Lass es uns einfach vergessen.« Felix begann schon, sich den Schlafanzug auszuziehen.

Tim schaute verwundert, dann legte er Jeans und T-Shirt ab, hielt sie Felix hin und schlüpfte in Felix' Pyjama. Schließlich nahm er den Platz im Krankenhausbett ein.

Der Rollentausch war beendet. Tim Sattler war wieder Tim Sattler, und Felix nur zu Besuch.

»Nein, wirklich«, hob Tim noch mal an. »Du hast mich gerettet. Ich kann dir gar nicht oft genug danken.«

Felix zuckte nur mit den Achseln.

Tim konnte es nicht fassen. »Sag mal, hast du dir hier im Krankenhaus einen Virus eingefangen oder so? Du bist ja völlig abgeschlafft! Willst du mir nicht vorhalten, was für eine Zumutung die letzte Woche war?«

Felix setzte sich wortlos zu ihm aufs Bett. Er blickte ihn ernst an. Aber es war nicht der Blitze verschießende ›Was hast du da wieder angestellt‹-Gesichtsausdruck, der normalerweise Felix' Rettungsaktionen begleitete. Es war Besorgnis, die aus Felix' Augen sprach. Der ›Du musst jetzt ganz stark sein‹-Blick. Tim spürte kalte Angst seinen Rücken hochkriechen. Sie hatten zuletzt vor Tims Abflug in Vegas telefoniert, als Felix die Rückreise aus Nizza und den Hodenquetschungs-Krankenhausaufenthalt geplant hatte. Was war seitdem passiert? »Hat

Nelli etwas gemerkt?«, fragte er heiser. »Ist sie uns doch noch auf die Schliche gekommen?«

»Nein.« Auf Felix' Stirn bildete sich eine tiefe Falte. »Aber ich habe mit ihr geschlafen, Tim.«

Die beiden Männer blickten einander wortlos an. Tim hatte gehört, was Felix ihm gesagt hatte. Es kam auch bei ihm an. Teilweise. Die Tatsache ja. Bilder und Gefühle nein.

Er versuchte, zu begreifen. »Ich weiß nicht, was ich sagen soll«, stellte er fest.

Felix guckte gequält.

»Wieso …« Aber Tim konnte seinen Satz nicht beenden. Die Tür wurde aufgerissen und ihre Großmutter erschien. »Doch, ich darf das!«, rief sie in den Gang hinein. »In meinem Alter gelten keine Besuchszeiten.« Oma schloss die Tür hinter sich.

»Ach, da seid ihr ja sogar beide. Wie schön, ihr habt schon zurückgetauscht.« Normalerweise hätte Tim etwas dazu gesagt, dass Oma offenbar als einziger Mensch auf der Welt so überhaupt keine Schwierigkeiten hatte, sie auseinanderzuhalten. Aber er gab ihr nur mechanisch einen Kuss auf die Wange. Sie setzte sich auf den Besucherstuhl. Erwartungsvoll sah sie von einem zum anderen. »Was ist denn hier los? Ihr guckt ja, als wäre wer gestorben!«

Tim und Felix sahen sie mit unglücklichen Mienen an.

»Also, an mir kann's nicht liegen. Ich bin ja hier«, witzelte Oma, bekam aber immer noch keine Reaktion.

»Worum ging es denn gerade, als ich reinkam?«, fragte sie lauernd.

»Felix hat …«, druckste Tim, »Ich habe …«, murmelte Felix, aber keiner von beiden beendete den Satz.

»Ach so. Mit Nelli geschlafen. Ja, ja, ich weiß.«

Die Männer fuhren zusammen. »Woher …?«, fragte Tim.

»Nelli hat es mir gesagt.«

Felix schnappte nach Luft. »Einfach so?«

»Na ja. Ich habe ziemlich gute Verhörtechniken.«

»Und was hat sie gesagt?«, fragte Tim.

»Ich fürchte, lieber Tim, dein Bruder hat die Latte ziemlich hoch gelegt.« Oma grinste. »Hihi, Wortwitz. ›Die Latte‹, sagt ihr nicht so dazu?« Sie blickte Beifall heischend von einem zum anderen. »Ich musste es ihr ein bisschen aus der Nase ziehen, aber schließlich hat Nelli gesagt, es wäre ›die schönste Hochzeitsnacht der Welt‹ gewesen.«

Tim spürte etwas in sich explodieren. Bis eben war er in einem Starrezustand gewesen, hatte gar nichts gefühlt. Jetzt schoss heißer Zorn durch ihn hindurch. ›Die schönste Hochzeitsnacht der Welt‹?! Seine Hände ballten sich zu Fäusten.

Aber Oma legte eine ihrer Hände auf seine. »Ganz ruhig, Tim«, sagte sie besänftigend. »Du hast dir das selbst eingebrockt. Und dein Bruder«, sie griff mit der anderen Hand nach Felix', »hat es auch nur getan, um deine Ehe zu retten. Er musste sich opfern. Sonst würde Nelli jetzt nicht mehr sehnsüchtig auf dich warten.« Sie führte die beiden Männerhände zusammen und legte sie aufeinander. »So, nun vertragt euch.« Sie tätschelte sie noch einmal kurz und schlug dann einen geschäftsmäßigen Tonfall an. »Ich will hier wieder raus. Diese bärtige Oberschwester verpasst mir sonst noch eine Thrombosespritze. Felix, du kannst bei mir schlafen. Von da kannst du morgen unentdeckt zum Flughafen fahren. Tim, du wirst morgen aus dem Krankenhaus entlassen. Dann bist du wieder bei Nelli, und alles wird genau so sein wie vorher.«

Tim schluckte ein paarmal und hoffte inständig, dass sie damit recht hatte.

TIM

Vier Tage später saß Tim auf dem Sofa und sah sich heiraten.

So ähnlich musste es Leuten mit Amnesie gehen. Er erinnerte sich an mehrere Filme, in denen die Hauptfigur nach einen dramatischen Unfall zur Erinnerungsauffrischung vor den Fernseher gesetzt wurde und Szenen ihres Lebens vorgespielt bekam. Nun, seine Erinnerung würde nicht wiederkommen. Aber um wenigstens bei Nellis Erinnerungen mitreden zu können, sah er sich die Videomitschnitte seines Trauzeugen Torsten an.

Er sah Oma beim Tanzen und verräterisch viele Einstellungen von Nellis bester Freundin Erika. Wie Tim von Torsten gehört hatte, war es zwischen Erika und ihm nicht nur bei einem One-Night-Stand nach der Hochzeitsfeier geblieben.

Tim freute sich für die beiden. Aber bei den Einstellungen, in denen Nelli zu sehen war, zog sich sein Herz regelmäßig schmerzhaft zusammen. Nelli war eine wunderschöne Braut gewesen – und er hatte es nicht miterlebt. Nichts von dem, was Torsten gefilmt und der Fotograf in großformatigen Bildern festgehalten hatte, gehörte ihm. Das Einzige, was er von der Zeit des Rollentausches mit sich trug, war die Diagnose »Verdacht auf Hodenquetschung«. Hiermit hatte man ihn vor drei Tagen aus dem Krankenhaus entlassen, denn dieser Verdacht war nicht klinisch zu behandeln. Dafür aber mit einer ärztlich verordneten Sexpause verbunden.

Überhaupt, der Sex. Das eine war, keinen haben zu dürfen. Das Schicksal teilte er mit der Nationalmannschaft während der WM, und da wollte er mal nicht meckern. Aber Nelli spielte ständig darauf an, wie sehr sie sich auf die Neuauflage der Hochzeitsnacht freute. Tim konnte die Bilder, die sie damit von ihr und Felix heraufbeschwor, einfach nicht verdrängen. Natürlich hatte Oma recht, und er konnte es Felix nicht vorwerfen. Die Brüder hatten sich im Krankenhaus auch brav die Hand gegeben. Felix war schließlich nur für ihn in die Bresche gesprungen. In die Federn, vielmehr. Er, Tim, hatte sich das alles schließlich selbst eingebrockt.

Aber o Mann! Er bekam es einfach nicht aus seinem Kopf. Felix hatte mit Nelli *geschlafen*! Das war … Höchststrafe. Er wünschte sich, es ginge ihm wie seinen Freunden, deren Frauen wenigstens nur Fantasien von Ryan Gosling im Kopf hatten. Mit dem hätte er es aufgenommen. Aber niemandem sollte es zugemutet werden, den eigenen Bruder zum Sexkonkurrenten zu haben. Und dann noch einen, der ›die Latte hochhängte‹. Hatte Nelli jetzt andere Erwartungen? Überhaupt war Tim verunsichert, was Nellis Erwartungen anging. Nicht nur beim Sex.

Dabei waren sie doch nur eine Woche getrennt gewesen. Jetzt nahmen sie ihren Alltag wieder auf, ihr gemeinsames Leben, das sie schon seit zwei Jahren miteinander führten. Eigentlich müsste er nahtlos an die Zeit vor der Hochzeit anknüpfen können. Aber irgendwie fehlte ihm das Gespür dafür.

Tim gab sich große Mühe, Nelli nun endlich ein guter Ehemann zu sein. Und dabei ganz normal. Das Bizarre war nur: Er wusste nicht, wie das ging.

War es noch der Jetlag? Ihm fiel schlicht nichts ein, was er zu Nelli sagen konnte. Sein Kopf war voll mit den Plänen für die Band. Damit konnte er aber bei Nelli nicht mit der Tür ins Haus fallen. Wie hätte er ihr seine plötzlich neu erwachte musikalische Energie auch erklären sollen? Und andere Themen kamen ihm einfach nicht in den Sinn.

Wenigstens war dieser Abend in trockenen Tüchern. Nelli war, während er vorgeblich das Hochzeitsvideo zusammenschnitt, zu seinen Eltern gefahren. Danach hatte sie garantiert genug erlebt, worüber sie sich unterhalten konnten. Wie Nelli es nur mit seiner Familie aushielt? Er an Nellis Stelle hätte nie angeboten, den sechzigsten Geburtstag seines Vaters planen zu helfen. Aber Nelli hatte halt dieses Familien-Gen.

Nachdem er mit dem Video fertig war, suchte er seine alte Gitarre aus dem Schrank. Halb vergraben hinter dem Gästebettzeug war sie. Aber noch da. Er stimmte sie und begann zu spielen.

NELLI

Ausgeflittert. Nelli seufzte. Wie schnell einen der Alltag wieder einholte! Heute waren offiziell ihre Flitterwochen zu Ende. Morgen ging es wieder zur Arbeit. Sie würde ja sehen, welche Geschmacklosigkeiten Herr Diedrichsen seinen Kunden in ihrer Abwesenheit so alles versprochen hatte. Aber eigentlich waren es nicht die wartenden Garten-Amors, die ihr die Laune verdarben.

Wenn sie ganz ehrlich war: Sie war ein klein wenig enttäuscht von Tim. Fühlte sich ein minikleines bisschen im Stich gelassen. Sie saß mit Gerhard und Barbara in deren Wintergarten und fragte sich, ob das das Schicksal von Schwiegertöchtern war. Eigentlich hatte Tims Vater seine Geburtstagsfeier mit Felix planen wollen. Aber Tims Zwillingsbruder war, nachdem er schon den Flug zu ihrer Hochzeit nicht bekommen hatte, letztlich gar nicht mehr nach Deutschland gekommen. Und jetzt blieb die Arbeit an ihr kleben.

Okay, um fair zu bleiben: Sie hatte es angeboten. Barbara und Gerhard hatten signalisiert, dass sie Hilfe brauchten, und als von Tim nichts kam, stellte Nelli sich natürlich zur Verfügung. Es war auch nicht unüblich, dass Tim sich aus so etwas heraushielt und den ›Familienkram‹ ihr überließ. Nur irgendwie hatte sie gehofft, dass es durch die Hochzeit anders wäre. Dass Tim auch in dieser Hinsicht reifer, verantwortungsbewusster geworden wäre.

Tim hatte in Nizza sogar gern mit ihr über seine Familie gesprochen. Er hatte ihr ein bisschen die Angst vor Oma Ilse genommen, als sie gemeinsam über die Brautschleier-Geschichte gelacht hatten, und sich so gut in seinen Bruder eingefühlt. Was er ihr erzählt hatte, hatte ihr klar gemacht, dass Felix doch kein bindungsunfähiger Rüpel war, sondern nur ein armer Kerl mit Beziehungstrauma. Danach hatte sie mit Tim sogar Pläne geschmiedet, wie Felix den kleinen Landgasthof übernehmen könnte. Im Grunde seines Herzens schien Felix ein total heimatverbundener Typ zu sein. Ob er nur vor sich selbst nach Amerika geflüchtet war? Sie hatte für sich den Verdacht, als wäre für Felix die Karriere im Grunde nur so etwas wie Plan B gewesen war. Planbarer Erfolg, Leistung statt Liebe. Aber das war vielleicht auch nur ihr romantisches Wesen, das alles im Leben immer auf die Liebe zurückführen wollte. Fakt war jedenfalls, dass es Tims Bruder in Amerika nicht gut ging. Im Laufe ihres Gesprächs war Tim immer sicherer geworden, dass es so war – und dass der Besitz eines eigenen, kleinen Landgasthofs in Nordfriesland vielleicht genau das richtige für Felix sein könnte. Es hatte ihnen einen solchen Spaß gemacht, sich auszumalen, wie Felix den Dorfkrug übernähme! Nelli hatte in Gedanken schon angefangen, ihm den Garten zu planen … vielleicht war sie auch deshalb so enttäuscht, dass Tim jetzt plötzlich nicht mehr in die Puschen kam. Wenn sie Pech hatten, war der Dorfkrug längst verkauft, noch ehe Tim mit Felix darüber gesprochen hatte.

Nun gut. Sie wollte da nicht drängeln. Sie drängelte schon genug ... Tim war mit einem Mal wieder so verplant, und sie kam sich vor wie die letzte Meckerliese, weil sie Tim auf Sachen wie Zahnpastatube und Klodeckel hinwies. Dann rief er Felix eben nicht an. Sie selbst konnte es nur leider auch nicht tun. Felix kannte sie noch nicht mal. Der würde sie ja für komplett irre halten, wenn sie ihm vorschlug, sein Leben zu ändern! Außerdem hatte sie genug zu tun. Sie widmete Gerhard und Barbara wieder ihre volle Aufmerksamkeit und machte sich brav Notizen von deren Festvorstellungen.

Die divergierten ziemlich. Gerhards Spanferkel versus Barbaras veganem Menü. Vegan war neu, da mussten sie sich noch dran gewöhnen. Allen voran Barbara selbst, die zu einer deftigen Griebenschmalzstulle noch nie ›Nein‹ hatte sagen können, Cholesterin hin oder her. Aber Barbara vertraute seit einigen Jahren einem Schamanen. Und dieser hatte jüngst bei ihr eine tiefe spirituelle Verbundenheit mit allem ›Kreatürlichen‹ ausgemacht. Nelli hatte so eine Ahnung, dass das weniger mit Barbaras Aura als mit dem Umstand zu tun hatte, dass das Thema »Wechseljahresbeschwerden« bei ihr allmählich durch war und der Schamane etwas Neues zum Zaubern brauchte. Also durchleuchtete er jetzt ihre transzendentalen Energiekanäle. Nelli hätte Barbara gewünscht, dass er dabei den Bedarf für ein Yoga-Retreat auf Bali erkannt hätte oder wenigstens für eine entspannte Klangschalen-Therapie. Aber nein, der Schamane sah in Barbaras Energiewellen nur diesen Quatsch mit dem ›Kreatürlichen‹. Und natürlich verbot es sich ab sofort, sich besagtes ›Kreatürliches‹ auf den Teller zu legen.

Gerhard hatte sich um das spiritistische Vergnügen seiner

Frau nie groß gekümmert. Viel zu spät merkte er nun, was der Schamane angerichtet hatte. Es ging ihm ans Spanferkel. »Schnuffi, irgendwas muss man doch essen. Und Sojabohnen sind schließlich auch kreatürlich«, versuchte Gerhard nun, den Kopf aus der Schlinge zu ziehen.

»Sie blicken dich aber nicht aus toten Augen an!«

»Das gehört doch alles zum Kreislauf der Natur!«

»Kreislauf, eben! Was meinst du, wenn du in deinem nächsten Leben als Schwein wiedergeboren wirst! Da willst du auch nicht am Drehspieß enden.«

»Als Sojabohne in einem Salat wäre auch nicht besser!«

Das konnte noch eine Weile so weitergehen. Nelli ließ den Stift sinken und erlaubte ihren Gedanken, wieder abzuschweifen. Und noch lange, bevor Barbara und Gerhard sich auf ein halb rustikales, halb veganes Selbstbedienungsbuffet geeinigt hatten, war auf Nellis Notizblock die Skizze für eine Gartenanlage entstanden.

Einen Tag später · Miami, Florida

FELIX

Eine E-Mail von Nelli.

Felix saß in seinem Büro vor den Tabellen mit der Tagungsraum-Belegung, als das Benachrichtigungsfenster für die eingegangene Nachricht aufploppte.

Schlagartig wurde Felix heiß, auch wenn sein Verstand sofort versuchte, seine Gefühle in Zaum zu halten. Was sollte Nelli schon von ihm wollen, für sie war er nur der Schwager, den sie noch nie gesehen hatte. Trotzdem starrte er auf den

Monitor und musste sich erst einmal fangen, ehe er die E-Mail öffnen konnte.

Es war jetzt fünf Tage her, dass er wieder aus Nellis Leben verschwunden war, und es erschien ihm wie eine Ewigkeit. Eine Ewigkeit, in der sich sein Leben anfühlte, als sei es gar nicht seines. Nichts war mehr, wie es vorher gewesen war. Die Arbeit war zwar noch die gleiche. Kongressplanungen, Mobiliarwechsel und ein Maschinenproblem in der Wäscherei hielten ihn auf Trab. Aber seine Aufgaben kamen ihm nicht mehr wichtig, sondern seltsam hohl vor. Er hatte dem Einkaufsleiter am Morgen zum tausendsten Mal eingeschärft, dass die Auswahl der Zimmerausstattung eine Frage der Übereinstimmung mit den Firmenrichtlinien und Lieferantenpreise war und nichts mit persönlichen Geschmacksentscheidungen zu tun haben durfte. Wie immer hatte der Mann dann mit den Augen gerollt. Wie immer hatte Felix ihm daraufhin einen strengen Blick zugeworfen. Aber zum ersten Mal hatte er sich, kaum dass die Tür hinter dem Mann ins Schloss gefallen war, frustriert die Haare gerauft.

Wieso zog ihn sein Job mit einem Mal so runter? Dass er sich auf nichts konzentrieren konnte, machte seine Laune auch nicht besser. Sein Kopf hakte ständig aus, und er ertappte sich bei Träumereien. Er konnte wie eben auf seine Tabellen starren, und doch sah er vor seinem inneren Auge Nelli. Sah sie, wie sie ihm das Ja-Wort gab. Damals, in der Wirklichkeit, hatte er den Moment verteufelt. Aber in seiner Fantasie stand er dort nicht mehr für Tim. Felix träumte von Nellis Stimme, ihrem Blick … und davon, dass das alles tatsächlich ihm gegolten hätte. Und hatte es das denn nicht? Nun, natürlich noch nicht auf dem Standesamt. Aber in Nizza! *Sie* waren es, die gemeinsam gelacht, einander vertraut hatten, auf einer Wellenlänge gewesen waren. In *seinen* Armen hatte sie auf dem Surfbrett gelegen, und an Bord der Aurora hatte sie sich gewünscht, dass ihre Flitterwochen nie zu Ende gingen. Und dann ... ihre gemeinsame Nacht. Er hatte ihr seine Liebe gezeigt, und jede Berührung, jeder seiner Blicke hatte ein Echo in ihr gefunden. Es waren *ihrer beider* Seelen gewesen, die sich vereint hatten. Da und dort. Nellis und seine.

Im Krankenhaus hätte er es Tim beinahe gestanden. Wenn Oma nicht hereingekommen wäre, hätte er ihm gesagt, dass er sich in Nelli verliebt hatte. Jetzt war er froh, dass Omas Auftritt das verhindert hatte. Es war hart genug, dass sie beide dieselbe Frau liebten. Aber was sollte es bringen, Tims Leben damit zu beschweren, dass er etwas für Nelli empfand? Dass sie beide mit ihr geschlafen hatten, war heftig genug. Es war ganz sicher die schonendste Lösung, die Sache als Rollenspiel des Zwillingstauschs zu verbuchen und damit gut sein zu lassen. Es war vorbei. Und doch ließ sich die irrationale Freude nicht abschalten, die der Empfang einer Nachricht von Nelli bei ihm auslöste. Mit klopfendem Herzen öffnete er sie.

Lieber Felix,
schade, dass Du nicht dabei sein konntest.
Hier ein paar Bilder von der Hochzeit.
Liebe Grüße,
Nelli

Felix seufzte. Das war lapidar. Aber so war es eben auch! Für Nelli war er ein fremder Mensch. Der Schwager, der die Hochzeit verpasst hatte. Der arme Kerl, der sich ihres Wissens keine Gefühle erlaubte. Natürlich schrieb sie ihm nicht mehr als das hier.

Felix klickte auf die Fotos. Nelli auf der Hochzeit, in seinen Armen.

Ein Schmerz erfasste ihn. Ein echter, physischer Schmerz. Er spürte sein Herz, als hätte sich eine Schlinge um seine Brust gelegt und zöge sich zusammen.

Wilhelmsburg, Hamburg

DORO

Doro hockte auf ihrem Fenstersims und wünschte, es gäbe so was wie Gebissreiniger fürs Hirn. Kukibrain 2-Phasen. Auch für hartnäckige seelische Beläge. Sie hielt Tims Strat in der Hand und spielte sehr zum Ärger ihres Nachbarn in Endlosschleife ihren Las-Vegas-Song vor sich hin.

»Nimm wenigstens ein Instrument, das du kannst! Und mach gefälligst das Fenster zu!«, hatte Raffaele von nebenan schon vor einer Stunde zu ihr rübergerufen. Aber Raffaele konnte sie mal. Der fragte ja auch nicht um Erlaubnis, wenn er mit seiner Flex im Innenhof ›Kunstwerke‹ aus Betonblöcken sägte.

Jetzt streckte er schon wieder seinen Kopf aus dem Fenster. »Doro! Hör auf!«, rief er. Doro hatte sich ihre Amy-Winehouse-Frisur gebastelt und schenkte Raffaele ein lässiges ›Du gehst mir am Arsch vorbei‹-Gesicht. Als Amy konnte man echt gut der Welt den Stinkefinger zeigen.

Raffaele machte eine Geste mit Daumen und kleinem Finger. War das das italienische ›Du kannst mich mal‹?

Doro war das egal. Sie war mit der Welt auf Kriegsfuß.

Seit Mittwoch.

Seit Tim sich in Hamburg von ihr verabschiedet hatte.

»Wir bleiben in Kontakt.« So hatte Tim das gesagt und sie

noch gebeten, die Strat – die er inzwischen unbedingt behalten wollte – mitzubringen, wenn sie mal wieder zu ihren Eltern nach Husum kam. Dann konnte sie ihm die Gitarre ganz unauffällig ›nachträglich zur Hochzeit schenken‹. Auch wenn es ein blödes Hochzeitsgeschenk war, wenn man bedachte, dass Nelli sich nicht so viel aus Musik machte. Aber Tim hatte das nicht tragisch gefunden. Doro und Nelli kannten einander nicht, da ginge es ihr sicher als Denkfehler durch, bei einem Ehepaar automatisch die gleichen Interessen zu vermuten. Doro hätte schreien können.

Nein! Sie vermutete nicht, dass die beiden die gleichen Interessen hatten. Hatte sie nie. Von Anfang an nicht. Ihr fiel wieder ein, was Tim so alles gesagt hatte. *»Sie würde sich Sorgen machen, dass ich auf der Reeperbahn bin.«* – *»Nicht mit Straßenhose aufs Bett.«* – *»Kulturprogramm …«* – *»Nelli würde schimpfen.«* Halloo???? Jedes Mal, wenn Tim ihr etwas von Nelli erzählte, hatten sich ihr die Fußnägel aufgestellt. Wenn Doro Tims Seelenverwandte war, dann war Nelli sein … ach. Egal. Tim hatte seine Entscheidung getroffen. Er war verheiratet. Hätte Doro ihn früher wieder getroffen, hätte sie vielleicht versucht, mit ihm zu reden. Sie glaubte nicht, dass seine Beziehung zu Nelli auf dem richtigen Fundament ruhte. Aber jetzt war es zu spät.

Und außerdem war er ihre Hilfe gar nicht wert.

›Wir bleiben in Kontakt.‹ Das war ja wohl das zwischenmenschliche Äquivalent zu ›Rufen Sie nicht uns an, wir melden uns bei Ihnen.‹ Er behandelte sie wie eine Affäre! Eine Seelenverwandtschafts-Affäre. Beste Freunde für eine paar Tage. Damit er nicht sah, wie verletzt sie war, hatte sie sich schnell abgewandt, war zur U-Bahn gegangen und hatte ihren Entschluss gefasst. Sie schminkte sich diesen Typen jetzt ein für alle Mal ab, in jeder Hinsicht. Sie hatte es einmal geschafft, sie würde es wieder schaffen. Ihre Gefühle für Tim waren nur eine Phase. Eine vorübergehende Phase.

Und nun saß sie da. Zornig über ihre seit dem Abschied in Wahrheit kein bisschen abgeklungenen Gefühle und ihren spießigen Nachbarn riss sie an einer Saite. Mit dem Tremolo-Hebel sorgte sie für einen nervenzerreibenden Oszillationseffekt. E-Gitarren konnten wunderbare Folterinstrumente sein. Raffaele riss leidend die Augen auf und wackelte hektisch mit seiner Hand. Er machte immer noch diese komische Geste, bei der er Daumen und kleinen Finger auseinanderspreizte. »Telefon!«, schrie er jetzt dazu. »Doro, bei dir klingelt seit einer Viertelstunde das Telefon!«

»Moin, Doro«, hörte sie Tims Stimme. »Ich habe einen Job für dich.«

Okay, es war kein Anruf aus Liebe. Aber immerhin. Er rief an! Doro versuchte, ganz abgeklärt zu bleiben. »Um Himmels willen, Tim. Ich weiß. Dein Vater wird sechzig. Aber ich stelle mich nicht vor eurer ganzen Familie hin und singe mein Kuschelrock-Medley.«

»Oh, gute Idee, gute Idee. Daran hatte ich noch gar nicht gedacht. Das solltest du eigentlich auf jeden Fall tun! Aber ich rufe wegen etwas anderem an. Wir haben doch darüber gesprochen, dass du vor deiner Karriere als Whitney das zweite Staatsexamen noch gemacht hast.«

»Mm-hm.«

»Du bist also richtige Lehrerin.«

»Mm-hm.«

»Fächer?«

»Musik und Englisch.«

»Könntest du auch eine Mofa-AG übernehmen?«

»Kids zeigen, wie man Zweitaktmotoren frisiert? Klar.«

»Es geht eher um Verkehrsregeln.«

»Dann nicht.«

»Doro!«, mahnte Tim streng. »Jetzt nimm mich doch mal Ernst.«

»Wieso? Ich weiß doch immer noch gar nicht, worum es geht!«

»Darum, dass du gesagt hast, dass du mich um mein regelmäßiges Einkommen beneidest. Und darum, dass mein lieber Kollege Jörn Siemssen in Reha muss.«

»Der Typ mit der Wohnung?« Doro erinnerte sich daran, dass Tim während der Tage vor der Hochzeit die Wohnung eines verunfallten Kollegen gehütet hatte.

»Mit der Wohnung, und vor allem dem Beinbruch. Hat sich alles verkompliziert, er fällt mindestens bis zu den Sommerferien aus. Und damit sein Leistungskurs nicht unbetreut bleibt, sucht unser Direktor nach einer Vertretungskraft. Erstmal nur kurzfristig. Aber mit Aussicht auf einen festen Vertrag im neuen Schuljahr, wenn du dich bewährst.«

Das kam überraschend. Daran, wieder in den Schuldienst zu gehen, hatte Doro noch nicht gedacht. Aber der Las-Vegas-Trip hatte ein ziemliches Loch in ihre sowieso nicht tiefe Kasse gerissen. Und ein Job in Husum war praktisch. Es war nah genug an Hamburg, um ihre gelegentlichen abendlichen Auftritte weiterhin wahrnehmen zu können. Und eine Bleibe hatte sie auch, sie konnte ja einfach bei ihren Eltern unterkommen. Sollte sie dem Lehrerdasein noch eine zweite Chance geben?

»Ach Doro, eins noch«, drang Tims Stimme in ihre Gedanken. »Du müsstest auch bei der Lehrerband mitmachen.«

»Häh? Seit wann gibt es eine Lehrerband? Ich dachte, du hättest gesagt …«

»Seit gestern«, fiel Tim ihr ins Wort, und sie konnte an seiner Stimme hören, dass er gerade breit grinste. »Die Crawling Crabs Reloaded. Torsten, Flo und ich haben es gestern beschlossen. Und wir brauchen dich.«

Vier Tage später · Husum, Nordsee

NELLI

»Ilse, ich bin ein großer Fan der Crabs!«, versicherte Nelli. Sie hielt das Telefon zwischen Ohr und Schulter geklemmt und lud gleichzeitig die Waschmaschine voll.

»Ja? Weil ich nämlich dachte, dass du dich vielleicht vernachlässigt fühlst.«

Verdammt! Sogar Tims Oma merkte also, dass ihr Mann plötzlich an nichts anderes mehr dachte als an seine Musik. Aber Nelli beschloss zu lügen. »Ach, ich freue mich doch, dass die Band wieder zusammen ist«, erklärte sie. Dass sie sich zurückgesetzt fühlte, wollte sie Tims Oma nicht auf die Nase binden. Es war schließlich nicht so, dass Tim sie mit Absicht aus seinem Leben ausschloss. Wenn sie ihn ansprach und er aus seiner Musik-Trance aufschreckte, war er immer sehr bemüht, seine Versäumnisse wiedergutzumachen. Dann räumte er auf und bot an zu kochen. Aber es war einfach nicht das Gleiche wie in Nizza. Dort war Tim in jedem Augenblick präsent gewesen. Immer hatte er mitgedacht und ihr Arbeit abgenommen. Jetzt war sie wieder diejenige, die alles allein organisieren musste. Und das Schlimme war: Jetzt störte es sie. Mit einem Mal hatte sie nicht mehr das Gefühl, als würde sie gebraucht. Sondern benutzt. Tim konnte doch auch anders! Aber es war nichts mehr davon zu spüren. Zurück in

Husum sortierte Tim nur noch die Noten für seine wiederge-
gründeten Crabs, und sie sortierte die Buntwäsche. Das ging
so nicht. Sie mussten dringend an ihrer Beziehung arbeiten.

Nur lieber ohne Beteiligung von Ilse. Die kam ihr sonst
womöglich mit irgendwelchen Ratschlägen. Und auf Bezie-
hungstipps à la Ilse Sattler konnte sie gut verzichten.

»Ach, dann ist ja gut. Ich dachte mir nur, ich frag mal nach.
Ich hätte sonst einen Tipp gehabt«, flötete Ilse da auch schon
ins Telefon. Siehste. »Ich hab früher nämlich für die Crabs ge-
kocht. Die haben mich geliebt! Eigentlich bin ich das inoffi-
zielle fünfte Bandmitglied. Oder Chef-Groupie, wenn du so
willst. Ich könnte dir meine alten Rezepte geben. Du musst
dich ja nicht selbst durch alle durchfuttern, du merkst es
schließlich selbst, Frauen um die dreißig müssen beim Essen
langsam aufpassen. Aber die Crabs schwören auf meine Käsestangen ...«

»Mit siebenundzwanzig ist man nicht ›um die dreißig‹, und
ich muss auch nicht aufpassen!«, sagte Nelli genervt. Sie langte
neben sich in das Schälchen mit Schokolinsen und hielt de-
monstrativ den Hörer an den Mund, als sie krachend zubiss.
»Aber bemuttern will ich die Band trotzdem nicht«, fügte sie
begleitet von einem genüsslichen Schmatzen hinzu.

Ilse schwieg kurz. Wahrscheinlich überlegte sie, ob sie sich
dadurch herabgesetzt fühlen sollte. Dann aber schlug sie sich
auf ihre Seite. »Nein, Nelli, du hast recht. Das wäre vielleicht
das falsche Signal. Du musst darauf achten, dass er dich als
Partnerin wahrnimmt. Also, als Frau. Wo ihr auch gerade so
eine schwere Zeit durchmacht.« Ilse seufzte mitfühlend.

Nelli stöhnte auch. Alle Welt wusste von Tims Hodenquetschung. Sie hätte es genauso gut in die Zeitung setzen können. Zwischen die Tauf- und Verlobungsanzeigen. ›Tim und
Nelli Sattler geben bekannt: Sie haben keinen Sex. Statt Blu-

men bitten wir um eine kleine Spende an die Deutsche Hodenforschungsgesellschaft.'

Ilse hatte Nellis Stöhnen gehört. »Vermisst du es sehr?«, hakte sie nach.

»Nun ja«, sagte sie ausweichend. Sie hatte vor ein paar Tagen einen Fehler gemacht, als sie auf Ilses drängelnde Nachfragen die ehrliche Antwort gegeben hatte, dass es die schönste Hochzeitsnacht der Welt gewesen war. Sie beschloss, dem Thema auszuweichen. »Ich vermisse halt einfach den Tim aus meinen Flitterwochen. Wir hatten in Nizza eine besonders schöne Zeit miteinander. Viel mehr geredet als sonst und so etwas. Das rettet sich eben schwer in den Alltag herüber.«

Ilse räusperte sich. »Ja. Nun ja. Das kann man vielleicht auch nicht erwarten«, sagte sie. »Also dann. Weshalb ich eigentlich anrufe: Du organisierst doch Gerhards Geburtstagsfeier. Ich möchte bitte wieder neben deiner Mutter sitzen.«

»Alles klar.« Nelli notierte den Wunsch für die Sitzordnung und gab Ilse dann einen kurzen Abriss über die bisherigen Festvorbereitungen. Das Thema Spanferkel vs. Quinoa-Salat sparte sie aber aus. Wenn Ilse damals die Crabs bekocht hatte, würde sie womöglich auch Gerhards Festbewirtung an sich reißen und dabei Barbaras Aura zerstören. Tatsächlich stellte sich im nächsten Moment heraus, dass Ilse in punkto ›Einmischen‹ schon kräftig am Werk war. »Ich hab mir den Gasthof mal angeguckt«, erklärte sie. »Du hast ja gesagt, der alte Dorfkrug in Freesbüll, richtig?« Das stimmte. Nachdem Nelli so lange wegen Felix an den kleinen Gasthof gedacht hatte, war es ihr ganz natürlich vorgekommen, der Familie den Ort für die Feier vorzuschlagen. »Ich wollte gucken, ob genug Platz ist, dass die Crabs auftreten. Und ich hab bei der Gelegenheit mit Frau Jansen gesprochen. Wusstest du, dass die verkaufen wollen? Herr Jansen hat es am Rücken, und Frau Jansen mit ihren Wassereinlagerungen … die werden halt auch nicht jünger. Ich habe jetzt ja auch wegen meines schwachen Bindegewebes etwas verschrieben bekommen. Ich war neulich noch im Orthopädiegeschäft …«

»Ilse«, fiel Nelli ihr ins Wort und dachte an Tims aufmunternde Worte in Nizza, dass man von Paroli gegen Ilse nicht starb, »ich hab gleich noch was vor …«

»… schon gut, du wirst schon sehen, ich wollte nur sagen, ich habe vielleicht eine Überraschung für euch.«

Sie sagte das sehr betont. *Üüüüüberraaaaschung.* Aber Nelli hatte wirklich noch etwas vor und tat Ilse nicht den Gefallen, sie weiter darüber auszuquetschen. News aus dem Orthopädiegeschäft interessierten sie auch nicht sooo brennend.

Nelli verabschiedete sich und ging dann grinsend ins Schlafzimmer hinüber. Oma Ilse mochte denken, dass ihre frisch bestellten Stützstrümpfe oder was auch immer eine Knaller-Überraschung waren. Aber sie war sicher, dass sie Tim mit *ihren* Dessous eine größere Freude machte. Heute war endlich die Sperrfrist rum! Denn, um im stillen Omas indiskrete Frage von vorhin zu beantworten: Ja, sie vermisste den Sex. Und wie! Und heute war es endlich geschafft. Tims Verletzung lag nun genau zehn Tage zurück, und heute Abend würden sie es endlich wieder tun können. Schon der Gedanke machte sie ganz wuschig. *Nelli Sattler,* dachte sie belustigt, *du kleiner lüsterner Sex-Freak!*

Sie öffnete ihre Kommode und holte ihr Negligé hervor. Seit Nizza war es nicht wieder zum Einsatz gekommen. Wie die Funken zwischen ihnen geflogen waren! In ihrem Bauch kribbelte es wie so oft in den letzten Tagen, wenn sie an die Flitterwochen zurückdachte. Ob es Tim auch so ging? Hatte er sich in die Musik gestürzt, um sich nicht in Versuchung zu bringen?

Aber ab heute musste sich niemand mehr ablenken. Nelli zog das seidene Dessous aus der Kommode und ging beschwingten Schrittes ins Bad.

TIM

Schon wieder eine Nachricht von Nelli. »Heute Nacht!«

Tim ging mittlerweile mit den Nerven zu Fuß.

Nelli hatte keine Gelegenheit ausgelassen, anzudeuten, wie sehr sie sich auf die Neuauflage ihrer Hochzeitsnacht freute.

Also, er war bestimmt nicht schlecht im Bett. Er machte Nelli glücklich, auch im Schlafzimmer, das war gar keine Frage. Und ganz zur Sicherheit hatte er sich eine *Men's Monthly* gekauft und beherrschte jetzt »die zehn Top-Moves für die vollkommene Verführung: vom sinnesbetörenden Kuss bis zur Eroberung ihrer erogenen Landkarte«.

Trotzdem ging ihm jedes Mal die Libido auf Grundeis, wenn Nelli davon schwärmte, wie besonders ihre Nacht in Nizza gewesen war. Was war da gewesen? Er konnte und wollte seinen Bruder nicht fragen. Bloß nicht. Die Bilder von Nelli und Felix beim Liebesspiel würde er nie wieder los. Die Gedanken an Felix und Nelli schlichen sich ohnehin andauernd in seinen Kopf, da konnte er keine zusätzlichen Details brauchen.

Außerdem hatte sein Bruder wohl kaum irgendwelche exotischen Verrenkungen durchgezogen, die er sich nun aneignen müsste. Nellis Begeisterung für die Hochzeitsnacht musste an etwas anderem liegen. Tim schob es auf die Romantik. Frisch verheiratet, laue Sommernacht, Sternenhimmel, Meeresbrise ... Damit konnte Tim es aufnehmen. Er hatte edle Duftkerzen besorgt. Und eine CD mit Meeresrauschen.

Als Tim in die Wohnung kam, wartete Nelli schon auf ihn. Im Bademantel. Es war noch nicht mal sechs Uhr abends. »Heute Nacht« hieß dann wohl eher »heute später Nachmittag«. Er gab ihr einen verschmitzt-verschwörerischen Begrüßungskuss, richtete heimlich das Schlafzimmer her, duschte und beschwor sein Unterbewusstsein, ihn für die Dauer der nächsten zwei Stunden einfach mal Einzelkind sein zu lassen.

NELLI

»Ein Gefühl wie Weihnachten«, seufzte Nelli. »Endlich darf ich auspacken!« Tim stand, nur ein Handtuch um seine Hüften geschlungen, vor ihr. Was für ein Körper. Sie strich mit den Fingerspitzen über seine muskulöse Brust. Die Hautreizung durch die Chlorallergie war auch endlich verheilt. Sie zeichnete die Stelle nach, auf der in den Flitterwochen der große rote Fleck geprangt hatte, und genoss die Berührung seiner Haut. Dann sah sie in seine Augen. Freute sich auf den Zauber, den sie in Nizza gespürt hatten. Wenn ihre Blicke ineinander versanken …

»Kraaaa.« Der Schrei eines Meeresvogels gellte durchs Schlafzimmer. Nelli guckte irritiert zum Fenster.

»Eine Möwe. Kommt von der CD«, sagte Tim und deutete zur Musikanlage. »Ich dachte, ich hole uns ein wenig Meeresatmosphäre nach Hause.«

»Oh. Schön. Gute Idee.« Nelli konzentrierte sich wieder auf sein Gesicht. Gleich würde die Magie wieder beginnen.

TIM

Tim sah, dass Nelli ihn erwartungsvoll anblickte. Also los. *Action!* Er strich ihr den Bademantel von den Schultern. Sie trug ein Nachthemd, das er noch nie an ihr gesehen hatte. Ein hauchdünnes, fließendes Dessous, eigentlich gar nicht ihr Stil. Ihr Körper zeichnete sich unter dem Stoff ab. Nelli nahm seine Hand und legte sie auf ihre Brust. Gleichzeitig presste sie sich an ihn. Flackernd kam Tim in den Sinn, wie Doro sich in seinen Armen gewunden hatte, bei ihrer *»Love me like you do«*-Nummer. Doro hatte nur geschauspielert, aber war wahnsinnig echt rübergekommen. Bei Nelli war es genau umgekehrt. Bisher hatte sie als Nachtwäsche Schlafshirts und Shorts getragen. In diesem Negligé kam sie ihm irgendwie verkleidet vor. Er griff an den Saum des Hemdchens, um es ihr auszuziehen und wieder in vertraute Gefilde zu gelangen. »Nicht so schnell«, bat Nelli ihn und griff nach seiner anderen Hand. Sie drückte sie an ihren Po und sah ihm in die Augen. »Küss mich!«, forderte sie und bog ihm ihr Gesicht entgegen. Tim senkte den Kopf auf ihren.

»Kraaaa«, schrie eine Möwe.

NELLI

Der Kuss fühlte sich nicht richtig an. Nichts fühlte sich richtig an! Tim handelte fast wie mechanisch. Ging er eine innere Checkliste durch? Jetzt führte er sie aufs Bett. Sie legten sich hin. Nelli wartete auf den verhangenen Ausdruck, der in Nizza in seine Augen getreten war.

Stattdessen trat er aufs Gaspedal. Er drückte eine Kusssalve auf ihr Dekolleté. Gleich darauf spürte sie seine Hand an ihrem Bein. Er arbeitete sich unter dem Saum des Negligés hoch und glitt zielstrebig die Innenseite ihres Schenkels entlang.

Sie hatte sich in den vergangenen zehn Tagen viel von ihrer nächsten gemeinsamen Nacht ausgemalt. Wie er ihren Namen stöhnte. In sinnlichen Küssen versank. Sein Verlangen zeigte und gleichzeitig zügelte, um die schwelende Lust gemeinsam auszukosten. Und jetzt? Jetzt lag er mit verschlossenem Gesicht neben ihr und klapperte ihre erogenen Zonen ab.

Sie setzte sich auf. »Was ist los?«, fragte sie und konnte nicht verhindern, dass sich ein anklagender Tonfall in ihre Stimme schlich.

»Nichts!« Tim riss die Augen auf. »Ich wollte nur … also … was … hätte ich was anders machen sollen?« Tim zog die Hand zurück. Ein verstörter Ausdruck trat in sein Gesicht.

Jetzt bekam Nelli ein schlechtes Gewissen. Tim hatte Kerzen und diese CD besorgt. Er meinte es ja ganz offensichtlich gut. Sie legte ihm versöhnlich eine Hand auf den Arm. »Entschuldige, Schatz. Ich dachte nur … spürst du es nicht auch? Irgendwie ist es nicht mehr wie in Nizza.«

Tim strich ihr die Haare aus dem Gesicht. »So ist es nun mal«, sagte er. »Nizza war eine Zeit für sich. Jetzt sind wir wieder zu Hause. Okay?«

»Ja.« Nelli spürte einen Kloß im Hals. Sie legte sich wieder hin und schloss die Augen.

FELIX

Gerhard redete jetzt Tacheles in Sachen ›transatlantische Beziehungen‹. Ein Land, in dem nackte Mädchen in Videos auf Abrissbirnen herumschaukelten, jedem die Zunge herausstreckten und beim Tanzen obszön mit dem Hintern wackelten, sei ihm schon länger dubios erschienen. Dann die Politik. Und nun, wie sie mit Felix umsprängen. Es sei von der Hotelkonzernleitung schlicht unverschämt, ihm Urlaub für Gerhards sechzigsten Geburtstag zu verwehren. Wo sie ihn schon nicht zur Hochzeit seines Bruders gelassen hätten. »*End with funny*«, proklamierte Gerhard nun in jedem ihrer Telefonate und erhöhte den Druck auf Felix, dass er sich freie Tage erkämpfen müsse. Nach all den Märchen, die Felix seinen Eltern in diesem Zusammenhang aufgetischt hatte, war diese Forderung durchaus plausibel.

Für Felix' Chef Simon stellte es sich allerdings anders dar. Felix starrte mutlos auf das Telefon, an dessen anderem Ende Simon seiner Ungläubigkeit gerade Worte verlieh. »Eben erst in Europa gewesen und jetzt schon wieder der nächste Urlaubsantrag, ausgerechnet während der Hauptsaison? Felix, ich glaube, Sie haben vielleicht ein kleines Problem mit Ihrer Einstellung. Möglicherweise möchten Sie Ihre Pläne noch einmal überdenken.«

›*Möglicherweise möchten Sie ...*‹ – es war ein Anfängerfehler in seiner ersten Zeit in Amerika gewesen, solcherlei nett formulierte Aufforderungen nur als Vorschlag zu verstehen. Gemeint waren sie als nicht verhandelbarer Befehl. Felix kam damit nicht gut zurecht. Ihm lagen klare Ansagen. Wortkarg, aber dann auch von Herzen. Das war wahrscheinlich der

Friese in ihm. »Ich meine es ernst. Ich habe letztes Jahr sehr wenig Urlaub genommen. Und mir ist meine Familie zurzeit sehr wichtig«, entgegnete er daher ehrlich.

Simon blieb ungerührt. »Felix«, sagte er eindringlich. Felix hasste es auch, dass sich in Amerika immer alle beim Vornamen nannten, ob sie sich nun mochten oder nicht. »Machen Sie jetzt keinen Fehler. Wir sind gerade dabei, die Entscheidung zu treffen, wer das neue Haus auf den Bahamas führen soll. So viel mehr Luxus, als sie dort in Florida haben. So viel mehr Betten. Alles absolut gigantisch. Es wäre schade …«

Felix hörte die Drohung. Oder sollte es ein Anreiz sein? Aber bei Simons Worten kamen in ihm keine verheißungsvollen Bilder der neuen Anlage in der Karibik auf. Wohl auch, weil in seinem Kopf gerade gar kein Platz für irgendwelche anderen Bilder war als für die des Freesbüller Landgasthofs. Seine Oma hatte ihm das Makler-Exposé von dem kleinen alten Dorfkrug schicken lassen. »… schade, wenn Sie sich diesen Traum nicht erfüllen würden«, drang Simons Stimme weiter in seine Ohren. Felix sah die Bilder des Gasthofs vor sich, und sein Herz schlug sofort wieder höher. Das Reetdach. Die weiß gekalkte Backsteinfassade, davor die blaue Friesenbank. Und mit einem Mal wusste er, was er zu tun hatte. Mit plötzlicher Entschlusskraft fiel er seinem Chef ins Wort. »Simon, Sie haben Recht. Ich muss mir einen Traum erfüllen.« Er legte auf und begann, die deutsche Vorwahl einzutippen.

DORO

Doro – oder besser: Frau König, hier auf dem Schulhof war sie schließlich Respektsperson – saß mit Tim auf der Pausenbank und passte auf, dass die Unterstufenschüler mit ihrem Fußball keine Scheiben einschossen. »In Hamburg bestand Pausenaufsicht darin, den Kleinen das Rauchen zu verbieten. Und aufzupassen, von den Größeren dabei nicht an den Hintern gefasst zu werden«, erzählte sie. Ihr Wunsch, Musikerin zu werden, war nämlich nicht der einzige Grund gewesen, nach dem Referendariat keine Anstellung als Lehrerin zu suchen. Ihre Ausbildungsstation in einem Hamburger Problemkiez hatte sie auch daran zweifeln lassen, ob sie dem Job gewachsen war.

»Ach, du bist doch so tough.« Tim verstand ihre Sorge nicht. »Kopfnuss für den Obergrapscher und die hatten ihr Lektion gelernt, oder?«

»Sollte man meinen. Aber die wussten alle genau, dass Lehrer nicht handgreiflich werden dürfen. Ich hätte denen sonst gern mal gedroht, die Kippe auf dem Handrücken auszudrücken.« Doros Mundwinkel zogen sich in gespielter Gangsterboss-Manier nach unten. Ein Fünftklässler, der sich gerade vor ihren Füßen nach dem Ball gebückt hatte, sprang bei dem Anblick erschrocken davon. Doro warf Tim einen triumphierenden Blick zu. »Guck, hier in Husum ist die Welt noch in Ordnung. Aber in Hamburg bin ich mit meinem Repertoire baden gegangen. Alles, was ging, war ein Eintrag ins Klassenbuch. Da haben die doch nur drüber gelacht. Außerdem fand ich es krass, wie feindselig die drauf waren.«

»Die meinten ja nicht dich.«

»Die meinten das Establishment.« Doro verzog das Gesicht. »Das hat mein Direktor mir auch gesagt. Dass ich die Gesellschaft verkörpere. Das hat mir den Rest gegeben!«

»Ja, daran muss man sich erst gewöhnen. Aber deshalb musst du ja keinen Seitenscheitel tragen. Ich nehme mit meinen Kids zum Beispiel Songs von Macklemore und 50 Cent durch. Wir kommen richtig gut ins Gespräch dabei.«

Der Fußball der Fünftklässler kam zu ihnen rübergeflogen. Tim sprang auf und spielte ihn mit einem Hackentrick zu den begeistert johlenden Jungs zurück. Dann fläzte er sich wieder zu ihr auf die Pausenbank und schenkte ihr sein altes Lausbubenlächeln. »Früher warst du immer der Albtraum aller Lehrer«, erinnerte sich Doro. »Aber ich glaube, jetzt bist du der Traum aller Schüler.«

Und ihrer. Acht Stunden später lag Doro auf dem alten Bett in ihrem ehemaligen Kinderzimmer und starrte an die Poster an der Wand. Sie hatte sich als Teenager für zu cool gehalten, um die gleichen kitschigen Motive aufzuhängen wie die anderen Mädchen ihrer Stufe. Aber die Plakate von den Rockfestivals, auf denen sie mit den Jungs aus der Band gewesen war, erfüllten ehrlich gesagt den gleichen Zweck. Die Poster hatten sie auf die Reise zu Tagträumen geschickt. Immer den gleichen.

Sie hatte sich vorgestellt, sie wären auf einem Konzert. Später Abend. Menschenmassen vor der Bühne. Zehntausende, dicht an dicht. Mächtige Bässe, der ganze Körper vibriert. Und dann beginnt die Ballade. Feuerzeuge gehen an. Sie weiß, Tim steht hinter ihr.

Plötzlich spürt sie seine Arme um ihren Körper. Er zieht sie an sich heran. Seine Hand wandert unter ihr T-Shirt, streichelt ihre Haut. Sie spürt seinen Atem an ihrem Hals. Sie schmiegt sich an ihn. Dann dreht er sie zu sich. Die Lichter der Bühne spiegeln sich in seinem Gesicht. Sie sieht, wie seine Lippen ihren Namen flüstern. Er beugt sich zu ihr. Seine Hände vergraben sich in ihren Haaren. Und dann küsst er sie ...

Die alte Fantasie funktionierte noch. Doro riss die Augen auf, griff nach ihrer Tasche und stürmte aus dem Zimmer. Besser zur früh zur Probe kommen, als sich selbst um den Verstand bringen.

Sie probten in der Schule, das war das Geniale an dem Schachzug, die Crabs als »Lehrerband« laufen zu lassen. Die Tür zum Musikraum stand bereits offen. Tim saß auf einem Stuhl und zupfte an seiner Gitarre.

»Du bist ja schon da«, wunderte sich Doro und bemühte sich, ihrer Stimme einen desinteressierten Klang zu geben. Ihre Gedanken vorhin hatten sie wieder durcheinander gebracht, und sie hatte das Gefühl dafür verloren, wie ein normaler Kumpel-Tonfall klingen würde.

»Du ja auch«, gab Tim zurück und musterte sie neugierig. »Was ist los? Ist dir eine Laus über die Leber gelaufen?«

»Nee.« Klang sie zu schroff? Doro versuchte, gelassener rüberzukommen und gab ihrer Stimme einen sanfteren Klang. »Ich fand's nur gerade zu Hause nicht so prickelnd.«

»Ich auch nicht.«

Doro hob fragend die Augenbrauen.

NELLI

Nelli parkte auf dem Kiesparkplatz des alten Dorfkrugs und checkte noch schnell ihr Handy. Keine Nachricht von Tim. Leider. Sie waren eben beide ziemlich genervt aufgebrochen, nachdem es mal wieder Zoff um achtlos in der Wohnung herumliegende Wäsche gegeben hatte. Was war bloß mit Tim los? Seine ›Flitterwochen-Spezialbehandlung‹ war definitiv vorüber. Statt dass er sie auf Händen trug, trug sie ihm inzwischen wieder alles hinterher. Kaum zu glauben, dass er derselbe Mann war, der ihr in Nizza zum Frühstück den Stuhl zurechtgerückt und sich fürsorglich um ihren O-Saft-Pegel gekümmert hatte. Und, was das Schlimmste war: Sie redeten nicht mehr richtig miteinander. Jedenfalls nicht mehr wie in Nizza. Nelli hatte den Eindruck, als sei er in Gedanken nur noch bei seiner Band. Ihre Hoffnung, dass sich das mit der Aufhebung des Sexverbots legen würde, hatte sich leider nicht erfüllt. Stattdessen war der Sex als neues Minenfeld hinzugekommen. Sie sprachen zwar nicht über das Fiasko neulich Abend, aber keiner von ihnen hatte in den letzten Tagen mehr die Initiative übernommen, es noch mal zu versuchen. Fast war Nelli froh, dass sie die Aufgabe übernommen hatte, Gerhards Sechzigsten zu organisieren. Das gab ihr wenigstens etwas zu tun, und sie verbrachte die Abende nicht nur mit Grübeln darüber, was mit ihrer Beziehung los war.

Sie stieg aus und ging an üppig blühenden Hortensien vorbei auf den Dorfkrug zu, öffnete die schwere alte Holztür und blickte in die kleine Eingangshalle.

Die Überraschung hätte nicht größer sein können.

Nelli spürte, wie ihr Herz einen Hüpfer machte. Tim war

hier! Er lehnte an der Rezeption des alten Dorfkrugs und war ins Gespräch mit der alten Frau Jansen vertieft. Sie sah ihn schräg von hinten, und eine Woge der Liebe durchflutete sie. Der Ärger von eben war augenblicklich verflogen. Er hatte es doch gemerkt. Hatte auch die Leere gespürt, die sich in ihre Beziehung geschlichen hatte. Und jetzt war er da. Tim war so süß! Er hatte genau das richtige Signal gewählt, ausgerechnet die ihm so wichtige Bandprobe ausfallen lassen, um ihr seine Unterstützung zu beweisen.

Und sich für sie sogar zurechtgemacht.

Ein Lächeln huschte über Nellis Gesicht. Statt des üblichen ausgebeulten alten T-Shirts trug er über seiner Jeans ein schickes kariertes Hemd. Und seine Haare! Er musste sich daran erinnert haben, was sie ihm in den Flitterwochen zugeraunt hatte. Dass ihr seine Hochzeitsfrisur so gut gefallen hatte. Er trug die Haare, die ihm zuletzt im Nacken schon etwas herausgewachsen waren, jetzt akkurat geschnitten und hatte die Locken zu einer gepflegten Frisur gebändigt.

Das hier war das romantische Zeichen, auf das sie so lange gewartet hatte! Am liebsten hätte sie sich hier und jetzt mit dem ganzen Körper an ihn geschmiegt. Das ging natürlich nicht, vor den Augen von Frau Jansen. Stattdessen trat sie neben ihn und legte ihm eine Hand auf den Po. Verschwörerisch drückte sie zu, ließ ihre Stimme aber ganz unverfänglich. »Mein Schatz, wie schön, dass du da bist«, sagte sie fröhlich. Sein Kopf fuhr zu ihr herum. Sie zwinkerte verschwörerisch und hauchte ihm einen kleinen Kuss auf die Lippen. Er starrte sie an. Sie kniff noch mal in seinen Po und stellte sich auf Zehenspitzen, um ihm eine Botschaft ins Ohr zu flüstern. »Du hast aber auch einen Knackarsch! Da werde ich mich heute Abend drum kümmern«, raunte sie und grinste ihn dann wieder an. Seine Augen wurden untertassengroß. Er trat einen

Schritt nach hinten und streckte ihr seine Hand entgegen. »Du musst Nelli sein. Freut mich sehr«, sagte er.

FELIX

Er sah, wie Nelli das Blut ins Gesicht schoss. Seines stürzte in umgekehrter Richtung in seine Eingeweide. In seinem Inneren begann es zu brennen.

Normalerweise traf er keine spontanen Entscheidungen. Aber diesmal hatte er es getan. Sich einfach ins Flugzeug gesetzt und kurzentschlossen den Dorfkrug gekauft. Weil es ein so schönes Objekt war. Weil er etwas Eigenes wollte. Weil er sich nach seiner Heimat sehnte. Weil ihn die Oberflächlichkeit seiner Umgebung mit einem Mal extrem nervte und er sich auf seine Familie freute. Und … sonst nix. Hatte er sich gesagt.

Er drückte Nelli herzlich, aber kurz die Hand. Sein Plan war Distanz. Wenn er ihr als ihr Schwager begegnete, konnte er auf Abstand bleiben und seine Gefühle unter Kontrolle behalten. So der Plan. Im Plan war allerdings nicht vorgesehen, dass sie ihm als Erstes in den Hintern kniff.

Oder dass sie nach ihrem Apfelshampoo roch. Das hatte er vergessen. Den Duft, den er eingeatmet hatte, als er sie in seinen Armen gehalten hatte.

Jetzt gab sie ihm nur schüchtern die Hand. Die einzige Art Berührung, die sie je wieder haben würden. Er sah in ihre Augen. Dieses Azurblau, in dem er schon versunken war. Sah auf ihren Mund. Den Mund, den er geküsst hatte. Er hätte alles gegeben, um sie jetzt an sich zu ziehen.

Es musste ein Teufel gewesen sein, der ihm eingeflüstert

hatte, dass Distanz wahren sein Problem löse. Und jetzt rammte ihm dieser Teufel seinen Dreizack mitten ins Herz.

NELLI

Das war also Felix. Tims Bruder hatte Manieren, Charme … und einen Knackarsch. Wie peinlich!!! Nelli kam nicht darüber hinweg, dass sie Tims Bruder an den Allerwertesten gefasst hatte. Sie hatte ihm lüsterne Sachen zugeflüstert! Aber er überging das zum Glück sehr souverän und führte sie, nachdem er sein Gespräch mit Frau Jansen beendet hatte, erst einmal durchs Haus.

Felix erzählte ihr, dass Ilse den Kauf des Dorfkrugs eingefädelt hatte. Das also war ihre ›Üüüüüüberraaaaschung‹ gewesen! Doch nicht die Stützstrümpfe. Sie hatte, berichtete Felix, wohl bei der Hochzeit gemerkt, wie schmerzlich sie ihren Enkel vermisste. Also hatte sie ihn gleich informiert, nachdem sie von dem Verkaufsangebot erfahren hatte, und schaffte es sogar noch, dem Makler ein Stück von seiner Provision runterzuschwatzen. »Meine Oma verhandelt geschickt«, erklärte Felix Nelli.

»Ich weiß«, grinste sie. »Und sehr … nachdrücklich.« Ihr fiel sofort wieder die Brautschleierattacke ein, und sie strich sich unwillkürlich übers Haar. »Aber in diesem Fall ist es mir eine große Freude. Ich habe so viel von dir gehört. Wie schön, dass du jetzt da bist!« Am liebsten hätte sie ihn in den Arm genommen, zügelte sich aber noch rechtzeitig. Felix hatte ihr vorhin nur die Hand gegeben. Er war wohl der klassisch spröde norddeutsche Typ. Tim hatte ja auch gesagt, dass Felix viel korrekter sei als er. Und zielstrebiger. Das merkte man. Felix führte sie durch das Gebäude und hatte offenbar schon tausend Pläne im Kopf. »Ich kümmere mich zunächst vorwiegend um die Renovierung und habe die Jansens gebeten, solange noch den Betriebsalltag zu führen«, erklärte er. »In ein paar Wochen werde ich dann unter meinem Namen neu eröffnen. Bis dahin wird sich hier vieles verändert haben.« Sie erreichten das erste Fremdenzimmer, und Felix ging direkt durch ins Bad. Im Moment war es noch in beigefarbenem Siebziger-Jahre-Look gehalten. »Hier lasse ich alles komplett neu machen. Es soll komfortabel sein, aber gleichzeitig auch mit dem Charme früherer Zeiten. Was hältst du von Badewannen mit Füßen?«

»Perfekt!« Nelli hatte gleich eine Vision von einer Badewanne mit messingfarbenen Löwentatzen. »Dazu musst du dann unbedingt die passenden Armaturen nehmen«, sagte sie aufgeregt. »Mit getrennten Griffen für warm und kalt, weißt du, diesen altmodischen.« Nellis Hände bewegten sich, als ob sie beidhändig Wasser regulierte.

Felix schmunzelte. »Warum lachst du?«, fragte sie. Felix machte ihre Geste nach. Jetzt musste Nelli auch lachen. »Ich kann das gar nicht steuern. Meine Hände reden irgendwie immer mit.«

»Ich weiß ... äh, also, ich weiß, was du für Armaturen meinst. An die dachte ich auch. Aus Messing. Am besten mit Porzellangriff, oder?«

»Ja!« Nelli bekam direkt Lust auf Baden. In so einer Wanne zu sitzen, grazil den Arm aus dem schaumigen Wasser zu strecken und sich mit einem dicken Schwamm einseifen. Sie kicherte los. »Ich habe in meinem Leben noch nie einen besessen. Aber gerade ...«

»... willst du einen Badeschwamm«, vollendete Felix ihren Satz.

Nelli stutzte. »Kannst du Gedanken lesen?«

»Ja.« Felix machte eine kurze Pause. Dann prustete er los. »Und dich«, lachte er und machte eine Einseif-Geste an seinem Arm.

Sie hatte es wirklich nicht gemerkt. Ihre Gesten kamen komplett aus dem Unterbewusstsein. »Hab ich etwa …?«

»… dich gerade eingeseift, ja. Entweder das, oder du wolltest mir zeigen, dass du Neurodermitis hast. Soll ich dich wo kratzen?«

»O ja, hier so, zwischen den Schulterblättern«, sagte Nelli und drehte ihm lachend den Oberkörper zu. Dann sah sie, dass Felix rot wurde. Sie schnappte nach Luft. »Entschuldigung«, stieß sie hervor. »Das war total distanzlos. War auch nur ein Scherz. Weil … weil ich gern am Rücken gekrault werde. Hat meine Mama früher immer bei mir gemacht. Sorry. So ein Quatsch.«

»Ich hab ja angefangen«, sagte er rasch. »Und ich mag das auch gern.« Sie grinsten sich verlegen an. Beide hatten sie nun die Hände in den Hosentaschen vergraben. *Wie albern*, dachte Nelli. Sie nahm die Hände wieder raus, wusste aber nicht sofort, wohin damit. Vor ihrem Bauch, die Fingerspitzen aneinander, kamen sie wieder zur Ruhe.

»Wenn ich es noch mal mit Gedankenlesen versuchen soll …« Felix nahm auch die Hände wieder hervor und deutete auf Nellis Fingerhaltung. »… du hast vor, in die Politik zu gehen?«

Stimmt. Ihre Hände sahen aus wie die Merkel-Raute. »Ja«, lachte Nelli. »Genau mein Ding. Politik. Ganz viel drinnen hocken, rumdiskutieren …«

»… Empfänge, Small Talk, und freitags von der *Heute-Show* verarscht werden.«

»Mein Traum.« Sie grinsten sich an. Ihren Sinn für Ironie musste sie Felix offenbar nicht erst erklären.

Sie verließen das Bad, und Felix ließ den Blick durch das Fremdenzimmer schweifen. »Ich lasse die Teppichböden herausnehmen, darunter sind offenbar alte Dielen. Abschleifen und ölen, oder?«

Nelli nickte energisch mit dem Kopf.

Felix deutete auf den scharfkantigen Heizkörper, der in der kleinen Gaube unter dem Fenster stand. »Eine neue Heizung kann ich mir leider erstmal nicht leisten. Aber wie findest du meine Idee, die Heizkörper vom Tischler ummanteln zu lassen?«

Nelli begutachtete die Ecke mit der Gaube. »Das MUSST du machen!«, rief sie. »Und lass den Tischler doch gleich eine Sitzbank anfertigen! Guck mal, das wird dann eine total gemütliche Nische hier. Man sieht sogar ein bisschen von dem Reetdach. Wenn du Kissen auf die Bank legst und vielleicht noch passende Vorhänge ans Fenster machst, dann kann man hier richtig kuschelig sitzen, nach draußen schauen und träumen!«

Felix nickte versonnen mit dem Kopf. Auf dem Rückweg ins Erdgeschoss tauschten sie sich darüber aus, wie man den Landhaus-Charme des Hauses noch weiter verstärken konnte. Nelli wusste von Antiquitätenhändlern und Trödlern in der Gegend, bei denen sie vielleicht alte Bauernschränke finden konnten, und am liebsten wäre sie gleich mit Felix dahin losgefahren. Aber die Zeit hatte sie nicht. Sie war schließlich hier, um Gerhards Geburtstag zu planen. Felix führte sie vorbei an dem großen Kachelofen in der Diele und zur Gaststube. Galant ließ er ihr den Vortritt. Im Vorübergehen musterte sie ihn noch einmal. Es war fast nicht zu glauben, dass ein fremder Mann neben ihr stand. Er sah komplett aus wie Tim. Und kam ihr so vertraut vor! Sie erinnerte sich, dass Erika es ursprünglich darauf angelegt hatte, bei ihrer Hochzeitsfeier etwas mit Felix anzufangen. Das wäre nun wirklich nicht gegangen!

Im nächsten Augenblick musste Nelli über sich selbst schmunzeln. Sie benahm sich ja so, als hätte sie ein Anrecht auf ihn. Sie spürte auch schon wieder den Impuls, ihn zu berühren. Ihr Hirn war mit dieser Zwillingsgeschichte ganz klar überfordert. Aber das würde sich schon geben, wenn sie Felix erst mal besser kennenlernte. Wenn sie in ihm Felix und nicht mehr Tim sah, würde diese eingebildete Intimität schon verschwinden.

Felix blieb im Türrahmen stehen, um ihr die massive Konstruktion des alten Türstocks zu zeigen. Als sie dichter an ihn herantrat, ging es schon wieder los. Sie roch sein herbes After Shave, das sie nicht kannte, aber darunter lag etwas Vertrautes, Anziehendes. In ihrem Magen begann es zu kribbeln. Nelli bemühte sich, sich auf die Maserung des Eichenholzes zu konzentrieren. Nicht auf das Gefühl, das Felix in ihr auslöste. Sie spürte, dass ihre Atmung ein wenig flacher wurde. Als erwartete sie, dass er sich zu ihr herunterbeugen und sie küssen würde. Verdammte Axt, Schluss mit den Zwillingspheromonen! Nelli stolperte aus dem Türrahmen heraus und hechtete mehr zu einem der Restauranttische, als dass man es noch als normales Gehen bezeichnen konnte. Felix setzte sich ihr gegenüber, und sie legte ihre Mappe mit den Plänen für Gerhards Geburtstag auf den Tisch.

»Ich habe hier die Listen für die Feier von eurem Vater«, fing sie an. »Ich weiß nicht, wie du es deinem Koch sagen willst. Aber sie wünschen sich ein Spanferkel und dazu ein Büffet. Ein veganes Büffet.«

Felix guckte sie einen Moment lang verwundert an. »Spanferkel für Papa, das ist klar. Aber vegan … etwa für Mama?«

Nelli nickte.

»Seit wann isst sie vegan?«

»So drei bis vier Wochen.«

»Ich nehme an, da steckt ihr Schamane hinter?« Felix Augen verengten sich. »Dieser Meister Vivelin?«

»Mm-hm.« Nelli versuchte, sich ein Grinsen zu verkneifen. »Aus ›Verbundenheit zu allem Kreatürlichen‹«, erklärte sie trocken.

»Und zu seinem Geldbeutel«, stellte Felix fest. »Wenn Mama ›aus Verbundenheit zu allem Kreatürlichen‹ einen Eisenmangel kriegt, dann huste ich dem was!« Seine Augenwinkel kräuselten sich in sorgenvollen Fältchen. »Der Zauberfuzzi soll mal ganz fix eine natürliche Verbundenheit zu Vitamin B12-Tabletten erspüren.«

»Wir passen auf eure Mama auf«, versprach Nelli. Sie legte ihre Hand auf seine und wollte sie schon wie zur Beruhigung streicheln. Schnell zog sie ihre Hand zurück. Sie wurde noch verrückt, so ein Zwilling des eigenen Mannes konnte einen ganz schön durcheinanderbringen.

Am gleichen Abend

FELIX

»Bruderherz!« Tim kam die Stufen zum Gasthof heraufgestürmt. Dann lagen sich die Zwillinge in den Armen. Felix war froh, dass Tim ihn so kräftig an sich drückte. Sie hatten, als sie sich vor drei Wochen im Krankenhaus verabschiedet hatten, nicht mehr viel geredet. Die Sache mit der Hochzeitsnacht war zu heftig gewesen. So eine Geschichte musste man erst mal wegstecken. Aber Tim schien das inzwischen getan zu haben. Er titschte wie ein Hundwelpe um Felix herum und wartete aufgeregt auf seine Führung durch den Gasthof.

Die Brüder zogen los. Tim war schwer beeindruckt davon, dass Felix jetzt Immobilienbesitzer war, und fasste alle möglichen Sachen mit Worten wie »Deins! Wahnsinn!« an. Bei den alten handbemalten Kacheln in der Gaststube ging Felix das genauso, bei den Fernsehern in den Gästezimmern hätte etwas weniger Enthusiasmus es sicher auch getan. Aber Felix wusste, wie Tim es meinte. Den Dorfkrug zu besitzen, ihn nicht nur zu leiten, sondern sein Eigen zu nennen, schuf in ihm einen Stolz, den er noch nie gespürt hatte.

Am Ende ihres Rundgangs zeigte Felix seinem Bruder das kleinste Fremdenzimmer, das sich unter den Giebel des Hauses schmiegte. Tim schnappte sich eine Limo aus der Minibar und ließ sich auf das Bett fallen. »Ich bin echt froh, dass du wieder da bist!«, seufzte er.

»Ich auch.« Felix zog sich einen Stuhl hinzu. »Ich wollte nach Hause kommen. Mir hat in Amerika so viel gefehlt.« Er machte eine Handbewegung, die seinen Bruder, den kuscheligen kleinen Raum und letztlich auch die Aussicht auf den endlos weiten friesischen Himmel umfasste. »Bei eurer Hochzeit habe ich das richtig gemerkt.«

Tim grinste schelmisch. »Dann war sie ja doch zu etwas gut.«

Felix runzelte streng die Augenbrauen. »Tim …«

»War nur ein Scherz.« Tim stellte die Limo ab, holte tief Luft und fuhr sich mit beiden Händen durch die Haare. Er wühlte seine Finger in seine Locken, als suche er dort Halt, und sah seinen Bruder nun sehr ernst an. »Felix, wir haben uns noch nicht so richtig ausgesprochen. Also, in Sachen Details zur Hochzeitsnacht würde ich das bitte auch nie, niemals nachholen …«

»… einverstanden …«

»… aber abgesehen davon möchte ich gern noch einmal loswerden, wie dankbar ich dir bin.« Seine Stirn legte sich in Falten, und sein leicht von unten kommender Blick verstärkte den Eindruck eines zerknautschten Hundes. »Ich hab da wirklich übelst Mist gebaut. Und du hast mich mal wieder gerettet.« Er legte den Kopf schief. Wenn er ein Hund wäre, hätte er jetzt gefiept und darauf gewartet, dass man ihm einen versöhnlichen Klaps gab. Felix kannte das. Man konnte Tim nicht böse sein, und es endete immer mit einer ›Schon gut, geh wieder spielen!‹-Geste. Aber nicht heute. Felix hatte es sich fest vorgenommen.

Statt Tim einen Knuff gegen die Schulter zu geben, setzte Felix sich aufrecht hin und legte die Hände auf die Knie. Dann sah er seinen Bruder eindringlich an. Jetzt, direkt nach ihrem Wiedersehen, ein tiefschürfendes Gespräch zu führen, war zwar sicher nicht das, was Tim erwartete. Aber Felix brannte es auf der Seele.

»Tim«, begann er deshalb, »ich habe lange darüber nachgedacht. Las Vegas war dumm. Aber es war typisch. Und ich mache mir Vorwürfe.«

»Du? Dir?« Tim ließ sein Haare los und sah Felix verwundert an.

»Ich fürchte, ich habe dich verzogen.«

»›Verzogen‹?«, protestierte Tim. »Du bist genau fünf Minuten älter als ich!«

Felix zuckte mit den Schultern. »Aber ich habe mich immer für dich verantwortlich gefühlt. Schon so lange ich denken kann. Immer, wenn du in der Klemme warst, habe ich es für dich gerade gebogen.«

»Das stimmt. Du hast mir immer sehr geholfen.« Tim nickte dankbar und nahm einen Schluck aus seiner Limoflasche.

»Eben nicht. Ich dachte, ich würde dir helfen. Aber in Wahrheit habe ich dir einen Bärendienst erwiesen. Wenn ich nicht dabei mitgemacht hätte, bei deinen Noten zu tricksen …«

Tim ließ entgeistert die Flasche sinken. »Dann wäre ich sitzen geblieben!«

»Eben.« Felix kehrte die Handflächen nach oben und sprach energisch weiter. »Du wärst sitzen geblieben! Dann hättest du endlich mal angefangen, darüber nachzudenken, was du da tust. Wie oft Hausaufgaben vergessen und Schule schwänzen gut gehen kann. Aber weil ich dir immer den Karren aus dem Dreck gezogen habe, hast du einfach immer weiter gemacht.« Felix seufzte. Jetzt war er dran mit Haare raufen. »Ich glaube, ich habe es versaut, Tim. Wegen *mir* hast du es nicht gelernt, Verantwortung zu übernehmen. Weißt du, dass ich fürchterliche Schuldgefühle hatte, weil ich nach Amerika gegangen bin und du beinahe dein Examen nicht geschafft hast?«

»Jetzt bist du ja wieder da. Und ich habe Nelli.« Tim blickte Felix unbekümmert an.

Felix schüttelte den Kopf. »Nein, Tim. Das ist es ja gerade. Es kann nicht darum gehen, dass immer jemand da ist, der sich um dich kümmert. Sonst passiert dir so was wie Las Vegas immer wieder. Du musst lernen, es allein zu schaffen. Ich habe mir vorgenommen, mich zu ändern.« Felix sah Tim ernst an. »Versteh mich nicht falsch, ich will dich nicht hängen lassen. Aber ich glaube, du musst das Recht haben, deine Suppe selbst auszulöffeln. Fehler zu machen und daraus zu lernen. Ohne mich wärst du nie in Las Vegas gelandet.« Er hielt kurz inne und betrachtete seinen Bruder. Dann hielt er Tim den Schlüssel zum Vorratskeller hin. »Lektion eins. Logische Konsequenz, wenn man in einem Hotelzimmer die Minibar durcheinander bringt: neu bestücken.«

Fünf Minuten später war Tim mit einer Ersatzlimo zurück.

»Wahnsinn. Ich spüre schon, wie mein Charakter sich verbessert«, frotzelte er, als er die Flasche in die Minibar einsortierte. »Aber bilde dir nicht zu viel ein. Du bist ganz bestimmt nicht Schuld an dem Hochzeitsfiasko. Ich wäre auch ohne dich nach Vegas geflogen. Du darfst Doro nicht unterschätzen.«

Felix hob die Augenbrauen. »Das habe ich noch nie.«

Zwei Tage später

TIM

»Oh, Frau Sattler, Sie sind doch die Allerbeste.« Flo, der schlaksige Schlagzeuger der Crabs, schob sich eine Käsestange in den Mund.

»Finde ich auch!« Auch Torsten griff zu. »Mmmmh, genau so lecker wie früher.« Oma Ilse war gerade mit einem Picknickkorb beladen bei der Bandprobe erschienen und sonnte sich jetzt in den Komplimenten der Jungs.

»Köstlich!« Doro biss krachend in den Blätterteig. Krümel fielen ihr in den Ausschnitt und blieben dort unbeachtet liegen.

»Ach, Kind. Du hast dich gar nicht verändert«, stellte Oma fest und blickte Doro aufs Dekolleté. Doro trug ein tief ausgeschnittenes, flatterndes Top und darunter gut sichtbar einen orangefarbenen BH. »Früher fand ich deinen Aufzug ja ein bisschen zu offenherzig. Aber jetzt würd ich sagen, man muss seine guten Jahre nutzen. Ich hätte damals mit sechzig auch noch viel mehr Bein zeigen müssen.«

»Frau Sattler, wir sind doch beide noch voll im Saft«, protestierte Doro. Tim musterte verstohlen Omas Beine und war doch eigentlich recht froh, dass es blickdichte Strumpfhosen gab. Er griff ebenfalls in den Korb. »Welchem Umstand verdanken wir denn diesen netten Besuch?«, fragte er kauend.

»Ich wollte mal gucken, wie es bei euch so läuft«, erklärte Ilse und zog ein Kissen unter der Schale mit den Käsestangen hervor. Das drapierte sie auf einem der Stühle und machte es sich bequem. »Vergesst einfach, dass ich da bin! Aber ich dachte, vielleicht könnt ihr mal bei Gelegenheit einen Song für mich schreiben. Ich war immer schon so neidisch auf diese Mandy von Barry Manilow. Hört mal, wie das klingen würde: *Oooh Ilse … ja du kamst, und du gabst, ohne zu nehmeeeeeeeen …«* Sie sang inbrünstig, hielt dann aber inne. Offenbar bemerkte sie Tims verstörten Blick. »Müsste auf Deutsch sein, sonst versteht die Frau Clausen von nebenan das nicht«, erklärte sie.

»M-hm.« Tim schaute Doro verstohlen an. Die stand in Omas Rücken und hielt sich grinsend eine Hand vor die Augen.

»Ich muss dann jetzt auch los«, sagte Flo.

»Ich auch«, sagte Torsten. »Freitagabend. Da versteht die Erika keinen Spaß.« Die Jungs packten zusammen. Ilse hielt ihren Blick auf Tim geheftet.

Tim zuckte mit den Schultern. »Wir sind gerade mitten in einem anderen Song, Oma. Tut mir leid.«

»Ich hab Zeit.« Ilse ruckelte sich auf ihrem Stuhl zurecht und zog den Korb mit den verbliebenen Käsestangen zu sich rüber.

Tim aß auf, wischte sich die Hände an seiner Hose ab und griff dann wieder zu seiner Strat. Doro und er hatten einen Song zu komponieren begonnen, für den ihm in den letzten Tagen Text eingefallen war. Er sang ihn ihr vor. »*Leave your tracks, grow some wings, fly up high, feel the wind, touch the sky!«*

»Deutsch«, kam es aus der Ecke.

»Ich dachte, wir sollen vergessen, dass du da bist.«

»Ja, aber so verstehe ich nichts. Was singst du da?«

Tim verdrehte die Augen. Er beugte sich zu Doro vor. »Von wegen ›Frau Clausen‹ versteht sonst nicht«, flüsterte er. Doro kicherte. Tim musste auch kurz grinsen. Aber dann wandte er sich mit glatter Miene zu seiner Oma um und übersetzte artig. *»Verlass deine Schienen, lass dir Flügel wachsen, fliege hoch hinaus, fühle den Wind, berühre den Himmel.«*

»Etwas abstrakt«, meckerte Oma. »Was willst du denn damit ausdrücken?«

»Den Wunsch nach Freiheit, Oma.«

»Oh, super. Wie der Hasselfield damals. »*I've been looking for freedom …*‹« Sie begann schon wieder zu singen.

»Hasselhoff«, sagte Doro. »Und wenn Sie bitte sofort mit diesem Lied aufhören würden. Ich krieg Herpes.«

»Dann halt anders«, lenkte Oma ein. »Denkt an die Christina. Macht was mit ›*Millionen Flügeln*‹. Oder wie die Helene! ›*Schwe-re-los durch die Nacht*‹ …«

»Oma! Du fliegst gleich raus!«, drohte Tim.

Ilse hob beschwichtigend die Arme. »Schon gut, schon gut. Ich sag ja gar nichts mehr. Die Melodie war auch sehr schön. Macht einfach weiter.«

Tim griff wieder in die Saiten. Nach zwei bis drei Durchgängen wurden sie erneut unterbrochen. Tims Handy klingelte. Als er den Anruf entgegennahm, versuchte er, sich seine Gereiztheit nicht anmerken zu lassen.

»Schatz«, begrüßte ihn Nelli. »Wo sind denn die Getränke?«

»Die Getränke. Oje.«

»›Oje‹ wie ›Oje, ich hab's vergessen‹?«, fragte Nelli nach.

Bingo. »Mäuschen, es tut mir leid«, sagte Tim zerknirscht. »Ich hab gerade so viel zu tun.«

»Ansichtssache«, kam Nellis Stimme recht ungerührt zurück. »Wenn man bedenkt, dass wir das Grillen für *deinen* Bruder machen, *ich* alles außer den Getränken eingekauft habe und neben dem ganzen Kram für Gerhards Fest unter anderem eben schon das Tiramisu für morgen gemacht habe. Irgendwie finde ich, dass das klingt, als wäre *ich* diejenige, die viel zu tun hat.«

Tim biss sich auf die Lippen. »Ich weiß. Du, ich besorg die Getränke fürs Grillen morgen, ja?«

»Dann werden sie nicht mehr kalt.«

»Aber ich bin mit dem Rad hier.«

»Dann komm doch nach Hause, und fahr noch mal los.«

»Aber das schaff ich gar nicht mehr. Dann müsste ich ja jetzt sofort die Bandprobe abbrechen.«

Am anderen Ende der Leitung herrschte Stille. »Nelli, bitte, könntest du das eben machen? Ich liebe dich!«

»Liebst du mich denn nicht, wenn ich es nicht tue?«

Tim runzelte die Stirn. Wo kam das denn her? Nelli mochte es doch eigentlich, gebraucht zu werden. »Doch, natürlich tue ich das, Mäuschen. Ich dachte nur, ich könnte dich um Hilfe bitten.«

Oma stand jetzt neben ihm. »Ich bin mit dem Auto da«, meldete sie. »Du kannst hinter mir fahren, und wir halten auf dem Rückweg gleich beim Getränkemarkt. Grillen, wie nett!«

TIM

Und so wurde es eine Party für fünf. Felix, für den sie den Grillabend hauptsächlich veranstalteten. Doro, die sie eingeladen hatten, damit Tims Bruder sich nicht wie das fünfte Rad am Wagen fühlte. Und Oma. Die sich beim Abliefern von Tim und den Getränken kurzerhand selbst eingeladen hatte.

Samstagabend stand Tim auf dem Balkon und heizte die Kohle an. Nelli trat zu ihm. »Wie findest du das hier?«, fragte sie und drehte sich vor ihm.

Sie übertrieb es seiner Meinung nach ein bisschen. Er wusste nicht, aus welchem Material das zarte lilafarbene Kleidchen war, das sie angezogen hatte. Aber er war sich sicher, dass es nicht in die Waschmaschine durfte. Acht Euro und der ganze Aufwand mit der Reinigung für einen Grillabend unter Freunden und Familie, das wäre ihm nicht eingefallen. Tim trug sein altes HSV-Fan-Shirt und fand das genau richtig. »Du bist immer wunderschön, Mäuschen«, sagte er diplomatisch und winkte sie zu sich. Er wollte den Arm um sie legen, aber sie wich zurück. »Wenn du mich jetzt umarmst, kann ich mich gleich wieder umziehen gehen«, sagte sie und deutete auf seine vom Kohlenstaub geschwärzten Hände. Tim seufzte und trank einen Schluck aus seiner Bierflasche. Es sprach eben doch so einiges dagegen, sich fein anzuziehen. Nelli ging wieder in die Wohnung und begann, den Tisch zu decken.

NELLI

Ätzend. Einfach ätzend. Sie hatten Doro eingeladen, damit es aufging. Nicht, um Tims Jugendfreundin mit Felix zu verkuppeln. Aber das hatte Felix sich wohl anders gedacht. War der doch glatt mit einem Strauß Blumen für Doro angerückt! Noch keine Woche war der Mann wieder im Lande, und schon ging er auf die Pirsch.

Nelli wusste nicht recht, warum sie es ihm so übel nahm. Aber etwas in ihr rebellierte einfach gegen sein Gehabe. Auch wenn sie eigentlich gewarnt war. Er war wohl doch so, wie alle sagten. Ein Katzentyp. Immer gleich alle umschmeicheln. Man sah es ihm nicht an, und ihr gegenüber benahm er sich auch ganz anders, verbindlich, aber sie war eben auch nur seine Schwägerin. Also gut. Dann riss er sich heute wohl Doro auf. Sie atmete tief durch. Wahrscheinlich war sie deshalb so angepiekt, weil sie Tims Bruder eigentlich anders eingeschätzt hatte. Seinem Ruf zum Trotz schien er ein sensibler, gedankenvoller Mann zu sein, der seinen Mitmenschen viel zu geben hatte. Er war ihr gar nicht wie der Aufreißertyp vorgekommen, für den Frauen nur Lustobjekte auf Zeit waren! Aber er hatte anscheinend aus seiner ersten Beziehung eine so große Verletzung davongetragen, dass er seine wahren Gefühle und Wünsche leugnete. Nelli hatte sich nach der Besichtigungstour durch den Dorfkrug fest vorgenommen, Felix nicht länger vorzuverurteilen. Und jetzt das!

Nelli atmete tief durch und schluckte den Ärger runter, den Felix' Aufmerksamkeit gegenüber Doro bei ihr heraufbeschworen hatte.

FELIX

Felix hatte keinen guten Start. Seine Vorstellung von richtigen Manieren hatte ihn zu einer Abendeinladung einen Strauß Blumen für die Gastgeberin mitbringen lassen. Aber Tim hatte ihm noch vom Balkon herunter deutlich gemacht, dass das auf keinen Fall ging. Doro war mit leeren Händen gekommen und sollte von ihm mit seinem ›spießigen Kavaliersgehabe‹ nicht als schlechter Gast bloßgestellt werden. Felix hätte die Blumen einfach wieder ins Auto zurückgebracht, aber da war Nelli erschienen, er konnte die Blumen nicht mehr verschwinden lassen. Also hatte er sie Doro geschenkt.

Was Nelli argwöhnisch gemacht hatte. Und Doro. *Und* Oma, die aus irgendeinem Grund auch auftauchte und gern Blumen gehabt hätte.

Die ersten zwanzig Minuten lang gingen ihm alle Frauen erstmal aus dem Weg. Aber dann nahmen sie zum Essen Platz, und es pendelte sich ein.

Felix kümmerte sich um Nelli. Das war das Letzte, was er tun wollte. Okay, gelogen. Es war das *Einzige*, was er tun wollte. Aber er hätte es sich verkniffen. Nur – kein anderer tat es. Tim und Doro redeten ununterbrochen über die Band. Sie schienen gar nicht zu merken, dass die anderen bei dem Thema außen vor blieben. Nur Oma quatschte ihnen immer mal wieder rein und redete was von ›ihrem‹ Song. Felix achtete nicht weiter darauf. Er brauchte seine volle Konzentration für sein Gespräch mit Nelli.

Nicht, dass es ihm schwer gefallen wäre, ihr seine Aufmerksamkeit zu schenken. Aber er hatte ständig Angst, sich unangemessen zu verhalten. Er wusste so viel über Nelli und durfte eigentlich nur so wenig wissen. Absichtlich unterließ er es, ihr den Salzstreuer hinzuschieben bevor sie fragte, obwohl er wusste, dass sie ihre Grillspieße schon vor dem ersten Bissen nachwürzen würde. Er fragte sie auch nicht, wie es auf der Arbeit mit Herrn Diedrichsen lief. Stattdessen ließ er zu, dass Nelli ihn über den Gasthof ausfragte. Und dann stand sie auf.

Mit einer Papierrolle unterm Arm kam sie wieder und öffnete sie vor seinen Augen. Es war eine Zeichnung. Mit bunten Farben gemalte Sträucher, Blumen, Bäume und in der Mitte ein skizziertes Reetdach. Felix erinnerte sich daran, wie Nelli ihm auf dem Burgberg in Nizza ihre Vorstellung von dem Garten des Dorfkrugs geschildert hatte. Hier war sie. Weiterentwickelt und professionell gezeichnet. Es sah aus wie in einem Gartenmagazin. Felix staunte. »Ach, das ist mein Job«, winkte sie ab. »Hab ich gern gemacht. Ich schenk's dir. Soll ich dir den Plan erklären?« Sie deckten rasch den Tisch ab. Tim und Doro hatten sich mittlerweile mit der Gitarre zum Sofa verzogen, Oma saß auf Tims Fernsehsessel und diktierte merkwürdige Liedzeilen, »*Und seit fünfundzwanzig Jahren leb ich nebenan von Ilse*« zum Beispiel. Nelli und er breiteten ihre Skizze zwischen sich aus.

Sie erklärte ihm, was von den Pflanzen Altbestand war und wo sie etwas Neues ergänzen würde. Sie schwärmte von der Forsythie in seinem Garten und schlug vor, daneben Schmetterlingssträucher zu ergänzen. »Die gehören zu meinen Lieblingen!«, rief sie. »Ich habe sie sogar neben den Baum vor unserem Haus gepflanzt. Darf man ja eigentlich nicht, der Grünstreifen gehört der Stadt. Aber ich dachte, die werden schon nichts dagegen haben, wenn die Straße verschönert wird.« Sie stand auf, lief auf den Balkon und winkte Felix zu sich heran.

Felix holte tief Luft. Warum musste Nelli sich nur immer an irgendwelchen Brüstungen anlehnen? Vorsichtig trat er zu ihr, wahrte aber respektvollen Abstand zum Balkongeländer. »Siehst du, der Strauch mit den lila Dolden«, sagte sie und spähte weiter nach unten.

»Hm.« Felix räusperte sich unbehaglich.

»Sieht ein bisschen aus wie Flieder, nur in kleiner. Heißt deshalb übrigens auch ›Sommerflieder‹. Da, links neben dem Baum.«

Felix sah nur die Baumkrone. War ihm vollkommen genug. »Sehr schön, den nehmen wir«, log er einfach. Aber da wandte sie sich um und merkte offenbar, dass Felix gar nicht richtig hinuntersah. »Ich habe ein bisschen Höhenangst«, gab er zu.

Nelli lächelte. »Wollen wir morgen einfach mal zusammen ins Gartencenter fahren?«, schlug sie vor. »Dann kann ich dir die meisten Pflanzen zeigen. Ebenerdig. Ach nee, Mist. Geht ja nicht.« Sie verdrehte die Augen.

»Weil morgen Sonntag ist?«

»Das ist nicht das Problem. Gartencenter haben sonntags auf. Aber ich muss morgen arbeiten.«

»Bitte was? Ich dachte, *ich als Hotelier* habe die ungünstigsten Arbeitszeiten der Welt. Aber du bist doch …«, er bremste sich noch schnell und tat, als müsse er bei ihrer Berufsbezeichnung noch mal kurz überlegen.

»Landschaftsarchitektin. Tja. Ist auch nicht normal.« Sie hob die Schultern. »Aber wir kommen im Betrieb sonst einfach nicht hinterher. Eine meiner Kolleginnen ist in Elternzeit gegangen, und wir kriegen sonst unseren Auftrag nicht rechtzeitig fertig.«

Felix traute seinen Ohren nicht. »Elternzeit?«

»Ja.«

»Das, wo man ein paar Wochen vor der Geburt mit Arbeiten aufhört?«

»Ja.«

»Nachdem man schon bummelig acht Monate schwanger war?«

»Ja. Tragezeit neun Monate.« Sie grinste. »Weißt gut Bescheid, Felix.«

»Ich schon«, sagte er entgeistert. »Aber dein Chef wohl nicht. Nelli, er hatte *monatelang* Zeit, Ersatz für deine Kollegin zu besorgen.«

Nelli seufzte. »Ja, Herr Diedrichsen ist etwas verplant.«

Felix runzelte die Stirn. Er dachte an ihr Gespräch in Nizza zurück. Als sie ihm auf dem Burgberg erzählt hatte, wie Herr Diedrichsen ihre Qualifikationen überging und sie es sich um des betrieblichen Frieden willens gefallen ließ. Er spürte, wie sich seine Hände zu Fäusten ballten. Auch wenn er das Wissen aus Nizza eigentlich nicht haben durfte, er musste Nelli zu einem klaren Kopf verhelfen. Dieser Herr Diedrichsen war auch wirklich zu dreist. »Nelli«, sagte er eindringlich, »das musst du dir nicht bieten lassen. Ist dir klar, dass deine Interessen gegen seine stehen? Ihr zieht nicht an einem Strang. Nur an seinem. Jedes Mal, wenn du nicht Nein sagst, gibst du etwas von deinen Bedürfnissen auf.« Er sah ihr fest in die Augen. »Was bekommst du im Gegenzug? Was gibt er dir dafür, dass du ihm deinen Sonntag opferst?«

»Aber ich kann ihn doch jetzt nicht hängen lassen«, sagte Nelli und zwirbelte an ihren Haaren.

»Aber was *gibt* er dir?«

»Dankbarkeit.«

Der Platz auf dem Balkon war begrenzt. In der einen Ecke stand der Grill und gab noch immer so viel Hitze ab, dass sie Abstand halten und in der anderen Ecke eng beieinander stehen mussten. Er hatte deshalb trotz der fortgeschrittenen Abenddämmerung genau gesehen, wie ein Stirnrunzeln über ihr Gesicht gehuscht war. Ihr Gesicht, das nur eine Armlänge von seinem entfernt war. Er versuchte, sich von dieser Nähe nicht aus der Ruhe bringen zu lassen.

»Ich wäre auch dankbar dafür, wenn ich jemanden derart ausnutzen könnte«, sagte er herausfordernd.

»Er nutzt mich nicht aus.« Langsam drang die Verunsicherung, die er eben schon in ihrem Gesicht gesehen hatte, auch in ihre Stimme. Aber sie rechtfertigte ihren Chef weiter. »Er weiß eben, dass ich hilfsbereit bin. Ich halte das Team zusammen.«

»Es ist kein Team, wenn sich einer auf Kosten der anderen bereichert.« Felix erinnerte sich an den Moment, als sie an Bord der Aurora gegangen waren. Nelli war so verunsichert gewesen, weil sie ihren eigenen Wert gar nicht kannte. Sie hatte alle anderen Frauen auf dem Schiff überstrahlt, und doch hatte sie das Gefühl gehabt, nicht mithalten zu können. »Wirklich, Nelli! Du hast es nicht nötig, dich klein zu machen. Du hast es verdient, dass man dich gut behandelt!« Plötzlich wurde ihm bewusst, dass seine Hand ihren Arm umschlossen hielt. Wann hatte er nach ihr gegriffen? Als er an die Aurora gedacht hatte? Die Aurora, wo ihre Nacht begonnen hatte … Mit einem Mal war es nicht mehr nur die vom Grill abstrahlende Glut, die ihm heiß werden ließ. Er spürte ihre Haut. Ohne Zutun seines Willens verstärkte sich sein Griff. Und noch ehe er sich zum Loslassen zwingen konnte, sah er, wie der Ausdruck auf Nellis Gesicht sich veränderte. Ihre Pupillen weiteten sich, ließen zu, dass er in sie eintauchte. Ihre Augen zogen ihn an. Es war der Blick aus Nizza.

NELLI

Sie zuckte zusammen. Felix nahm seine Hand von ihrem Arm und fuhr sich durch die Haare.

»Ent-, Entschuldigung«, stammelte sie, wusste aber gar nicht so recht, wofür sie sich bei Felix überhaupt entschuldigte. Außer dafür, dass sie sich gerade für einen kurzen Moment auf eine vollkommen unanständige Weise zu ihm hingezogen gefühlt hatte. Aber das konnte er ja zum Glück nicht wissen. Ihr Mann saß drinnen auf der Couch, und sie stand auf dem Balkon und bekam bei dessen Zwillingsbruder Magensausen. Totaler Quatsch. Es war diese Ähnlichkeit. Nelli holte tief Luft und riss den Blick von Felix' Gesicht. Oh. Da stand ja Ilse. Hinter Felix in der offenen Balkontür.

»Seit wann bist du hier, Ilse?« Nelli versuchte, dabei nicht schuldbewusst auszusehen. Tims Oma war zwei Köpfe kleiner als die Brüder. Sie hatte sie einfach nicht bemerkt, während sie mit Felix gesprochen hatte. Weil sie ihm so tief in die Augen hatte schauen müssen. Nelli fühlte, wie ihr vor Scham das Blut ins Gesicht schoss. »Kann ich was für dich tun?«

»Mir werden die Beine schwer. Ich habe heute wohl vergessen, meine Strümpfe anzuziehen.«

Ja, das hatte Nelli gesehen. Oma trug Peeptoes und hatte den ganzen Abend über kokett mit den Füßen gewippt. »Ich mache mich dann mal auf den Weg. Ich sehe ja, ihr kommt alle auch ganz gut ohne mich klar.«

Nelli schluckte.

TIM

»Es war doch nur ein Scherz!« Tim ließ geräuschvoll Besteck in die Spülmaschine fallen.

»»*Achtung, Mama kommt!*‹ ist aber nicht lustig!«, beharrte Nelli. Tim hatte den Satz zu Doro gesagt, als Nelli mit Oma und Felix vom Balkon gekommen war. Tim und Doro hatten die Füße auf dem Couchtisch liegen gehabt. Jetzt stellte sich raus, dass das Vergehen mit den Füßen noch weniger schlimm gewesen war als der Spruch mit der ›Mama‹. »Was regst du dich denn so auf?«, fragte Tim.

»Ich bin nicht deine Mama!«

»Genau wie Jennifer Lopez.« Tim begann den Song von JLo zu singen. »*I ain't your mama.*« Er wackelte mit der Hüfte und grinste Nelli an.

Nelli schubste die Reste von Doros Teller in den Mülleimer. »Tim.« Das klang aggressiv. Sie konnte es offensichtlich nicht leiden, wenn er sang. Sie hatte ja auch kein großes Interesse an der Band. Tim spürte, wie auch in ihm die Unzufriedenheit hochstieg. »Denkst du etwa, *ich* will, dass du meine Mama bist?«, fragte er. »Ich sehe doch genau, dass du schon wieder guckst, nur weil ich das Besteck falsch rum in das Körbchen stecke.«

»Warum tust du es dann?«

»Weil ich wild bin.«

»Es ist wild, Messer mit der Klinge nach unten in die Spülmaschine zu stecken?« Nelli zog eine Augenbraue hoch.

»Es ist das Wildeste, was ich noch zustande bekomme.« Musste denn immer alles so geplant und optimiert sein? Aluschalen, damit nichts verkohlt. Platzdeckchen. Früher hatte er sich mit seinen Freunden einen Grill auf den Gepäckträger geschnallt, sich einfach irgendwo spontan ein Plätzchen gesucht und geguckt, was der Abend brachte. So wie in Vegas, wo Doro und er einfach drauflosspaziert waren, und siehe da, sie waren in die Hinterhofgasse und zu einer Revue-Einladung gekommen. Nelli und er planten stattdessen tagelang im Voraus. Und nachher wurde alles eingetuppert. Tim zeigte genervt auf die Plastikbehälter, in die Nelli gerade die kalten Würstchen und Salatreste einfüllte. »Ich kriege die Krise, dass ich jetzt schon weiß, was ich übermorgen zur Schule mitnehme.«

Nelli hielt inne. »Cowboy, du kannst gern ausreiten und dir einen frischen Büffel erlegen«, sagte sie. »Und ich stelle mit Freuden den Service ein, dir jeden Tag eine Lunchbox mitzugeben.«

Tim biss sich auf die Zunge. Er liebte Nelli doch eigentlich genau dafür, dass sie sich um ihn kümmerte. Dass er jetzt diesen eigenartigen Drang spürte, sich frei zu strampeln, sollte nicht auch noch in Feindseligkeit enden. Er bemühte sich um einen versöhnlichen Tonfall. »Ich glaube, das kannst du tatsächlich lassen. Aber danke, Mäuschen.«

Er räumte das Geschirr zu Ende ein und setzte sich dann im Wohnzimmer an sein Laptop. Er wusste nicht, wo man in Nordfriesland Büffel erlegen konnte. Aber er brauchte definitiv etwas, das ihn ein wenig Freiheit spüren ließ. Weniger Routine. Mehr Leben. Er surfte durch die regionalen Onlineportale. ›Heute Meldeschluss für den Friedrichstädter Lampionkorso‹, las er. Die kleine Holländerstadt südlich von Husum veranstaltete jeden Sommer eine Art Karneval auf dem Wasser. Von der Titanic über Nessi bis hin zum schwimmenden VW-Käfer war schon vieles zu bestaunen gewesen, es war echt lustig anzusehen und besonders für alle auf dem Wasser ein Riesenspaß.

»Da hätte ich voll Bock drauf«, sagte er und schob Nelli, die noch den Tisch abwischte, den Monitor hin.

Nelli warf einen kurzen Blick drauf und wischte dann weiter. »Der Korso ist schon in drei Wochen. Bis nächste Woche haben wir erst noch mit dem Fest von deinem Vater zu tun. Und dann hast du Zeugniskonferenzen.«

»Ach, das mach ich nebenbei.«

Nelli hielt inne. »So ganz nebenbei funktioniert das nicht. Guck dir mal die Boote auf den Fotos an. Das ist aufwändig geplant.«

»Mit Fantasie geht das auch so.«

»Okay.« In Nellis Stimme schwang Zweifel mit. »Aber ich bin total eingespannt. Ich kann dir diesmal nicht helfen, Tim.«

Einen Tag später

NELLI

»Bist du dir wirklich sicher?«, fragte sie. Felix und Nelli schoben jeder einen randvoll beladenen Einkaufswagen durch das Gartencenter. Sommerflieder, Kletterrosen, Hagebutten, Schneeball, Holunder … alles, was Nelli vorschlug, landete auf den Transportkarren. »Du musst nicht alles nehmen!«

Aber Felix grinste sie nur an. »Nein, ich mache es genau so, wie du sagst. Es wird toll aussehen.« Sie schoben die Wege des Außenbereichs entlang, wo die Gartencenter-Mitarbeiter kleine Präsentationsflächen angelegt hatten. Nelli schauderte, als sie zwischen den ausgestellten Zitrusbäumchen und Oleanderbüschen pseudogriechische Amphoren und aus Beton gegossene Götterstatuen erblickte. Sie hatte Herrn Diedrichsen am Morgen angerufen und gesagt, dass sie heute nicht könne. Der totale Befreiungsschlag war es nicht gewesen. Herr Diedrichsen hatte richtig schockiert reagiert, und sie hatte als Begründung schnell ein »aus familiären Gründen« hinterher geschoben. Aber immerhin. Heute war sie ihre eigene Herrin. Bei jedem Pflanzkübel, den sie auf ihre Wagen luden, hatte sie den künftigen Platz im Garten des Dorfkrugs vor Augen. Es war eine Freude, Felix zu helfen. Als sie nun an den Marmorputten vorbeikamen, spürte sie, wie ihr Herz sank. Ab morgen würde sie wieder im Auftrag von Herrn Diedrichsen Terrakotta-Kamikaze begehen. Sie seufzte gedankenverloren und lief prompt viel zu nah an einem Lilien-Gesteck vorbei, dessen Blüten ihr durchs Gesicht strichen.

Felix zog sie sanft zur Seite und strich ihr dann zart über die Wange, wo die Staubgefäße der Lilie einen orangefarbenen Pollen-Streifen hinterlassen hatten. Nelli spürte die Berührung. Sofort stellten sich die Härchen auf ihrem Arm auf, und sie fühlte ein leichtes Kribbeln. Felix trat einen kleinen Schritt zurück. »Nelli«, begann er. Seine Stimme war merkwürdig ernst. Es fühlte sich an, als würde er ihr einen Antrag machen. »Würdest du mit mir zusammen ... also, würdest du mir bei dem Garten helfen? Nicht nur jetzt, beim Einkaufen, sondern auch beim Pflanzen? Ich meine, ich kann das eigentlich gar nicht von dir verlangen. Du arbeitest sowieso schon so viel. Und ich bin nicht meine Oma, ich weiß, wo die Grenzen sind. Das ist keinesfalls eine normale familiäre Unterstützung und selbstverständlich müsste ich eigentlich eine Gartenbaufirma beauftragen. Aber ...«, er sah sie fast schon hilflos an, »... es kommt mir total verkehrt vor, jemand anderen an deine Entwürfe zu lassen. Es fühlt sich so an, als wäre es *dein* Garten. Meinst du, du hast vielleicht Lust, mir den einen oder anderen Tag nach Feierabend zu helfen?«

Nelli starrte Felix an. »Natürlich habe ich Lust.« Der Friesengarten, das war ein Paradies für eine Landschaftsarchitektin wie sie! »Und Zeit. Ähm, jedenfalls, wenn ich nicht mehr so viele Überstunden mache. Und, oh. Ich müsste Tim noch mal fragen. Vielleicht braucht er mich noch bei seiner Bootsbastelei.«

»Ich dachte, er wollte das allein machen?«

Nelli grinste. »Kennst ihn ja.«

Felix lächelte zurück. »Ich würde sagen, wir lassen ihn erstmal und machen den Garten. Tim muss lernen, auch mal etwas allein zu schaffen. Aber wenn er absäuft, retten wir ihn gemeinsam. Und bis dahin erschaffen wir deinen Traum?« Seine Augen suchten in ihren nach Zustimmung. Es lag ein warmer Glanz darin. Nelli nickte stumm.

Zwei Tage später

NELLI

»Ein kleiner Gruß aus der Küche!«

Nelli musste schmunzeln. Daran konnte sie sich gewöhnen. Rein zufällig hatte der Koch gerade in dem Moment, als sie beim Landgasthof angekommen war, eine Probeladung köstlicher Rosinenbrote fertig gebacken. Die Butter zerschmolz noch auf der fingerdicken Scheibe, und mit der Orangenmarmelade, die Felix ihr dazu gebracht hatte, war die Kostprobe ein Gedicht. Gestern war es backfrischer Mandel-Butterkuchen gewesen, großzügig mit Zucker bestreut, den Nelli sich genießerisch von den Fingern geschleckt hatte.

»Du verwöhnst mich. Das ist ja schrecklich«, murmelte sie

und konnte nicht verhindern, beim Essen kindliche »Mmmhmm«-Geräusche zu machen. Während sie aß, zeigte Felix ihr Tapetenmuster, fragte sie nach ihrer Meinung zu neuem Geschirr und rollte dann den Gartenplan auf dem Tisch aus. Er beschwerte ihn mit ein paar Windlichtern und deutete dann auf ein beigefarben schraffiertes Oval, das Nelli auf ihrer Skizze neben den Hintereingang des Dorfkrugs platziert hatte. »Was ich nicht einordnen kann, ist diese Fläche hier.«

»Das ist der Sandkasten«, nuschelte Nelli und hielt sich verschämt die Hand vor den vollen Mund.

»Aber das ist doch der falsche Bereich. Die Hintertür gehört zu meiner Wohnung, und daneben ist die private Terrasse.« Er sah sie fragend an.

»Genau. Die Gäste-Kinder buddeln ja auch dort neben der Sandaufschüttung bei den beiden Strandkörben.« Sie zeigte die Stelle im Plan. »Ich dachte …« Nelli spürte, wie sie rot wurde. Sie stand auf, um Felix unter dem Vorwand des Naseputzens kurz den Rücken zudrehen zu können.

Sie hatte die Skizze schon kurz nach Felix' Ankunft in Husum gemalt und es in dem Moment völlig schlüssig gefunden, bei Felix' privatem Wohnbereich schon mal Familiengründungspläne mit einzubeziehen. Seit ihrem Gespräch mit Tim in Nizza war sie sicher gewesen, dass Felix' Frauenverschleiß nicht seinem Wesen entsprach. Und sein Schritt, in die Heimat zurückzukehren und sesshaft zu werden, war für sie ein deutliches Zeichen gewesen, dass er auch selbst die Notwendigkeit zur Veränderung sah. Sie hatte auch gedacht, dass sie mit ihm darüber sprechen können würde. So als verständnisvolle Schwägerin … aber irgendwie fühlte es sich gerade komplett blöd an.

»Was dachtest du?«, hörte sie jetzt Felix' Stimme in ihrem Rücken.

»Dass du eine …« Warum konnte sie es nicht aussprechen? Sie nuschelte vor sich hin und raschelte dabei mit ihrem Papiertaschentuch.

»Ich kann dich nicht verstehen.« Sie spürte Felix' Hand auf ihrer Schulter. Nelli ließ das Taschentuch sinken und ließ zu, dass er sie zu sich umdrehte.

»Dass du die richtige Frau findest und eine Familie gründest«, murmelte sie mit halb gesenktem Kopf. Mit Felix über Liebe sprechen ging gar nicht! Das Blut stand heiß in ihrem Gesicht.

»Ach, Nelli«, sagte er leise. »Die richtige Frau …« Sie blinzelte zu ihm hoch. Seine Augen hatten einen traurigen Ausdruck. Eine melancholische Gewissheit lag darin. Er schüttelte den Kopf. »Ein Sandkasten ist an der Stelle überflüssig.« Er drückte ihre Schulter und ließ sie dann los, um das Geschirr ins Haus zu tragen. Nelli sah ihm nach und stellte fest, dass die merkwürdigsten Empfindungen in ihr durcheinander purzelten. Er tat ihr definitiv leid. Und gleichzeitig, sie konnte es nicht leugnen – wurde ihr leicht ums Herz. Sie blinzelte kräftig, wie um sich zur Besinnung zu bringen. Was war mit ihr los? Wieso war sie erleichtert, weil Felix nicht mehr an die Liebe glaubte? Gönnte sie ihm sein Glück nicht?

Wahrscheinlich hatte es etwas mit dem Grillfest zu tun. Den Blumen für Doro. *Deren* Kinder konnte Nelli sich nun wirklich nicht in ihrem Garten vorstellen. Also, in Felix'. Er konnte sich ja noch zwei, drei Frauen länger die Hörner abstoßen und dann seine wahre Liebe finden.

Sie spürte, dass es in ihrem Bauch zog. Zu viel frisches Brot gegessen, dachte sie sich. Sie trank einen Schluck Wasser und machte sich dann im Garten an die Arbeit.

FELIX

»Ich wette, das hast du vermisst, oder?« Nelli sah ihn mit
strahlenden Augen an. Felix nickte. Auch wenn er nicht
wusste, was genau Nelli meinte – sie hatte auf jeden Fall recht.
Alles um ihn herum war perfekt. Er saß mit Nelli in einem
der Strandkörbe, die seit gestern den Garten des Dorfkrugs
zierten. So etwas Gemütliches suchte man am Strand von Miami Beach vergeblich. Dort röstete man sich stets schwitzend
in der prallen Sonne, statt sich wie an der Nordsee windge-
schützt einzukuscheln. Eine frische Brise trug salzige Meeresluft vom nur wenige hundert Meter entfernten Wasser zu ihnen herüber, konnte ihnen aber im Schutz des Strandkorbes
nichts anhaben. Nelli strich sich die Haarsträhnchen, die sich
zuvor aus dem Knoten auf ihrem Kopf gelöst hatten, aus dem
Gesicht und grinste triumphierend. »Man sagt doch immer,
dass Deutsche im Exil das Schwarzbrot vermissen«, sagte sie
dann kauend. »Und gibt es in Florida überhaupt Krabben?«

Ach so. Es ging ums Essen. Nelli hatte von ihm als Begrü-
ßungsimbiss heute ein Schwarzbrot mit Rührei und Krabben
serviert bekommen. »Keine Ahnung. Ich habe immer nur
Garnelen gesehen«, sagte Felix.

»Die wissen halt nicht, was gut ist.« Nelli verputzte den
letzten Bissen und kaute sichtlich genüsslich, bevor sie weitersprach. »Ich verstehe total, dass du zurückgekommen bist.«
Sie lehnte sich im Strandkorb zurück und verschränkte die
Arme hinter dem Kopf. »Aber trotzdem wundere ich mich
über dich, Felix«, sagte sie dann und lächelte versonnen.

Felix blickte sie verunsichert an.

»Versteh mich nicht falsch. Ich finde, es war goldrichtig von dir, herzukommen. Weißt du, dass Tim und ich uns das für dich gewünscht hatten?«

Er nickte noch einmal vorsichtig. Worauf wollte sie hinaus?

»Was ich nur nicht nachvollziehen kann, ist, wie schnell es ging. Du hast deine Karriere abgebrochen, deinen Wohnort verlegt und einen Kredit aufgenommen … und das alles innerhalb von wenigen Tagen! Je länger ich dich kenne, desto rätselhafter ist es mir. Eigentlich bist du doch genau wie ich! Ich kenne zum Beispiel den Ordner, in dem du für alles Listen angelegt hast.« Sie nahm ihre Hände und begann, daran Punkte abzuzählen. »Was zu renovieren ist, bis wann und wie viel es kostet. Du holst dir für alles mehrere Angebote ein. Du planst die Eröffnungsfeier bis ins letzte Detail. Und wenn ich dich richtig einschätze, kennst du auch schon die Wettervorhersage für den Tag.«

Felix grinste. »Schwach bewölkt. Tageshöchsttemperatur sechsundzwanzig Grad. Regenwahrscheinlichkeit fünf Prozent.« Hoffentlich änderte sich in den nächsten zweieinhalb Wochen nichts mehr an der Prognose.

»Siehste. Und trotzdem hast du dich total spontan dazu entschlossen, den Dorfkrug zu kaufen. Zack, warst du hier. Das würde ich NIE tun!«

Felix hob die Achseln. »Manchmal weiß man einfach, wenn etwas die richtige Entscheidung ist«, sagte er.

»Ich hätte es mich trotzdem nicht getraut.«

Felix runzelte die Stirn. »Selbst wenn du gewusst hättest, dass es richtig ist?« Er drehte seinen Oberkörper, um nicht nur seitlich von Nelli zu sitzen, sondern ihr direkt ins Gesicht schauen zu können.

»Ich bin einfach nicht der Risikotyp.«

»Du musst doch das Risiko eingehen können, glücklich zu sein.«

Nelli schmunzelte. »Das klang wie ein Kalenderspruch. Aber keine Sorge. Das ist eine Typsache. Risiko ist nicht mein Ding. Ich würde sogar sagen, ich bin glücklich, *weil* ich keine Risiken eingehe.« Sie legte eine Hand auf das Stück Polster, das zwischen ihnen noch frei war. Eine Weile schwieg sie, während sie mit den Fingern das Streifenmuster entlangfuhr. »Ich habe als Kind viel Zeit in solchen Strandkörben verbracht«, sagte sie dann gedankenverloren. »Meine Mutter verdient seit der Scheidung von meinem Vater ihr Geld mit einem Schmuckstand. Wir haben überall mal gewohnt, aber besonders oft in Orten mit Strandpromenade. Sie hat dann dort gearbeitet, und ich war nach der Schule meistens am Strand.« Sie lachte leise auf und hob ihren Blick. »Leben, wo andere Ferien machen.«

Nellis Augen hatten einen dunklen Schimmer. Leicht hätte man ihn für einen Ausdruck von Nostalgie halten können. Aber Felix sah die kleine Falte, die sich zwischen ihren Augen gebildet hatte. Und das leichte Beben ihrer Mundwinkel. Es lag keine Versonnenheit in ihrem Lächeln. Sondern Schmerz.

»Wie oft bist du als Kind umgezogen?«, fragte er vorsichtig nach.

»Acht Mal.«

Felix zog die Augenbrauen zusammen. »Mit wem hast du gespielt, dort am Strand?«

»Meistens mit Feriengästen.«

»Es ist nicht leicht, neu in einer Klasse zu sein«, stellte Felix fest.

»Vor allem nicht, wenn du weißt, dass es auch dieses Mal wieder nicht für lange sein wird«, ergänzte sie seufzend.

Felix blickte in Nellis Augen. Er sah die Einsamkeit des kleinen Mädchens von früher, das keine Gelegenheit zu festen Freundschaften hatte. Die Unsicherheit des Kindes, das nie

Wurzeln schlagen konnte. Am liebsten hätte er sie in seine Arme geschlossen und an sich gedrückt.

»Ich glaube, wenn ich du wäre, hätte ich auch keine Lust mehr auf Veränderungen«, sagte er sanft und versuchte, ihr wenigstens mit den Augen Halt zu geben. Nelli erwiderte seinen Blick. Ihre Augen tauchten ineinander ein. Felix spürte einen warmen Schauer durch sich hindurch rieseln. Ein kleine Unendlichkeit blieben sie so sitzen. Er sah, wie die Falte von ihrer Stirn verschwand und ihre Gesichtszüge sich entspannten. Dann riss er sich mit Willenskraft los. »Ich habe die Wurzelballen der Stauden schon gewässert«, sagte er möglichst nüchtern und erhob sich.

Sie folgte ihm durch den Garten. Tagsüber, wenn Nelli für Herrn Diedrichsen arbeitete und die Handwerker sich im alten Dorfkrug um die Renovierungen kümmerten, machte Felix sich im Garten mit dem Spaten zu schaffen und bereitete den Boden vor, damit sie abends gemeinsam Pflanzen einsetzen konnten. Nelli hatte sich in ihrem Entwurf die prächtigen Staudenbeete von Emil Noldes Garten in Seebüll zum Vorbild genommen, auch wenn sie natürlich einen bescheideneren Rahmen eingeplant hatte. Die Pflanzen waren ein Kostenfaktor, den sie nicht ausarten lassen konnten. Allerdings hatte ihr Projekt einen Effekt, mit dem sie nicht gerechnet hatten. Es sprach sich herum, dass der neue Besitzer des Dorfkrugs einen Garten mit einheimischen Pflanzen schaffen wollte. Und immer häufiger bekamen sie bei ihrer Gartenarbeit Besuch von Leuten, die ihnen einen Ableger oder Sämereien ihrer eigenen Pflanzen anboten. So standen sie dann mit den Besuchern beisammen, redeten über den Garten und boten den Gästen etwas zu trinken an. Oft führten sie sie auch noch durch den sich langsam mausernden Gasthof. Mehr als einmal war es dabei schon geschehen, dass man die gut informierte, Begeisterung vermittelnde Nelli dabei für die künftige Wirtin des alten Dorfkrugs hielt – was bei dem Nachnamen »Sattler« ja auch eine geradezu logische Schlussfolgerung war. Nelli und er stellten den Irrtum dann jedes Mal richtig – und jedes Mal spürte Felix dabei einen Stich im Herzen.

Er wünschte, dass ihre gemeinsame Zeit ewig währte. Aber gleichzeitig war er auch froh, dass sie so schnell vorankamen. Die offizielle Übernahme des alten Dorfkrugs war für Samstag in zwei Wochen angekündigt. Natürlich konnte man in dieser Zeit nicht alles von Grund auf neu machen. Das war auch finanziell gar nicht drin. Die alte Mühle am Rand des Grundstücks, auf die sein Blick nun fiel, während sie gemeinsam die Beete bepflanzten, mussten sie zum Beispiel völlig außen vor lassen. Das Gebäude war ziemlich verwittert. Die Flügel fehlten, das schindelbedeckte Dach war löchrig, und die meisten Fenster waren kaputt und mit Brettern vernagelt. Aber der steinerne Torso war noch intakt, und bei aller Baufälligkeit strahlte das historische Gebäude pure Romantik aus. Später, wenn der Gasthof lief und Felix begonnen hatte, seine Kredite abzuzahlen, würde er die Mühle vielleicht zum Gästehaus ausbauen können. Aber zum jetzigen Zeitpunkt hatte er nichts anderes tun können, als ein »Zutritt verboten«-Schild anzubringen.

Nelli folgte seinem Blick. »Wenn wir mit dieser Ecke fertig sind«, bat sie ihn, »darf ich dann mal einen Blick hineinwerfen?«

Sie setzten nach Nellis Anweisung Rittersporn, Phlox und Sonnenhut in die hintere Reihe eines Beetes, davor kleinere Pflanzen wie Bechermalven, Glockenblumen und Pfingstrosen. Als sie fertig waren und die Erde um die Pflanzen zum Abschluss glatt geharkt hatten, gingen sie zur Mühle hinüber. Gemeinsam betraten sie das alte Gemäuer.

Zuerst war es schwer, etwas zu erkennen. Vereinzelt drangen ein paar Sonnenstrahlen durch die verrammelten Fenster und ließen tanzende Staubpartikel aufleuchten. Der Rest des Raumes lag in schummrigem Halbdunkel. Der Boden bestand aus Stein und war vollgestellt mit historischen Maschinen und Gegenständen, deren Bedeutung sie nur erahnen konnten. Er stieg hinter Nelli eine ausgetretene Holztreppe ins nächste Stockwerk hinauf. Auch hier standen klobige alte Maschinen. Felix beugte sich über eine davon und entnahm der Plakette, dass es sich um ein hundert Jahre altes Walzwerk handelte. Dann folgte er Nelli die nächste Treppe hinauf in einen Raum, der höher war als die darunter liegenden Geschosse. Zu jeder Seite führte eine Tür hinaus. Beziehungsweise hatte geführt. Heute waren fast alle Öffnungen mit Holzlatten vernagelt. Nur noch eine Tür war intakt. Nelli betätigte den Griff. Die alten Scharniere ächzten, als sie die Tür zu sich heranzog. Sie führte ins Nichts. Nelli hielt sich am Türrahmen fest und streckte den Oberkörper nach draußen. Felix wurde schon vom Zusehen schlecht. Er packte mit einer Hand einen in der Wand eingelassenen Eisenring und legte den anderen Arm sichernd um Nellis Bauch. »Hier muss mal ein Rundgang um die Mühle gewesen sein!«, verkündete Nelli. »Ich sehe noch die Reste von den Verankerungen. Vielleicht ist der Müller von hier in die Flügel geklettert, wenn was kaputt war. Ja, genau. Hier in der Mauer sind Metallsprossen. Da kann man hochklettern.« Nelli drehte den Kopf nach oben und verlagerte ihren Schwerpunkt dabei noch weiter nach außen.

Felix spannte nervös seine Armmuskeln an. »Dann war der Müller wohl schwindelfrei. Ich aber nicht. Komm wieder rein, Nelli!« Nelli warf ihm über ihre Schulter einen frechen Blick zu. Und dann ließ sie doch tatsächlich mit einer Hand den

Türrahmen los. »Guck mal!«, rief sie und streckte den Arm über sich in die Luft. Ihre Augen blitzten übermütig, wie damals in Nizza bei ihrer Wasserschlacht. »La, la, la. Ganz weit draußen!« Sie grinste und wand sich unbedacht hin und her. Ihr Schultern schwebten zehn Meter über dem Erdboden. Gleichzeitig spürte Felix, wie sich mehr von ihrem Gewicht auf seinen stützenden Arm verlagerte. Machte sie das mit Absicht oder verlor sie das Gleichgewicht? Felix wagte einen Blick nach unten. Die Mühle stand auf einem gepflasterten Hof. Es war, als tanzten die Steine vor seinen Augen. Sein Magen sackte weg, als befände er sich im freien Fall. Er umklammerte den Eisenring, presste Nelli an sich und drehte sie mit einem Ruck von der Türöffnung weg in den Innenraum.

Sein Rücken prallte hart gegen die Mauer. Er hielt Nelli fest an seine Brust gedrückt. Seine Augen, die eben noch ins helle Sonnenlicht gesehen hatten, waren für einen Moment fast blind. Er spürte die Kälte des Mauerwerks in seinem Rücken und Nellis Wärme vor sich. Ihren Körper, weich und fest zugleich. Er roch ihr Haar und fühlte, wie sie sich ihm zuwandte, noch immer von seinen Armen umschlungen. Ihm war nach wie vor schwindelig. Er brauchte ihren Halt. Seine Sehfähigkeit kehrte zwar langsam zurück, er sah wieder Kontraste. Aber davor tanzten kreiselnde Lichter. Er kniff die Augen zu und spürte Nellis Hand an seiner Wange. Schweiß brach ihm aus. Sein Atem ging rasch und flach. »Felix?«, hörte er ihre besorgte Stimme. Er konnte sie nicht loslassen.

»Es tut mir leid, Felix. Ich wusste nicht, wie schlimm deine Höhenangst ist. Alles ist gut.« Er spürte ihre Finger. Sie strichen über sein Gesicht. Seine Wangenknochen, seine Schläfe. Er hielt die Augen geschlossen und spürte sie. Nellis Hüfte unter seinen Händen, ihre Brust an seiner. Ihre Fingerspitzen auf seiner Haut. Seine Hände gruben sich in ihren Körper. Es war wie ein Fieber. Ihm war heiß und kalt zugleich. Trotz des Schwindels strengte er sich an, die Augen wieder zu öffnen.

Und da war Nelli. So dicht vor ihm. Sein Blick glitt über ihr Gesicht. Blieb an ihrem Mund hängen. Er versuchte zu atmen. Seine Brust hob sich schwer. Er zwang sich, die Augen loszureißen. Er wollte nichts anderes, als Nelli zu spüren, aber er ließ sie los und presste seine Handflächen neben sich an die Wand. »Ich glaube, wir machen besser Schluss für heute«, stieß er hervor.

Einen Tag später

DORO

»Jetzt bist du endgültig Establishment!« Tim grinste Doro an. Sie kam gerade aus dem Büro des Direktors, wo sie den Vertrag für eine unbefristete Lehrerstelle unterschrieben hatte.

»Geht so. Wenn er wüsste, was in der Mofa-AG abgeht, hätte er mir die Anstellung nie angeboten. Obwohl ich den Kids natürlich nur als abschreckendes Beispiel demonstriere, wie man seinen Motor keinesfalls frisieren darf.« Doro zog Tim an den fusseligen Koteletten, die ihm an den Wangen sprossen. »Sei du mal lieber froh, dass du nicht mehr kündbar bist. Er hat mich auf dein Aussehen angesprochen. Ob ich nicht meinen guten Einfluss geltend machen könne.« Doro lachte. Solange die Tinte auf ihrem Vertrag nicht trocken war, hatte sie dem Direktor besser nicht verraten, dass die Idee zu Tims Look auch mit auf ihrem Mist gewachsen war. Auch bei Flo und Torsten wuchsen seit einiger Zeit wilde Seventies-Bärte. Das gehörte vorübergehend zum Crawling-Crabs-Style.

An diesem Abend hatten sie ihren ersten Auftritt. Es war zwar nur die Feier zum sechzigsten Geburtstag von Tims Vater. Aber die hatte es in sich. Das hatte sich abgezeichnet, als sie sich mit Gerhard in Felix' neuem Gasthof getroffen hatten, um den Auftritt zu planen. Der Gastraum, in den sie für die Feier zusätzliche Tische und Stühle stellen mussten, bot kaum Raum für die Band, geschweige denn ›Platz zum Schwoof‹ wie Gerhard es genannt hatte. Doro hatte bei der Wortwahl skeptisch aufgehorcht. Jetzt wollte das Ehepaar Jansen, das den Gasthof noch übergangsweise führte, das Friesenstübchen ausräumen. Doch ein gelöstes Problem schuf im Grunde nur Platz für ein neues.

»Sie hatten ›Platz zum Abzappeln‹ gemeint, oder?«, fragte sie, als sie nach dem Gespräch in Gerhards Auto saßen. Tim hockte neben ihr auf der Rückbank und guckte nach draußen. Angestrengt nach draußen, wie Doro fand. Ihr schwante Böses. Die Crabs waren eine Rockband. Das wusste Gerhard doch wohl?

»Was meinen Sie mit ›abzappeln‹?«, fragte Gerhard zurück.

»Sie müssen mich nicht siezen. Sie haben immer ›du‹ zu mir gesagt!«, korrigierte Doro. »Und ›abzappeln‹ bedeutet ›abhotten‹«.

»Jetzt sind Sie aber älter. Da kann ich Sie nicht einfach duzen. Was bedeutet ›abhotten‹?« Gerhard verringerte das Tempo. Vor ihm war ein Trecker auf die Bundesstraße aufgefahren.

»Ich will aber geduzt werden. ›Abhotten‹ bedeutet ›voll abgehen‹.«

»Dann musst du mich aber auch duzen. Ich bin der Gerhard.« Tims Vater warf ihr im Rückspiegel einen schnellen kumpelhaft zwinkernden Blick zu. Um Himmels willen!

Doro rüttelte an Tims Bein. Der wandte ihr kurz den Blick zu und feixte. »Du, Gerhard, überhol doch mal den Trecker«, schlug er vor.

»Für dich immer noch ›Papa‹«, korrigierte Gerhard und heftete seinen Blick wieder auf die Straße. »Und hier ist Überholverbot. Doro, was meinst du mit ›voll abgehen‹?«

»Also. Wie hat man denn zu Ihrer, äh, zu deiner Zeit gesagt, wenn man ›richtig fetzig tanzen‹ meinte?«

»Discofox!« Sie hörte einen freudigen Klang in Gerhards Stimme. »Tims Mutter und ich können ein paar total irre Wickelfiguren. Zeigen wir euch gern!«

Und so war dieses kleine unausgesprochene Missverständnis aufgedeckt worden, dass Tims Vater von den Crabs eher eine musikalische Reise durch die Siebziger erwartet hatte als das Original Crabs-Programm. Gern auch viel Schlager, und da könne es dann sogar modern werden, hatte Gerhard Beifall heischend ausgeführt und war so richtig ins Planen gekommen. Er zuckelte hinter dem Trecker her, stellte sich ein Wunschprogramm aus Bee Gees, Boney M. und Andrea Berg zusammen und ließ sich auch von dem drängelnden Laster nicht aus der Ruhe bringen, der hinter ihm ein Hupkonzert begonnen hatte. Genauso wenig wie Tim, der gebannt die Landschaft am Straßenrand fixierte.

Doro hatte sich zuerst gewünscht, der Laster hinter ihnen möge Ernst machen und sie mit seiner Kühlerhaube zermalmen. Aber nein. Sie war Gerhards Mercedes in Husum mit dem Leben, aber wenig Lebensgeistern entstiegen und hatte die folgende Woche damit verbracht, ein musikalisches Albtraum-Repertoire für ihren neuen Duz-Freund Gerhard einzuüben. Wobei sie es recht bald mit Humor nahm. Wenn sie ehrlich war, mittlerweile freute sie sich sogar drauf. Sie hatten bei den Proben ziemlich rumgekaspert, und dann hatte Tim vorgeschlagen, die Sache richtig durchzuziehen. Mit Outfits, Bärten und allem. Tims Schwiegermutter Angelika stand ihr mit einer breiten Auswahl glitzernder Discofummel zur Seite. Und wenn nun gleich die Schule aus war, würde sie sich sogar darüber freuen, dass sie zurzeit wieder bei ihren Eltern zu Hause wohnte, denn ihre Mutter hatte die absurdesten Lockenwickler im Badezimmerschrank.

Acht Stunden später

NELLI

»Minipli steht dir.«

Nelli sah, wie Doro den Kopf in den Nacken legte und lauthals über Tims Kompliment lachte. Sie stand im Friesenstübchen des Gasthofs, wo die Crabs sich zum Soundcheck trafen, ehe nachher die Gäste kamen. Noch waren sie nicht im Bühnenkostüm, aber ihre merkwürdige Pudellocken-Frisur konnte Doro schon nicht mehr verbergen. Nelli wurde nervös. »Du hast versprochen, dass die Koteletten heute Abend wieder abkommen!«, sagte sie unsicher zu Tim. »Doro, das ist keine Dauerwelle, oder? Ihr macht das nur für diesen einen Abend?«

Doro kicherte. »Findest du Tim denn nicht süß so? Ich finde, er sieht viel besser aus als Kevin.«

»Kevin?« Nelli hasste es. Ständig redeten Doro und Tim über irgendwelche Dinge, die sie nicht verstand. Machten Insiderwitze, an denen sie nicht teilhatte. Oder sprachen über Leute, die sie nicht kannte. Wer war denn jetzt schon wieder dieser Kevin? Nelli sah, dass Doro rot wurde. Das war noch

245

schlimmer. Dass Doro es auch merkte. Doro wusste ganz offenbar, dass sie im Moment einen engeren Draht zu Tim hatte als Nelli selbst. Normalerweise ließ Doro es sich wenigstens nicht anmerken. Sie war sensibel genug zu wissen, dass sie die Krise in Nellis und Tims Ehe nichts anging. Jetzt ruderte sie schnell zurück. »Äh, Elvis. Ich meinte, er sieht besser aus als Elvis Presley.«

Nelli zuckte mit den Schultern. »Und trotzdem sind Koteletten doof.« Sie überließ die beiden ihrem Soundcheck und ging in den Gastraum.

»Nelli, meine Hübsche!«, hörte sie Gerhard rufen. Das Geburtstagskind war angekommen. Sie gratulierte ihrem Schwiegervater. »Du siehst keinen Tag älter aus als neunundfünzig«, versicherte sie ihm.

Gerhard grinste. »Und ich fühle mich wie neunundzwanzig! Warte, bis du mich tanzen siehst. Ich finde es übrigens sehr großzügig, dass du mir deinen Mann heute Abend als Musiker leihst. Wenn du gern tanzen möchtest, kannst du ersatzweise auch mit mir abhotten«, versprach er.

»›Abhotten‹, Papa?« Felix trat zu ihnen.

Nelli wurde plötzlich unruhig. Es war das erste Mal, dass sie sich seit der Sache in der Mühle wiedersahen. Es war ihr sehr unangenehm, dass sie ihn mit ihrem blöden Scherz, sich aus der Tür zu lehnen, so in Panik versetzt hatte. Aber das war nur das eine. Unter ihre Reue mischte sich ein anderes Gefühl. Etwas, das sie nicht benennen konnte. Dieser Moment, als sie dort zusammen gewesen waren, als er sie an sich gedrückt hatte ... Sie hatte Felix zur Beruhigung über die Wange streichen wollen. Die Geste hatte etwas Tröstendes haben sollen. Aber die Berührung hatte etwas völlig anderes in ihr selbst ausgelöst. Nähe. Und noch weit mehr als das. Wenn sie ehrlich war, hatte sie seine Umarmung genossen. Ja. Wenn sie ganz, ganz ehrlich war, dann ... hatte sie Lust verspürt, Felix zu küssen.

Jetzt beim Wiedersehen spürte sie, wie es in ihrem Bauch zu flattern begann. Es musste immer noch dieses Zwillingsding sein. Nur – wieso reagierte sie so auf Tims Doppelgänger? Mit Tim selbst fühlte es sich momentan schließlich weniger nach Schmetterlingen im Bauch an als nach Wackersteinen. Sie schob den Gedanken beiseite und versuchte, sich auf Gerhard zu konzentrieren.

»›Abhotten‹ hab ich von Doro«, brüstete der sich gerade stolz. »Das heißt ›Discofox tanzen‹. Nelli, wenn du magst, kannst du ja nachher auch mit Felix voll abgehen!«

Nelli kratzte sich verlegen im Nacken. Gerhard deutete ihre Verunsicherung falsch und rief Barbara herbei. »Schnuffi, wir müssen den Kindern mal gerade ein wenig Discofox beibringen!« Barbara nahm brav Aufstellung. »Eins-zwei-Tepp. Eins-zwei-Tepp«, machten sie vor, »los, macht mit!«

Nelli und Felix lächelten einander scheu an. Dann bot er ihr seinen Arm.

Felix war ein guter Tänzer. Wenn Nelli auch vermutete, dass er bei Standardtänzen besser aussah als bei diesen merkwürdigen Wurschtelverschränkungen, die Gerhard ihnen gerade beibrachte. Ständig landete sie tief verschlungen in Felix' Armen. Die Nähe machte sie ganz verlegen. Und das Kribbeln in ihrem Bauch wollte auch nicht weggehen. Nelli versuchte, sich auf den von Gerhard angesagten Takt zu konzentrieren. Eins-zwei-Tepp, Eins-zwei-Tepp ... Jetzt verknoteten Gerhard und Barbara sich ganz fürchterlich kompliziert. Arme, Beine, Oberkörper waren in einer Weise verschränkt, die Nelli anatomisch unplausibel vorkam. »Gerhard, mein Arm muss anders«, jaulte Barbara da auch schon.

»Baustelle auf der Dorfstraße 12, Höhe Kachelofen«, wisperte Felix Nelli ins Ohr. Nelli grinste. Felix und sie hatten bei der Gartenarbeit immer das kleine alte Transistorradio der Jansens dabei, und sie hatten ein Spiel daraus gemacht, bei den Verkehrsmeldungen besonders gut aufzupassen. Selbst die klangen bei Radio Schleswig-Holstein irgendwie idyllisch, und sie hatten sich jeden Abend damit verabschiedet, Tipps für die Flitzerblitzer des nächsten Tages abzugeben. »Für morgen tippe ich ›Ortsausgang Itzehoe Richtung Wilster‹«, raunte sie Felix zu, bevor er sie für eine Drehung unter seinem Arm hindurch führte.

Plötzlich ertönte eine ihr wohlbekannte Stimme. »Nelli! Du tanzt ja mit Felix!«

Tims Oma stand in der Tür. Sie war mit Gerhard und Barbara zum Gasthof gefahren und hatte sich in den letzten Minuten offenbar frisch gemacht. »Ja, Mutti, diesmal hast du recht!«, rief Gerhard jovial, löste sich von seiner Frau und hakte sich bei Oma unter. Und während er die nun nach und nach eintreffenden Gäste begrüßte, erzählte Nelli Felix die Anekdote, wie seine Oma ihn bei ihrer Hochzeit mit Tim verwechselt hatte. Felix blieb merkwürdig still.

Sie saßen an Sechsertischen. Zum einen war das eine Größenordnung, in der gut Tischgespräche geführt werden konnten. Und zum anderen war so ausgeschlossen, dass Felix die Nähe von Barbaras spirituellem Ratgeber Meister Vivelin ertragen musste, auf dessen Anwesenheit sie bestanden hatte. Gerhard, Barbara, Oma, Felix, Tim und Nelli. Das waren sechs. Fertig. Der Schamane, auch wenn er noch so gern ein Auge auf Barbaras Aura und das Essen auf ihrem Teller behielt, wurde an einen Tisch am anderen Ende des Raums verbannt. Gerhards Skatkumpel, die übrigen Bandmitglieder und der Zauberer. Es war ein bisschen wie eine Resterampe, was da in der Nische des Gastraumes versammelt worden war. Aber es drang viel Gelächter von hinten herüber, und Doro berichtete ihnen warum, als sie am Ehrentisch vorbeikam. »Er hält mich für die Wiedergeburt einer nordischen Waldhexe. Ich glaube, es liegt an den Haaren«, kicherte sie und ging weiter zum Buffet.

An Nellis Tisch war etwas weniger los. Barbara löffelte ihren veganen Graupensalat und plapperte dabei über das Aussehen der Gäste und die Geschenke, die Gerhard schon in Empfang genommen hatte. Gerhard genoss bereits die zweite Portion Spanferkel. Und Tim erzählte seiner Familie von seiner Anmeldung für den Lampionkorso.

»Oh, tolle Idee!«, rief Barbara. »Wisst ihr noch? Wir hatten mal ein Boot vom Turnverein! Herrlich, wie wir in der Dämmerung durch die Kanäle geschippert sind, und über uns die Lampions …«

»… in euren Händen die Sektgläser …«, erinnerte sich auch Gerhard. »Ein Wunder, dass keine von euch angetüddelten Turndamen über Bord gegangen ist. Mit wem gehst du, Tim? Den Jungs vom Fußballverein?«

»Nee, allein. Ich mach nicht so einen Schunkelkahn, sondern eins von den lustigen Mottobooten.«

»Oh, da war mal eins, das sah aus wie das Schloss von der Eiskönigin!«, sagte Oma. »Kam sogar in der Abendschau. Was machst du?«

»Weiß noch nicht.«

Nelli ließ ihr Besteck sinken. Jetzt waren es nur noch zwei Wochen, und Tim hatte noch nicht mal angefangen zu planen. Sie verkniff sich einen Kommentar.

»Ich fang morgen an«, sagte Tim. »Bis jetzt hatten wir so viel mit den Proben für heute Abend zu tun.«

»I-hil-se«. Oma fing an, leise vor sich hin zu singen. »Ich schicke dir all meine Liebe.«

»Was ist denn das für ein Lied?«, fragte Gerhard verwundert. »Klingt wie *Josephine* von Chris Rea. Gibt's das auch auf Deutsch?«

»Wart's ab«, sagte Ilse und zwinkerte Tim zu. »Vielleicht wird es eine Überraschung geben.« Tim verdrehte die Augen und widmete sich dem Spanferkel auf seinem Teller. Nun kam auch Felix an den Tisch. Er hatte sich zuerst um das Essen seiner Oma gekümmert und sich dann erst selbst etwas geholt. Er setzte sich.

Nelli fand es interessant, die beiden Brüder an einem Tisch zu sehen. Tim hatte mit dem Argument, dass er den größten Teil des Abends sowieso im Bühnenoutfit wäre, fürs Essen nur ein schlichtes Poloshirt und Jeans angezogen. Felix dagegen trug einen beigefarbenen Sommeranzug, bei dem Nelli an den *Großen Gatsby* denken musste. Auch die Frisuren der Brüder waren vollkommen unterschiedlich. Und trotzdem diese Ähnlichkeit. Der gleiche breitschultriger Körperbau, das gleiche Gesicht mit dem kantigen Kinn und den sanften braunen Augen. Nelli staunte mal wieder. Es war doch wirklich ein Wunder der Natur, dass zwei Menschen tatsächlich identisch aussehen konnten.

Während des Essens beobachtete Nelli die Brüder verstohlen weiter. Tim schaufelte wahllos alles, was er sich auf den Teller gefüllt hatte, in sich hinein. Felix dagegen ging offenbar nach irgendeinem System vor. Er aß seinen Salat nach Sorten. Erst die Gurkenstückchen, dann die Tomaten, den Käse und zum Schluss die Oliven. Dann erhob er sich und holte sich den nächsten Gang.

»Nelli, warum isst du nichts?« Nelli riss den Kopf herum und blickte Barbara an, die die Frage an sie gerichtet hatte. Es war ihr gar nicht aufgefallen, aber sie hatte tatsächlich zu essen aufgehört. Irgendetwas hatte sie irritiert. Felix kam zurück, den Teller gefüllt mit einem Hauptgang. Er setzte sich und breitete erneut die Serviette auf seinen Schoß. Nellis Blick schoss über den Tisch. Tim hatte seine Serviette die ganze Zeit über nicht angerührt, sie lag noch zusammengefaltet neben seinem Teller. Nelli zwang sich, die Gabel zu ihrem Mund zu führen. Aber sie konnte nichts schmecken. Ihr Blick klebte an ihrem Schwager. Barbara schien das bemerkt zu haben. »Nicht wahr, Nelli? Mir ist es auch aufgefallen. Felix sieht aus wie Tim an dem Tag, als ihr geheiratet habt.« Nelli nickte ihrer Schwiegermutter freundlich zu. Aber ihr wurde kalt. Ihr Blick ging wieder zu Felix, der auch seine Gemüsepfanne in der Reihenfolge ihrer Bestandteile zu essen begonnen hatte. Erst die Auberginen. Jetzt die Zucchini. Nelli hatte eine Erinnerung. So klar, als liefe vor ihrem inneren Auge ein Film ab. Tim am Morgen nach ihrer Hochzeit. Wie er sich in ihrem Hotel an der Côte d'Azur zuerst an den falschen Tisch gesetzt hatte, als hätte er nicht mehr gewusst, dass sie immer eine Wespenfalle am Nachbartisch aufbaute – für ihn. Wie er sich dann die Serviette auf den Schoss gelegt und dann seinen Obstsalat gegessen hatte. Stück für Stück. Eine Sorte nach der anderen.

Sie ließ die Gabel sinken und blickte zu Tim. Er saß, die Haare verstrubbelt, an seinem Platz und lud sich von allen Ecken seines Tellers gleichzeitig etwas auf die Gabel. Auf der anderen Seite Felix. Sein Essen sortierend. Die Locken stilvoll mit Gel gebändigt. »Nicht wahr, er sieht aus wie Tim an dem Tag, als ihr geheiratet habt«, hörte sie noch einmal Barbaras Stimme in ihrem Ohr. Nelli ließ ihre Gabel sinken.

»Du Tim«, richtete sie sich an ihren Mann. Ihre Stimme klang spröde. Sie räusperte sich. »Was war das noch mal für ein Drink, den du mir in Nizza hast bringen lassen?«

Tim kräuselte die Stirn. Aus den Augenwinkeln glaubte sie

zu sehen, dass Felix die Lippen bewegte. Sie sah ihn an und sofort erlosch die Bewegung in seinem Gesicht.

»Am ersten Tag, als wir angekommen sind. In der Hotellobby«, half Nelli Tim auf die Sprünge. Tim machte ein konzentriertes Gesicht und sah dabei nicht sie an, sondern in die Luft. In die Luft oberhalb von Felix Kopf. Nelli folgte seinem Blick. Felix Lippen formten lautlos ein »M…«

»Meinst du, es war ein Manhattan?«, soufflierte Nelli, vorsätzlich falsch. Tim nickte erleichtert. »Genau. Ein Manhattan. Soll ich dir einen bestellen?«

Nellis Augen verengten sich zu Schlitzen. »Nein«, sagte sie schneidend. »Ich glaube, es war doch ein Martini.«

»Verwechsle ich auch immer«, kicherte Oma und machte eine wegwerfende Bewegung. Die Gesichter der Zwillinge wirkten wie versteinert.

Nelli fühlte sich merkwürdig entrückt. So, als passiere das hier gar nicht wirklich. Es war, als sei sie eine Schauspielerin in einem Theaterstück. Als würde sie etwas aufführen, was nicht Teil ihres Lebens war. Nicht sein konnte. Und doch geschah es.

Weitere Ungereimtheiten kamen ihr in den Sinn. Der Smoking mit dem fehlenden Kummerbund. Tims Verschwinden kurz vor der Hochzeit. Und dann purzelten die Erinnerungen wild durcheinander. All die Veränderungen auf der Hochzeitsreise … »Was ist eigentlich mit deiner Chlorallergie?«, fragte sie Tim. »Alles wieder gut?«

Tim nickte stumm.

»Welche Chlorallergie?«, fragte Barbara.

Nelli sah in Felix Augen. Seine angstgeweiteten Augen. Und sie hatte schreckliche Gewissheit.

»Die hier.« Nelli beugte sich über den Tisch, griff mit beiden Händen an Felix' Kragen und riss sein Hemd auseinander.

Knöpfe sprangen ab. Der Stoff teilte sich. Und alle sahen das große rote Feuermal auf Felix' Brust.

FELIX

»Nelli!«, rief Felix und rannte hinter ihr aus dem Gasthof heraus. »Nelli, warte!«

Nelli lief zu ihrem Auto. Sie hatte es schon erreicht und am Türgriff gezogen, als Felix sie einholte. Schwer ließ er sich neben ihr gegen die Tür fallen. Sie schlug wieder zu. »Nelli, hör mich an!«, bat er.

»Geh weg!«, schrie sie. Sie guckte ihn nicht an, nur den Türgriff, an dem sie weiter heftig zog.

»Nelli, hör mir zu! Ich … ich … Nelli! Du darfst nicht gehen!« Er flehte verzweifelt, aber sie sah ihn noch nicht einmal an. Er griff ihren Arm. »Ich weiß auch, was wir jetzt machen sollen. Es ist alles so ein Durcheinander!«

Sie wirbelte herum. Ihr Blick war verächtlich. »Ja, da kann man schon mal durcheinander kommen«, sagte sie zynisch, »bei Zwillingen, die immer verwechselt werden. Und immer alles verwechseln. Tims Frau, deine Frau, ach, was soll's.« Ihre Augen schossen zornige Blitze auf ihn ab. »Und jetzt? Hat Tim dich wieder geschickt?«

»Nein.« Wo war Tim eigentlich? Felix' Blick ging zurück zum Gasthof. Nach einer Schrecksekunde, in der Nelli hinausgestürmt war, waren sie gleichzeitig aufgesprungen. Aber – hatte er das richtig gesehen? – Oma hatte Tims Arm festgehalten.

Felix konnte vor Panik nicht klar denken. Nelli war drauf und dran, davonzufahren. Er musste ihr alles erklären. Aber wie? Was sollte er sagen? Wie sehr er sie liebte. Aber nein, das konnte er Tim nicht antun! »Nelli«, stotterte er, »du musst mir verzeihen. Uns verzeihen. Wir wollten dich nicht hintergehen. Es war nur …«

»Wie lange?«, fiel sie ihm ins Wort. »Schon auf dem Standesamt, oder?«

Felix schloss geständig die Augen.

»Und die Flitterwochen.«

Felix nickte.

»Die *ganzen* Flitterwochen?« Felix sah, wie Nelli zu zittern begann. Er streckte eine Hand nach ihr aus, aber sie wich ihm aus.

»Die Hochzeitsnacht.« Nellis Stimme war zu einem Flüstern geworden.

An der Tür zum Gasthof entstand Bewegung. Gerhard und Barbara erschienen, gefolgt von Tim, dem wie ein Klammeräffchen seine Großmutter am Arm hing. »Nelli!«, rief er und versuchte, die Oma abzuschütteln. »Ich kann dir alles erklären!«

Nelli zog sich den Ehering vom Finger und warf ihn Tim in einem hohen Bogen vor die Füße. »Zu spät«, sagte sie. Dann blickte sie Felix ein letztes Mal an. Er sah den verletzten Ausdruck in ihren Augen. Sah, wie ihr die Tränen über die Wangen liefen. Er wollte sie an sich ziehen, ihr gestehen, dass es diese Nacht aus Liebe gegeben hatte. Aber er konnte nicht.

»Zu spät«, sagte sie noch einmal, und der leise, gebrochene Klang ihrer Stimme zerteilte sein Herz. Er hatte sie verloren. Mit gesenktem Kopf trat Felix beiseite und ließ sie in ihr Auto steigen.

NELLI

Jetzt machte alles Sinn. Wie er bei der Hochzeit plötzlich perfekt Walzer tanzen konnte. Wie er ihr immer die Tür aufgehalten hatte. Wie er sich auf einmal für den Reiseführer interessiert hatte. Ach, und auf dem Burgberg, als er sie an der Brüstung festgehalten hatte. Klar, Felix hatte ja auch Höhenangst.

Nelli schlug frustriert mit der Hand an ihre Stirn. Fast hätte sie danebengehauen. Aber mit den zwei Promille, auf die sie es in den letzten Stunden sicherlich gebracht hatte, wurde auch das zur Herausforderung.

Wie hatte sie es nicht merken können? Sie hatte ihm die Nummer mit der ›Flitterwochen-Spezialbehandlung‹ abgenommen. »Ha!«, schnaubte sie zynisch. Von wegen. Nicht Tim hatte sich verstellt, sondern Felix! Beziehungsweise, in Punkto Manieren hatte Felix wohl nicht geschauspielert. Aber was war mit ihren Küssen? Und dem SEX??? Es machte sie wahnsinnig. Sie hatte mit Felix geschlafen! »Wenchstens war's guter Sex!«, erklärte sie Erika mit Galgenhumor und schwerer Zunge. Ihre beste Freundin war zum Trösten herbeigeeilt und löste nun, nachdem der Amaretto geleert war, den Korken von der nächsten Flasche aus Nellis Schnapsecke im Küchenschrank. Es war ein scharf riechendes neongelbes Zeug, das sie mal in einer unbeschrifteten Glasflasche geschenkt bekommen und sich nie zu trinken getraut hatte. Konnte Limoncello sein. Aber auch Glasreiniger. »Auschonegal«, erklärte Nelli und schüttete sich großzügig ein.

»Aber ist dir denn wirklich nichts aufgefallen?«, wunderte Erika sich zum wiederholten Mal.

»Damit rechnet man doch nich!« Nelli verzog das Gesicht. Nicht nur, weil das Zeug übel schmeckte. Sie hatte sich die Frage ja auch schon hundert Mal gestellt. Wieso war es ihr nicht aufgefallen? Aber auf die Idee zu kommen, dass Tim mit seinem Bruder getauscht hatte – das war doch so absurd, das konnte man doch nicht denken! »Türlich war viel merkwürdig. Aber alles is plaulibser… paulisb…«

»… Plausibler …«

»Danke. Pausibler, als dass du den Zwillingsbruder vor dir hast!« Nelli knüllte ein Sofakissen vor ihrem Bauch zusammen.

Erika nickte. »Ich kann es ja noch so halb verstehen, dass Felix für Tim zum Standesamt gegangen ist«, sagte sie dann. Die beiden hatten in der letzten Stunde die Puzzleteile der wahren Abläufe in den vergangenen Wochen zusammengesetzt. In einer Art Stille-Post-Verfahren hatten sie von Tim über Torsten an Erika mitgeteilt bekommen, wie es zu dem Zwillingstausch gekommen war. Erika las Nelli die WhatsApps der Männer vor. In jeder zweiten Nachricht baten die Zwillinge um Verständnis. Nelli argwöhnte, dass Erika langsam weich wurde. »Wie meinsu, du kannst das halb verstehn?«, fragte sei lauernd.

»Ich bin auf deiner Seite, Nelli!«, entrüstete sich Erika aber sofort. »Ich wollte doch nur sagen: Heiraten vielleicht noch so halb. Aber was ich *nicht* verstehen kann, ist, dass er mit dir geschlafen hat! Das ist doch total übergriffig. Ich glaube, du kannst ihn wegen Vergewaltigung anzeigen.«

Nelli schloss die Augen. In ihrem Kopf war alles verquer. Sie fühlte sich missbraucht. Belogen, ausgenutzt … doch gleichzeitig ließ sie die Erinnerung an ihre Hochzeitsnacht nicht los. Es war so besonders gewesen! Sie hatte so viel Leidenschaft verspürt. Zärtlichkeit und … einen unglaublichen Zauber.

War das alles gelogen? Oder nicht? Sie schüttelte verzweifelt den Kopf. Sie konnte überhaupt nicht mehr klar denken. Und fühlen auch nicht mehr. »Du kannsoch so gut nähen, Erika«, seufzte sie. »Nimm bitte aus'm Schrank 'ne Bluse und mach die Arme hinnen am Rücken fest.« Sie deutete den Sitz einer Zwangsjacke an. »Ich glaub, ich muss in die Klapse.«

Sie stöhnte. Wieder und wieder dachte sie an die Momente, die sie in Nizza mit dem falschen Mann gehabt hatte. Nicht nur an den Sex. Auch an ihr gemeinsames Lachen. An das, was sie einander offenbart hatten. Und dann wieder an Felix' Zärtlichkeit. Sie sah ihn noch einmal auf dem Surfbrett, nachdem er sie gerettet hatte. Und andauernd dachte sie an den Abend, der auf der Luxusyacht begonnen hatte. Als sie an der Reling standen und sich geküsst hatten. »S'war der schönse Kuss meines Lebens«, gestand sie Erika. »Weißt du, wie beschissn sich das jetz anfühlt?« Sie boxte das Kissen auf ihrem Schoß und wünschte, sie könnte stattdessen auf Felix einschlagen.

Vier Tage später

NELLI

Tim war immerhin so anständig, ihr die Wohnung zu überlassen. Er selbst kam erstmal bei seiner Großmutter unter. Eine gerechte Strafe, fand Nelli.

Zum Glück war sie nicht da, als er seine Sachen holte. Wenn Oma beim Tragen half, hatte sie womöglich einen kessen Spruch darüber auf Lager, dass Nelli in den letzten Tagen immerhin drei Kilo abgenommen hatte. Aber Ilse Sattlers

Impertinenz war zur reinen Randerscheinung von Nellis Problemen geschrumpft. Was sie sich nicht vorstellen konnte war, einem der Zwillinge jemals wieder gegenüberzutreten. Sie war so verletzt, enttäuscht, verwirrt. Eigentlich brauchte sie Ruhe, und doch kehrten ihre Gedanken immer wieder zu diesen fatalen Tagen in Nizza zurück. Sie konnte den Film in ihren Kopf nicht stoppen, und ihr Herz fühlte sich dabei an, als hätte jemand einen Stabmixer darauf angesetzt.

Zu allem Übel war auch noch Ärger auf der Arbeit dazugekommen. Herr Diedrichsen hatte es zähneknirschend akzeptiert, dass Nelli sich in letzter Zeit geweigert hatte, Überstunden zu machen. Aber nun war ihm zu Ohren gekommen, womit sie ihre Abende verbracht hatte – mit der Gestaltung des Dorfkrug-Gartens. Dem Objekt, das er selbst für seine Firma im Visier gehabt hatte und für das er doch eigentlich ein Angebot für einen Rivieragarten hatte abgeben wollen. Herr Diedrichsen fühlte sich hintergangen. Er betrachtete sie nun als Verräterin und behandelte sie mit eisiger Kälte. Ihre Arbeitstage wurden zur Qual.

Nach Feierabend igelte Nelli sich in ihrer Wohnung ein. Ihr Leben war so leer. Sie war ganz allein. Alles kam ihr sinnlos vor.

Sie verzichtete auf Tageslicht und Vitamine und ging nicht mehr ins Bett, sondern schlief gleich auf dem Sofa. Weniger Erinnerungen, größerer Fernseher. Wenn sie bald keinen Job mehr hatte, konnte sie ja das Schlafzimmer untervermieten. Ach, sie konnte eigentlich auch gleich alles hergeben und wieder zu ihrer Mutter ziehen. Eine Mutter-Tochter-WG. Zwei Frauen, die im Leben versagt hatten. Sie machte ihr den Vorschlag, als Angelika anrief.

»Versagt? Ich höre wohl nicht richtig!«, regte sich Angelika auf.

»Ja, ich weiß.« Nellis Stimme war matt. »Ich kann nichts dafür. Sie haben mich ausgetrickst. Aber ich habe auch einen Fehler gemacht. Habe mir einen Kerl ausgesucht, der so wenig Charakter besitzt, dass er am Abend vor der Hochzeit mit einer anderen Frau nach Las Vegas fliegt.«

»Nein, nein«, wehrte Angelika ab. »Ich meine, warum *zwei* Frauen, die im Leben versagt haben? Mir geht's blendend!«

»Mama …«

»Oh, sorry. Bis auf mein Mitgefühl für dich, natürlich. Der Teil von mir ist sehr, sehr traurig.«

»Mama. Du musst mir doch nichts vormachen. Wir sind beide Versager. Gescheiterte Ehen. Ich habe mir gleich von vorneherein den falschen Mann ausgesucht, und du hast Papa damals nicht halten können.«

»Wie? ›Papa *nicht halten* können‹?«

»Es liegt dir halt nicht im Blut, Mama. Du bist nicht der Typ, der sich gut um jemanden kümmern kann.«

»›*Papa nicht halten können*‹?« Angelika klang wie ein Papagei.

»Bei uns war doch immer Chaos, Mama. Aber wenigstens habe ich aus deinen Fehlern gelernt. Ich habe Tim ein Zuhause geboten und unser Leben geregelt. Wenn er nicht so ein Charakterschwein wäre, hätten wir für immer zusammenbleiben können.«

»O Mann, Nelli«, sagte Angelika verwundert. »Willst du etwa sagen, dein Kümmersyndrom hatte System?«

»Es ist weder Syndrom noch System. Sich um seinen Mann zu kümmern ist der Schlüssel zum Glück!«

Angelika seufzte. »Oha. Das wusste ich nicht.«

»Eben, Mama. Das ist es ja. Sonst wäre ich nicht vor zwanzig Jahren zum Scheidungskind geworden.«

»Oh, nein, mein Kind. Ich wollte dir damit nicht recht geben. Was ich meinte, ist, ich wusste nicht, dass du dich so verrannt hast!«

»Was?« Nelli löste sich aus ihrer Lethargie und setzte sich aufrecht hin. »Wieso verrannt?«

»Na, ich kenne natürlich deinen alten Helferkomplex. Aber ich wusste nicht, dass du den hast, weil du ›aus meinen Fehlern gelernt‹ hast. Erklär mir das mal genauer. Wie meinst du das überhaupt, dass ich deinen Vater hätte ›halten‹ müssen?«

Nelli hatte es noch nie gewagt, ihrer Mutter diesen Vorwurf zu machen. Schließlich hatte sie als alleinerziehende Mutter viel geschultert. Aber jetzt, wo Angelika Nelli sogar dafür auslachte, wie sie Beziehungen anging, musste sich ihre Mutter diese Anklage gefallen lassen. Nelli holte tief Luft. »Wir waren eine Familie, Mama. Wir hatten ein Zuhause. Aber dann hast du zugelassen, dass er uns verlässt. Er hat uns nicht gebraucht und ist gegangen!«

»Nelli.« Angelikas Stimme klang eher beunruhigt als verletzt. »Ich habe nicht ›zugelassen‹, dass dein Vater geht. Ich habe auch nicht versäumt, ihn zu ›halten‹. Wir haben einfach aufgehört, einander zu lieben. Da ist es besser, sich zu trennen.«

»Aber du hast nicht gekämpft! Es ging doch auch um mich!« Nelli spürte ein Brennen in den Augen. Sie fühlte sich mit einem Mal wieder wie die Siebenjährige, deren Welt gerade auseinanderbricht. Und weil sie sowieso seit Tagen dicht am Wasser gebaut hatte, ließ sie die Tränen wieder laufen.

»Oh, Nelli!« In Angelikas Stimme schwang jetzt Besorgnis mit. »Natürlich ging es auch um dich. Es tut mir schrecklich leid, dass dein Vater sich nach der Trennung nicht mehr um dich gekümmert hat. Glaub mir, ich habe ihn gebeten, dich zu besuchen, dir zu schreiben … dass er auch aus deinem Leben verschwunden ist, ist unverzeihlich.«

»Ja«, schluchzte Nelli. Gut, dass sie die Box mit den Taschentüchern am Sofa deponiert hatte. Sie schnäuzte sich ausgiebig. »Aber er hätte gar nicht erst zu gehen brauchen. Du hast nie irgendwas getan, was dich für ihn unersetzlich macht. Wenigstens für mich hättest du dafür sorgen müssen, dass eure Liebe bleibt!«

»Was schwebt dir denn da so vor?«

»Na, also, vielleicht … so wie ich bei Tim …«

»… hinter ihm her staubsaugen?« Nelli hörte ihre Mutter schnaufen. »Nelli, ich fürchte, du bist ganz schön auf dem Holzweg. Glaubst du wirklich, dass es ein allgemeingültiges Rezept für die Liebe gibt? Man kann mit einem Komfort-Kümmer-Programm vielleicht dafür sorgen, dass ein Mann es sich bei einem bequem macht. Aber dass er einen deswegen liebt, wage ich zu bezweifeln. Und noch viel weniger denke ich übrigens, dass man selbst in so einer Beziehung gut aufgehoben ist.«

»Aber ich war glücklich!«

Angelika seufzte. »Nelli, hör auf, dir etwas vorzumachen. Wenn dein Kümmersyndrom die Grundlage von Tims und deiner Beziehung war, dann hätte es früher oder später sowieso gekracht. Glaub mir, Spatz. Ich weiß ja, dass du dich gern absicherst. Aber man kann im Leben nicht alles planen. Ganz besonders nicht die Liebe.«

Nelli spürte den Impuls, das Telefon ganz, ganz weit von sich weg zu halten, damit sie nicht länger zuhören musste. Auf sie einzudreschen, wenn sie am Boden lag. Das war so was von fies von ihrer Mutter. Sie verabschiedete sich schnell.

Aber es war zu spät. Gedanken, die sie nicht hatte denken wollen, kamen an die Oberfläche. Mit unsichtbarer Macht bohrte der Nachhall von Angelikas Worten Löcher in Nellis

Hirn und förderte Szenen zutage. Von dem Grillfest, als Tim so merkwürdig rebellisch und sie selbst von ihm genervt gewesen war. Seine herumliegende Wäsche und wie ihr das auf den Geist zu gehen begonnen hatte. Wie er zu faul gewesen war, Getränke zu kaufen und ihr die Arbeit mit einem Spruch über ihre Liebe hatte aufdrücken wollen. Nelli hielt sich den Kopf. Aber sie kam nicht dagegen an. Wenn sie ehrlich war, hatte ihre Beziehung zu Tim in den letzten Wochen mehr als nur eine kleine Krise durchgemacht. Sie waren beide nicht glücklich gewesen. In Wahrheit … hatte ihr Kümmersystem schon seit den Flitterwochen ausgedient. Sie hatte sich schlicht selbst nicht mehr wohl damit gefühlt. Aber wenn nicht das – was wollte sie dann?

Zwei Tage später

TIM

»Oma. Ich flehe dich an. Versuch, dir deine Stützstrümpfe selbst anzuziehen.«

»Die Einliegerwohnung habe ich für meine Pflegekraft gedacht. Du wohnst in der Einliegerwohnung. Also bitte.«

Oma hielt Tim ihr Bein hin. Auf den Fußnägeln prangte noch der korallenrote Nagellack, den sie Tage zuvor beim Grillfest in ihren Peeptoes präsentiert hatte. Aber der strumpffreie Abend sei ihr und ihren Venen eine Lehre gewesen, hatte sie erklärt. Und jetzt hatte sie ihn zu sich zitiert, um – Tim verkniff sich einen Seufzer. Er nahm den Strumpf in die Hand, kniete sich vor Ilse und begann seinen Dienst. Vorhin hatte er Oma bereits geholfen, ihre Einkäufe in die Schränke zu räumen, und dabei eine Flasche Franzbranntwein in den Händen gehabt. Jetzt hielt Oma sich die Schulter und begann etwas von Verspannungen zu reden. Ihm schwante Böses.

Als es an der Tür klingelte, sprang Tim erleichtert auf. Das mit dem Strumpf bekam er sowieso nicht hin. So ein Stützstrumpf war ein völlig anderes Kaliber als Seidenstrümpfe. Bankräuber, aufgepasst. Wer sich versehentlich so ein Ding übers Gesicht zog, handelte sich wahrscheinlich einen Nasenbeinbruch ein, so stramm war das Gewebe.

Tim ging zur Tür.

»Felix.« Tim prallte zurück.

»Ist er da?«, rief Oma. »Felix, Junge, ich bin noch nicht salonfähig, aber komm ruhig durch.«

Tim warf seinem Bruder einen finsteren Blick zu und trat beiseite, damit Felix zu Oma ins Schlafzimmer durchgehen konnte.

Jeder bekam ein Bein. Oma saß, ein Kissen im Rücken und den Rock ein Stückchen nach oben gerafft, am Kopfteil ihres Eichenbetts. Ihre Enkel hockten links und rechts neben ihr auf der Bettkante und versuchten jeder, ihr einen störrischen Kompressionsstrumpf überzuziehen.

»Jetzt vertragt euch doch«, sagte Oma.

Tim warf Felix über Omas Knie hinweg einen bösen Blick zu. »Du bist ihr hinterhergelaufen.« Sein Blick wanderte zu Ilse. »Und *du* hast mich festgehalten! *Ich* bin Nellis Ehemann, und *Felix* ist ihr nachgelaufen. Felix, warum hast du das getan? Und Oma, du?«

»Weil ...« Felix nahm den Blick nicht von Ilses Fuß. Sehr geschäftig zuppelte er an dem Synthetikgewebe. Er sprach nicht weiter.

Tim ergriff wieder das Wort. »Ich hätte es Nelli vielleicht noch erklären können! Ich wollte mich entschuldigen. Ich hätte ihr versprochen, dass alles wieder gut wird. Alles. Ich hätte sie nicht gehen lassen. Also wieso? Wieso hast du mich festgehalten? Und wieso ist Felix hingerannt?« Tim pfefferte den blöden Strumpf auf den Boden.

Ilse entzog auch Felix ihren Fuß und strich ihren Rock über den Beinen glatt. Dann sah sie Tim ruhig ins Gesicht. »Weil Felix sie liebt.«

Tim verdrehte die Augen und wandte den Kopf seinem Bruder zu. Felix starrte nach unten, als könne er sich an dem Paisleymuster auf Omas Rock gar nicht satt sehen.

»Felix, hast du Oma gehört?« Eigentlich müsste sein Bruder doch in Gelächter ausbrechen. ›Weil Felix sie liebt‹. Omas erster Alzheimertag? Fing sie jetzt auch mit Zwillingsverwechseln an? Tim schaute zu Felix rüber. Aber der saß nur stumm da. »Felix!«, kommandierte Tim.

Felix hob den Blick.

Tim sah den Ausdruck in seinen Augen – und erstarrte.

Leise begann Felix zu sprechen. »Oma hat recht. Ich habe mich in Nelli verliebt, Tim.« Seine Stimme bebte. »Es tut mir leid. Ich habe es nicht gewollt.«

Tim zog ein kalter Schauer über den ganzen Körper. »Du hast dich in NELLI verliebt?«

»Ja.«

Mit Felix' Antwort brach eine eisige Welle über Tim zusammen. »Wann?«, fragte er.

»Als sie auf dem Boot … oder vorher, auf dem Meer … oder auf dem Berg?«, stotterte Felix.

»In Nizza!«

Felix nickte.

»Und du hast mit ihr geschlafen!« Tim sprang auf. »Du hast gesagt, du hättest keine Wahl gehabt. Du hättest es getan, um meine Ehe zu retten. Du verdammter Lügner!« Tim versuchte, über Oma hinwegzulangen, um Felix eine zu verpassen. Oma hielt ihn mit erstaunlich festem Griff am Saum seines T-Shirts zurück. Er hätte sich dennoch losreißen können, aber ihm fiel noch etwas anderes ein. Er zeigte anklagend auf Ilse. »Und du! Du hast es die ganze Zeit gewusst?!«

Oma schüttelte den Kopf. »Nizza war mir neu. Aber ich hab die beiden neulich zusammen auf dem Balkon gesehen.«

Tim fuhr wieder zu Felix herum. »Hast du etwa hier weitergemacht? Was war auf dem Balkon? Hast du sie geküsst?«

»Um Himmels willen, nein. Tim, natürlich nicht.«

»Und was hat Oma dann gesehen?«

Ilse ergriff wieder das Wort. »Dass Felix verliebt ist, Tim. Den Blick erkenne ich. Dein Bruder stand auf deinem Balkon und hat geguckt wie ein hypnotisiertes Eichhörnchen. Nelli übrigens ganz ähnlich.«

Sie schnappten nach Luft. Beide Brüder.

Auf Ilses Mund erschien ein triumphierendes Lächeln. »*Deshalb* habe ich dich am Freitag festgehalten.«

Am selben Abend

NELLI

Zwei Umzugskisten überdauerten mehrere Tage im Flur, bis Nelli zu der Überzeugung gelangte, dass Tim sie wohl vergessen hatte. Auf Nellis SMS hin erschien nun Barbara, um sie abzuholen. Etwas unbeholfen drucksten sie im Flur herum. Was wird aus dem Verhältnis zur Schwiegermutter, wenn man statt des einen Sohns aus Versehen den anderen geheiratet hatte? Die Frage konnte man wahrscheinlich noch nicht mal googeln. »Es tut mir furchtbar leid, Nelli«, machte Barbara den Anfang.

»Du kannst ja nichts dafür«, sagte Nelli.

Barbara kramte in ihrer Handtasche. »Meister Vivelin hat mir für dich eine reinigende Ohrenkerze mitgegeben. Also, ich glaube, die reinigt tatsächlich das Ohr. Aber ihm geht es vor allem darum, dass auch der seelische Schmerz verbrannt wird.« Sie drückte Nelli eine quaderförmige Packung in die Hand. Darauf war die Abbildung von einem zigarrenförmigen Ding, das einem Menschen aus dem Ohr ragte. Das Ende der Kerze, das herausragte, brannte. Nelli guckte skeptisch. »Ich will mir mein Ohr nicht anzünden.«

»Gut, dann gebe ich sie Felix. Der kann sie auch gebrauchen …«

FELIX. An ihn dachte Nelli viel zu oft. Dass man sich aus Wut so mit einem Menschen beschäftigen konnte! Ständig drängte sich das Bild von Felix vor ihre Augen. Wie er sie in Nizza ausgenutzt und in Freesbüll dann ihr Vertrauen erschlichen hatte. Hauptsächlich. Aber auch, wie er sie in seinen Armen gehalten hatte … *Pfffh, Felix! Keine Gedanken mehr an ihn,* befahl sie sich. Sollte er sich die Ohrenkerze doch sonst wo hinstecken!

Barbara seufzte. »Aber er wird sie sicher auch nicht benutzen wollen. Felix hat überhaupt kein Vertrauen zu Meister Vivelin. Er hat ihn sogar schlimm verunglimpft. Ist das nicht unsensibel? Felix weiß doch, wie wichtig der Meister für mich ist. Ich rede doch auch nicht schlecht über seine Freunde.« Barbara guckte Nelli verletzt an. Nelli legte ihr eine Hand auf den Arm. »Ich habe ehrlich gesagt auch ein bisschen Sorge, dass dein Schamane dir Dinge empfiehlt, die dir schaden können.«

Barbara runzelte die Stirn. »Ich hab schon ganz viel abgenommen, seit ich vegan lebe. Das ist doch gut!«

»Sicher. Aber so eine radikale Ernährungsumstellung muss man ärztlich begleiten.«

»Aber dafür hab ich doch Meister …«

»Ärztlich. Nicht schamanisch. Weißt du, dass veganes Leben letztlich eine Art Mangelernährung ist, die du ausgleichen musst?«

»Jetzt klingst du schon wie Felix. Der hat mir sogar so komische Tabletten zugesteckt. Ich nehm doch keine Tabletten!«

»Und ich nehm keine Ohrenkerzen. Ich finde, in diesem einen Punkt solltest du ein bisschen mehr auf Felix hören.«

Barbara sah Nelli einen Moment lang komisch an. »Was ist jetzt eigentlich zwischen Felix und dir?«

»Häh?« Nelli konnte Barbara nicht in die Augen sehen, weil sie sich just in diesem Moment entschieden hatte, sich nach dem ersten Umzugskarton zu bücken. »Was soll denn zwischen Felix und mir sein?«, fragte sie und spürte Hitze in sich emporsteigen. Ganz schön schwer, diese Kisten, dass ihr gleich der Schweiß ausbrach. Vielleicht sollte sie mal wieder ins Fitness-Studio gehen.

»Ich dachte nur, ihr habt euch in den letzten Wochen doch so gut verstanden. Willst du nicht wenigstens ihm verzeihen? Er hat es doch wirklich nicht böse gemeint.«

Nellis Arme zitterten. Fitness-Studio, definitiv. »Nenn mich nachtragend, aber ich vertraue deinem Sohn nicht mehr«, sagte sie und trug den Karton an Barbara vorbei ins Treppenhaus. Barbara nahm den anderen und kam hinter ihr hergeächzt. »Aber ihr habt doch so schön den Garten gemacht! Felix schafft das allein gar nicht!«, rief sie hinter ihrem Karton hervor. »Dabei ist doch übernächste Woche Eröffnung. Und es kommt sogar jemand von der Zeitung! Aber ich verstehe dich natürlich. Du brauchst bestimmt etwas Abstand. Es gibt sicher eine andere Lösung. Dein Chef hat mir bei eurer Hochzeit sein Kärtchen zugesteckt. Vielleicht kann der … puh, ist das hier unhandlich!«

»Barbara, lass den Karton stehen! Ich trag ihn dir zum Auto.«

»Ach, geht schon. Der Felix will übrigens Einladungskarten drucken und …« – WUMM.

Als Nelli das Krachen hinter sich hörte, setzte sie schnell ihren Karton ab und eilte zu ihrer Schwiegermutter. Der Umzugskarton in ihren Händen war aufgeplatzt. Über den gesamten Treppenabsatz verteilten sich CD-Hüllen und Fotos. Tims alter Schlafsack kullerte an Nelli vorbei die Treppe in den ersten Stock hinunter. Nelli steckte den Boden des Kartons wieder zusammen und half Barbara, die Sachen wieder einzusammeln. Die Bilder waren offenbar alte Erinnerungsfotos aus Tims Schulzeit. Auf vielen war er mit den Crabs zu sehen. Auch mit Doro. Nelli presste die Zähne zusammen und warf die Fotos mit gehörigem Schwung in den Karton. Barbara hob interessiert den Blick. »Na, die ist ja wohl an allem schuld!«, schimpfte Nelli und stopfte CD-Hüllen über Doros Bilder. »Wenn die nicht auf diese Schnapsidee gekommen wäre, Tim zum Junggesellenabschied in Las Vegas zu überreden …«

»Ja«, seufzte Barbara. »Schnapsideen hatten die beiden schon immer viele. Aber weißt du, für Doro war es ja auch nicht einfach.«

»Pffh.« Wenn Nelli etwas nicht interessierte, dann die Frage, wie die Sache für Doro war. Aber Barbara redete einfach weiter. »Das arme Mädchen war schon zu Schulzeiten hoffnungslos in meinen Tim verknallt. Und jetzt musste sie mit ansehen, wie er heiratet. Vielleicht wollte sie ihn vorher einfach noch mal kurz für sich haben.«

Nelli hielt inne. »Wie war das?«

»Na, die beiden haben früher immer viel Quatsch zusammen gemacht. Vielleicht wollte sie das noch ein letztes Mal mit ihm erleben, bevor er eine Familie gründet und keine Zeit mehr für sie hat. Ist ja oft so, wenn man heiratet, dann bleibt weniger Zeit für Freunde.« Barbara packte unbeschwert weiter Kram in den Karton.

»Nein, nein. Was du davor gesagt hast. Doro war in Tim verknallt?« Nelli spürte ein Ziehen an ihren Schläfen.

»Ja. Aber der hat das nie gemerkt.« Barbara kicherte. »So sind die Männer, was?«

Aber Nelli war nicht zum Schmunzeln. »Doro war in Tim verknallt?!«, wiederholte sie. Ihre Stimme hallte laut durchs Treppenhaus. Alle Nachbarn konnten sie hören. Sie ging dichter an Barbara heran. »Und sie hat ihn in Las Vegas geheiratet?«, hisste sie ihr zu. »Dieses Miststück!«

Barbara riss die Augen auf. »Nein, das siehst du falsch«, sagte sie beruhigend. »Die haben das nicht mit Absicht gemacht. Beide nicht. Doro hat das längst eingesehen. Die sind wie Bruder und Schwester. Mach dir da keine Gedanken. Mit Eifersucht auf Doro solltest du dich nicht herumplagen.«

Nelli half Barbara, die beiden Kisten in ihrem Kofferraum zu verstauen und winkte ihr zum Abschied nach. Dann ging sie langsam in die Wohnung zurück und setzte sich an den Esstisch. Sie fühlte sich wie ferngesteuert. Tim und Doro. Ihr Blick glitt über den Tisch. Sie dachte an den Abend des Grillfests. Ihr war, als säßen sie noch dort. Vor ihrem inneren Auge sah Nelli ihre Gesichter, hörte ihre Stimmen. Tim und Doro, die über einen Kollegen lachten. Tim und Doro, die die Intonation eines neuen Songs besprachen. Tim und Doro, die die Gläser auf dem gedeckten Tisch ignorierten und sich mit ihren Bierflaschen zuprosteten. Nelli erinnerte sich noch, wie verunsichert sie sich selbst mit ihrem Kleid gefühlt hatte, weil Tim nur sein altes T-Shirt hatte anziehen wollen. Und dann war auch noch Doro in ihren komischen Klamotten gekommen, die immer nach halber Strecke zwischen Sportplatz und Disco aussahen. Ja wirklich. Fast wäre es Nelli gewesen, die sich in ihrer eigenen Wohnung wie das fünfte Rad am Wagen gefühlt hätte. Erst Felix hatte den Abend ins Gleichgewicht gebracht. Unbewusst wandte sie ihren Kopf in Richtung des Platzes, an dem Felix gesessen hatte. Sie erinnerte sich daran, wie sie den ganzen Abend über miteinander geredet hatten. Als die anderen endlich aufgestanden waren und sich mit der Gitarre aufs Sofa verzogen hatten, hatten sie über ihrer Zeichnung die Köpfe zusammengesteckt …

… Was hatte sie da gerade gedacht? ›Die anderen‹? Dass ›die anderen endlich aufgestanden‹ und weggegangen waren? Damit sie in Ruhe mit Felix planen konnte?

O Gott. Und dieser Moment auf dem Balkon … Nelli stöhnte und ließ den Kopf vornüber auf die Tischplatte sinken. Barbara hatte recht. Es war nicht Eifersucht auf Doro, die sie plagte.

TIM

Felix und Nelli? Tim bekam es nicht in seinen Kopf. »Felix und Nelli?«, wiederholte er. Oma nickte selbstgefällig. Tim funkelte sie böse an. »Aber Oma! Nelli ist meine Frau! Wie kannst du mir in den Rücken fallen?«

»Aber tue ich das denn?« Oma lächelte ihn milde an. Tim biss die Zähne zusammen. Oma mochte zerbrechlich wirken. Ihr zartes Figürchen, gebettet auf einem spitzenbesetzten

Tagesdeckchen, die Hände demütig vor dem Bauch gefaltet. Aber ihm machte sie nichts vor. Oma hatte Nerven wie Drahtseile.

»Indem du mich zurückhältst und Felix zu ihr laufen lässt. Natürlich fällst du mir in den Rücken, Oma!«, schimpfte er. Sie lächelte immer noch versonnen vor sich hin. Und nun fing sie auch noch an zu summen. Tims Hände verkrampften sich.

»Oma …«, mischte sich jetzt auch Felix ein. In seiner Stimme lag sanfter Tadel. Aber Oma hob nur Einhalt gebietend ihre Hand und summte weiter. Tim erkannte die Melodie. Es war der Song, an dem Doro und er gearbeitet hatten, als Oma zur Bandprobe gekommen war. Oma blinzelte engelsgleich. »Wie ging der Text doch gleich?«, fragte sie. »*Fly high sky Buhei…?*«

»*Fly up high, feel the wind, touch the sky*«, antwortete Tim genervt.

»Richtig.« Oma tippte sich auf die Nasenspitze. »Und worum ging es noch mal?« Sie sah ihn sinnierend an. »Um den Wunsch nach Freiheit‹, richtig?« Sie bedachte Tim mit einem eindringlichen Blick. »Und du bist sicher, dass Nelli zurückzuhalten die richtige Lösung gewesen wäre?«

Tim verharrte einen Moment regungslos. Er starrte seine Großmutter an. »Ich glaube, manchmal tust du nicht nur so schlau«, stellte er dann fest.

FELIX

Oma hatte sie in die Küche geschickt. Sie wollte noch allein die Strümpfe anziehen, und die Jungs sollten schon mal den Eierlikör rausholen.

Felix sah nun zu, wie Tim die Schränke durchsuchte.

Gleichzeitig redete er. Über seine Beziehung zu Nelli. »Es hat die letzte Zeit zwischen uns gekriselt«, gab Tim zu. »Ich wollte es dir nicht sagen. Es war mir zu peinlich, nachdem du so viel geopfert hast, um meine Ehe zu retten. Na ja. ›Geopfert‹. So schlimm scheint es ja nicht gewesen zu sein.« Felix bekam von seinem Bruder einen zynischen Blick verpasst. Das war ihm aber wesentlich lieber als ein kräftiger linker Haken. Und vor allem lieber, als wenn Tim nach der Enthüllung von Felix' Gefühlen zusammengebrochen wäre. Damit hatte er gerechnet. Aber nicht mit dem, was Oma in Tim gelesen hatte. Offenbar, noch ehe es seinem Bruder selbst richtig bewusst gewesen war.

Tim nahm Omas Schnapsgläschen, Felix holte den Eierlikör aus dem Kühlschrank, und sie brachten alles ins Wohnzimmer. Sie setzten sich an Ilses Couchtisch, und Felix schenkte ein. »Es war nicht mehr das Gleiche«, sagte Tim und drehte das Glas in seiner Hand. »Seit der Hochzeit. Irgendwas hat sich zwischen uns verändert.« Er kräuselte nachdenklich die Stirn. »Macht die Ehe das mit einem? Wir sind wie umgepolt. Als würde das, was uns vorher aneinander angezogen hat, nun auf Distanz halten. Plötzlich wollte ich mehr Raum. Und sie wollte ständig … reden. Über ihre Arbeit. Über unsere Familien. Und in letzter Zeit sogar über *Verkehrsnachrichten*. Nichts könnte mir gleichgültiger sein, als ob zwischen Tönningstedt und Borstel ein Blitzer steht!«

Felix ließ den Stich in seinem Herzen unkommentiert und hörte Tim weiter zu. »Oma hat recht«, sagte der langsam. »Ich glaube, in dem Song ging es wirklich um Nelli und mich. Ich habe so ein Bedürfnis nach Freiheit! Nelli hat immer alles komplett durchgeplant. Ich fühle mich total eingeengt. Und neuerdings scheine ich ihr auch nichts mehr recht machen zu können. Es ist nicht mehr so wie früher, als sie es süß fand, wenn ich was verpeilt habe.« Tim kippte sich den Eierlikör in den Mund und verzog das Gesicht. »Apropos süß. Trink das nicht«, empfahl er.

Felix stellte sein Glas weg. »Wieso denkst du das?«

»Na ja. Nelli hat es immer gemocht, wenn sie sich um mich kümmern konnte. Wirklich, ich habe sie nicht ausgenutzt. Sie hat es gern getan. Aber in letzter Zeit hatte sie auf einmal andere Erwartungen. Zu hohe, für meinen Geschmack. Zum Beispiel beim Grillabend, da durfte ich nichts improvisieren. Getränke vergessen? Drama! Sie hätte wahrscheinlich am liebsten einen formalen Staatsakt aus dem Essen gemacht, allein schon, wie sie angezogen war! Oder beim Frühstück. Es ist alles genau so wie immer. Aber irgendwas passt ihr nicht mehr. Lese ich die falschen Sachen? Hat sie sich in Nizza einen anderen Kaffee angewöhnt? Keine Ahnung! Ich weiß wirklich nicht, wie es weitergehen soll.«

Felix biss die Zähne zusammen. Er wusste, was Nelli beim Frühstück brauchte. Viel Saft, noch mehr zu Essen und ein gutes Gespräch. Vielleicht erst nach dem ersten Kaffee. Aber in Nellis Gegenwart beim Essen zu lesen wäre ihm nie eingefallen. Nur hatte Felix nicht das Gefühl, dass es ihm zustand, Tim das zu sagen. Er betrachtete schweigend das besorgte Gesicht seines Bruders und schwor sich, ihm niemals im Weg zu stehen. Egal, was Tim entschied. Wenn Tim weiter um Nelli kämpfen wollte, würde Felix das Feld räumen. Nelli war Tims Frau, und Felix würde das respektieren.

Tims Augen wanderten durch den Raum. Irgendwann kamen sie auf Felix' Gesicht zur Ruhe. Tim runzelte die Stirn. »Sie ist so seit der Hochzeit«, stellte er fest. »Weißt du, was sie von mir erwartet?«

Felix schwieg. Er hielt die Luft an. Aber er schwieg.

Plötzlich riss Tim die Augen auf. »Seit der Hochzeit!« Er sah

Felix groß an und wiederholte sich noch einmal. »Felix, *seit der Hochzeit!* Ich dachte die ganze Zeit, es würde an der Ehe liegen. Am Verheiratetsein. Aber was, wenn es nicht daran liegt, sondern – an der Hochzeit selbst? An der Hochzeit mit *dir?*« Er reckte forschend das Kinn. »Was hast du beim Frühstück gemacht? Was hast du gelesen?«

»Nichts.«

»M-hm.« Felix malmte mit dem Kiefer. »Und du warst immer pünktlich, hm?«

»Ja.«

»Und sonst? Was hast du mit deiner Wäsche gemacht?«

»Angezogen.«

»Ich meine, ob du sie hast rumliegen lassen.«

Felix lachte. »Nein. Ich habe doch Manieren.«

»Das habe ich befürchtet.« Tim fuhr sich mit beiden Händen durch die Haare. Er stand auf und wanderte eine Zeit lang im Raum auf und ab. Dann sah er Felix ernst an. »Weißt du, wir hatten wirklich an so vieles gedacht. Fünf Tage Zwillingstausch, und sie hat nichts gemerkt. Und doch ist es schiefgegangen.« Er verzog das Gesicht. »Oma hat doch gesagt, dass du ›die Latte hoch gehängt‹ hast. Ich fürchte, das gilt nicht nur für eure sagenumwobene Hochzeitsnacht. Sondern insgesamt.« Tim seufzte. »Du bist wie sie, Felix! Verlässlich, aufmerksam und kultiviert. Deshalb habe ich sie danach enttäuscht! Sie hat mich immer gern bemuttert. Aber jetzt denkt sie, ich könne auch so sein wie sie. Und das ist ihr lieber!«

Felix nickte. Dann stand auch er auf, mit einem flauen Gefühl im Bauch. Was passierte nun mit ihnen? Mit ihnen als Brüdern? Auch wenn das nie seine Absicht gewesen war: Unterm Strich hatte sein Einsatz Tims Ehe nicht gerettet, sondern zerstört. Konnte Tim ihm das verzeihen? Er blickte seinem Bruder in die Augen und wagte es noch nicht einmal, zu blinzeln.

Da erschien ein leises Lächeln auf Tims Gesicht. »Das ist verrückt, aber ... ich begreife das jetzt.« Er schüttelte den Kopf, so als könne er selbst gar nicht fassen, was ihm da aufgegangen war. Aber gleichzeitig wurde sein Lächeln immer breiter. »Oma sagt, sie hätte euch verliebt gesehen. Ja?«, fragte er.

Felix fühlte, wie ihm das Blut heiß ins Gesicht schoss. »Es gab da diesen einen Moment auf dem Balkon ... aber Nelli wusste natürlich nicht, dass ich ...«

»Nein.« Tim schmunzelte. »Aber vielleicht hat sie es *gespürt*.« Er schüttelte den Kopf wie jemand, der sich den Mächten des Schicksals ergibt. »Ich weiß nicht, was es ist, das Nelli und ich hatten. Wir sind sehr verschieden. Ich dachte, dass wir uns deshalb ergänzen. Aber in Wahrheit braucht sie nicht ihr Gegenteil, sondern ihr Spiegelbild! Und jetzt hat sie es gefunden.« Tim legte Felix seine Hände auf die Oberarme und sah ihm fest in die Augen. »Felix, *Du* bist der Mann, den sie braucht. Und sie hat dich verdient. Ihr habt euch verdient.« Er lächelte kurz und nickte dann mit ernstem Gesicht. »Meinen Segen habt ihr. Geh und mach Nelli glücklich.«

Felix riss Tim in seine Arme. Er hörte seinen eigenen erleichterten Seufzer. Und das Händeklatschen von Oma, die mal wieder unbeobachtet im Türrahmen gestanden hatte.

FELIX

»Nelli, wir müssen reden. Ich weiß, du willst mich nicht sehen. Aber bitte, bitte gib mir wenigstens ein paar Minuten.«

Der Türöffnungs-Summer ging, und kurz darauf stand Felix vor Nelli, die im Rahmen der Wohnungstür lehnte. »Das trifft sich gut. Ich wollte auch mit dir sprechen.«

Ein Leuchten trat in Felix Augen. Sie hob schnell die Hände. »Beruflich.« Felix runzelte die Stirn. Nelli bat ihn förmlich herein, deutete auf einen Platz am Tisch und holte ein paar Unterlagen hervor.

DORO

»Zusammenziehen?« Doro guckte Tim entgeistert an.

»Na logisch!« Tim schleuderte das pappige letzte Stück seiner Eiswaffel in einen offenen Müllbehälter. »Du kannst nicht länger bei deinen Eltern bleiben. Ich bin nur provisorisch bei Oma untergekommen. Und ich ziehe auch ganz bestimmt nicht zu meinen Eltern. Mama kocht vegan!«

»Und du findest, dass wir zwei deshalb eine WG gründen sollten? Sind wir dafür nicht zu alt?«

Okay, sie hockten gerade auf der Wippe am Freibad-Spielplatz und ließen ihre von einem Gerangel im Becken nassen Haare trocknen. Ihr aufblasbarer Schwimmhai, um den die Schlacht entbrannt war, war möglicherweise auch nicht hundert Prozent erwachsen. Aber jugendlich drauf sein hieß ja noch lange nicht, emotionales Harakiri begehen zu müssen, indem man mit dem unerreichbaren Mann seiner Träume eine gemeinsame Wohnung bezog. Zu alt für eine WG zu sein fand Doro außerdem eine sehr glaubhafte Ausrede, trotz allem und vor allem auch in Zeiten, in denen ihre Freunde sich in Scharen an die Einlösung ihrer Bausparverträge machten.

»Es ist weniger eine Frage des Alters als der Kohle«, sagte Tim. »Las Vegas hat mich ziemlich ruiniert. Und jetzt kommt schon die nächste Scheidung auf mich zu.«

Doro schüttelte den Kopf. »Wenn du nicht aufpasst, wirst du noch der nächste Lothar Matthäus«, lästerte sie über Tims Scheidungsrate. »Will Nelli eigentlich Alimente?«

»Quatsch.« Tim rutschte ein Stück nach vorn und brachte die Wippe damit auf Doros Seite nach unten. »Nelli will einfach nur ihre Ruhe.«

»Und versöhnen kommt nicht mehr in Frage?«

Tim schüttelte den Kopf und wippte wieder nach unten. »Es hätte auch gar keinen Sinn. Es war echt der Wurm drin. Schon seit Wochen.« Tim strich sich die Haare aus dem Gesicht. Jetzt, wo sie trockneten, blies der Wind seine allmählich nachwachsenden Locken wild durcheinander.

»Tut mir leid.«

»Schon okay. Wir passen eigentlich gar nicht richtig zusammen.« Tim zuckte mit den Schultern. »Ich glaube, es ist fast das Beste so. Für alle. Auch für Felix. Und sogar für dich.« Er grinste sie frech an und wippte sie mit einem Ruck hinunter und wieder hinauf. Sie bekam ein flaues Gefühl im Bauch. »Wie meinst du das?«, fragte sie und klammerte sich an den Griff der Wippe.

»Na, jetzt stehe ich als der coolste WG-Genosse der Welt zur Verfügung. Sag ja, oder ich lass dich da oben verhungern!«

NELLI

»Jetzt guck nicht wie ein Auto! Ich mache mich selbstständig. Das hast du selbst vorgeschlagen!«

Felix saß ihr gegenüber und starrte sie nur an. Nelli hatte ihre Mitteilung schon zum zweiten Mal wiederholt. »Du hast mir doch geraten, auch mal ›Nein‹ zu sagen und mich notfalls selbstständig zu machen.«

Immer noch keine Reaktion.

»Das warst doch du, in Nizza, der das gesagt hat«, ätzte sie. »Oder gibt es noch einen Dritten von euch?«

Felix fand endlich seine Sprache wieder. Die Feindseligkeit in ihrer Stimme überging er. »Du machst dich selbstständig? Jetzt echt? Das ist ja toll! Nelli, großartig! Wie … wie geht es dir? Wie fühlst du dich?«

Nelli hatte Felix nicht hereingelassen, um sich von ihm loben zu lassen. Geschweige denn, über ihre Gefühle zu reden.

Sie musterte ihn kalt, um zu zeigen, dass er sich seine Begeisterung an den Hut stecken konnte. »Ich habe bei Herrn Diedrichsen gekündigt. Was ich jetzt brauche, ist ein eigenes Projekt. Ein Vorzeigeprojekt.«

Felix strahlte sie an. »Dann mach unseren Garten weiter!«

Schlaumeier. Und konnte der mal etwas weniger enthusiastisch sein? Sie wollte ein ganz nüchternes Gespräch führen, aber Felix war gar nicht mehr zu bremsen. »Nelli, das ist wunderbar! Ich, ich meine natürlich für dich, das ist perfekt!«, rief er. »Du kannst Flyer drucken lassen. Führungen durch den Garten machen. Und Interviews geben, zur Eröffnung kommt die Presse! Wir sorgen dafür, dass dein Name in der Zeitung steht. Du brauchst auch eine Website. Wir machen jede Menge Fotos …«

Nelli hörte ihm mit abgeklärtem Blick zu. Als hätte sie sich das alles nicht selbst gedacht. Na gut, das mit den Flyern nicht. Gute Idee. Aber sie ließ sich selbstverständlich nichts anmerken. Sie wartete, bis er seinen Redeschwall beendet hatte, und legte dann die Konditionen fest. »Ich mache den Garten fertig. Ich weiß, dass Herr Diedrichsen dir ein Angebot gemacht hat. Ich will, dass du mir das Gleiche zahlst, was er verlangt.«

Felix runzelte verwundert die Stirn. »Ein Angebot von deinem Chef? Hab ich nicht bekommen.«

Dann hatte Herr Diedrichsen es wohl noch nicht abgeschickt, als er sie heute Mittag in sein Büro gebeten hatte. Zitiert, viel mehr. Der Ton zwischen ihnen war deutlich heruntergekühlt in letzter Zeit. Er hatte ihr ihren neuen Einsatzort zugewiesen. Er habe einen Anruf von ihrer Schwiegermutter bekommen, dass der Dorfkrug fertig gemacht werden müsse. Das Projekt liege jetzt bei ihm, er übernehme ihren Entwurf. »Diese Landhaussache scheint ja doch ganz gut anzukommen. Machst einfach weiter wie bisher. Morgens den Thomsen-Garten, nachmittags den Dorfkrug.« Mit diesen Worten hatte er den Blick wieder auf seinen Computermonitor gerichtet und die Besprechung für beendet gehalten.

Nelli war wie vom Donner gerührt. »Das können Sie doch nicht von mir verlangen«, hatte sie entgeistert gesagt.

Herr Diedrichsen hatte noch einmal von seinem Computer aufgeblickt und die Oberlippe hochgezogen, als wäre gerade eine eklige Fliege auf seinem Mettbrötchen gelandet. »Wieso bist du in letzter Zeit so renitent?«, fragte er unfreundlich. »Jetzt ist langsam mal Schluss mit dem Kindergarten. Nachmittags um vier den Spaten fallen zu lassen, das geht in solchen Zeiten nicht. Wenn du uns in den Rücken fällst und das Team hängen lässt, dann muss ich die Überstunden eben offiziell anordnen. Betriebliche Notwendigkeit.« Er machte mit der Hand eine fortscheuchende Bewegung. Sie sollte gehen.

Das konnte sie aber nicht. Diesmal nicht. »Herr Diedrichsen«, wagte sie es, ihn noch einmal anzusprechen. »Vielleicht kennen Sie die Umstände nicht. Ich habe aus privaten Gründen aufgehört, an diesem Garten zu arbeiten. Ich habe mich mit dem Besitzer überworfen. Sie wissen doch, er ist mein Schwager. Und er hat mich wirklich sehr schwer hintergangen. Ich will ihn nicht mehr sehen. Sie können mich nicht ausgerechnet *da* hinschicken.«

Nelli hatte immer gefunden, dass ihr Chef mit seiner enormen Statur etwas Gemütliches, Väterliches an sich hatte. Aber in diesem Moment, da er sie ungerührt mit kalten Augen fixierte, merkte sie, dass sie falsch gelegen hatte. »Wie gesagt, das ist hier kein Kindergarten«, schnauzte er sie noch einmal an. »Du musst mit dem Kunden ja nicht Kaffee trinken. Außerdem kriegst du doch endlich, was du immer wolltest. Dein geliebtes Landhauskonzept. Also. Hoppi galoppi, an die Arbeit.«

Es hatte sich angefühlt, als hätte jemand einen Eiskübel über ihr ausgeschüttet. Diesem Mann hatte sie jahrelang Gefallen getan! Sich für nicht mehr als ein freundliches Lächeln abgeplackt. Ein Lächeln, das sich in ein Schmeißfliegengesicht verwandelte, sobald sie nicht mehr kuschte.

Er hatte seinen Kopf abgewandt, als erwarte er ganz selbstverständlich, dass sie nun den Schwanz einzog und sich aus seinem Büro trollte. ›Hoppi galoppi, an die Arbeit.‹ Von wegen. Sie hatte noch einmal tief Luft geholt. Und dann hatte sie es gesagt.

Das große »Nein«.

Felix hatte übrigens recht gehabt. Man verlor nicht sofort seinen Job, wenn man es sagte. Was er nicht prophezeit hatte, war aber, dass man sofort Lust drauf bekam. Herr Diedrichsen hatte nämlich angefangen zu toben. Aus dem Schmeißfliegengesicht wurde eine wütende Fratze. Er spuckte ihr Sätze wie »Du wagst es …« und »Nach allem, was ich für dich getan habe …« über den Tisch, gepaart mit »Du solltest mir dankbar sein …« und »Du wirst schon noch sehen …« Da war es ihr ganz leicht von den Lippen gegangen: »Ich kündige.«

Felix wusste von der Szene natürlich nichts. Offenbar wusste er noch nicht einmal, dass Barbara in ihrer bemerkenswerten Naivität ausgerechnet Herrn Diedrichsen für den Dorfkrug-Garten angesprochen hatte. Aber er schien zu spüren, dass Nelli die Sache nicht so locker anging, wie sie ihn glauben machen wollte. Er sah sie so forschend an. »Ich würde doch kein Angebot von Herrn Diedrichsen annehmen«, sagte er. »Dieser verschlagene Typ war mir schon am Tag unserer Hochzeit unsympathisch, und ich weiß doch, wie schlecht er dich behandelt. Erzähl. Er wollte dein Gartenprojekt übernehmen? Hast du deshalb gekündigt? War es schlimm?«

Nelli fühlte, dass ihre Lippen zu beben begannen. Sie biss sich drauf. Nicht ausgerechnet vor Felix. Ausheulen konnte sie sich woanders. Bei ihrer Mutter, Erika, Tessa oder einer anderen ihrer Freundinnen. Nur nicht bei Felix. Sie war ihm gegenüber ohnehin so verwundbar. All diese verworrenen Gefühle, die bei ihm fehl am Platz waren … »Geht schon«, sagte sie kurz angebunden, stand auf und ging zur Balkontür, um ihm zumindest für einen Moment den Rücken zudrehen zu können. Sie atmete tief durch. Da hörte sie, wie Felix aufstand und zu ihr kam.

»Nelli, ist alles in Ordnung?«, fragte er besorgt. Sie spürte, wie er seine Hände auf ihre Schultern legte. Wärme durchströmte sie. Wie schön es wäre, sich jetzt bei ihm anzulehnen.

Nein, Nelli!, ermahnte sie sich. Nicht bei ihm! Er wäre der Allerletzte … Sie riss sich los und wirbelte herum.

»Was sollte denn bitte schön nicht in Ordnung sein?«, fuhr sie ihn an.

»Ich weiß doch, wie schwer dir Veränderungen fallen«, sagte er sanft. »Und jetzt stürzt alles zusammen. Erst hast du Tim aufgegeben, und jetzt auch noch deinen Job. Ausgerechnet du. Natürlich freue ich mich für dich, dass du die Selbständigkeit wagst. Aber ich mache mir auch Sorgen. Wie fühlst du dich? Du hast doch bestimmt auch Angst, oder? Kommst du klar?«

Nelli spürte, wie etwas in ihr zu bröckeln begann. Sie hatte in einem Wirbelwind der Ereignisse die Entscheidung zur Kündigung und zur Gründung ihres eigenen Betriebes gefällt und es geschafft, sich auf die handfesten Dinge zu konzentrieren, die jetzt geplant werden mussten. Sie war immer in Aktion geblieben und hatte nicht zugelassen, dass die eisige Beklemmung, die irgendwo am Rande ihres Bewusstseins lauerte, zu ihr durchdrang. Das war ihr auch gelungen, denn niemand sonst hatte ihr bislang solche Fragen gestellt wie Felix. Er brachte ihre seelische Schutzmauer zum Einsturz. Nelli spürte eine Gänsehaut. Wenn ihr Projekt scheiterte, dann … sie war völlig allein. Sie versuchte, sich ihr Unbehagen nicht anmerken zu lassen.

»Wollen wir zusammen eine Liste machen?«, hörte sie Felix' Stimme. »Ich habe festgestellt, dass die meisten Sorgen, die man sich macht, gar nicht mehr so groß sind, wenn man sie erstmal klar benennt. Bevor ich meine Kredite für den Gasthof aufgenommen habe, habe ich mir durchgerechnet, was schlimmstenfalls passieren kann.«

»Und?« Die Frage konnte Nelli sich nicht verkneifen.

»Ich müsste bei meiner Oma einziehen.«

»Jetzt habe ich erst recht Angst«, sagte sie trocken.

Felix blinzelte ihr zu. »Ich bin auch *sehr* motiviert, dass der Dorfkrug ein Erfolg wird.« Seine Hand legte sich schon wieder auf ihren Arm. »Nelli, wenn es bei dir mal eng wird, dann hab keinen falschen Stolz, okay? Du weißt, dass du immer auf mich zählen kannst.«

Nelli biss die Zähne aufeinander. »Mir geht es bestens!«, versicherte sie ihm.

Felix runzelte die Stirn, drang aber nicht weiter in sie. »Ich muss dir noch etwas sagen«, fing er stattdessen an.

Nelli trat einen Schritt zurück. Die Unterhaltung war ihr schon längst viel zu vertraulich geworden. »Ich will aber nicht, dass du mir etwas sagst. Das hier ist ein Businessdeal. Sonst nichts. Du beauftragst mich für deinen Garten.« Sie war zu dem Schluss gekommen, dass sie keine andere Wahl hatte, als beim Dorfkrug weiterzumachen. Und zumindest in diesem Punkt schloss sie sich Herrn Diedrichsen an: Das Leben war kein Kindergarten. Sie brauchte den Dorfkrug-Auftrag als Kick-off für ihre Selbstständigkeit. Wenigstens das war Felix ihr ja wohl schuldig. Und sie musste eben anderthalb Wochen lang in den sauren Apfel beißen und seine Nähe ertragen. Beruflich. Keine private Nähe.

Was er geflissentlich ignorierte.

Schon hatte er seine Hände wieder auf ihren Schultern. Er hielt sie fest und sah ihr mit brennender Intensität in die Augen.

»Nelli. Ob du es hören willst oder nicht …«

Sie starrte ihn trotzig an.

»Ich liebe dich.«

Nelli schluckte schwer. Schluckte ihre Gefühle hinunter. Und dann holte sie aus …

TIM

Die Wohnung im alten Gewerbegebiet war ideal. Eine ehemalige Schlosserei, günstig, groß und ohne Nachbarn, die sich an Lärm stören konnten. Die Bandproben wurden kurzerhand in Doros und Tims WG verlegt. Auch, nachdem sie Doros Sachen aus ihrer gekündigten Hamburger Wohnung geholt hatten, war noch so viel Platz, dass sie die Instrumente und Anlage dauerhaft aufgebaut lassen konnten. Tim konnte in dem loftartigen Wohnzimmer sogar an seinem Boot für den Lampionkorso basteln. Wenn das Projekt Fahrt aufnahm. Bis jetzt war es noch nicht so recht dazu gekommen.

»Cool wäre ja auch eine Art Flaschenpost«, überlegte er. »Oder ein schwimmendes Dixi-Klo.«

»Das wäre super«, stimmte Doro zu, hatte aber wenig Schwung in der Stimme. Sie fläzte ihm gegenüber auf der Cordcouch, die das Kernstück ihres Mobiliars bildete, griff ab und zu in eine Packung mit Knusperflakes und daddelte auf ihrem Handy. »Genau wie der schwimmende Turnschuh und – was hattest du neulich noch mal für eine Idee?«

»Das Batmobil.«

»M-hm.« Sie brummte das eher freudlos und hob noch nicht mal die Augen von ihrem Handy. Tim verstand seine Freunde nicht mehr. Keine Sau unterstützte ihn. Bei Felix war es dasselbe. Statt mit ihm Ideen zu wälzen, kümmerte der sich um seinen Gasthof und ließ ihn mit seinen Planungen allein. Doro war aber noch viel schlimmer. Die hatte große Ferien, definitiv nichts zu tun und lungerte hier rum, statt ihm unter die Arme zu greifen. »Wann ist der Korso noch mal?«, fragte sie jetzt auch noch taktloserweise.

»In vier Tagen«, sagte Tim genervt.

Doro legte den Kopf schief. »Merkst selbst, oder? Fürs Dixi-Klo ist es ein bisschen spät. Ich würde was Unkomplizierteres machen.« Und schon widmete sie sich wieder ihrem Handy.

Tim kniff feindselig die Augen zusammen. »Vielen Dank!«, sagte er scharf. »Du bist mir eine große Hilfe.« Doro zuckte mit den Schultern.

Tim überlegte noch etwa zehn Minuten. Dann legte er seinen Block beiseite. »Ich geb's auf.« Er stand auf, um sich eine Cola zu holen.

Als er hinter dem Sofa an ihr vorbeigehen wollte, hielt Doro ihn an seinem T-Shirt fest. »Wie meinst du das?«, fragte sie.

»Mir fällt nichts ein.«

»Und jetzt?«

»Lass ich's halt bleiben«, sagte er gereizt.

Doro zog so kräftig, dass Tim rücklings zu ihr aufs Sofa fiel. »Von wegen«, sagte sie streng.

Tim starrte ihr ins Gesicht. »Wie bitte?«

Doros Blick blieb unbewegt. »Du ziehst das jetzt durch.«

»Erst nicht helfen wollen und dann Kommandos erteilen?« Tim war sich nicht sicher, ob er nur fassungslos oder schon sauer war. »Lass jetzt einfach gut sein. Ich geb's auf. Es geht ja um nichts.«

»Das sehe ich anders.« Er wollte sich aufrappeln, aber sie hielt ihn fest.

»O Mann, du hast dich doch verändert!«, schimpfte Tim. »Das sagst du nur, weil du jetzt Lehrerin bist.«

»Das sage ich nur, weil ich deine beste Freundin bin. Tim, du hast dich da angemeldet. Also. Du machst das jetzt zu Ende.«

»Es ist doch nur ein Lampionkorso. Karneval auf dem Wasser. Nur ein bisschen Gaudi. Niemandem wird es schaden, wenn ich meine Anmeldung zurückziehe.«

»Doch.« Doro tippte ihm mit einem Finger auf die Brust. »Tim. Du musst es für dich selbst machen.«

»Ich weiß wirklich nicht, ob es das wert ist. Es gibt zwar tolle Preise, aber etwas Besonderes bekomme ich jetzt nicht mehr hin.«

Doro lächelte kryptisch. »Glaub mir, du wirst etwas gewinnen.«

Tim verstand ihren Gesichtsausdruck nicht. Warum hob sie so vielsagend die Augenbrauen? »Du kommst schon noch drauf«, prophezeite sie.

Er zuckte mit den Achseln. »Ist auch egal. Du hast selbst gesagt, dass vier Tage zu knapp sind. Ich kriege in der Zeit kein richtiges Boot mehr gebaut. Felix sagt, er kann mir nicht helfen. Und du sitzt auch nur hier und spielst auf deinem Handy.«

PING! Sein eigenes Smartphone zeigte eine neue Nachricht an. Er entriegelte das Display und stellte fest, dass die Nachrichten von Doro selbst gekommen waren. Sie hatte ihm mehrere Screenshots geschickt. Die Anmelderichtlinien zum Lampionkorso und Bilder von Teilnehmern der letzten Jahre. Jetzt grinste sie ihn an. »Siehste. Ich bin dabei, dir zu helfen.«

Tim hob verständnislos die Augenbrauen.

»›Grundsätzlich ist *alles* erlaubt, was schwimmt‹ …«, zitierte Doro aus dem Anmeldeformular, »›*alles*‹. Sie haben es sogar fett gedruckt. Und jetzt guck mal auf die Fotos …«

Felix versuchte, auf seinem Handydisplay etwas zu erkennen. »Sind das Schneewittchen und die sieben Zwerge?«

Doro nickte geduldig. »Und worauf paddeln die?«

»Das sind bloß Surfbretter.« Tim stutzte kurz.

Doro kreuzte zufrieden die Hände im Nacken. »Tim, du musst nicht in letzter Minute zum Ingenieur werden. Spar dir das mit den komplizierten Aufbauten. Alles, was du brauchst, besitzt du schon. Etwas, das schwimmt. Außerdem bist du kreativ. Und lustig. Ich kenne niemanden, der so tolle Ideen hat wie du. Ich weiß, dass du es schaffst. Ganz allein. Aber ich werde in Friedrichstadt am Kanal stehen und dir zujubeln.«

Tim runzelte die Stirn. »Echt? Du meinst, dass ich es schaffe?«

»Ja. Ich glaube an dich. Immer schon.« Ein feines Lächeln legte sich auf ihre Lippen.

Tim betrachtete Doros Gesicht. Er sah sie plötzlich wie aus einer anderen Perspektive. Vielleicht lag es daran, dass sie noch keine anständigen Lampen im Loft hatten. Die Schatten betonten Doros Wangenknochen und ihr herzförmiges Gesicht. Ihre langen, dichten Wimpern umrahmten ihre Augen und gaben ihrem Blick eine rätselhafte Tiefe. Schöne Augen hatte Doro.

Komisch, dass ihm die früher nicht aufgefallen war. Na ja. Doro war halt Doro. Um ihr Aussehen hatte er sich nie gekümmert.

Plötzlich musste er lachen.

»Was ist?«, fragte Doro.

»Was hättest du damals in der Schule gemacht, wenn ich dich angebaggert hätte?«

Doro verschluckte sich. Heftig. Es erschütterte ihren ganzen Körper. Tim kam vom Sofa hoch und trat hinter sie, um ihr auf den Rücken zu klopfen. Er sah den Verschluss ihres BHs, der unter ihrem Top hervorschaute. Schnell hob er den Blick ein paar Zentimeter und schlug ihr zwischen die Schulterblätter. Doro hustete immer noch. »Du hättest mir eine Kopfnuss verpasst, oder?«, vermutete Tim. Seine Hand lag noch auf ihrem Rücken. Er spürte die Vibrationen, die beim Husten durch ihren Körper liefen. Und die Wärme ihrer Haut. Doro wandte ihm ihren Kopf zu. Sie hatte so sehr gehustet, dass ihr Tränen in den Augen standen. Olivgrün waren ihre

Augen, mit braunen Einsprengseln. Wieso guckte er da plötzlich drauf? Ihr Hustenanfall ließ langsam nach.

»Ich wäre geschmolzen wie Butter in der Sonne«, sagte sie und plinkerte ironisch mit den Wimpern, ehe sie versetzte: »Wenn du nicht so ein Idiot gewesen wärst.« Sie blitzte ihn an. Kampflustig? Herausfordernd? Tim war vollkommen durcheinander. Machte sie sich über ihn lustig? Er vertrug Spaß. Aber von Spaß bekam er keine Gänsehaut. Sie brachte ihn völlig aus dem Konzept. Es fühlte sich ganz und gar nicht nach Spaß an. Sondern nach etwas, was er besser für sich behielt. Sie hatten zwar eigentlich Waffenstillstand vereinbart, aber für seine Gedanken wäre wahrscheinlich trotzdem eine Kopfnuss fällig.

Einen Tag später

FELIX

»Warum ist Nelli nicht hier? Sie ist doch sonst immer zur Stelle, wenn es Kuchen gibt«, frotzelte Oma. Fünf Tage vor der feierlichen Wiedereröffnung war sie beim Dorfkrug vorbeigekommen, um ihre Hilfe anzubieten. Und – Felix hatte es geahnt – um ihre sorgsam gepuderte Nase in Dinge zu stecken, die sie nichts angingen. Er stellte das Tablett mit Tee und Friesentorte ab. Der Dorfkrug stand auf einer kleinen warftähnlichen Aufschüttung, von der aus der Garten zu allen Seiten sanft abfiel. Von der Terrasse aus bot sich einem ein weiter Blick bis hinten zur alten Mühle, wo Nelli gerade ein Obstbaumspalier einsetzte. Man sah ihren blonden Haarschopf leuchten. »Geh sie doch mal holen«, riet Oma.

»Das geht nicht«, sagte Felix.

»Ich weiß ja. Deine Liebeserklärung ist nicht besonders gut angekommen. Trotzdem!« Oma ließ ihre Stimme fröhlich tschilpen.

Felix bedachte sie mit einem bitteren Blick. Omas ›Aufstehen, Krönchen richten, weitermachen‹-Philosophie ging ihm ziemlich auf die Nerven. »›Nicht besonders gut angekommen‹ trifft es nicht, Oma.«

»Ich weiß.« Oma hob ihre Hand und legte sie ihm ins Gesicht. Er spürte ihre kühle, trockene Haut. Und einen leisen Schmerz, als sie über das Hämatom strich. Nelli hatte ihn nach seiner Liebeserklärung mit einer solchen Wucht geohrfeigt, dass ihre Hand auf seinem Wangenknochen einen blauen Fleck hinterlassen hatte. Auch nach einer Woche schimmerte die Haut dort noch grünlich-braun und erinnerte ihn bei jedem Blick in den Spiegel daran, dass sie ihm jegliche Kontaktaufnahme verboten hatte.

Ilse verpasste Felix' Wange ein Abschluss-Tätscheln und goss sich dann geschäftig Sahne in den Tee. »Du darfst jetzt nicht auf sie hören«, erklärte sie. »Sie ist noch genau fünf Tage in deiner Nähe und kann nicht einfach fortlaufen. Das musst du ausnutzen. Sprich sie an. Sag ihr noch einmal, dass du sie liebst. Jede Frau will das hören, egal, was sie sagt … oder tut.«

»Nein, Oma. Nelli will das nicht. Und ich tue es auch nicht. Es ist eine Frage des Respekts.«

Ilse griff nach dem Kandis. »Muss ich erst Zitate auffahren? ›Im Krieg und in der Liebe …‹«

»›… ist alles erlaubt‹.« Felix seufzte. »Ich weiß, Oma. Aber das richtet sich gegen Nebenbuhler. Nicht gegen die Geliebte selbst.«

»Doch. Garantiert.« Oma rührte klöternd um. »Der Spruch ist von Napoleon. Meinst du, der war da zimperlich?«

»Ich bin nicht zimperlich. Ich nehme nur Rücksicht auf Nellis Gefühle.«

Ilse balancierte die Teetasse an ihren Mund. Felix versuchte, das Thema zu wechseln. »Wie findest du das neue Geschirr?«

»Schön«, sagte sie und trank mit leisem Schlürfen einen ersten Schluck. Sie legte ihm eine Hand auf den Arm und nickte ihm zu. »Alles ist sehr schön. Ich bin sehr stolz auf dich, mein Junge. Du hast hier wahre Wunder vollbracht.«

Felix freute sich über dieses Kompliment. Er hatte in den letzten Wochen auch wirklich mit Hochdruck an der Renovierung des Dorfkrugs gearbeitet. Die Wände im Haus waren frisch gestrichen, die Dielen abgeschliffen und die Bäder renoviert worden. Er hatte, wie Nelli vorgeschlagen hatte, die Gauben zu gemütlichen Sitznischen hergerichtet, die Küche war mit modernen Geräten ausgestattet, und nun probierte er noch mit dem Küchenteam an den letzten Feinheiten der neuen Speisekarte herum. Und wann immer er konnte, erstahl er sich einen Blick auf Nelli, die mit dem Garten noch wesentlich größere Wunder vollbracht hatte als er im Haus.

Nelli hatte eine Anlage geschaffen, die unaufdringlich und prächtig zugleich war. Liebevoll arrangierte Beete wechselten sich ab mit Bereichen, in denen die Kinder der Gäste sorglos spielen konnten. Nelli hatte alle Hände voll zu tun, denn sie hatte ihre Planung immer wieder ändern und mehr Platz für Stauden schaffen müssen. Überall rund ums Haus blühte, grünte und duftete es, denn der Strom an Besuchern aus der Region, die ihnen Pflanzen geschenkt hatten, war nicht abgerissen. In diesen Momenten hatte Nelli sogar rein äußerlich das Kriegsbeil begraben und die Gäste wie bisher mit Felix gemeinsam empfangen.

Auf diesen Momenten ruhte Felix' Hoffnung. Omas Holzhammermethode fand er verkehrt. Aber selbstverständlich hatte er nicht aufgehört, um Nelli zu kämpfen. In den Momenten, in denen sie beisammen waren, bewies er ihr, dass er sie – und damit auch ihren Wunsch nach Distanz – respektierte. Aber gleichzeitig musste sie doch auch spüren, was zwischen ihnen existierte! Es war immer da, immer, ob sie es nun wollte oder nicht. Genau wie Felix musste sie diese Einsicht nur innerlich erst einmal zulassen. Er hatte sich ja auch nicht in sie verlieben wollen. Sehnsucht nach der Schwägerin, das überließ man doch lieber dem Privatfernsehen als dem eigenen Leben. Aber Felix war sich sicher, dass ihre zornige Reaktion auf seine Liebeserklärung nur der erste Schritt war. Sie war sogar der Beweis, dass er sie nicht kalt ließ. Ihre Augen hatten wütend geblitzt, aber Wut war besser als Gleichgültigkeit, oder? Sie hatte starke Gefühle und musste sich nun selbst darüber klar werden, was er ihr bedeutete. Alles, was er tun konnte, war, ihr seine Liebe zu zeigen, ohne sie zu bedrängen. Ehe er Oma seine Strategie erläutern konnte, wurden sie von Besuchern unterbrochen.

Ein alter orangefarbener Passat kam die Auffahrt hinauf. Ein Paar von ungefähr Mitte fünfzig öffnete die Heckklappe und brachte eine Wagenladung voller Pflanzen zum Vorschein. Felix spürte, wie sein Herzschlag sich beschleunigte. Er bat seine Oma, ihn zu entschuldigen.

»Nelli, das sind Herr und Frau Dressler aus Bredstedt.«

Nelli wandte sich ihnen zu. Aus ihrem Zopf hatten sich einzelne Strähnen gelöst und umrahmten ihr Gesicht. Erdspuren klebten auf ihren Wangen. Felix fand Nelli wunderschön. Sie begrüßte die Besucher herzlich.

»Mutti muss ihr Haus verkaufen und zieht in den Seniorenstift«, erzählte Herr Dressler, der schon eine Pflanze mit beeindruckenden granatroten Blütenrispen aus dem Auto mitgebracht hatte. »Wir haben schon so viel Gutes von Ihrem Garten gehört und würden Ihnen gern ein paar Pflanzen überlassen. Was meinen Sie, wie Mutti sich freuen wird, wenn wir sie später mal zum Kaffeetrinken abholen und sie ihre eigenen Blumen bei Ihnen besuchen kann!«

Nelli nickte zustimmend. »Das finde ich eine tolle Idee. Vielen Dank. Kommen Sie, wir suchen gemeinsam einen Ort, wo Ihre Mutter ihre Schätze besonders gut wird sehen können. Felix, mein Lieber, würdest du Herrn Dressler diese wunderbare Prachtspiere abnehmen?« Sie berührte Felix' Arm. Felix durchzuckte es. Die Berührung war neu. Sie hatte immer schon vor Gästen so getan, als stünde nichts zwischen Ihnen. War freundlich gewesen. Aber Kosenamen und Zärtlichkeit? Wusste Nelli, was sie da tat?

NELLI

Was zum Teufel war los mit ihr?

Sie hatte die Regeln gemacht. Felix hielt sich sogar daran. Und jetzt fing *sie* an zu flirten?

Nein. Tat sie nicht. Sie hatte ihn zwar angefasst. Und dieses ›mein Lieber‹ eingeflochten. Aber das, beruhigte sie sich selbst, war Teil des Theaters. Sie spielte nur ihre Rolle. Das super miteinander auskommende Garten-Gasthof-Team.

Sie führte das freundliche Bredstedter Ehepaar durch den Garten und lief dabei an Felix' Seite. Frau Dressler erzählte gerade, was sie noch alles an Pflanzen in ihr Auto geladen hatten. »Lupinen, Malven, Anemonen … sehr schön«, wiederholte Nelli relativ mechanisch. Wenn Felix jetzt den Arm um sie legte … Nein! Natürlich nicht. Sie hatte es ihm schließlich verboten. Nie im Leben wollte sie sich wieder von diesem Schuft umarmen lassen.

>Ich liebe dich.<

Sein Geständnis von letzter Woche geisterte mal wieder durch ihren Kopf. Sie hatte ihn dafür geohrfeigt und der Tür verwiesen.

Es war so eine bodenlose Unverschämtheit.

>Ich liebe dich< zu sagen. Und dann auch noch so zu gucken, als ob er es ernst meinte! Das hundertfünfundsiebzigste Schaf, oder was sollte sie seiner Meinung nach sein? Sie kannte doch seine Frauengeschichten. Er glaubte nicht an die große Liebe. Das hatte er ihr selbst gesagt, in Nizza und auch in Husum noch einmal, als es um ihren Plan für einen Sandkasten ge-gangen war, für seine zukünftigen Kinder. Er hatte beim Grill-abend Doro schamlos mit Blumen bezirzt, und sie wollte gar nicht wissen, wen er sich ansonsten alles klar gemacht hatte, wenn sie nicht in der Nähe war. Bestimmt alles, was nicht bei >drei< auf den Bäumen war. Dieser Mann hatte kein Inte-resse an richtigen Beziehungen! Und er dachte, sie würde ihm trotzdem in die Arme sinken? Meinte er, er hätte seine Sache in Nizza so gut gemacht?

Es machte sie unendlich zornig. Stinksauer. Grrr, sie könnte ihn treten dafür! Dass er sie so durcheinander brachte! Denn eines musste sie sich eingestehen: Sie empfand viel für ihn. Sie verbot sich zwar, an ihn zu denken. Aber das funktio-nierte alles andere als gut, und dass sie sich nun tagtäglich beim Dorfkrug begegneten, war auch nicht gerade hilfreich fürs Vergessen. Bei seinem Anblick kribbelte es jedes Mal in ihrem Magen. Sie glaubte ihm inzwischen sogar, dass er sie auch mochte. Aber das machte es doch nur schlimmer! Wa-rum konnte er sie nicht in Ruhe lassen? Felix Sattler kannte sie so gut wie kaum ein anderer. Er hatte immer wieder unter

Beweis gestellt, dass er verstand, wie sie sich fühlte ... musste er dann nicht auch wissen, dass er ihr mit seiner Art zu lieben nur wehtun würde?

Kurz hatte sie überlegt, ob sie sich auf eine Affäre mit ihm einlassen sollte. Die Worte ihrer Mutter hallten nach wie vor in ihrem Kopf nach. ›Man kann im Leben nicht alles planen. Ganz besonders nicht die Liebe.‹ Wäre es ein heilsamer Schritt für sie, mal ganz bewusst eine Beziehung mit Verfallsdatum einzugehen? Aber sie hatte sich dagegen entschieden. Es war eine Sache zu lernen, dass sie sich ihre Idee von der Liebe mit Ewigkeitsgarantie abschminken musste. Aber sich sehenden Auges mit einem Mann einzulassen, der ihr unweigerlich das Herz brechen würde – das war ganz sicher auch nicht die Lösung.

Sie hatte also gar keine andere Wahl gehabt, als Felix den Kontakt zu verbieten. Es war schwer genug, den beruflichen Minimalumgang durchzustehen. Was fiel ihm zum Beispiel ein, jetzt schon wieder so nah neben ihr herzulaufen? So charmant und freundlich, gut aussehend und ... Aaah! Sie musste sich dringend einen Taser in die Hosentasche stecken. Für den kleinen Stromschlag zwischendurch, wenn sie mal wieder zu blöd war, die Augen von dem Typen zu lassen, der nun wirklich nichts in ihrem Leben verloren hatte. Noch vier Tage, dann war es überstanden. Sie würde alles, was »Sattler« hieß, hinter sich lassen und neu anfangen. Neuanfang. Das war schließlich sowieso gerade ihr Motto.

Beruflich kam sie richtig gut in die Gänge. Sie hatte ein Gewerbe angemeldet, eine Homepage eingerichtet, Visitenkarten und Flyer gedruckt. Durch die Mund-zu-Mund-Propaganda, die der Dorfkruggarten jetzt schon auslöste, hatte sie auch schon mehrere Anrufe erhalten. Ab nächster Woche hatte sie Zeit, dann würde sie sich nach einem Geschäftsraum umsehen, in dem sie ihre Planungsarbeiten erledigen und

Kunden empfangen konnte. Fürs Erste reichte es aber auch, die Entwürfe zu Hause zu zeichnen und die Interessenten in deren Gärten zu besuchen. Ein kleines Lächeln spielte um ihren Mund, als sie an ihre ersten Kundengespräche dachte. Neben Herrn Diedrichsen hatte sie immer so klein gewirkt. Jetzt war es, als wäre sie gewachsen. Sie war selbst von ihren Entwürfen überzeugt, und es machte ihr Freude, den Leuten ihre Ideen zu präsentieren. Offenbar kam das bei den Kunden an: Bis jetzt hatte sie jeden einzelnen Auftrag erhalten. Und das fühlte sich verdammt gut an.

Natürlich bekam sie trotzdem immer mal wieder ein mulmiges Gefühl, ob sie sich nicht übernahm. Aber das hatte sie inzwischen recht gut im Griff. Nach dem Besuch von Felix in ihrer Wohnung hatte sie eingesehen, dass sie den in ihrem Unterbewusstsein lauernden Schatten nicht ausweichen konnte. Am Abend hatte sie seinen Rat befolgt und eine Liste erstellt. Was machte ihr Sorgen? Was war der schlimmste anzunehmende Fall? Was gab es für Lösungen? Und siehe da: Er hatte recht gehabt. Tod, Siechtum und Verderben standen ihr nicht bevor. Allenfalls Pleite, Umzug in eine kleinere Wohnung, der Gang zum Arbeitsamt. Auch davor hatte sie Angst. Aber diese Art von Sorgen drückte ihr nicht mehr die Luft ab. Und sie waren klein im Vergleich zu der Befriedigung, die ihr ihre Arbeit jetzt verschaffte.

Ihre Gedanken wanderten zu dem Gespräch, das sie und Felix neulich im Strandkorb geführt hatten. Zu seinem Satz, den sie im Stillen seinen ›Kalenderspruch‹ genannt hatte. Es war tatsächlich so weit gekommen. Auch dank Felix, weil er sie zur Behauptung gegenüber Herrn Diedrichsen gedrängt hatte: Sie war das Risiko eingegangen, glücklich zu sein. Und es fühlte sich gut an.

Ach, Felix, dachte sie. Er hatte ihr wirklich schon viel geholfen. In Form moralischer Unterstützung, aber auch in praktischen Dingen. Er bezahlte sie sehr ordentlich für ihre Arbeit in seinem Garten. Davon hatte sie sich einige unabdingliche Gerätschaften kaufen können, und er erlaubte ihr, sie in der alten Mühle zu lagern.

In der Mühle. Ihr Blick wanderte zu Felix, der sich gerade mit dem an ihrer anderen Seite gehenden Herrn Dressler über die Eröffnungsfeier unterhielt. Sie erinnerte sich, wie er sie bei seinem Schwindelanfall an sich gepresst hatte. Wie er sie angesehen hatte. Ihre Knie waren ganz weich geworden … verdammt! Nicht hingucken, Nelli!

FELIX

»Auf Wiedersehen! Wir sehen uns am Sonntag!«

Felix winkte den Dresslers hinterher. Dann drehte er sich abrupt zu Nelli um.

»Nelli, ich bin so froh!« Er ergriff ihre Schultern.

Nelli trat einen Schritt zurück.

Felix runzelte die Stirn. »Ich dachte …« Er ging ein wenig in die Knie, um ihren gesenkten Blick einzufangen. »Du hast doch eben …«

Nelli sah auf und guckte ihn unschuldig an. »Ich habe nichts getan.«

Er wagte es, eine Hand auf ihren Arm zu legen. Sie hatte es bei ihm schließlich auch getan. »Felix, mein Lieber‹?«, zitierte er sie.

»Verkaufsfördernde Maßnahme.« Sie blickte ihm kühl ins Gesicht. Aber sie zog ihren Arm nicht weg. Er wurde nicht schlau aus ihr.

»Spielst du mit mir?«, fragte er vorsichtig.

»Ich?« Sie schnaubte. »Ich, mit *dir*?«

Für Felix fühlten sich ihre Worte an wie Nadelstiche in seine Seele. »Du kennst meine Gefühle«, sagte er und hörte, wie schroff seine Stimme klang. »Du verbietest mir, dir nahe zu kommen. Aber dann, wenn du dich in der Umgebung Dritter sicher fühlst, flirtest du mit mir!«

»Oh, ich weiß gar nicht, welchem Punkt ich zuerst widersprechen soll.« Ihre Augen funkelten ihn spöttisch an. »Wenn ich mit dir flirten wollte, würdest du es schon merken. Und ich brauche ganz sicher nicht die Anwesenheit Dritter, um mich sicher zu fühlen.«

»Ich *habe* es gemerkt!« Er verstärkte wütend den Griff seiner Hand. »Ich habe deinen Blick gesehen!«

Sie reckte trotzig das Kinn. »Welchen Blick?«

»Oh, du weißt genau, was ich meine!« Er fixierte ihre Augen. Sie glitzerten kampflustig. Felix hielt dagegen. So konnte sie nicht mit ihm umspringen! Er hatte sich ihr ausgeliefert, als er ihr seine Liebe gestanden hatte. Und jetzt nutzte sie seine Schwäche, um ihn zu verletzen? Wütend funkelte er zurück. Sie wetzten ihre Blicke aneinander wie Ritter ihre Schwerter. Das war nicht der Blick, mit dem sie ihn eben noch angesehen hatte, als er neben den Besuchern hergegangen war. Da waren ihre Augen weich gewesen. Fast verträumt. Jetzt dagegen sprühten sie vor Leidenschaft. Einer Leidenschaft, die er nur aus ihrer Nacht in Nizza kannte. Bei dem Gedanken erschauderte er. Zein Zorn brach und verwandelte sich in ein anderes, überwältigendes Gefühl. Er konnte nicht an sich halten. Es war ihm egal, ob er Grenzen überschritt. Egal, ob ein Gentleman das tat. Egal, ob Nelli sagte, dass sie ihn nicht wollte. Er wusste es besser. Sie brauchte ihn. Und er brauchte sie. Jetzt.

Mit einem Stöhnen zog Felix Nelli an sich und küsste sie.

NELLI

Ein Prickeln durchzog Nelli, vom Kopf bis zu den Zehen. Ein Schwarm Schmetterlinge erhob sich in ihrem Bauch. Sie fühlte Felix' Lippen. Fühlte das, was er in ihr auslöste. O Himmel, ja. Sie liebte ihn. Liebte Felix. Sie klammerte sich an ihn, vergaß zu atmen, genoss seinen Kuss. Gleichgültig, ob es vernünftig war. Er war es. Felix war alles, was sie wollte ... dieser Mann ...

Dieser Mann würde sie verletzen. Die Schmetterlinge in ihrem Bauch stürzten ab. Ihr wurde schlecht. Ruckartig schob sie Felix von sich.

»Felix, ich will das nicht«, keuchte sie.

Felix' Blick war noch ganz verhangen. »Nelli ...«, murmelte er. Seine Stimme klang belegt.

»Nein, Felix. Das war ein Fehler.«

»Alles andere war ein Fehler. Aber das hier nicht!« Er machte einen Schritt auf sie zu. Sie wich nach hinten aus.

»Nelli!« Seine Stimme klang eindringlich. »Ich irre mich doch nicht. Du willst doch auch ... wir beide ... Nelli, bitte, lass es zu!«

Nelli schüttelte nur den Kopf.

»Nelli. Sag mir, was du fühlst.«

Sie schüttelte wieder den Kopf. Wie sollte sie das in Worte fassen?

»Lass es zu«, bat Felix sie noch einmal und nahm ihr Gesicht in seine Hände. Umfing sie. Genau wie damals in Nizza.

Nelli spürte, wie sie sich verkrampfte. Allein schon die Erinnerung an das, was gewesen war, brachte sie durcheinander. Aber nicht in einer Weise, die sich richtig anfühlte. Sie spürte Schmetterlinge ... aber Schmetterlinge, die ins Bodenlose taumelten. »Ich will das nicht, Felix«, wiederholte sie und machte sich von ihm los. »Du tust mir weh.« Sie umschlang ihre Schultern. Sie fühlte sich hilflos. Und gleichzeitig wütend. An diese Wut klammerte sie sich. »Und hör auf mit deinem ›Ich liebe dich‹, ja?!«

»Aber ich tue es Nelli! Ich liebe dich!«

»Wir wissen beide, dass du und ich nicht die gleiche Auffassung von Liebe haben. Schon vergessen? Ich Hund, du Katze. Und ehrlich gesagt finde ich es ziemlich gemein von dir, dass du das weißt und trotzdem mit mir spielst.«

»Das tue ich nicht. Nelli ...« Felix trat auf sie zu und griff nach ihren Schultern. »Ich habe ... wie hast du es genannt? ›Umgeschult‹. DU hast mich umgeschult! Mein Gott, ich habe es selbst gar nicht kommen sehen. Du warst doch noch nicht mal mein Typ, ich hätte nie gedacht, dass ausgerechnet du ...«

»... ›ausgerechnet ich‹. Wow. Bei deinen Komplimenten wird einem echt warm ums Herz.« Nelli ließ Gift aus ihrem Blick tropfen.

»Ja, ausgerechnet du!« Felix hielt Nelli weiterhin fest. »Mein Gott, Nelli. Ich habe mich in dich verliebt! Zu Anfang, im Standesamt, klar, da habe ich dich noch nicht gekannt. Da habe ich mitgemacht, weil ich dachte, dass das das Richtige für meinen Bruder sei. Aber unsere Nacht ... die gab es nur, weil ich da wusste, dass du die Richtige für mich bist! Nelli, du hast dich in mein Herz geschlichen.«

»Sicher keine Absicht.«

Felix zog Nelli zu sich heran. Hielt ihre Hände fest, presste sie an seine Brust. »Auf dem Schiff habe ich es endlich begriffen. Nelli, verstehst du? Ich war vorher mit Frauen zusammen, die so waren wie Jacks Frauchen! Aber ich hatte mir nur eingebildet, dass das meine Welt ist. Und du weißt das auch. *Du* hast schließlich in meiner Seele gegraben und erkannt, wie ich wirklich bin! Über zehn Jahre lang habe ich eine Maske getragen und mir genauso maskenhafte Frauen gesucht. Aber mit dir habe ich mich endlich in eine richtige Frau verliebt.« Er zog ihre Hände an seinen Mund und küsste sie. »Nelli, du bist die Richtige! Ich liebe alles an dir. Deine Art. Dein Lachen. Deine Haare. Die Erdkrümel im Gesicht!« Er zwinkerte und entlockte Nelli damit ein Lächeln, während sie sich verlegen über die Wange wischte. »Ich liebe deine Natürlichkeit, deine Herzlichkeit. Dein großes, großes Herz, deinen Appetit, deinen Humor, deine Heimatliebe – schulde ich dir übrigens noch was für den Blitzer zwischen Itzehoe und Wilster?«

»Ja, der kam neulich. Ich habe es auch gehört.« Nellis Lächeln verbreitete sich.

»Mein Schatz, ich liebe dich. Ich liebe dich seit unseren Flitterwochen.« Felix beugte sich hinab. Nellis Herz weitete sich. Wärme floss durch sie hindurch. Er liebte sie wirklich …

… nur, dass es zu wenig war. Nellis Herz versteinerte. Sein Blumenstrauß für Doro. Das war nach Nizza gewesen! Sie zog ihre Hände aus Felix'. Wie konnte er sie lieben und gleichzeitig anderen Frauen hinterhersteigen? … Nein. Wenn das Felix' Art zu lieben war, dann machte sie ihr Angst.

»Ich kann nicht. Lass mich in Ruhe, Felix. Wir passen nicht zusammen.« Sie wandte sich ab und ließ ihn hinter sich zurück.

TIM

Sommerferien waren keine gute Zeit für eine Band, die nur aus Lehrern bestand. Torsten und Flo fuhren mit ihren Freundinnen in Urlaub. »Ihr wart ja schon«, hatten sie zum Abschied gegrinst. Die Las-Vegas-Geschichte hatte sich natürlich rumgesprochen.

An Tims und Doros Routine änderte das trotzdem wenig. Sie komponierten einfach wieder Gitarren-Vocal-Songs nur für sie beide. Das Geschirr reichte auch länger, wenn man nicht für vier Leute spülen musste, sondern nur für zwei. Dafür verkrustete es mehr, wenn man es länger stehen ließ. »Wir müssten mal einen Aufräumtag einlegen«, sagte Tim am Samstagmorgen, als er sich auf dem Weg zur Küche einen Weg durch die immer enger werdende Schneise zwischen Altpapier, Leergut und Wäsche bahnte. Seine Stimme verriet allerdings, dass weder seine Lust noch sein Vorsatz hierzu besonders groß waren.

Doro kam aus dem Bad. Sie hatte frisch geduscht und trug nur ein T-Shirt. Sein altes HSV-Shirt. Es hatte im Bad auf dem Wäscheständer gehangen. Der von ihren Haaren durchnässte Stoff klebte an ihrer Brust. Die Form ihres Busens zeichnete sich deutlich ab. Er schluckte, weil sein Blick plötzlich wie magisch angezogen wurde. Tim riss seine Augen los. Doro hatte zum Glück nichts gemerkt. Sie ging gemächlich an ihm vorbei und machte sich an der Kaffeemaschine zu schaffen. Mit spitzen Fingern zog sie einen angegammelten Kaffeefilter aus der Maschine. »Wir sind so widerlich«, stellte sie fest.

»Wie für einander geschaffen«, stimmte Tim zu und biss sich zu spät auf die Zunge.

Doro grinste ihn an. »Bereit für deinen großen Auftritt?«, fragte sie.

»Und ob!« Heute Abend war der Lampionkorso. Tim war bester Dinge. Seit Doro ihm gesagt hatte, dass sie an ihn glaubte, hatte es geflutscht. Ihm war der rettende Einfall gekommen, und hinter verschlossenen Türen, um Doro zu überraschen, hatte er seine Vorbereitungen getroffen. »Und du kommst auch nach Friedrichstadt?«, vergewisserte er sich nun.

»Auf jeden Fall.« Doro beförderte den Kaffeefilter in den Tretmülleimer. »Weißt du, Tim«, sagte sie, »ich bin jetzt schon unheimlich stolz auf dich.«

Er zuckte abwiegelnd mit den Schultern. »Wir werden sehen, wie oft ich baden gehe.«

»Darauf kommt es nicht an. Sondern, dass du immer wieder aufsteigst.« Sie gab ihm einen Kuss auf Wange. »Du wirst toll sein.« Die Haut in seinem Gesicht begann zu prickeln. Schnell wandte er sich ab und begann, neuen Kaffee zu kochen.

Zwölf Stunden später · Friedrichstadt, Nordfriesland

DORO

Doro kam sich vor wie im Hollandurlaub. Hinter ihr säumten schmucke alte Treppengiebelhäuser die Straße, vor ihr verlief eine von niedlichen Brücken überspannte Gracht. Sie saß auf dem Deich am Friedrichstädter Mittelburgwall. Hier würde sie gleich eine hervorragende Aussicht auf den Lampionkorso haben. Um sie herum hatten sich bereits hunderte von Familien und Pärchen versammelt. Es wurde gepicknickt und geplaudert. Kinder liefen aufgeregt umher, denn ein lauter Böllerknall hatte vor zehn Minuten angekündigt, dass der Tross sich am Westersielzug bereits in Bewegung gesetzt hatte. Die Luft war trotz der späten Abendstunde noch angenehm lau. Die Dämmerung setzte gerade erst ein. Vom Marktplatz klang die Musik des Bühnenprogramms herüber. Allmählich wurde aus der anderen Richtung eine Lautsprecherstimme lauter. Die botschaftenden Kinder kamen zu ihren Familien zurückgeflitzt: Der Korso war in Sicht!

Das erste Schiff bog in die Gracht ein. Die Stimme aus den Lautsprechern an Bord wurde deutlicher. Doro erkannte den Tonfall eines bekannten Radiomoderators. Halb erwartete sie, dass er gleich das Wetter durchsagte. Aber natürlich schwärmte er heute Abend nur von den Booten, die sich seinem Schiff anschlossen. Das Führungsboot passierte ihren Standpunkt, und dann schipperten die ersten Teilnehmer an Doro vorbei. Sie scannte alle Boote nach Tim ab. Er hatte aus seinem Auftritt ein Geheimnis gemacht. Natürlich saß er nicht in den großen Schiffen, wo ganze Blaskapellen im Einsatz waren. Auch nicht bei den mit Blumen und Ballons zurechtgemachten kleineren Bötchen, deren Insassen den Zuschauern am Deich fröhlich zuwinkten. In der sich nun langsam herabsenkenden Dämmerung gewannen die Lampions an Bord mehr und mehr an Strahlkraft. Aber mit Romantik, hatte er versichert, sollte sie bei ihm nicht rechnen. Tim hatte angedeutet, dass er es auf seinem Gefährt auch nicht sonderlich bequem haben würde. Saß er in dem schwimmenden Hotdog? Auf dem paddelnden Hundeknochen weiter hinten? Alle Teilnehmer wurden ausgiebig vom Publikum bejubelt, besonders die mit den fantasievollsten Ideen und kompliziertesten Fortbewegungsmethoden. Doro dachte kurz, dass der Mann in der schwimmenden Toilettenschüssel Tim sein könnte, aber beim Heranpaddeln hatte der Klopirat doch keinerlei Ähnlichkeit mit ihrem Freund.

Also, Freund im Sinne von Kumpel. Nicht Freund-Freund. Nur bester Freund mit gewissen Anziehungskräften. Sie seufzte. Warum war ihre Beziehung so kompliziert? In den letzten Tagen hatte sie sogar fast das Gefühl gehabt, als läge eine neue Spannung zwischen ihnen. Aber sie würde sich hüten, den ersten Schritt zu machen. Sie wollte sich nicht schon wieder eine blutige Nase holen. Apropos Blut: Weiter hinten im Korso schien sich ein ziemlich schaurig verkleideter Teilnehmer zu nähern. »Mama, wie geil! Der Hai frisst den Surfer! Überall Blut!«, rief ein kleiner Junge, der aufgeregt zu seiner Mutter angelaufen kam und an ihr herumzerrte. Doros erster Impuls war, zu denken, dass man Kindern heute auch mit nichts mehr Angst machen konnte. Der zweite war, bei den Begriffen ›Surfer‹ und ›Hai‹ stutzig zu werden. Sie sprang auf die Beine und lief, dem aufbrandenden Jubel folgend, den Damm entlang zum hinteren Teil des Korsos. Und da war Tim!

Er lag bäuchlings auf seinem Brett. Am Heck hatte er Doros Bade-Hai befestigt. Den aufblasbaren Hai, den sie neulich mit im Freibad gehabt hatten. Noch nie hatte das Gummitier so bedrohlich ausgesehen. Es wirkte, als habe sich der Hai halb auf das Surfbrett geworfen und beiße in Tims rechten Fuß. Blutige Haut hing ihm in Fetzen herab. Oder eher, nahm Doro an, einer von Oma Ilses Stützstrümpfen, mit Ketchup verziert. Aber es sah fürchterlich echt aus. Rote Farbe überall auf dem Heck des Surfbretts, dazu das blutverschmierte Maul des Hais. Und ihre Fahrradrücklichter, die zu dämonisch glühenden Raubfischaugen verwandelt worden waren. Doro schrie begeistert Tims Namen. Aber er hörte sie nicht. Er musste ziemlich ackern, um nur mit der Kraft seiner Arme mit dem

Tempo des Lampionkorsos mitzuhalten. Mit Kraulbewegungen versuchte er gerade wieder, näher zu der Barkasse vor ihm aufzuschließen. Das machte den Eindruck eines vor einem Haiangriff flüchtenden Surfers umso realistischer. Die Leute klatschten noch lauter. Die Frauen wahrscheinlich auch aus dem Grund, weil Tims nackte Trapezmuskeln nun auch einen unwiderstehlichen Auftritt hatten. Doro eilte den Deich hinunter, um nahe ans Ufer zu kommen. »Tim!«, rief sie wieder. Er war nur zwei Meter von ihr entfernt. »TIM!«

Er hob den Kopf. Schnaufend hielt er kurz inne. »Hey, weißt du, wie anstrengend das ist? Es geht noch über einen Kilometer lang weiter!«, rief er ihr zu.

»Du bist super! Du schaffst das!«

Ein Grinsen breitete sich über sein Gesicht. Auch seine Augen leuchteten jetzt. Aber nicht dämonisch wie die seines Gummihais. Sondern mit einem Ausdruck, auf den Doro lange gewartet hatte. »Ja, ich schaffe das«, schnaufte er. »Warte am Hafen auf mich.«

Eine halbe Stunde später stand Doro auf der Hebebrücke am Binnenhafen und sah Tim auf sie zu paddeln. Seine Bewegungen waren langsam geworden. »Da hinten!«, rief er ihr matt zu und deutete auf die Wiese, die flach zum Westersielzug hinab verlief. Sie lief voran.

Am Ufer wartete sie auf ihn. Tim ließ sich vom Surfbrett ins Wasser fallen und zog es an Land. Dann wandte er sich ihr zu. Doro hörte seinen schwer gehenden Atem. Tim war offenbar so entkräftet, dass er sich Worte sparte. Er streckte nur einen Arm nach ihr aus. Gott, wusste der Mann eigentlich, wie sexy er war? Nur mit Badeshorts bekleidet, mit seinem muskulösen nackten Oberkörper, dem männlichen ›Getane Arbeit‹-Atmen? Doro schluckte und lief auf ihn zu.

»Du hast gesagt, es gibt etwas zu gewinnen«, sagte er. Seine Stimme klang rau. »Die Leute von den anderen Booten erzählten was von Theaterkarten oder so. Meintest du das?«

Doro schüttelte den Kopf.

Er kam noch dichter. Dann griff ihr ins Haar und hielt sie fest. »Was dann?«, flüsterte er.

Himmel, wenn er nicht aufhörte, würde sie ihn noch küssen. Aber sie riss sich zusammen. »Du bist im Ziel. Das ist dein Preis. Du hast nicht hingeschmissen und die Sache ganz ohne Hilfe durchgezogen. Wie fühlt sich das an?«

»Gut«, sagte er ernst.

Doro sah in seine Augen. »In dir steckt viel mehr, als du immer zeigst. Verzichte in Zukunft ruhig auf den Hilfloser-Wauzi-Blick.«

»In Ordnung. Ich fühle mich jetzt auch eher wie Hugh Jackman.« Ein neues Selbstbewusstsein sprach aus seinen Augen. »Du hast recht, ich habe heute schon viel gewonnen. Aber mir fehlt noch etwas.« Seine Stimme wurde immer dunkler. »Meinst du, ich bekomme noch einen Preis?«

In Doros Innerem kribbelte es. Sie spürte, dass es nicht nur die Erschöpfung war, die sich auf Tims Stimme gelegt hatte. Er sah auf sie hinunter. Etwas Wasser tropfte aus seinen Haaren in ihr Gesicht. Er hob seine Hand. Langsam, ganz langsam wischte er ihr den Tropfen von der Wange. Seine Augen blickten forschend in ihre.

Sie spürte, wie ihr Herz in ihrer Brust zu hämmern begann. »Ich glaube, du hast freie Auswahl«, sagte sie heiser.

»Dann hätte ich gern den Hauptgewinn.« Er beugte sich zu ihr herunter, und sie spürte seine Lippen auf ihren.

Das Feuerwerk begann.

NELLI

In einer Stunde wollte Nelli in Freesbüll bei der Eröffnung des Dorfkrugs sein. Aber noch stand sie im Schlafzimmer vor dem Spiegel und prüfte ihr Aussehen. Sie sagte sich, dass sie es für die potentiellen Kunden tat. Wenn sie ihren Garten präsentierte, musste sie auf die Gäste einen guten Eindruck machen. Sie trug ein ihrer Figur schmeichelndes, aber schlichtes Sommerkleid. Die Haare hatte sie sich zu einem lockeren Zopf geflochten und sich dezent geschminkt. Nur ein wenig Wimperntusche und etwas apricotfarbener Lidschatten, der ihre blauen Augen zum Strahlen brachte. Das war doch sehr professionell.

Sie versicherte ihrem Spiegelbild, dass es ihr nicht darum ging, Felix zu beeindrucken.

Sie hatten den Ablauf des Tages per E-Mail besprochen. Felix öffnete um elf Uhr. Sein Personal übernahm den Restaurantservice, Felix bot den Gästen Führungen durch das Haus an, und sie übernahm die Präsentation des Gartens. Jeder hatte damit seinen Bereich, es würde nur minimalen Kontakt zwischen ihnen geben. Aber natürlich würden sie aufeinandertreffen. Nelli schluckte. Nach dem Kuss am Mittwoch war sie ihm vollständig aus dem Weg gegangen. Sie konnte Felix nicht mehr vormachen, dass sie nichts für ihn fühlte. Aber was auch immer es war, das er für sie empfand: Es war nicht die Art von Liebe, die sie brauchte.

Sie hörte ein Geräusch. Das Türschloss, dann die Klingel, und dann eine Stimme. »Nelli?«

Sie trat in den Flur. Tim war da. »Entschuldigung, ich habe zu spät daran gedacht, dass ich meinen Schlüssel besser nicht noch einmal benutzen sollte. Hier. Ich wollte ihn dir vorbeibringen.« Sie sah, wie Tim den Wohnungsschlüssel von seinem Schlüsselbund abnahm und auf die Flurkommode legte. »Nelli, darf ich auch noch kurz mit dir reden?«

Nelli seufzte. »Tim, ich muss gleich los zum Dorfkrug. Du kommst doch sicher auch vorbei.«

»Ja. Aber ich habe Zitroneneis mitgebracht.« Er grinste schief und hielt ihr ein von buntem Papier umschlagenes Paket vor die Nase. Es war von der Eisdiele, in der sie sich kennengelernt hatten. Ohne auf eine Einladung zu warten, ging er damit in die Küche, wickelte das Papier von dem Tablett und stellte zwei Eisbecher auf den Tisch. »Der Laden hatte noch gar nicht auf. Aber ich habe den Besitzer zu Hause rausgeklingelt und ihm gesagt, dass es ein Notfall ist.«

»Tim …« Konnte er es denn nicht verstehen? Es war kein Notfall. Es gab nichts zu retten. Sie beide hatten gar keine Beziehung mehr. Nachdem sie tagelang nichts von ihm gehört hatte, hatte sie eigentlich auch gedacht, dass er es verstanden hatte – aber jetzt tauchte er ausgerechnet heute bei ihr auf. Sie war nicht mehr sauer auf ihn, ihre Kräfte wurden von dem Ärger mit Felix aufgezehrt, und sie hatte sich auch schon damit abgefunden, dass ihre Beziehung zu Tim ohnehin nie das gewesen war, was sie eigentlich gedacht hatte. Sie würde es ihm irgendwann erklären müssen. Aber lieber nicht jetzt, sie hatte kaum noch Zeit. Doch ehe sie ihn wegschicken konnte, hatte er es sich schon am Küchentisch bequem gemacht.

Er zwinkerte ihr zu. »Komm, setz dich einen Moment.« Er begann, sein Eis zu löffeln und schob ihr den anderen Pappbecher hin. »Ich schulde dir noch ein Eis, weißt du? Du hast mir doch damals deines verfüttert. Mmmmh, ist das lecker.« Genießerisch leckte er sich über die Lippen und sah sie schelmisch an. »Na?«

Nelli biss tapfer die Zähne aufeinander.

Tim löffelte weiter. »Es fängt schon an zu schmilzen. Wäre doch echt schade drum.« Er sah sie mit seinem unschuldigen Bubenlächeln an.

Gegen ihren Willen musste Nelli jetzt doch lachen. »Du weißt genau, dass ich das nicht mit ansehen kann«, sagte sie und setzte sich zu ihm. »Das schmelzende Eis, nicht dich!«, schob sie vorsichtshalber nach und griff zu ihrem Löffel. Mmmh, ja. »Köstlich«, murmelte sie.

»Ich muss dir noch ein, zwei Sachen sagen«, sagte Tim. »Die erste ist … nein, falsch. Ich muss dir ein- bis zwei*hundert* Sachen sagen. Die ersten hunderachtundneunzig sind, dass es mir leid tut.« Tim streckte seine Hand über den Tisch nach ihr aus. Sein Blick war jetzt nicht mehr spielerisch jungenhaft, sondern einfach nur zerknirscht. Aufrichtig zerknirscht. Nelli legte kurz ihre Hand auf seine, ehe sie weiter aß. »Weiß ich doch, Tim. Es war keine Absicht von dir. Und ehrlich gesagt … vielleicht war es sogar das Beste so.« Sie kräuselte bedauernd die Stirn. »Tim, ich fürchte, wir passen gar nicht zueinander.«

Tim nickte langsam mit dem Kopf. »Der Gedanke ist mir auch schon gekommen.«

»Ich mag keine Gitarrenmusik«, gab Nelli zu.

»Ich ertrage nicht, wie aufgeräumt es hier ist«, steuerte Tim bei.

Nelli zeigte auf die To-do-Tafel an der Küchenwand, in der sämtliche Aufgaben mit ihrer Handschrift eingetragen waren. »Ich brauche jemanden, der auch mal für *mich* etwas auf diese Liste schreibt.«

»Und ich hasse diese Liste insgesamt.« Tim und Nelli lachten befreit. Hätten sie das mal alles früher gewusst …

»Dafür hasse ich dein HSV-Shirt«, fiel ihr noch ein.

»Jetzt gehst du zu weit.«

»Nicht den Verein«, sagte sie schnell. »Nur das Shirt. Weil es so alt und ausgeleiert ist.« Sie stopfte sich eine große Portion Eis in den Mund und spürte kurz darauf, wie es sie an der Nasenwurzel zog. Das passierte ihr immer, wenn sie zu viel Kaltes auf einmal aß. Sie rieb sich die Stelle und nahm trotzdem den nächsten großen Löffel voll, weil es so lecker war. Tim grinste komplizenhaft und lud ihr eine von seinen Kugeln in den Becher. »Obwohl ich auch so vieles an dir mag«, sagte er dann. »Du hast so ein gutes Herz. Bist so lustig. Und ich schaue niemandem sonst so gern beim Essen zu. Kommst du vielleicht mal zum Essen bei Doro und mir vorbei? Ich grille allerdings inzwischen ohne Aluschale.«

Nelli lächelte. »Gern.«

Felix sah in seinen Becher und kratzte die letzten Reste zusammen. »Die hundertneunundneunzigste Sache ist allerdings …«, er bekam irgendwie den Blick nicht mehr aus seinem Eisbecher heraus, »… ich wollte dir noch sagen … also, was du wissen musst … ähm. Die Sache mit Doro …«

»Kriegt sie wieder Blumen von Felix?« Nelli konnte nicht verhindern, dass ihre Stimme scharf klang.

»Hä? Was? Ach so. Nein.« Tim schnaubte, als hätte er die Sache beim Grillabend zwischenzeitlich vergessen gehabt. »Die waren doch eigentlich für dich, Nelli. Ich hab ihm nur verboten, damit reinzukommen, weil Doro kein so spießiges Gastgeschenk dabei hatte.« Tim blickte Nelli einen Moment lang versonnen an. »Der Grillabend … Da hätte ich eigentlich echt schon wissen müssen, dass mein Bruder in Wahrheit viel besser zu dir passt, was? Jedenfalls, die Blumen hat er nur schnell Doro in die Hand gedrückt, weil wir nicht wussten, wohin damit.«

»Ach so?« Die Kälte an ihrer Nasenwurzel war weg. Stattdessen war Nelli plötzlich eher heiß. Die Blumen waren für sie gewesen? Sie brauchte eine Pause. Musste das einordnen. Aber Tim sprach weiter.

»Ich muss mit dir über Doro reden, Nelli. Du musst wissen, dass in Las Vegas nichts zwischen uns lief, okay?«

»Okay«, sagte Nelli halb abwesend.

»Aber jetzt irgendwie schon.«

»Okay«, antwortete sie automatisch.

»Nelli?« Tim beugte sich zu ihr rüber und fing ihren Blick ein. »Hast du mich gerade gehört?«

Nelli hatte es tatsächlich nur halb mitbekommen und spulte im Kopf schnell zurück. *›… nichts zwischen uns lief … aber jetzt irgendwie schon.‹* Sie hob die Augenbrauen. »Du meinst … Doro und du?«

»M-hm.« Tim zog schuldbewusst den Kopf ein und sah sie mit banger Erwartung an.

Nelli betrachtete den Mann, den sie einmal geliebt hatte. Sein Geständnis löste nichts in ihr aus. Nichts, außer dem Gefühl, dass er es dieses Mal besser getroffen hatte. Und sie es ihm von ganzem Herzen gönnte. Sie stand auf und zog ihn auf die Füße. Dann strubbelte sie ihm durch die Haare, grinste und legte dieses Mal sehr viel Zuversicht in ihre Stimme. »Okay!«

Tim nahm sie in die Arme und gab ihr einen dicken, erleichterten Kuss auf die Stirn.

»Ich weiß, du hast jetzt noch etwas Wichtiges vor«, sagte er dann, »und ich will dich nicht aufhalten. Nur noch kurz die zweihunderste Sache.«

»Ja?«

»Mein Bruder liebt dich. Ich kenne ihn schon mein ganzes Leben, und ich kann dir versichern: Er hat *noch nie* jemanden so geliebt wie dich.« Er lächelte ihr verschwörerisch zu. »Und jetzt los mit dir! Ich räume hier auf. Ausnahmsweise mal.«

Schnell griff sie nach ihrer Tasche und machte sich auf den Weg.

Sie musste an der Straße parken. Der zum Dorfkrug gehörende Parkplatz war bereits voll. Beim Näherkommen erkannte sie viele der Menschen, die in den letzten Wochen etwas für den Garten vorbeigebracht hatten, Restaurantgäste, Nachbarn, Freunde … aber wo war Felix? Sie ließ ihren Blick über die Köpfe schweifen. Da hörte sie ein aufgeregtes Kläffen. Eine kleine beige-graue Rakete kam auf sie zugeschossen und sprang an ihr hoch. Die Rakete kannte sie doch!

»Jack!«, rief Nelli überrascht. »Jack, bist du das?« Sie kniete sich vor das Hündchen.

»Wuff!«, machte der Hund und streckte ihr begeistert seine feuchte Schnauze ins Gesicht. Voller Wiedersehensfreude verpasste sie dem kleinen Vierbeiner eine ordentliche Streicheleinheit.

»Er hat dich sehr vermisst«, hörte sie da eine wohlbekannte Stimme über sich. Sie stand auf. Felix. Ihr Herz hämmerte in ihrer Brust.

»Ich habe ihn adoptiert«, sagte Felix. »Ich weiß, du hast immer noch Zweifel, ob wir zusammenpassen. Da dachte ich, vielleicht hilft Jack mir beim Argumentieren. Jack?«

»Wuff!«, kläffte der Hund noch mal, als er seinen Namen hörte.

»Da hörst du es.« Felix sah sie eindringlich an. »Hast du Jack verstanden?«

»Er hat gesagt, du seist jetzt ein Hundetyp«, sagte Nelli und griff nach Felix' Hand. Das Glück breitete sich so schnell in ihr aus, dass ihr fast schlecht wurde.

»So ist es.« Er zog sie dichter zu sich heran. »Glaubst du ihm?« Felix' Augen schimmerten sanft. Oh, wie sie ihn liebte.

Sie nickte wortlos. Sie wollte keine Sekunde länger warten und ging auf Zehenspitzen, um ihn zu küssen. Aber er fasste sie bei ihren Schultern und drehte sie so, dass sie vor ihm stand und auf den Dorfkrug schaute. Er schlang seine Arme fest um sie und sprach ganz dicht an ihrem Gesicht. »Heute eröffnen wir unsere Zukunft, Nelli. Ich habe es nicht zu hoffen gewagt. Aber ein Teil von mir wusste es glaube ich schon, als ich hergekommen bin. Dass ich den Dorfkrug für uns beide wollte. Und du wolltest das auch, oder?«

Nelli erinnerte sich, wie sie von dem Garten als dem ihren gedacht hatte. Und wie unwohl ihr gewesen war, als sie sich andere Frauen im Dorfkrug vorgestellt hatte. Sie nickte wieder und spürte dabei Felix' Lippen an ihrer Wange. Seine Stimme wurde ganz sanft. »Ich hatte mir in Nizza nichts sehnlicher gewünscht, als dass es mit uns für immer wäre. Und jetzt ist es das. Endlich.«

Er drehte sie wieder zu sich um. »Ich liebe dich, Nelli. Du und ich. Das ist für immer.«

»Ach, Felix«, sagte sie zärtlich. »Meine Mutter sagt, dass man die Liebe nicht planen kann.«

»Bei uns schon, Nelli. Bei uns schon.« Dann küsste er sie. Und Nelli wusste, dass es so war.

EPILOG

Ein Jahr später

»*Ilse. Iiiii-hilse …*« – Tim gab sich Mühe, seine Stimme so brechen zu lassen wie Mick Jagger seine in *Angie* – »*Du bist wunderschön, yeah …*«

Ilse fasste sich ergriffen ans Herz. »Endlich.« Sie blickte sich Beifall heischend um. »Das ist mein Song!«

»*Ilse. Ich liebe dich immer noch, Baby.*«

Oma machte ein Victory-Zeichen.

»*Wo ich auch hinsehe, sehe ich deine Augen.*«

»So einen Song wünscht Ilse sich schon seit über einem Jahr«, flüsterte Doro Nelli zu. Der Schleier, den Doro in diesem Moment kurz vor ihrer Trauung noch vor dem Gesicht trug, kitzelte Nelli dabei am Ohr.

Nelli grinste zurück und lehnte sich dann zu Felix. »Ich kann es immer noch nicht glauben, dass ausgerechnet Doro sich Ilses Sachen hat aufschwatzen lassen.« Doro trug neben Ilses altem Schleier auch ihr knielanges Tüll-Petticoat-Brautkleid und hatte sich eine voluminöse Beehive-Frisur machen lassen. Alles wie in alten Zeiten. Bis auf den pinken Stretchgürtel, den sie sich zusätzlich um die Taille geschnallt hatte. Tim neben ihr trug eine schwarze Lederhose und ein schwarzes Hemd. Die Aushilfskellnerin, die an diesem Tag das Team des Dorfkrugs unterstützte, hielt ihn für ein Double von Jim Morrison. Seine Haare waren wirklich lang geworden.

Nelli hatte sich für ein schlichtes, elegantes weißes Etui-Kleid entschieden, Felix für einen schwarzen Anzug. Keinen

314

Smoking. Sie wollten so wenig wie möglich von ihrer ersten Hochzeit wiederholen. Obwohl es, gerade bei dieser Doppelhochzeit der Zwillinge, etwas eng wurde, hatten sie das Standesamt dazu bewegen können, die Trauung auch nicht im Schloss, sondern in der inzwischen restaurierten alten Mühle vorzunehmen. Nellis Mitarbeiter – sie führte inzwischen einen gut laufenden Betrieb mit drei Angestellten – hatten den Raum mit buntem Blumenschmuck reich dekoriert.

Jetzt waren sie alle da. Zwei Mal Braut, zwei Mal Bräutigam. Wer fehlte, war der Standesbeamte. Deshalb vertrieb Tim ihnen und den Gästen die Zeit mit dem überfälligen Ständchen für Oma Ilse.

»Solange du nur hier bist, bin ich die Ruhe selbst«, versicherte Nelli Felix, blickte aber trotzdem auf die Uhr. »Vielleicht wollen die vom Standesamt sich ja an uns rächen.« Der Termin, als sie alle vier gemeinsam das Aufgebot bestellt hatten, war etwas holprig gewesen. Der Zufall hatte es gewollt, dass sie die gleiche Standesbeamtin erwischt hatten wie bei der Hochzeit im Jahr zuvor. »Sind sie so was wie Richard Burton und Liz Taylor?«, hatte sie sich argwöhnisch bei Felix und Nelli erkundigt. »Immer wieder scheiden lassen und von vorn heiraten?«

»Nein, ich war noch nie verheiratet«, hatte Felix ganz ruhig geantwortet, als verstünde er die Frage nicht. »Aber wir«, sagte Tim und schob der Beamtin seine und Doros Heirats- und Scheidungsunterlagen aus Las Vegas vor die Nase. »Und wir würden es gern wieder tun.« Die Standesbeamtin prüfte die Papiere und rümpfte die Nase so hoch, dass ihre langen Schneidezähne voll entblößt wurden. »Also, verhohnepiepeln lasse ich mich nicht!«, schimpfte sie. Und dann nahm Tim die Sonnenbrille ab. Die Frau erkannte die Ähnlichkeit. Sie sah von Tim zu Felix, zu Doro und zu Nelli.

»Dann waren *Sie beide*« – sie zeigte von Nelli zu Tim und zurück – »also schon mal verheiratet.«

»Ja«, sagte Nelli. »Aber wir waren nur vorübergehend verschossen. Auf Dauer nehme ich lieber den Zwillingsbruder.«

»OOOKAY«, sagte die Standesbeamtin laut. »ICH VERSTEHE SPASS!« Den Rest der Anmeldeprozedur hatte sie künstlich gelächelt und überdeutlich gesprochen. Offenbar war sie der festen Überzeugung, dass irgendwo Fernsehkameras lauerten.

»Hattest recht«, raunte Tim seinem Bruder ins Ohr, als sie den Raum verließen. »Sie sieht tatsächlich ein bisschen aus wie ein Frettchen.«

Mit einer Viertelstunde Verspätung erschien nun doch endlich jemand vom Standesamt in der Mühle. Eine andere Kollegin. Sie kam mit der Zwillingsbesetzung wunderbar zurecht und begann gelassen die Trauungszeremonie. Sie störte sich auch nicht an Jack. Der kleine Hund wieselte so aufgeregt um die beiden Brautpaare herum, als wisse er, was für eine verantwortungsvolle Aufgabe ihm noch bevorstand.

Felix und Nelli, Tim und Doro gaben sich die Ja-Worte. Dann fragte die Standesbeamtin nach den Eheringen. Torsten und Erika gaben Jack nacheinander die Schatullen und ließen ihn damit zu den Brautpaaren laufen.

»Braver Junge«, lobte Nelli ihren Hund. Er war ohne Umwege mit der ersten Samtschatulle im Maul zu ihr gelaufen. Leider stellte sich heraus, dass darin Tims und Doros Ringe lagen. Doro klappte gerade die zweite Schatulle auf. »Ich glaube, wir müssen tauschen«, sagte Nelli zu ihr. Doro nickte.

Da sprang Ilse auf. »Auf gar keinen Fall!«, rief sie. »Es wird nicht mehr getauscht. Gütiger Himmel, irgendwann muss auch mal Schluss sein!«

Nelli und Doro sahen sich an und brachen in Gelächter aus.

»Alles in Ordnung?«, fragte die Standesbeamtin.

Für die hinter ihr versammelte Hochzeitsgesellschaft unsichtbar, wackelte Nelli verstohlen mit der Ringschatulle in ihrer Hand. Felix schaltete. »Mir wäre es auch lieber«, sagte er und achtete ebenfalls darauf, dass Oma in seinem Rücken das Grinsen in seinem Gesicht nicht sehen konnte. »Tim, findest du nicht auch, Nelli und Doro sollten …«

Man hörte ein schepperndes Geräusch. Ilses Stuhl war umgefallen. Sie stürzte an den Trauungstisch. »Schluss jetzt!«, rief sie und drängelte die Standesbeamtin beiseite. »Ihr seid jetzt verheiratet. Felix mit Nelli, Tim mit Doro. Basta. Und jetzt küsst euch gefälligst!«

»Heute möchte ich ihr gar nicht widersprechen«, sagte Nelli sanft und blickte Felix tief in die braunen Augen, die ihr nun ganz nah kamen. Und mit dem innigen und langen Kuss, der nun folgte, vergaßen sie für eine kleine Weile alle anderen um sich herum … hätten nicht auf einmal Hundegebell und fröhliches Gelächter sie zurück in ihr neues Leben geholt.

Ende